La esclava de Córdoba

books4pocket

Alberto S. Santos

La esclava de Córdoba

Traducción de Juan Salvador Vergés

EDICIONES URANO
Argentina - Chile - Colombia - España
Estados Unidos - México - Perú - Uruguay - Venezuela

Título original: *A escrava de Córdova*
Copyright © 2009 by Alberto S. Santos, Porto Editora

© de la traducción: Juan Salvador Vergés
© 2009 by Ediciones Urano, S.A.
Aribau, 142, pral. – 08036 Barcelona
www.edicionesurano.com
www.books4pocket.com

1ª edición en books4pocket abril 2013

Impreso por Novoprint, S.A.
Energía 53
Sant Andreu de la Barca (Barcelona)

Fotocomposición: Books4pocket

ISBN: 978-84-15139-74-4
Depósito legal: B-2.751-2013

Código Bic: FV
Código Bisac: FIC014000

Reservados todos los derechos. Queda rigurosamente prohibida, sin la autorización escrita de los titulares del copyright, bajo las sanciones establecidas en las leyes, la reproducción parcial o total de esta obra por cualquier medio o procedimiento, incluidos la reprografía y el tratamiento informático, así como la distribución de ejemplares mediante alquiler o préstamo público.

Impreso en España – *Printed in Spain*

Índice

Prólogo, por José Rodrigues dos Santos 17
Nota introductoria 19
Mapa de la Península Ibérica alrededor del año 1000 22

Primera parte. SOL MENGUANTE
Capítulo I. Palacioli, Paço de Sousa, Anégia, año 997 25
Capítulo II. Palacioli, Paço de Sousa, Anégia, año 997 32

Segunda parte. LUNA LLENA
Capítulo III. Monasterio de San Salvador de Celanova,
  Ourense, Galicia, año 976 41
Capítulo IV. Inter Ambulus Ribulus, Entre-os-Rios,
  Anégia, año 976 49
Capítulo V. Qurtuba, Córdoba, año 976 65
Capítulo VI. Qurtuba, Córdoba, año 976 71
Capítulo VII. Qurtuba, Córdoba, año 976 81
Capítulo VIII. Inter Ambulus Ribulus, Entre-os-Rios,
  Anégia, año 976 83
Capítulo IX. Qurtuba, Córdoba, año 976 91
Capítulo X. Qurtuba, Córdoba, años 976-983 93

Tercera parte. LUNA NUEVA
Capítulo XI. Sierra del Marão, año 989 101

Capítulo XII. Valle del Duero, año 989..............................113
Capítulo XIII. Caminos de al-Andalus, año 989...............119
Capítulo XVI. Anégia, año 989..124
Capítulo XV. Caminos de al-Andalus, año 989.................128
Capítulo XVI. Qurtuba, Córdoba, año 989.......................137
Capítulo XVII. Qurtuba, Córdoba, año 989......................139
Capítulo XVIII. Al-tagr al-garbi, frontera
occidental de al-Andalus
(actual región central de Portugal), año 989...............148
Capítulo XIX. Qurtuba, Córdoba, año 989.......................152
Capítulo XX. Al-tagr al-garbi, frontera occidental
de al-Andalus (actual región central de Portugal),
año 989..157
   Capítulo XXI. Inter Ambulus Ribulos, Entre-os-Rios,
   Anégia, año 990..162

   Cuarta parte. CUARTO CRECIENTE
Capítulo XXII. Shantarîn, Santarem, año 990..................167
   Capítulo XXIII. Qurtuba, Córdoba, año 990...............171
   Capítulo XXIV. Distrito de Balata,
   valle del Tajo, año 990..177
Capítulo XXV. Qurtuba, Córdoba, año 990......................185
Capítulo XXVI. Distrito de Balata,
valle del Tajo, año 990..189
Capítulo XXVII. Qurtuba, Córdoba, año 990...................197
Capítulo XXVIII. Distrito de Balata,
valle del Tajo, año 990..203
Capítulo XXIX. Al-Ushbuna, Lisboa, año 990..................209
Capítulo XXX. Qurtuba, Córdoba, año 990......................211
Capítulo XXXI. Al-Ushbuna, Lisboa, año 990..................215

Capítulo XXXII. Qurtuba, Córdoba, año 990 233
Capítulo XXXIII. Al Ma'dan, Almada, año 990................241
Capítulo XXXIV. Al-Qasr, Alcázar del Sal
    y Shilb, Silves, año 990 245
Capítulo XXXV. Shilb, Silves, año 990 254
Capítulo XXXVI. Shantamaryyia, Faro, año 990 260
Capítulo XXXVII. Qurtuba, Córdoba, año 990...............266
Capítulo XXXVIII. Sabta, Ceuta, año 990.....................275
Capítulo XXXIX. Fes, Fez, año 991 277
    Capítulo XL. Qurtuba, Córdoba, año 992.................280
Capítulo XLI. Fes, Fez, año 992 284
Capítulo XLII. Qurtuba, Córdoba, año 992....................295
Capítulo XLIII. Al-Jazira al-Khadra', Algeciras, año 992.300
Capítulo XLIV. Inter Ambulus Ribulos, Entre-os-Rios,
    Anégia, año 992 310
Capítulo XLV. Charizat Tarif, Tarifa, año 992 315
Capítulo XLVI. Qurtuba, Córdoba, año 992...................319
Capítulo XLVII. Qurtuba, Córdoba, año 992..................323
    Capítulo XLVIII. Qurtuba, Córdoba, año 992............342
Capítulo XLIX. Madinatu Zahira,
    Medina Zahira, año 992 345
Capítulo L. Qurtuba, Córdoba, año 992........................352
Capítulo LI. Madinatu Zahira,
    Medina Zahira, año 992 356
Capítulo LII. Qurtuba, Córdoba, año 992 362
Capítulo LIII. Qurtuba, Córdoba, año 992.....................368
Capítulo LIV. Qurtuba, Córdoba, año 992.....................381

QUINTA PARTE. CUARTO MENGUANTE
Capítulo LV. Inter Ambulos Ribulos, Entre-os-Rios,

Anégia, años 992 a 994 393
Capítulo LVI. Anégia, año 995 401
Capítulo LVII. Inter Ambulus Rios,
Entre-os-Rios, Anégia, año 996 406
Capítulo LVIII. Monasterio de San Pedro de Lardosa,
Rans, Anégia, año 996 413
Capítulo LIX. Monasterio de San Pedro de Lardosa,
Rans, Anégia, año 996 419

Sexta parte. SOL INVICTO

Capítulo LX. De Qurtuba/Córdoba a Shant Yakub/
Santiago de Compostela, año 997 429
Capítulo LXI. Shant Yakub, Santiago de Compostela,
año 997 435
Capítulo LXII. Shant Yakub, Santiago de Compostela,
año 997 441

Séptima parte. LUZ EVANESCENTE

Capítulo LXIII. Qurtuba, Córdoba, año 997 447
Capítulo LXIV. Qurtuba, Córdoba, años 997 a 999 452
Capítulo LXV. Qurtuba, Córdoba, año 1000 464
Capítulo LXVI. Qurtuba, Córdoba, año 1000 473

Octava parte. ECLIPSE DE SOL

Capítulo LXVII. Qurtuba, Córdoba, año 1002 481
Capítulo LXVIII. Qurtuba, Córdoba, año 1002 490
Capítulo LXIX. Qurtuba, Córdoba, año 1002 499
Capítulo LXX. León, año 1002 504
Capítulo LXXI. Hispania, año 1002 508
Capítulo LXXII. Qurtuba, Córdoba, año 1002 520

Capítulo LXXIII. Hispania, año 1002 523
Capítulo LXXIV. Borg al-Quaraysi,
    Bordecorex, año 1002 532
Capítulo LXXV. Madina Salim, Medinaceli, año 1002 536
Capítulo LXXVI. Alrededores de Qal'at al-Nusur,
    Calatañazor, año 1002 539
Capítulo LXVII. Qurtuba, Córdoba, año 1002 544
Capítulo LXXVIII. Alrededores de Qal'at al-Nusur,
    Calatañazor, año 1002 547

Epílogo. ENIGMA DE LOS ASTROS
Palacioli, Paço de Sousa, Anégia, año 1002 553

Etimología de Ouroana y Abdus 559

Glosario 561

Fechas históricas relevantes de la época 567

*Para Guilherme Gil
y Maria Gil*

*Assalamu alaykum**

Esta historia transcurre en la Península Ibérica, en las postrimerías del primer milenio. Se basa en hechos que la historiografía y la arqueología tienen como fidedignos, en una época de grandes convulsiones, con el epicentro político-militar situado en Córdoba, capital del califato omeya de al-Andalus.

Se ha recurrido asimismo a algunos personajes de aquel tiempo, sobre todo al famoso Almanzor, a S. Rosendo, al conde Munio Viegas (fundador de la familia Ribadouro, ascendente de Egas Moniz, ayo del primer rey de Portugal) y a su hermano, al obispo Sisenando, a Gonçalo Mendes y a su hijo Mendo Gonçalves (condes mayores del Condado Portucalense), y a hechos que marcaron una época, como las razias a Santiago de Compostela y a San Millán de la Cogolla.

Para su elaboración, ha sido necesaria una investigación intensa de fuentes, sobre todo secundarias, y se ha seguido de cerca a algunos de los autores más documentados.

Este libro no hubiera sido posible sin la ayuda de un conjunto de personas, amigos y familiares, que, de manera di-

---

* Expresión árabe que significa «Que la paz (o la salvación) sea contigo».

recta o indirecta, contribuyeron con su apoyo o estímulo a que saliera del limbo.

También es acreedora de mi aprecio la casa Porto Editora, por el fantástico equipo que dispuso para esta edición, así como por haber creído en el proyecto.

Finalmente, una palabra para aquellos que apostaron por *La esclava de Córdoba*: el profesor Adalberto Alves, por su nota introductoria y por la desprendida y dedicada manera que, desde la distancia, me ayudó; a Pedro Sena-Lino, por lo que me enseñó, apoyó y escribió; a la profesora Maria de Fátima Marinho, por las palabras que me entusiasmaron y, por supuesto, a José Rodrigues dos Santos, por el prólogo y, sobre todo, por los perspicaces consejos de quien ya es un maestro en contar buenas historias.

A todos vosotros: *Assalamu alaykum!*

Paço de Sousa, Penafiel, 25 de abril de 2008
Alberto S. Santos

Prólogo
Por José Rodrigues dos Santos*

Cada día llegan a mis manos decenas de manuscritos de autores noveles que desean conocer mi opinión sobre su trabajo. Ninguno me sorprendió tanto como *La esclava de Córdoba*.

La novela transcurre en el siglo X y, en esta ópera prima, Alberto S. Santos ya nos muestra un destacado dominio de las técnicas narrativas. El libro tiene un inicio fuerte y se apoya en una investigación excelente; llegan a impresionar los conocimientos de que dispone el autor sobre la época en la que discurre la acción.

Sobre todo, hay una línea clara por lo que respecta al hilo argumental, lo cual redunda enormemente en beneficio del lector. La ficción se integra a la perfección en los acontecimientos históricos de la época y nos transporta, en un viaje en el tiempo, al Condado Portucalense y a al-Andalus, la Iberia musulmana.

La esclava de Córdoba es, de alguna manera, una lección de historia, en particular sobre los acontecimientos inmediatamente anteriores a la formación de Portugal como país. Es

---
* Escritor y periodista

como si nos sumergiéramos en el enorme crisol en el que la nacionalidad portuguesa se fue formando, no siempre a fuego lento, un crisol en el cual nuestra raíz árabe se revela más fuerte de lo que solemos pensar.

La novela nos permite pasear por aquel Portugal primigenio y nos muestra el choque de culturas y mentalidades entre cristianos y musulmanes.

A través de esta páginas iremos a la Viseo y la Santarem islámicas y pasearemos por la Lisboa árabe de las medinas y los minaretes. Daremos un salto hasta Silves y Faro, visitaremos Fez (norte de África) y conoceremos la esplendorosa Córdoba.

Leer esta novela me ha recordado *El viaje de Baldassare*, de Amin Maalouf. En ella encontramos el mismo gusto por el detalle y lo pintoresco; es un libro escrito con tanta alma que desearemos siempre leer la página siguiente.

Nota introductoria
Por Adalberto Alves[*]

El periodo romántico, con su gusto por lo exótico, fue responsable, a partir del siglo XIX, de la oleada arabófila que surgió en todos los ámbitos estéticos.

Portugal no escapó a esa corriente que Alexandre Herculano introdujo en el dominio de la historiografía y a la cual dio continuidad en su obra de ficción.

De los palacetes de estilo árabe a la ópera y la poesía, nombres como Alfredo Keil, Garret, Gonçalves Crespo, Soares de Passos, Serpa Pimentel, João Lúcio o Cândido Guerreiro, por ejemplo, han dado expresión a esta sensibilidad. Y, partiendo de las leyendas populares moriscas, intentaron recuperar un pasado y una tradición ancestral limitada a una condición meramente mítica por la obnubilación voluntaria de las fuentes.

Aunque a esa corriente de fondo, sentimental y estética, no se correspondió, como todavía sucede hoy, un empeño

---

[*] Escritor, poeta y conferenciante. Ha presentado comunicados en diversas instituciones, básicamente en universidades, en Portugal, en la Unión Europea y en países árabes. Tiene una vasta obra publicada, en la que destacan los trabajos que dedicó al sufismo y a la poesía luso-árabe, algunos de los cuales forman parte de las obras de referencia, extranjeras y nacionales, de esta especialidad. En 2008 fue distinguido por la UNESCO con el premio Sharjah para la cultura árabe.

político en el sentido de valorar el rico legado islámico, mediante la renovación y el desarrollo académico de estudios en este campo.

A pesar de que surgieron arabistas de gran calado, como David Lopes, ello no fue suficiente para motivar a sucesivos gobiernos que, por prejuicios religiosos o por simple indiferencia, dejaron Portugal, hasta la actualidad, al margen del gran florecimiento de los estudios árabes en todo el ámbito europeo, para gran perjuicio para el país.

Con el consulado estadonovista, y el consecuente aislamiento diplomático, las relaciones con el mundo árabe quedaron en el puro limbo.

A partir del 25 de abril, al abrirse las puertas del Magreb y del Oriente Medio, cabía esperar que, finalmente, la gran complicidad histórica y étnica entre portugueses y árabes se abriría camino en los programas universitarios, con la correspondiente aparición de licenciaturas académicas en estudios árabes e islamistas. ¡Pura ilusión!

En este campo seguimos, aún hoy, como hace siglos.

Los tímidos «progresos» hechos se deben tan sólo a los esfuerzos aislados de muy pocos especialistas que apenas contaban, a veces, con el apoyo de algunos municipios.

Y fue precisamente de este trabajo aislado del que surgió, a partir de finales del siglo pasado, un cierto renacimiento de revisión de lo árabe, sobre todo en el ámbito de la ficción.

Así se pueden citar a título tan sólo de ejemplo, en el campo de la novela, obras como *Historia del cerco de Lisboa* (1989), de José Saramago; *Xeque ao Rei Capelo* (2003), de Sousa Dinis; *O Cavaleiro e a Moura* (2004), de Lima Soares;

O Cavaleiro da Águia (2005), de Fernando Campos, y *Al-Gharb 1146* (2005), de Alberto Xavier.

Precisamente en esta línea de revisión de nuestro pasado árabe, en el ámbito de la novela, se inscribe la presente obra de Alberto S. Santos. Y, tratándose de ficción, no es menos cierto que incorpora una labor tenaz en el sentido del rigor histórico, por lo que respecta a las líneas maestras del periodo que retrata y a la impresionante descripción de los escenarios en los que se mueven los personajes.

El autor traza un seductor cuadro con numerosas variantes, huyendo de la tentación maniqueísta en la visión del periodo analizado, el final del califato de Córdoba.

La obra, que sigue felizmente los caminos de la novela histórica, sazona con una dosis de erudición una trama en la que no faltan momentos mágicos, a la manera del realismo fantástico.

Y así, reconfortante para quienes se sienten fascinados por la Edad Media, tiempo de luz y espiritualidad que no de tinieblas, como vulgarmente se dice, ve surgir un autor portugués más que, con talento, contribuye a rescatar del olvido la época de oro que fue, en nuestro territorio, la de Gharb al-Andalus.

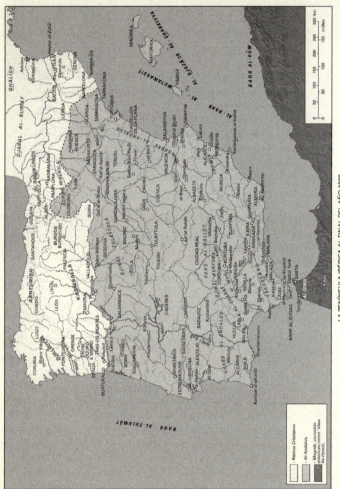

LA PENÍNSULA IBÉRICA AL FINAL DEL AÑO 1000

Primera parte

SOL MENGUANTE

I

Palacioli, Paço de Sousa, Anégia, año 997

«¡Ha llegado la hora!» Se despertó abruptamente, mucho antes de que la campana anunciara maitines, y se levantó con aquella convicción hendida en el corazón. Ouroana estaba convencida de que había llegado finalmente el momento de cumplir la divina misión para la que había sido llamada. Desde su minúscula celda, situada en la parte trasera del monasterio, oía a la perfección los lamentos de dolor, angustia y espanto de los hombres y las mujeres con quienes compartía la vida, y aun los gritos de guerra entonados en una lengua extraña en aquella tierra, y que ella tan bien conocía, la de los seguidores de Mahoma.

Tampoco tardó en padecer el olor a humo y a fuego, ni a toser por el hollín que entraba por la estrecha tronera de su austero aposento. Aquella imprevista luz anaranjada tenía su origen en la iglesia, donde crecían llamaradas que con sumían con rapidez la madera y quebrantaban la estructura de piedra del monasterio dedicado a san Salvador[1], en Paço de

---

1. Así se llamaban en la Edad Media las iglesias bajo la advocación del propio Cristo. Más recientemente, las advocaciones pasaron a ser hechas al «Salvador».

Sousa, territorio de Anégia, Condado Portucalense, en el reino de León.

«No..., no se trata de una misión... ¡Es el fin! ¡Protégenos, Señor! ¡Perdóname, Cristo, todos los pecados, porque ha llegado mi hora!», pensó al darse cuenta del infierno que la rodeaba, mientras se vestía con urgencia su hábito.

De repente, aquello para lo que se había preparado, la misión que le había sido anunciada con vistas a su salvación, le parecía una visión sin sentido.

—¡No era, pues, Cristo aquel hombre de blanco! —murmuró, angustiada. Sus pensamientos se emborronaban ante el ruido cada vez más estremecedor que le llegaba de todas partes: los ensordecedores bramidos en la lengua de los árabes se mezclaban con los llantos desesperados y los lamentos de los hermanos y las hermanas del monasterio, y con el tropel de los caballos que rodeaban el edificio. Una luz de fuego lo consumía y proyectaba horripilantes sombras en los muros. ¡Cuán diferente era aquella aurora de otras de su vida! Pero había algo que aún la afligía más: se desvanecía la certeza que albergaba en su corazón desde la primavera del año anterior y con la cual se había despertado momentos antes.

No les costó demasiado a dos hombres enjutos, de tez morena, nariz curvada, barba larga y vestidos de negro, abrir la puerta de la celda, apenas asegurada con un pestillo de madera. La señal de la cruz no tuvo ningún efecto mágico ni milagroso. Sí se mostraron más convincentes las espadas y las dagas de los sarracenos: desgarraron el sueño que la había llevado a aquel lugar. Con las armas dirigidas hacia su cuello, su pensamiento se perdía, difuso, en la historia de su vida. Se había acostado convencida de que era portadora de una misión divina y se despertaba con la angustia de la muerte frente a sus ojos.

Se vio sujeta por los dos desconocidos y arrastrada en dirección a la puerta y a lo largo del pasillo que conducía al acceso a los claustros. Todas las celdas estaban ya abiertas. En las que no estaban vacías, yacían cuerpos caídos entre la sangre. Estaban muertos o moribundos por haberse negado a salir, por haber luchado o, al ser viejos, por haber sido liquidados sin más para no dar trabajo.

Después de sacarla por la puerta principal del monasterio, llevaron a Ouroana junto al riachuelo[2] que corría por las inmediaciones y la empujaron al lugar en el que se encontraban ya algunos de los trémulos compañeros de infortunio. El terror marcaba los rostros de quienes habían sobrevivido al pillaje y a la acción de los musculosos soldados. Los pusieron a todos junto a la orilla y allí asistieron a un espectáculo hediondo. Las llamas, animadas por el calor que a aquellas horas de un día a finales de julio del año 997 ya se dejaba sentir consumían, voraces, el edificio al que la joven novicia había confiado su vida. Sonó un gran estruendo, capaz de acallar por unos instantes la algarabía de los asaltantes y de asustar, aún más, a los afligidos clérigos. Acababa de caer la campana de la iglesia, para gozo de algunos de los exuberantes soldados, que alzaban sus espadas en dirección al cielo al tiempo que invocaban a Alá.

Transcurridos algunos momentos —cortos según el ciclo del tiempo, pero que parecían interminables para aquellos desamparados apostados a lo largo del pequeño curso de

---

2. Referencia al actual riachuelo de Gamuz, que, en la Edad Media, también dio en llamarse Egamuz (se supone que por referencia al Pazo de Egas Moniz, el ayo de don Alfonso Henriques, que vivió cerca de un siglo más tarde).

agua—, apareció, montado en un elegante caballo color canela, vestido con finos brocados verdes y con una *bayda*[3] metálica que le protegía la cabeza, un hombre de edad ya avanzada y que parecía el jefe de aquel ejército.

Ouroana miró alrededor y contó, como poco, cerca de tres decenas de cautivos. Pensó que faltaban otros tantos. Allí se encontraban los más jóvenes.

Levantando la voz, un joven caballero árabe ordenó en su lengua materna, después de bajar de su montura:

—¡Todos de rodillas para recibir a *al-sayiid* y *al-malik al-karim*[4] del califato de Córdoba, el gran al-Mansur!

La sangre de la novicia se heló en cada una de sus tensas venas y arterias. Conocía mejor que cualquier otro cristiano de los que allí se encontraban la fama del jefe de las tropas árabes, aquel al que los seguidores de Cristo consideraban el impío y sanguinario Almanzor. Llamado así porque se había mostrado imbatible en las batallas que había liderado desde que asumiera el mando político y militar de las huestes oriundas del califato de Córdoba.

De hecho, Muhammad Abiamir —su verdadero nombre— ocupaba desde 978 el cargo de *hajib*, primer ministro de los omeyas. Había alcanzado su primera victoria importante como comandante militar en 977, cuando invadió con éxito el reino de León, y a partir de entonces pasó a aterrorizar los lugares por los que pasaba durante sus constantes incursiones estivales. Saqueó, mató, destruyó y desvalijó todo lo que encontró a su paso, y puso especial atención a la humillación y la profanación de los santuarios de la cristiandad.

---

3. Casco semiesférico para proteger la cabeza.
4. «Señor y noble rey», título con el que se autodenominaba Almanzor en 996.

Concentraba en su persona todos los poderes, eclipsando al joven califa Hisham II. Aunque en ese extremo occidental de la península se creía que no volvería, pues se concentraba en la zona central de León y en Castilla. ¡Había quedado claro que no era así!

A Ouroana le extrañó que los monjes no reaccionaran a las órdenes del jinete, hasta que comprendió que sólo ella entendía la lengua de los árabes. Para no llamar la atención, decidió que tampoco acataría de inmediato aquellas instrucciones. Pero la misma orden resonó enseguida y en perfecta lengua romance —la hablada en las tierras que creían que Jesús era el verdadero hijo de Dios—, pronunciada por quien tenía el cargo de intérprete del ejército islámico. Y la reacción fue distinta: la novicia entrevió los rostros abatidos de los suyos, conscientes de lo que se les venía encima. Todos obedecieron con prontitud.

Almanzor hizo avanzar su alazán hasta la orilla del río, donde estaba arrodillado el primero de los monjes, y se paseó lentamente ante cada uno de ellos. Paraba junto a algunos cautivos, sobre todo junto a las mujeres. Con la espada los obligaba a levantar la cabeza y hacía comentarios al joven jinete que lo seguía a pie. La punta de la espada heló la barbilla de Ouroana. Abatida, levantó la cabeza y vio cómo un color negro arrebatado ahogaba el azul celeste que sus ojos vislumbraban hasta ese momento. Los de Almanzor crecían en espanto, al tiempo que se dibujaba en su cara una misteriosa sonrisa. Agarró su barba bien recortada con la mano izquierda y, con la derecha, levantó la *bayda*. Alisó despacio sus largos cabellos blancos y volvió a cubrirse la cabeza, mientras con el dedo índice de la mano derecha se rascaba una arrugada cicatriz que le cruzaba la mejilla. El frío metal descendió ligeramente y acarició sin prisa los firmes senos de la joven indefensa, que se escondían debajo de un hábito que había sido blanco y negro y que en aquel momento más parecía el atuendo de un mendigo. El hollín, las cenizas y el polvo lo desfiguraban por completo.

La mano amarillenta del comandante árabe hizo subir la espada, que rozó ligeramente la oreja derecha de Ouroana y llegó a alcanzar su frente. A continuación la bajó un poco y la introdujo por debajo del velo negro que completaba su hábito monacal. Movió el metal hasta que dio con la lámina perpendicular, en lo alto de la cabeza, y con un movimiento brusco y fuerte lo rasgó, liberando así una larga y encantadora cabellera rubia.

—Mmmm... ¡Qué hermosos cabellos! Me recuerdan algo o a alguien... Parecen un ondulante campo de trigo de al-Andalus —comentó Almanzor, dejándose llevar por el agradable efecto que producía en él la visión de aquella mujer de piel blanca y brillante. Los ojos del árabe se abrieron aún más y sus labios pasaron de dibujar una sonrisa a describir un círculo—. Que el Todo Misericordioso me perdone, pero es mucha belleza junta en una infiel. Ciertamente será una esclava cotizada en los mercados de Córdoba para el harén de un piadoso y rico musulmán —aseguró el poderoso comandante, aún intrigado con la fugaz idea de haber visto en algún lugar aquel rostro.

Detrás de él, un soldado sonrió, mordaz, mientras manifestaba asentimiento con un ademán de la cabeza y miraba a la novicia con mal contenida lascivia.

La expresión de Ouroana reflejaba la rabia que ardía en su interior. No evitó una serie de pestañeos ni logró contener el descontrol de los latidos de su corazón. Volvió a pensar en aquel sueño que le describía su misión. Y mientras contemplaba cómo Almanzor y su secuaz seguían la inspección de los allí arrodillados, por su mente cruzaba un torbellino de ideas e imágenes sin sentido claro: ya se veía muriendo bajo la espada de un árabe y, empapada en sangre, siendo tirada al río, huyendo y siendo perseguida por las tropas islamistas, o bien salvando al mundo del infiel enemigo al frente de un ejército cristiano.

II

Palacioli, Paço de Sousa, Anégia, año 997

Después de la inspección, el general llamó a un puñado de hombres que, o bien por el aparejo de sus monturas, o bien por su aspecto diferente, debían de ostentar funciones de mando. A pesar de la distancia, Ouroana consiguió comprender por lo que hablaban que la misión de aquellos hombres era seguir en dirección a la ciudad de Portucale[5] y que el resto del ejército aguardaría, a corta distancia, junto a un vado del río Sousa. Debía proteger a los que habían pasado a hierro y fuego el monasterio de Paço de Sousa.

—¡Encadenad a los esclavos! ¡Seguirán a pie, en retaguardia! ¡Que cuatro soldados se encarguen de vigilarlos! —ordenó con firmeza Almanzor.

Con las manos sujetas con grilletes por delante y unida a cerca de una decena más de cautivos, Ouroana formaba parte de uno de los tres grupos que, ferozmente custodiados, partía de aquel escenario de terror.

El guardia que la vigilaba era un soldado de mediana edad, cuya participación en muchas batallas se manifestaba en las

---

5. Actual ciudad de Oporto.

irregulares cicatrices grabadas en el rostro, en la frente y el cuello, así como por una ligera cojera en la pierna izquierda.

Tan pronto como iniciaron la marcha, Ouroana entrevió en él una extraña sonrisa y unos dientes podridos. Su mirada, húmeda y libidinosa, era un reflejo de su pensamiento. De hecho, aquel hombre estaba convencido de que la suerte le sonreía, ¡y qué suerte! Nunca hubiera imaginado que se encontraría con un ser tan inquietante y atractivo en la faz de la tierra, y a su entera disposición: sólo en el paraíso —y después de haber participado en la *yihad*—, tal cosa parecía posible.

La turba recorrió la orilla del Sousa hasta confundirse con los estandartes de otra sección del ejército. Detrás de las tres filas de cristianos con grilletes que cerraban la comitiva, apareció un batallón de jinetes al mando de un joven esbelto, pero fuerte, de barba rala que aparentaba tener unos veinte años.

Al acercarse a las tropas estacionadas al frente, Ouroana percibió la realidad: fueran cuales fueran los objetivos de Almanzor, sólo podía rezar por sus almas. La temible máquina de guerra cordobesa había llegado a aquel lugar después de destruir el monasterio de San Pedro de Lardosa y de sitiar el castillo de Penafiel. Las dos facciones tomaron las posiciones ya definidas y más que conocidas por las tropas. Los tres grupos de cautivos, constantemente vigilados, ocupaban una zona marginal de la falange de guerra. El sol quemaba ya sobre sus cabezas.

El hambre y la sed empezaban a apretar. El guardia indicó a los prisioneros que los llevaría al río para que bebieran. Hizo que se sentaran en círculo y, a continuación, que recorrieran uno a uno los cincuenta pasos que separaban aquel lugar de una salceda, junto a un meandro del río que ofrecía protección visual a quien allí se encontrase. A la novicia le extrañó que, a pesar de no ser la última del grupo, la dejara para el final. Cuando echó a andar camino del río, comenzó a sospechar, por los jadeos y el renovado brillo en la mirada del guardián.

Una vez en la orilla, el hombre indicó el agua y repitió el ritual que había utilizado con los demás. Como pensó que, al igual que con los otros cautivos, no lo sabría entender, colocó la mano en forma de cazillo y se la llevó a la boca.

—¡Bebe, infiel! —gritó, ansioso, en su lengua.

Cuando Ouroana cogió el agua que apagaría su sed atroz, el guardia la agarró y la obligó a darse la vuelta. La joven adivinó su lascivia en la cínica sonrisa y en que, por segunda vez ese día, el metal de una espada le cortó la respiración. La tensión no le permitía ya comprender las palabras del sarraceno, que al mismo tiempo le hacía un gesto para que se echara:

—¡Vas a ser mía, cabra infiel! ¡Te voy a poseer aquí mismo!

La joven echaba la cabeza atrás, repelida por el repugnante hedor que exhalaba aquella boca de rala y podrida dentadura; por su mente cruzaba un remolino de pensamientos inconexos. Prefería morir a ser violada.

Mientras aún veía el hilo de humo en que se había convertido su monasterio, la velocidad de su pensamiento la llevó hasta el sueño que la había convencido de que había sido designada para una misión en el mundo que le permitiría alcanzar la perfección, la salvación y, de este modo, acceder al paraíso. ¿Le pedía Dios que se sacrificara, que dejara que su pureza fuera traspasada por el infiel? ¿Desearía Él que se resistiera, que pusiera fin a su vida antes de que la violaran, para demostrar al musulmán, a través de su autoinmolación, de qué temple y con qué convicciones estaban hechos los verdaderos creyentes?

En medio de esta vorágine, el árabe arregló sus vestiduras y, con la intención de consumar la profanación, se colocó detrás de Ouroana y la agarró por el cuello. Apoyó la espada en su vientre y la obligó a arrodillarse. Enseguida se llevó el dedo índice a la boca: no quería sonidos inconvenientes. Sintió entonces la joven cómo brotaba de su interior una oleada de energía que la llevó a luchar con todas sus fuerzas. Mientras el soldado la forzaba a echarse boca abajo, Ouroana se revolvió, pateó, lo mordió y lo golpeó. No obstante, el sarraceno consiguió inmovilizarla y atarle las manos con la cuerda que, con premeditación, llevaba consigo. Desesperada, gritó socorro. De inmediato, con su mano izquierda el guardia le tapó la boca y con la derecha le arrancó su vestimenta, los restos del hábito que se había puesto aquella mañana, cuando empezó a oír aquel imprevisto alboroto.

El soldado dominaba bien aquella técnica, que ya había usado en ocasiones anteriores. No tardó mucho en desnudar a la novicia y pegarse a sus espaldas. La joven sintió que el mundo se desmoronaba: todo aquello en que creía se venía abajo ignominiosamente. No conseguiría sobrevivir al ultraje. O moría durante el acto o se mataba a continuación. Tal vez Jesús no era justo con ella al darle tan triste sino después de tanta dedicación. Recordó sus últimas palabras en la cruz: «Padre, ¿por qué me has abandonado?», y creyó que las comprendía.

Sintió la gruesa virilidad del atacante debajo de su vestimenta guerrera.

«¡Es el fin!», pensó, y, mientras los primeros rayos de tonalidades ocre del sol menguante del final del día la bañaban, se persignó mentalmente.

De repente, y sin que nada permitiera anticiparlo, el cuerpo del árabe cayó, inerte, antes de alcanzar sus objetivos predatorios y sin que Ouroana fuera consciente de lo que ocurría. Parecía que su espíritu había abandonado ya su cuerpo.

Sus ojos miraban las límpidas aguas del Sousa que, indiferentes, corrían con indolencia hacia el Duero. Con todo, una insólita escena empezaba a perturbar aquella quietud: los peces huían nerviosos de una mancha rojiza que se adentraba en el río cada vez con más intensidad. Incluso creyó Ouroana que su pureza estaba a punto de disolverse en las cristalinas aguas. Pero no era así. Una virginidad desflorada nunca bastaría para teñir el riachuelo con tanto carmesí. Sólo entonces reparó en que el guarda, encima de ella, estaba completamente inmóvil: su mano ya no le tapaba la boca y de sus espaldas brotaba el líquido que llegaba al río y había alborotado a los peces. ¡El hombre yacía muerto y ella seguía inmaculada!

Consiguió librarse con dificultad del cadáver del moro, que, de cabeza para abajo, ocupaba el lugar en el que antes estaba ella. En la espalda, bien clavada, la daga que con tanta eficacia lo había alcanzado.

—¡Dios mío, me has enviado un ángel de la guarda! —murmuró, exhausta y aliviada, mientras se recuperaba—. ¡No..., no puede ser! Parece... ¡Parece él! ¿Habrá sido él quien me ha salvado?

Segunda parte

LUNA LLENA

III

Monasterio de San Salvador de Celanova,
Ourense, Galicia, año 976

Munio Viegas, gobernador de la *civitas*[6] Anégia, acompañado por otros influyentes nobles gallegos y portugueses, se había dirigido al monasterio de Celanova para solicitar los buenos oficios de su abad, Rosendo Guterres, en contra de Orduño III, rey de León. Pretendían sustituirlo por Bermudo, más favorable a sus intereses.

La ilustre delegación de magnates, vestidos con *feiraches*, los ropajes típicos de las tierras del Miño, y con sus largas cabelleras divididas en dos por una raya y cortadas de tal forma que un mechón caía sobre la frente, estaba encabezada por Gonçalo Mendes, conde mayor de Portucale. Asistían también Gonçalo Nunes —de quien en secreto se decía que había sido el responsable de la muerte del rey Sancho I— y Rodrigo Vasques.

---

6. Especie de distritos militares creados por el rey Alfonso III de Asturias (866-910) que dependían de un centro fortificado, sede del poder local, desde donde se coordinaban las estrategias de defensa, se cobraban impuestos y se administraba justicia en nombre del rey. Se distinguían dos *condados* (unidades políticas) y dos *territorios* (unidades eclesiásticas). La *civitas* Anégia tuvo su sede en un promontorio rocoso que se alzaba sobre el Támega y el Duero, actualmente llamada Cividade, en las inmediaciones de la localidad de Entre-os-Rios, feligresía de Eja, concejo de Penafiel.

Munio era conocido por el sobrenombre del Gascón, por ser oriundo de la Gascuña, de donde llegó hacía años a las tierras de Anégia, a orillas del Duero, que conquistó para sí. El mismo rey se apresuró a otorgarle el cargo de gobernador, interesado en que estableciera su autoridad en la frontera con los moros.

Al final del conciliábulo, solicitó al abad Rosendo una audiencia a solas. El *scriptorium* del monasterio los acogió y les proporcionó la privacidad que necesitaban. Había bastantes libros, orgullo de aquel anciano, unos llevados allí por los mozárabes andalusíes de las bibliotecas de Córdoba; otros, por peregrinos a Santiago, y aun otros recogidos con mucho celo por el propio abad durante los numerosos viajes realizados a lo largo de su vida, como era el caso de las obras de padres antiguos procedentes de Francia y de Italia. Se encontraban libros de Isidoro, Leandro, Ildefonso, Taio y Beda el Venerable.

El gobernador de Anégia, uno de los poco nobles que había aprendido a leer en su juventud, en un monasterio, fijó su atención en una de las secciones de la biblioteca de quien fuera en tiempos, obispo de las diócesis de Dume-Mondoñedo y de Santiago. Había allí, separados, libros que el conde no esperaba encontrar, algunos de los cuales ni sospechaba que existieran. Ricamente encuadernados aparecieron ante sus ojos una *Crónica mozárabe*, una *Crónica profética*, una *Crónica de don Alfonso III*, un libro de Juan de Toledo, una copia del *Libellus de Antichristo*, de Adson de Montierender, y una edición de *Comentarios del Apocalipsis* del Beato de Liébana, entre otros ejemplares que Munio no consiguió identificar.

—Abad, tenéis obras extrañas aquí... ¿Acaso estáis interesados por algunas de esas ideas de las que he oído hablar acerca de que llega el fin del mundo?

Una sonrisa abierta apareció durante unos instantes en los labios de aquel anciano ya de espalda vencida por el peso de los años, mientras sus temblorosas manos acariciaban los lomos de sus amados libros.

—Veo que eres muy perspicaz, hijo mío. De hecho, he estado recogiendo información sobre estas cuestiones. Me preocupan algunas corrientes que pregonan que el fin de los tiempos está cerca. Por eso he coleccionado a lo largo de los años los libros que tratan este asunto.

—¿Y qué dicen?

—Bueno..., muchas cosas. Ya que estás interesado en el tema, siéntate en este escabel y escucha, que te resumiré lo esencial —respondió el venerable abad, y se dirigió con andar cansado hacia una mesa cuadrada de madera de roble y se sentó frente al anegiense.

No era aquélla la razón por la que Munio quería hablar con Rosendo, pero le entusiasmaba poder recibir las enseñanzas del hombre sabio.

—El obispo Julián de Toledo se dedicó a realizar laboriosos cálculos sobre el final de los tiempos. Con la llegada de los musulmanes y de algunas plagas a nuestro territorio, los cristianos mozárabes empezaron, por su parte, a preocuparse con el fin del dominio de los infieles. Por eso, en su *Crónica mozárabe* se preveía que el año 6000 de la creación del mundo —el fin de la sexta y última edad del mundo—, que corresponde al año 800 después de Cristo, los musulmanes serían expulsados de estas tierras. También el Beato de Liébana, que vivió durante la segunda mitad del siglo VIII, creía que la parusía ocurriría entonces, como se ve en sus *Comentarios al Apocalipsis*. Este libro está ilustrado con varias estampas y dibujos que reflejan su visión de las convulsiones y catástrofes que debían suceder al regreso de Cristo, al final de los tiempos. Como tal cosa no ocurrió, la cuestión se retomó en el año 883, con la *Crónica profética de don Alfonso III*, también escrita por mozárabes. Éstos indicaban que al año siguiente terminaría el castigo de los godos por sus pecados y serían expulsados los árabes. Convencidos de tales profecías, el rey Alfonso III envió entonces un emisario a Córdoba para proponer la paz al califa Muhammad I y solicitar autorización para llevar las reliquias de san Eulogio y otros mártires mozárabes a Oviedo.

—Ya, pero como se vio nada de todo eso ocurrió. Los árabes siguen dominándonos y el mundo aún no se ha acabado...

—¡Ahí está el problema! El fin del mundo no llegó, pero las ilustraciones del Beato de Liébana aún fueron reconocidas en la cristiandad a lo largo de las décadas que siguieron a su edición.

—¿Entonces?

—Eso hizo que proliferasen ciertas ideas sacadas de la Biblia, sobre todo del Libro del Apocalipsis, que han llevado a algunos a pensar que el mundo se acabará el año 1000 después del advenimiento de Cristo. Allí se dice: «Cuando hayan pasado mil años, Satanás saldrá de su prisión y seducirá a las naciones».

—Ya he oído hablar de eso. ¿Y qué cree el abad Rosendo? ¿Es cierto?

—Hijo mío, verdad..., verdad es que un día llegará el final de los tiempos. ¿Cuándo será? Nadie puede saberlo. Me dedico a leer sobre el tema. El profeta Daniel, en sus *Profecías*, y san Mateo, en su *Pequeño Apocalipsis*, también permiten alimentar esta idea.

—Entonces, ¿el abad Rosendo también cree que...?

—Bah... Recuerda, hijo mío, a san Agustín, el mayor maestro de la Iglesia. Para él, el Apocalipsis hace, por decirlo así, una recapitulación de los acontecimientos, por referencia a los sucesos bíblicos. Para él, mil es sólo un número simbólico, de modo que sería incierta la duración del mundo. San Mateo también dice que nadie sabe el día ni la hora en que llegará el fin de los tiempos.

—¿Y de qué trata ese *Libellus Antichristo?* —preguntó con cierta reticencia Munio.

—Lo escribió Adson de Montierender en 954, en las tierras de los francos. Se trata de una consulta de la reina carolingia que preocupada con la inminente ascensión de los Capetos, quería que le informaran sobre el fin de los tiempos. Montierender la tranquilizó con la previsión de que tal cosa sólo ocurriría cuando el rey de los francos depusiera su corona en el Monte de los Olivos... En fin, cosas de los francos.

Munio se movió inquieto en su asiento. No podía negar que aquellas cuestiones lo habían incomodado desde que había oído hablar a su hermano, el padre Sisenando, de unos clérigos de Cluny que había conocido en uno de sus viajes. Con todo, al anegiense lo tranquilizaba aquel hombre, un sabio conocedor de la materia.

—Serénate, hijo mío. Sabrás que a nadie le inquietan estas cosas. El pueblo está tan preocupado por las condiciones de vida y por los ataques de nuestros enemigos que ni siquiera imagina que algunos eruditos tengan inquietudes tan profundas. Procura llevar una vida recta y santa, y el fin del mundo nunca te pillará desprevenido. No obstante, y para terminar con esta cuestión, deja que te diga algo: el milenio del nacimiento de Cristo no puede significar el fin de los tiempos, sino más bien un renacimiento. Ahora cuéntame la razón de que desearas hablar conmigo en privado.

Munio intentaba entender lo que acababa de oír y, como hipnotizado, no atendió la interpelación final del abad.

—Así que... ¿sólo querías eso?

—No, padre santísimo. Abad Rosendo, hay otra cosa... Está a punto de nacer mi primer hijo. Dicen que vos sois capaz de predecir y administrar el futuro. Deseo mucho tener un hijo varón, un muchacho fuerte e inteligente, apto para sucederme en el gobierno de la familia y en todo lo que nuestro reino y Nuestro Señor necesiten para la defensa de sus banderas. Sería la mayor alegría de mi vida.

Munio conocía bien la historia de Rosendo Guterres. Cruzó por su cabeza todo lo que recordaba de la vida de aquel hombre, todo lo que hacía que lo venerara y lo tuviera como un sabio con derecho a altar. Era legendaria su lucha contra los musulmanes y, sobre todo, contra los vikingos, los musculosos y rudos guerreros de las gélidas tierras de los mares del Norte, a quienes llamaban también *lotmanos*, cuando atracaban en las cercanías para dedicarse a saquear, profanar, raptar, violar e incendiar.

Después de una vida muy intensa, Rosendo decidió pasar el resto de sus días en el monasterio, el de San Salvador de Celanova, que él había fundado. Y de las virtudes que mejor lo definían, ninguna como la sabiduría y la bondad. Su lucha para que los seres humanos no esclavizaran a sus semejantes había quedado para siempre en la mente de los más humildes, al censurar con firmeza la existencia de siervos en los propios monasterios y abadías. También era mítico el símbolo que ostentaba en sus ropajes y en su estandarte, como guerrero y gobernador de Galicia: una cruz y, en los brazos, un compás y un espejo. Según se decía, el dorado inmaculado de la cruz simbolizaba la ley y la vida dura y sacrificada de aquellos tiempos; el compás representaba la regla que debían obedecer las vidas de aquellos que se crucificasen con Cristo, y el espejo, la encarnación del ejemplo que sentía que debía ser para los demás —nobles y plebeyos, esclavos y soldados, creyentes y paganos— aquel obispo y gobernador de un territorio civil. El anegiense anhelaba, así, los sabios consejos del maestro. El abad le guiñó un ojo y le dijo, con una sonrisa apenas disfrazada:

—Hijo mío, la Gracia Divina no escoge el sexo de los niños. Para que la humanidad crezca y se multiplique en la ley de Cristo, es necesario que existan hombres y mujeres. Aún eres joven y, como dices, éste será tu primer hijo. Da pues gracias a Dios si tienes descendencia saludable, sea niño o niña. Cada cual tiene su papel en este mundo, el papel que la Divina Providencia les ha reservado. Ama a la criatura que has ayudado a generar, antes incluso de saber cuál será su sexo.

Munio escuchaba con atención y en respetuoso silencio las palabras del sabio anciano, y pensó en ellas.

—Te voy a contar la historia de mi propia existencia. Mis padres, que Dios los tenga en la gloria, con un ilustrísimo árbol genealógico real, parecían disfrutar de una vida feliz, pero estaban privados de la alegría de tener herederos. Peregrinaron entonces por monasterios, dejaron ofrendas e incienso en los altares y regaron de lágrimas los templos, pero sin éxito. Cuando mi padre se ausentó para la guerra, mi querida madre empezó a desplazarse cada día, descalza, a una iglesia lejana para oír los oficios divinos y pedir el don de la maternidad. Entonces tuvo la visión de un ángel que le anunció la concepción inminente de un hijo santificado por Dios. Como te dije, dale gracias por no haber pasado por un calvario semejante.

Munio se sintió satisfecho con la respuesta del abad. Permaneció todavía unos momentos más junto al religioso, hasta que, por fin, se decidió a partir. Llevaba consigo sus sabias palabras.

Y el día trajo la noche, la noche trajo el sueño y el sueño le reveló que su descendencia se iniciaría con una hija. Simultáneamente, otra inquietud afloraba a su inconsciente nocturno: una extraña, inexplicable y feroz pugna entre el sol y la luna.

Todos los nobles volvieron a sus casas llenos de la esperanza por el auxilio del abad Celanova. Con todo, la muerte impediría más ayudas procedentes de este hombre de la Iglesia, pues le llegó sin avisar el primero de mayo de 977. De Rosendo quedó la perpetua memoria del santo en cada rincón del noroeste peninsular. Cayó enfermó y murió el mismo día. Y, con él, se desvanecieron las esperanzas de aquellos hombres. Quedaría por cumplir la última misión civil que se había propuesto, aunque dejó un soplo de hombre nuevo en el corazón de alguien: el gobernador de Anégia.

IV

Inter Ambulus Ribulus,
Entre-os-Rios, Anégia, año 976

Bendita seas entre las mujeres, protege a mi hijo y haz que sea varón. Te lo pido a ti, Virgen, que fuiste madre y tuviste el don, también tú, de haber concebido un hijo varón.

Valida Trutesendes rezaba frente a una imagen de Nuestra Señora embarazada. Al llegar a los dieciocho años era una bella mujer que, a pesar de no ser demasiado alta para el patrón femenino de su tiempo, llamaba la atención por su tez morena, sus ojos almendrados y la espesa y ondulada cabellera color castaño. En los tres años que llevaba de matrimonio con Munio, sólo ella sabía de la angustia de no haber conseguido, hasta casi nueve meses antes, darle la alegría que tanto ansiaba: quedar embarazada.

Por fortuna, ya faltaba poco para el nacimiento del deseado descendiente. Había comprobado que el humor del marido había mejorado desde que conociera su estado de gravidez. Se había vuelto un hombre más alegre, más comunicativo y cuidadoso con ella. Como gobernador de Anégia y señor de numerosas posesiones, deseaba un hijo varón, para que continuara la gesta de poder. Por ello a Munio no le importaba referirse en público a su futuro hijo y, cuando volvía de sus viajes, la primera pregunta siempre iba dirigida al estado de salud del «niño» que se estaba gestando en el vientre de Valida. Por ello, cada vez eran más frecuentes los estremecimientos que esta mujer sufría por el miedo de parir una hija.

Por eso, en una peregrinación a Compostela tiempo atrás, la esposa del gobernador había adquirido el talismán que necesitaba: una figura de barro de Nuestra Señora de O, a la que llamaban también Nuestra Señora de la Expectación, en la que la madre de Cristo se mostraba grávida.

Valida había oído decir en Santiago de Compostela que aquella figura representaba la expectación ante el parto de Nuestra Señora, al igual que la ansiedad de la joven madre que espera su primogénito varón. Intrigada, preguntó al vendedor por qué la llamaban simplemente Señora de O, y él le respondió, con toda seriedad:

—La solemnidad de la Señora de O se celebra el 18 de diciembre. La víspera se dan las llamadas antífonas mayores, oraciones que siempre comienzan por un «¡Oh!». Por esta razón, el pueblo creyó que sería más fácil llamarla Señora de O que Señora de la Expectación. Y no se puede contradecir al pueblo: de este modo, todos saben cómo dirigirse al rezar a la Virgen embarazada. Es la Señora ¡Oh!, a quien las jóvenes doncellas deben dirigir sus oraciones en busca de un hijo, sobre todo varón.

El vendedor sonrió, satisfecho al ver la reacción que había provocado en su clienta. Le envanecía aparentar tanta sabiduría ante los ilustres forasteros que acudían a su tienda. Aunque, a decir verdad, había escuchado aquella explicación de boca del obispo de Iria, con ocasión de las celebraciones solemnes que tenían lugar una semana antes de Navidad. Supo entonces que la fiesta de la Expectación del Parto de Nuestra Señora se había instituido en un concilio celebrado en Toledo, durante el reinado de Recesvindo, antes de que los árabes hubieran invadido la Península.

A partir de aquel día, Valida fue una férrea devota de Nuestra Señora de O; se llevó su imagen, con todos los cuidados, en su viaje de vuelta y la colocó en un lugar destacado en su casa. Y hasta aquella fecha, nunca olvidó dirigirle a diario devotas oraciones antes de acostarse. Primero para obtener el don de la gravidez y a continuación para ser bendecida con un hijo varón.

El momento se aproximaba vertiginosamente. Las primeras señales aparecieron cuando el sol brillaba ya con toda intensidad en lo alto del cielo de aquel día del final del verano. Fue una mezcla de sorpresa, ansia y recelo lo que sintió cuando rompió aguas.

Por fortuna, la noble casa estaba preparada. Bastó con llamar a Vivilde, su sabia y más allegada criada, que ya había asistido a decenas de partos, de nobles y plebeyos, para que se le proporcionaran todos los cuidados.

Valida se echó boca arriba en su cama con dosel y Vivilde, con la ayuda de dos criadas más jóvenes, esperó la llegada de las señales decisivas para iniciar sus delicados trabajos. Fue un parto rápido. El que había sido refugio materno para la criatura durante los últimos nueve meses dejó de serlo para siempre.

Con todo, Valida dio muestras de gran sufrimiento durante el tiempo que duró aquel acto de vida. Cortado el cordón umbilical por Vivilde, mostraron a la llorosa criatura a la madre. Estaba bien formada, con ojos cenicientos y una pelusilla que dejaba adivinar unos cabellos color de miel, como los del padre.

La reacción de la parturienta pronto reflejó el desaliento que la vista de aquel pequeño ser le provocaba. Todas las que habían ayudado al parto sabían el deseo de su señor.

—¡Es una niña! —balbuceó Valida, sin fijarse apenas en la belleza pueril de la recién nacida. Nadie se atrevió a hacer ningún comentario.

Munio volvería de su viaje al monasterio de Celanova en pocos días y Valida ya sentía escalofríos al pensar en el momento de la verdad. Dirigió una mirada de profundo desaliento a la figura de Nuestra Señora de O.

A decir verdad, con todo, la bendición de tener un hijo, fuera niño o niña, era para ella tan grande que enseguida se puso a pensar en la mejor manera de manejar el problema que se avecinaba. Tenía una criatura en los brazos y no quería que eso fuera motivo de desavenencias familiares.

Cuando ya terminaba la tarde, vio acercarse a Vivilde. Se adivinaba su madurez en las canas de su abundante y recogida cabellera. Esa mujer, con su envidiable fuerza física e inmensa sabiduría, era respetada incondicionalmente por Valida Trutesendes. Sabía siempre qué hacer ante las más imprevistas circunstancias y conocía las infusiones, las comidas y bebidas indicadas para cada fiebre. Valida sospechaba que la criada era poseedora de algunos poderes sobrenaturales, aunque nunca se había parado a pensar demasiado acerca del origen de sus misteriosos conocimientos. Le bastaba saber que aquella mujer, que ya había asistido a su nacimiento, andaba siempre cerca; cuando su madre, con ocasión de sus nupcias, le comunicó que podía disponer de ella, se sintió muy feliz.

—Señora, no puedo disimular que conozco vuestra angustia: mis manos no os entregaron un varón, como era el deseo del señor de esta casa.

Valida escuchaba, serena y atentamente, mientras observaba a aquella mujer.

—Para evitar que el señor don Munio rechace a vuestra hija y para protegerla de por vida, os recomiendo que toméis algunas providencias. Si me lo permitís, me llevaré a la niña el tiempo estrictamente necesario para realizar ciertos ritos.

—¿Qué me sugieres que haga con mi hija? —preguntó Valida, recelosa e intrigada.

—La naturaleza tiene fuerzas invisibles que, invocadas de forma correcta, nos ayudan a vivir de manera más armoniosa con ella. Como sabéis, este conocimiento ancestral ha pasado de generación en generación en mi familia, siempre por parte materna.

Las palabras de Vivilde surgían envueltas en un entusiasmo que el brillo de sus ojos ponía de manifiesto, reforzadas por la certeza de que la sabiduría que había heredado tenía sus raíces en fuentes ancestrales y desconocidas. Decidió hacer una pausa y esperar a ver la reacción de su señora. El pensamiento de Valida estaba poblado de imágenes, ya difusas, ya más explícitas, de las dotes mágicas y sobrenaturales que sospechaba existían en su criada. Sintió el sabor de algunas de las bebidas elaboradas con hierbas desconocidas que había tomado de cría, cuando le dolía la barriga o tenía problemas de piel. Visualizaba también los viajes hechos con la mujer, en determinadas épocas del año, a un bosque cerca de la casa de su madre; nunca supo la finalidad de aquellas salidas, pero siempre le provocaron una mezcla de miedo y curiosidad. Su pensamiento se detuvo incluso en momentos en que los niños de su edad le confiaban al oído que Vivilde era bruja. Y a tal punto le divirtió entonces aquella idea que un día organizó una visita clandestina a la habitación de la criada con la esperanza de encontrar utensilios mágicos y, sobre todo, una escoba voladora. Y grande fue la decepción, porque no encontraron nada, a excepción de algunas hierbas secas diligentemente guardadas en potes dentro de un baúl. Valida sonreía al recordar aquella aventura, que nunca había contado a Vivilde. Con esa enigmática sonrisa dibujada en sus labios, le hizo un gesto para que continuara.

—Las madres se lo pasan a sus hijas y éstas, a su vez, a la suyas y a las nietas. En este caso, considero que sería juicioso invocar las fuerzas protectoras de la naturaleza para la niña que acaba de nacer. No sólo para que su padre la acepte, sino también para que, a lo largo de su vida, disfrute de la protección y la armonía de las energías invisibles que nos rodean.

—¿Y cuándo piensas hacerlo? —Valida aún no estaba del todo convencida.

—De noche. Mañana, después de que el sol se ponga. Tenemos noches de luna llena, y por eso es el momento adecuado. Necesitamos tres lunas seguidas.

—En este caso, ¡tendré que acompañarte! —al fin, la señora de la casa se decidió a arriesgarse con la ciencia de Vivilde.

—No, señora. No os encontráis en condiciones físicas para tales tareas.

—Sólo así aceptaré, Vivilde —respondió con determinación la madre primeriza.

Confiaba en la criada, pero no quería dejar de acompañarla en aquella invocación, aunque le resultara penoso y sintiera un inmenso pavor a la oscuridad, a la noche y a los bosques, donde se decía que vivían las criaturas más horribles.

Quedaron de acuerdo para el día siguiente, después de la cena y de que todos los criados se hubieran retirado. Tuvieron que aguardar a que la niña se durmiera, no fuera a ocurrir que se echara a llorar y llamara la atención de alguien en la casa, en especial de Rodrigo, el servicial encargado de la seguridad nocturna.

Las dos mujeres, vestidas de negro de la cabeza a los pies, salieron discretamente de casa por una de las puertas traseras, que dejaron a medio cerrar para poder volver en silencio.

En el cielo, la luna exhibía todo su esplendor con luz plateada. Era posible vislumbrar el espacio alrededor y percibir el camino que debían seguir. No obstante, al mismo tiempo, aquella luz provocaba efectos tenebrosos, sombras de formas diversas proyectadas por los árboles, que hacían que Valida imaginara los peores peligros. No sorprendió a la criada oír que exclamaba:

—¡Por Dios, Vivilde, esto es muy peligroso! ¡Volvamos atrás!

—No temáis, mi señora. Lo que vemos aquí y ahora es lo mismo que veríamos a la luz del sol. La luna apenas le confiere la ilusión de que pertenece a otras formas de vida. Mirad qué hermosa está la señora de la noche. Ella será nuestra protectora. ¡Confiad!

Siguieron. Valida reconocía los caminos que usaba durante el día a lo largo de las propiedades de su señor y marido. Al ser nombrado gobernador de Anégia, Munio consiguió las primeras tierras, y su patrimonio fue aumentando con otras que, aunque más distantes, adquiría y hacía cultivar. De esta forma, crecía en riqueza y prestigio.

En el cumplimiento de sus responsabilidades, Munio debía ausentarse a veces de la sede del territorio y de casa, que se hallaban en el lugar donde se encontraban el Támega y el Duero, en el *oppidum* de la *civitas* Anégia, ya fuera para administrar justicia, para comprobar el estado de los campos de cultivo, para recaudar impuestos o reunirse con otros nobles del reino, en especial de Galicia y de Portucale, e incluso para organizar partidas a caballo para realizar incursiones en tierras dominadas por los árabes, en busca de riquezas. El esposo de Valida volvería en cuestión de días de Celanova. Bajo la intensa luz de la luna y con los ojos puestos en el plateado Duero nocturno al fondo, se preguntaba sobre la eficacia de aquellos arriesgados menesteres.

Súbitamente, Vivilde tomó una senda hacia la derecha, hacia unas tierras que su compañera nunca se había atrevido a explorar ni aun de día. Era un camino estrecho, bordeado de altos muros graníticos, que desembocaba en un bosque. La niña seguía dormida, pero los latidos del corazón de la madre se aceleraban de forma descontrolada. Un estremecimiento de pavor le recorrió la columna vertebral y le provocó sudores fríos. Casi quedó petrificada cuando, a su derecha, algo se movió de repente entre el follaje y los arbustos y rompió el silencio que apenas era hollado por los pasos y por la respiración, ya más ahogada, de las dos damas vestidas de negro. «Tal vez sea una animal asustado», trataba de convencerse Valida. Siguió a Vivilde, en silencio y angustiada, con la hija cada vez más apretada contra su pecho.

Más adelante, un nuevo estremecimiento. Mientras recibía en el rostro la áspera caricia de un sauce llorón, algo que se arrastraba a su izquierda le provocó un nuevo e intenso pánico. Imaginaba en aquel momento horrendas criaturas nocturnas que surgían de las profundidades de la tierra, precisamente cuando no podían ser vistas, para atacar a quien osase entrar en el territorio gobernado por el astro plateado. Sintió que el corazón le daba un vuelco y a punto estuvo de echar a correr hacia su casa para proteger a su hija de aquellos seres de las tinieblas. Pero no disponía de fuerza física ni mental para hacerlo sola.

La luz escaseaba en el bosque. Entre los árboles, Valida entrevió, algunos pasos adelante, la claridad de la luna surgiendo con más intensidad. Poco después empezó a distinguir un pequeño ruido que al avanzar se volvía más intenso. Aquel rumor le resultaba familiar, pero no conseguía, entre tantas emociones, distinguir de qué se trataba. «Tal vez sólo sea el viento, que se hace oír entre los árboles», reflexionó, para tranquilizarse.

Aún anduvieron un poco más, hasta que la ebúrnea luz volvió a mostrarse en todo su esplendor. A la izquierda, una pared servía de base a una elevación del monte por el que el bosque se extendía. Desde allí se percibía mejor el ruido, más familiar a medida que se aproximaban.

—¡Ah, es una fuente! ¿Podemos beber un poco de agua? —preguntó en voz baja la madre, ya más aliviada.

—Aquí nos dirigíamos, a este claro, donde se ve la luna llena, donde se concentra toda su luz, y esta fuente es mágica y maravillosa. ¡Bebamos un poco!

Se acercaron al lugar del que manaba el líquido cristalino. Alguien había colocado allí dos piedras que formaban una uve, que servía para canalizar la savia de la tierra antes de que cayera al suelo y siguiera hacia los campos, al otro lado del bosque, a través de una pequeña regata que el mismo discurrir del agua había formado. Acercaron las bocas sedientas a las piedras frías y bebieron.

—Esta es la fuente mágica, el destino que determiné para vuestra hija. Está unida a un manantial de agua subterránea que, a su vez, se conecta con otros lugares del universo —de esta forma Vivilde inició su sorprendente explicación—. En estos manantiales viven seres muy peculiares, una especie de hadas a las que también llamamos parcas o hilanderas del destino. Ellas determinan el nacimiento, la vida y la muerte. Y como son hijas de la noche y de la luna, deben ser evocadas a la luz de la luna, como hoy.

Valida escuchaba con una mezcla de admiración, espanto y recelo. Su corazón, que hasta entonces confiaba de las decisiones de Vivilde, empezó a vacilar y a temer por lo que estaba a punto de sentir y oír. La certeza dio lugar a la incertidumbre, al temor y al desasosiego. Imaginó que seres extraños y desconocidos tomaban la vida de su hija. Sus ojos almendrados se posaron en la luna y en ese instante se sintió tocada por una sutil energía interior que la inclinó a aceptar la fascinación del momento.

—Se llaman Cloto, Láquesis y Átropos. Cloto es la hilandera, responsable de tejer el hilo de la vida con un huso mágico; Láquesis es la devanadora, distribuye y valora, y decide el destino, mientras que Átropos determina cuál es el momento de cortar el hilo con una tijera mágica. Así, estas ninfas están ligadas a cada uno de los ciclos de la vida: el nacimiento, el matrimonio y la muerte. El principio, el medio y el fin. Para nosotras las mujeres, son especialmente importantes sobre todo porque protagonizamos uno de estos momentos, el del nacimiento. Pero también son relevantes para favorecernos en el matrimonio.

Vivilde se sentó sobre los pies entrelazados, cara a la fuente, y pidió a Valida que le diera la niña. Cuando se la dio, recomendó a la joven madre que hiciera lo mismo que ella y se mantuviera en silencio.

La criada colocó a la criatura sobre su regazo y le sostuvo la cabeza con la mano derecha. El agua seguía su eterno movimiento: brotaba de la piedra, recorría la boca de la fuente y caía con generosidad al suelo. Amparada por la luz de la luna, Valida Trutesendes escudriñaba dentro del agujero con la esperanza de vislumbrar señales de las mágicas señoras. Sus ojos no observaron nada extraño, pero se detuvieron enseguida en la mano izquierda de Vivilde, que en aquel momento aparecía de entre sus negros ropajes portando tres hilos de colores distintos: uno rojo, uno negro y otro blanco.

La sirvienta acercó la mano a la fuente y dejó que el agua los mojara. A continuación abrió las ropas de la criatura y colocó cada uno de los hilos sobre su pecho, al tiempo que murmuraba algo inaudible. La recién nacida se removió, debido al súbito y desagradable frío húmedo, pero no se despertó. Vivilde retiró después los hilos de colores y pidió a la madre que tomara a la niña entre sus brazos.

—Estos hilos simbolizan a cada una de las hadas de las que os he hablado. Una vez empapados en las aguas mágicas en cuyos manantiales viven, vamos a iniciar el rito con el que se ha de tejer la vida de vuestra hija y a pedir su protección.

Vivilde empezó entonces a entrelazar los tres hilos entre sí para formar un único hilo policromado, mientras decía:

Arriba, abajo,
mágicas líneas del destino.
Aquí, con un único y renovado propósito,
se entrelazan el nacimiento, la vida y la muerte.
¡Oh!, hadas de la vida, invoco toda vuestra ayuda,
para que la vida de este nuevo ser sea protegida
por vosotras, ninfas generadoras del manantial de la vida.
Vosotras, que habitáis en las fuentes vitales del universo,
cuya agua fecunda la vida; vosotras, que visitáis el cielo,
donde vivís en una fuente de agua protegida por la luna.
Venid y acoged en vuestro regazo a esta delicada criatura.
Cloto, ninfa de la vida, protégela ahora que ya ha nacido,
asegúrale una buena acogida en el seno de sus familiares.

Láquesis, ninfa del destino, protégela de las agruras de la vida,
garantízale un destino de prosperidad y un adecuado casamiento.
Y que sólo llegue junto a Átropos después de una vida larga y feliz.

Valida escuchaba en silencio estas preces sin saber a ciencia cierta qué pensar. Sabía que había cosas en el mundo que merecían la protección divina y otras que debían contar con la protección de las fuerzas de la naturaleza. Nunca había dedicado demasiado tiempo a desentrañar cuándo debía recurrir a la una o a la otra. En aquel momento, no obstante, le parecía más adecuado invocar todas las protecciones posibles para su hija, y más aún a través de una oficiante que parecía tener gran confianza en aquella ciencia. En aquel momento comprendía mejor las palabras que le dirigió su madre cuando la convenció para que aceptara a Vivilde en su casa después de su casamiento: «Vivilde partirá contigo. Te será muy útil cuando no sepas cómo resolver ciertos asuntos, y cuando los ángeles y los santos ya no se muestren dispuestos a ayudarte en determinadas tareas».

La criada cortó la rama de un árbol, la colocó en el suelo frente a ella y siguió entrelazando los hilos, mientras continuaba con su prédica:

> Aquí
> se teje la tela
> de la vida y la muerte
> para todos y cada uno de los mortales,
> se trenza la madeja del destino
> a través de las aguas de este manantial,
> se extiende un hilo que parte de este claro lunar
> y se afianza en Oriente y en Occidente,
> en el Norte y en Sur,
> y une todo el universo
> para proteger a este nuevo ser.

Vivilde terminó sus invocaciones en el momento en que terminaba la trenza tricolor. Ató las puntas y le dijo a la madre:

—Este hilo debe acompañar siempre a vuestra hija a lo largo de su vida. ¡Ahora, vámonos! Mañana volveremos para traer miel y flores, y el último día, pan y vino.

Las dos mujeres se levantaron. La sirvienta miró justo encima de la fuente y vio lo que esperaba: un caracol, una rana, una araña y la cabeza de una serpiente. Todos esos animales habían asistido al ritual que allí se había celebrado. La oficiante los había convocado en silencio, pues eran los hijos de la luna. El caracol, como el astro nocturno, muestra y esconde sus cuernos, desaparece y aparece en su caparazón; la rana, al igual que la luna, se hincha, se sumerge y reaparece en la superficie del agua; la araña, por su parte, es la tejedora, y crea y teje su tela con rapidez a partir de su propia sustancia, del mismo modo que la luna que, como señora del destino, urde las vidas de los hombres y renace a partir de su propia sustancia, y la serpiente, que también se regenera cíclicamente. Vivilde decidió no comentar nada a Valida sobre la presencia de aquellos seres para no asustarla, pero sonrió: todo estaba en el lugar correcto.

Volvieron a casa por el mismo camino. En ese momento la madre ya no sentía miedo alguno. Por eso la marcha transcurrió tranquila, con los indolentes e iluminados ríos a la vista. A aquella hora no había ni un alma por tan recónditos y oscuros lugares del universo. Pocos se atrevían a visitar la noche y sus amenazas. Vivilde parecía acostumbrada, algo que Valida acababa de comprobar. En su interior volvía a agradecer a su madre que insistiera para que tuviera a su servicio a aquella sabia mujer.

Ya en la cama, la niña se despertó. Después de amamantarla volvió a caer dormida. Valida se acostó y pasó revista a todos los acontecimientos de aquella mágica noche, hasta que se quedó dormida y soñó con una vida buena y larga para su hija.

La noche siguiente volvieron al mismo lugar. Llevaron con ellas, como había anunciado Vivilde, miel y flores.

—Son para alimentar a las damas de la fuente y dejarles un hermoso presente. Esperemos que nuestras preces las satisfagan y nos favorezcan con los mejores augurios. Es el tercer día después del nacimiento y es, por ello, una ocasión decisiva para obtener su gracia —prosiguió la criada.

El siguiente anochecer albergó el último de los viajes. Llevaron pan y vino. La miel y las flores ya no estaban en el lugar en el que las habían dejado la noche anterior. Valida no se atrevió a comentarlo, pero vio una sonrisa mal disfrazada dibujada en la cara de su criada cuando decía:

—Están muy felices. Se merecen el pan y el vino para que se diviertan esta noche.

Volvieron a casa. A medio camino, Vivilde se dejó oír de nuevo:

—Señora, invocamos estas gracias bajo la protección de la luna. La luz plateada fue la compañera nocturna que nos iluminó el camino, nos protegió de los peligros y permitió que las damas salieran de sus aposentos en los manantiales de la fuente para que oyeran y atendieran nuestras súplicas. Por eso, deberéis bautizar a vuestra hija con el nombre de Selenia.

—¿Selenia? ¿Por qué Selenia?

—Selene es la diosa de la luna. La diosa que atraviesa los cielos montada en un caballo alado o en un carro tirado por él. Pero a veces también tiran del carro bueyes. Cuando eso ocurre, lleva un tocado con cuernos de animal que forman una media luna. Entonces se posa y antes de volver a levantarse toma un baño en el océano. Es la reina de la noche y de la fertilidad. Selenia quiere decir, también, que es hermosa como la luna y que vivirá bajo los buenos auspicios de la diosa.

V

Qurtuba, Córdoba, año 976

Aquel domingo, 3 de *safar* de 366 de la hégira —primero de setiembre de 976 después de Cristo—, al visir[7] Ja'far le pareció extraño que lo hubieran llamado al palacio por orden de Fa'iq y de Gawdar, los dos eunucos eslavos, o *saqaliba*, que ostentaban los cargos de mayordomos del califa. Presentía que no iba a recibir una buena noticia, dado que estos dos funcionarios acompañaban últimamente al califa en su enfermedad.

—En vuestra condición de *al-ahass*[8], queremos informaros de que el emir de los creyentes, nuestro muy querido al-Hakam II, dejó este mundo para unirse a Alá, el Todo Misericordioso.

—¡Que Alá lo tenga en su gloria! —respondió Ja'far, ceremonioso.

—En su lecho, y antes de fallecer, el califa nos transmitió su último deseo.

Al-Mushafi empezó a sentir un escalofrío en la columna y presintió que las malas noticias no habían terminado.

—¿Y cuál fue ese deseo?

---

7. Ministro.
8. El más próximo, el más allegado (secretario personal).

—El próximo emir de los creyentes que gobernará este califato bajo la dinastía de los omeyas debe ser su hermano al-Mugira y no Hisham, su hijo aún adolescente, como fue su voluntad tiempo atrás.

Ja'far se quedó sin palabras y sintió que la sangre corría más rápido por su cuerpo y se acumulaba en su rostro a toda velocidad. Algunos segundos más tarde, pidió ver el cuerpo del difunto. Pretendía ganar tiempo para pensar qué hacer a continuación. La situación era delicada y cualquier decisión equivocada podría ser fatal. Los dos *saqaliba* asintieron ante su petición y lo hicieron entrar en la habitación en la que yacía, sin vida, aquel que fuera señor todopoderoso de las tierras de al-Andalus y el Magreb.

—Que descanse en paz junto a Alá, el Todo Misericordioso, y que el nuevo emir de los creyentes, al-Mugira, gobierne Córdoba y la *umma*[9] aún con más brillo y sabiduría, según los principios de la dinastía Omeya de su padre Abd al-Rahman y de la ley islámica.

Los dos esclavos *saqaliba* esbozaron una sonrisa cómplice. En apariencia, no les había resultado difícil conquistar a Ja'far para su causa.

Con todo, tan pronto como abandonó el palacio, el visir dio instrucciones firmes para que la puerta fuera vigilada y se le informara de quién entraba y salía de Medina Zahara. A uno de sus mejores hombres le encargó que vigilase a Fa'iq y a Gawdar, que los siguiera allí adonde fueran y que registrara con quién hablaban y, si era posible, cuál era el tenor de sus conversaciones.

---

9. Comunidad de los creyentes musulmanes.

Ja'far, además del puesto de *al-ahass* del recién fallecido califa, había sido también su preceptor cuando era niño y lo conocía como nadie. Sabía, en su interior, que los dos eunucos *saqaliba* mentían cuando citaban las últimas palabras del príncipe de los creyentes. Si hubiera habido una última voluntad de al-Hakam, él debería haber sido el primero en saberlo, y no aquellos dos castrados. Así, después de tomar aquellas providencias, Ja'far convocó una reunión con los partidarios incondicionales del hijo del califa muerto, entre los que estaban, obviamente, Abiamir, el futuro Almanzor.

—Desde mi punto de vista, la situación está muy clara —dijo Ja'far con gravedad a la asamblea, que lo escuchaba con atención, después de poner al corriente a los miembros de los últimos acontecimientos. Las decisiones que allí se tomaran y el apoyo a la persona o al bando correctos serían pasos decisivos para el futuro de cada uno de ellos, en especial para Abiamir, que alimentaba en su interior el deseo de llegar a la cima del poder en Córdoba, el cargo de sultán, con poder absoluto.

—Si mantenemos la titularidad del ejercicio del poder en Hisham, tendremos garantizada nuestra seguridad y el mundo quedará en nuestras manos. Si queda en manos de al-Mugira, se nos escapará todo poder, y él de inmediato intentará satisfacer en nosotros sus odios más profundos —sentenció Ja'far, para que nadie lo dudara, después de haber contado el episodio con los *saqaliba* en el lecho de muerte de al-Hakam II.

—Ante lo que nos contáis, sólo veo una salida: será necesario que al-Mugira acompañe de inmediato a su hermano al-Hakam al reino de los muertos; así eliminaremos la posibilidad de que acceda al *sultan* —las palabras de uno de los conjurados cayeron con violencia en la asamblea.

Después de mucho discutir, nadie dio con ninguna otra alternativa que encajara con los deseos de mantener y ampliar el poder de los que allí se encontraban.

—¿Y quién se encargará de esta tarea? —preguntó Ja'far, entusiasmado.

Nadie se mostraba dispuesto. Aquella indecisión duró algún tiempo, hasta que Abiamir se pronunció:

—¡Yo lo haré! —y, consciente de la gravedad del acto, añadió en tono solemne—: En nombre de la defensa de la voluntad de al-Hakam II, de la integridad del califato de Córdoba y de la continuidad de la dinastía de los omeyas, bajo cuya égida ha brillado en todo su esplendor y se ha defendido la ley coránica.

Los ojos de los presentes estaban clavados en Abiamir. Una vez más, el fiel servidor de los omeyas y, en particular, de al-Hakam II, tomaba las riendas de los acontecimientos.

Se dirigió entonces hacia el palacio donde vivía al-Mugira. Junto a él, con paso nervioso, caminaba su secretario, su propio *al-ahass*, 'Isá ibn Sa'id al-Yahsubi, y detrás de ellos, un contingente de soldados bereberes de la confianza personal del visir Ja'far y especialmente escogidos por él.

Al-Mugira recibió a Abiamir en su residencia y, ante lo evidente de la escena que se desarrollaba ante sus ojos, comprendió al instante qué estaba a punto de suceder.

—¡Por Alá, el Clemente y Todo Misericordioso, no me hagáis daño! Mi sobrino Hisham es el nuevo califa. Firmaré ahora mismo un documento y lo reconoceré como el nuevo príncipe de los creyentes.

Frente a esta nueva circunstancia, Abiamir llamó a un aparte a 'Isá y le ordenó:

—¡Tú lo matarás! Debes comprender que no quiero que se me asocie a la muerte de alguien que no puede defenderse.

—¡No me pidáis esto! Hoy no, por Dios misericordioso. Como sabéis, está a punto de nacer aquel que espero sea mi primer hijo varón. No quiero que este día quede manchado de sangre por una muerte por mi propia mano. Sería muy mal augurio para su vida. Además, pensaba salir de esta casa antes de que se consumara el trágico fin destinado a al-Mugira.

—Bien, siempre le podemos pedir al ministro que nos ahorremos su muerte. Como has visto, él está dispuesto a renunciar por escrito al *sultan* de Córdoba.

—¡Me parece una solución inteligente!

—Ve, entonces, 'Isá, y proponle de mi parte esta forma de resolver el problema.

'Isá se dirigió a la casa de Ja'far con la misión que, a propuesta de él, le había encomendado Abiamir. Por el camino rezó a Alá, Dios Todopoderoso, para que iluminara el corazón del destinatario de aquella propuesta dirigida a evitar la muerte del hermano del califa que acababa de fallecer, sobre todo aquel día que debía ser de alegría para su existencia. No quería que nada —absolutamente nada— ensombreciera el nacimiento de su hijo.

«He esperado tanto tiempo este hijo y, precisamente ahora, muere el califa y surge la idea estúpida de matar al hermano, que sólo piensa en fiestas y no haría daño ni a una mosca», pensaba, preocupado.

Camino a su destino, 'Isá tenía que pasar necesariamente junto a su residencia, y cuando llegó allí percibió cierto bullicio. Fátima, la gorda *tabiba*[10], bajaba de una mula y se disponía a entrar en la casa.

«¡Éste es el día más difícil de mi vida!», se atormentaba.

—*Assalamu alaykum*[11], 'Isá ibn Sa'id al-Yahsubi. Hoy será un gran día para tu estirpe.

Se oyó la voz de Fátima, que le mostró una sonrisa provocadora. El dubitativo 'Isá se limitó a hacer un gesto con la cabeza mientras observaba cómo la matrona entraba en su casa aún hablando entre dientes.

---

10. Partera.
11. «La paz sea contigo.»

VI

Qurtuba, Córdoba, año 976

A 'Isá le encantaban sus hijas, pero un varón siempre permitiría que las huellas de su éxito en la ciudad tuvieran continuación en el futuro, además de que sería de ayuda para la familia en caso de necesidad, o en su vejez. Pero sus ansias no procedían sólo de la satisfacción de tener un hijo. Ocurría también que hacía cinco meses que estaba privado de disfrutar de los encantos de su esposa.

Bien era cierto que disponía de rentas suficientes para mantener a más de una mujer, como así hacían muchos de sus amigos, según preveía el Corán: «Si teméis no ser justos con las huérfanas, casaos con las que os agraden, dos, tres o hasta cuatro, según vuestras posibilidades»[12]. Pero cuando los impulsos de su sexualidad apretaban se valía de medios alternativos para aliviarlos. Había un lupanar, cerca del puente sobre el Guadalquivir, conocido por todos los hombres de la élite cordobesa, donde encontraba esclavas cortesanas educadas para ese fin de tez anacarada, ojos lánguidos exageradamente alargados por el kohl y caras en forma de tulipán o de flor de granado. Allí disfrutaban los hombres

---

12. El Corán, capítulo IV, versículo 3.

de un ambiente refinado, perfumado con ámbar, nardo e incienso, condimentos adecuados para llenar de fantasía y embriaguez los corazones de los clientes. No obstante, era tanto el afecto que sentía por Zulaykha —la madre de sus dos hijas— que, hasta aquel momento, no había querido otra esposa en su harén.

No negaba que aquella abstinencia sexual doméstica forzada lo incomodaba. Con todo, le habían explicado cuando se hizo adulto que el niño se formaba y el alma se unía al cuerpo precisamente cuatro meses y diez días después de la concepción, de modo que, como creyente, debía renunciar a tener relaciones sexuales con la madre a partir de ese momento.

Mientras 'Isá participaba en los acontecimientos que definirían el futuro del gobierno del califato de Córdoba el bullicio en su casa ya era muy grande. Llegaron varias mujeres, entre familiares, vecinas y amigas de Zulaykha, para acompañarla en los momentos finales del embarazo. En total, una docena de ayudantes, asistentes y curiosas.

Una de ellas recordó a la parturienta que había llegado el momento de dar los cien pasos rituales que favorecen un buen parto, pues la partera no tardaría. Poco después hacía su aparición una mujer gorda montada en una mula que no escondía su sufrimiento por la pesada carga que transportaba. Aquella *tabiba* se presentaba siempre tocada con las más bellas joyas, oliendo a perfumes exóticos, vestida con finas sedas de Damasco y exhibiendo una piel y un rostro minuciosamente cuidados. Era obvio que los tres *dinares* que Fátima cobraba por cada parto a las familias ricas contribuían a que llevara una vida tan opulenta.

Antes de llamar a la puerta vio a 'Isá, en medio de la calle, con la cabeza cubierta con su *qalansuwa*, el alto gorro de seda cruda, con un aire entre angustiado e indeciso.

—*Assalam alaykum*, 'Isá ibn Sa'id al-Yahsubi. Éste será un gran día para tu estirpe —dijo Fátima sonriendo, provocadora. Mientras observaba cómo él asentía con un gesto de la cabeza y aire indeciso y angustiado, la mujer entró, diciendo para sí misma—: Estos hombres siempre quedan traspuestos en el momento del nacimiento de sus hijos; no se enteran de nada.

Zawar, la esclava al servicio doméstico de la casa, abrió la gruesa puerta de madera después de correr el pasador e invitó a Fátima a pasar a un oscuro zaguán, tenuemente iluminado por el aceite de candiles de bronce.

—Todo está preparado en la alcoba donde tendrá lugar el parto —le dijo Zawar cuando pasaban por un pasillo y llegaban al patio de la casa, en dirección a la estancia expresamente preparada para el ceremonial del nacimiento.

La comadrona se fue liberando del velo que la cubría en la calle, formado por una parte, por delante, que partía de la cintura y le cubría la falda, y por otra que le tapaba la espalda, los hombros y la cabeza hasta la frente, y se quitó las ricas babuchas de piel de jirafa, pues, en aquella casa de tantas alfombras, no necesitaba protección para los pies. Tardaron un poco en llegar a su destino. La de 'Isá, como la de otras ricas casas de la ciudad típicas del islam, estaba dispuesta alrededor de un gran patio de planta cuadrangular y suelo de mármol que era el centro de la vida familiar, pues allí las mujeres se podían dedicar a las labores domésticas sin el temor de que las vieran desde el exterior. Aquel patio disponía también de un cuidado jardín en el que había un gran estanque, en medio del cual surgía un refinado surtidor. El sonido de varios chorros de agua al caer sobre la piedra era tranquilizador. En correspondencia a las excelentes condiciones de vida de su propietario, se trataba de una casa de grandes dimensiones, con varios cuerpos alrededor del patio; en tres de los lados había galerías, cuyo techo era sostenido por bellas columnas de mármol. En uno de los lados, una escalera subía hasta la azotea y al piso superior, reservado para las mujeres de la casa. El nacimiento tendría lugar en una de las alcobas de la planta baja, que durante el día recibían luz del patio central, y por la noche servían de dormitorio para la familia, los esclavos y los sirvientes.

Mientras se dirigía a la estancia preparada para el parto, Fátima fue admirando el hermoso jardín, donde destacaban una palmera por cuyo tronco trepaba una hiedra y una pérgola que proporcionaba una providencial y fresca sombra, con un macizo de flores lilas de glicinias, acompañadas aquí y allá de algunos jazmines, rosas y helechos. Con seguridad, sería un rincón de frescura muy deseado en la casa durante aquel caluroso final de verano. Y, a pesar de no haber llegado aún el otoño, los parterres y maceteros de 'Isá se llenaban ya con la alegría que proporcionaban los primeros crisantemos vivaces de la estación, en una pequeña explosión de colores, del púrpura claro al amarillo, del bronce al rojo.

La comadrona dejó el perfumado y colorido jardín y entró, de nuevo, en la zona cubierta, y pudo admirar los bellos techos y las paredes estucadas decoradas con pinturas y mosaicos de azulejos y dorados, y los cortinajes, las tapicerías y las alfombras. En el salón reparó en un gran diván bajo, de terciopelo, cubierto con paños de seda y lana fina teñida, encima del cual había almohadones redondos, con fundas finamente bordadas. Llamaban la atención por su elegancia varios sofás colocados sobre las alfombras y largas tarimas de madera preciosa, poco elevadas del suelo. Estaban dispuestos unos frente a otros, con voluminosos cojines de satén que servían de apoyo.

En una esquina se alineaban baúles de madera y latón destinados a guardar objetos de la casa, que también aparecían en vanos abiertos en las paredes. Un espejo dominaba el salón, y junto a él había dos perfumadores y tres vasos cerca de algunos *maq'ad*, esponjosos asientos de cuerpo.

Después de pasar por una escalera, la *tabiba* llegó, finalmente, al cuarto de la parturienta. Allí estaba la sala de vestir y, al lado, la zona de los baños. Enfrente se encontraba una zona intermedia cubierta por una cúpula de estuco, donde algunas mujeres conversaban. Atravesó el lugar y, después de pasar por un arco, entró en la zona de dormir del aposento. Zulaykha estaba echada sobre un colchón de tela relleno de algodón colocado directamente sobre una estera, por debajo de la cual se encontraba la tarima del lecho. Era lo bastante alto como para proteger de escorpiones, cobras, pulgas y ratones. Apoyaba la cabeza en una almohada de plumas de ganso y el cuerpo descansaba entre sábanas sobre las cuales destacaba un fino cubrecama de lino.

Junto a la pared, dos nichos albergaban otros tantos espejos, cerca de los cuales descansaban un par de bacines y jarros de plata. En una esquina se entreveía un casi imperceptible hilo de humo de un arrinconado brasero de metal destinado a quemar carbón las noches más frías del suave clima andalusí, aunque la casa estaba dotada de conducciones de barro que calentaban las paredes y el suelo con agua caliente. En otra esquina ardía incienso, que invadía la habitación con un delicado perfume.

Como buena observadora que era, y porque de esa percepción dependían sus honorarios, Fátima no pudo dejar de notar el buen gusto de los interiores de la casa, que por deber del oficio visitaba, y por los preparativos para el nacimiento del niño. Así su labor sería mucho más fácil.

—Traed la silla de parto —ordenó la matrona. Tan pronto como la avisaron de la inminencia del parto y de la necesidad de sus servicios, Fátima había hecho que los sirvientes de 'Isá llevaran la silla. Al mismo tiempo había enviado a la futura madre una pieza de piel de hiena para que se la ajustara al cuerpo a fin de evitar que el parto tuviera lugar en su ausencia y todo estuviera convenientemente preparado para el feliz acontecimiento.

Examinó a la ansiosa parturienta con mucho cuidado. Le retiró la piel de hiena y empezó a hablar, para desviar su atención de los dolores.

—¿Así que deseáis un varón? No os podéis imaginar el trabajo que dan los varones. Aunque éste tendrá siempre un futuro asegurado. ¿Ya le habéis buscado nombre? Pero, mirad, si fuera una niña sana, debéis dar gracias a Alá, Clemente y Todopoderoso. Y ahora venid aquí, que ha llegado el momento.

Zulaykha esbozó una sonrisa condescendiente ante la conversación que, con pocos cambios, Fátima administraba en sus partos. Además de calmar a la parturienta, pretendía también prepararla para lo que fuera a ocurrir. Se acercaron entonces cuatro de las mujeres ya previamente escogidas, vestidas con calzones cortos debajo de una saya larga con encajes de tafetán, corpiño y medias de algodón. La asieron, una por el hombro derecho, otra, por el izquierdo, mientras las otras dos procuraban sostenerla, apoyando las manos en la espalda de la embarazada. A todo esto, la futura abuela esparcía sal por toda la habitación. Decía que era para apartar el mal de ojo y la envidia de ciertas personas de la ciudad.

Fue un parto rápido. En poco tiempo, un ser débil más empezó a respirar por primera vez el cálido aire de al-Andalus. Fátima tomó a la criatura en sus manos y cortó el cordón umbilical. Las mujeres se habían recogido en una esquina del aposento y esperaban ansiosas conocer el sexo del recién nacido. Y hubo una gran manifestación de alegría cuando la comadrona lo anunció con aire sonriente y sosteniendo en sus brazos a la criatura que acababa de nacer al mundo.

—*Allâhu Akbar!*[13] —gritaron en coro las mujeres.

—*Wa Muhammadu rasul Allâh!*[14] —respondió Fátima con una gran sonrisa mientras se preparaba para la ceremonia de purificación—. Ved lo sano que es el niño —aseguró con orgullo.

El niño, que pesaba cerca de tres kilos y medio, lloraba mientras Fátima lo lavaba con delicadeza. El ritual imponía que lo lavaran cuatro veces, la última vez en agua hervida con flores. Después de la ceremonia, la gorda *tabiba* encendió un fuego cerca de la espuerta del bebé.[15]

---

13. «¡Gloria a Alá!»
14. «¡Y a Mahoma, su profeta!»
15. Según la tradición, debía mantenerse encendido durante tres días y tres noches y, mientras durara, nadie podía pasar entre el fuego y la criatura. Se hacía para ahuyentar los malos espíritus y toda clase de demonios y *djinns* (duendes, genios buenos o malos, según las circunstancias).

A continuación se acercó Zaynab, la abuela del niño, que acababa de esparcir la sal. Tomó un trapo de algodón, lo empapó en un líquido que, decían, era sagrado y lo llevó a la boca del pequeño mientras al mismo tiempo ponía alrededor de él pan, azúcar y oro.

—Aquí tienes azúcar para que seas dulce y también bueno; aquí tienes pan para que seas bendecido con una larga vida, y aquí tienes oro para que atraigas la fortuna y para que no te abandone. Y ahora, aunque no forme parte de nuestras costumbres, aquí te dejo también un pétalo de rosa roja para que encuentres una mujer amante que te sirva y te proporcione placer e hijos.

Zulaykha, ya recuperada de los dolores del parto, esbozaba una sonrisa de alegría y se decía que había valido la pena haber llamado directamente a su harén a 'Asma. Esta astróloga y adivina, que le fue recomendada por sus amigas durante los baños en el *hammam* de la ciudad, le habían asegurado que tenía los mejores presagios a su favor para que fuera un chico. ¡Y allí estaba él, sano y radiante!

Fátima tomó de nuevo la palabra.

—Señora, sabéis muy bien lo que os voy a decir. Con todo, dejad que os lo recuerde. —La comadrona deambulaba por la habitación, recogiendo sus cosas, mientras soltaba su habitual prédica—. La gestación del niño, si bien es cierto que ha supuesto vida y alegría, como todas hemos comprobado, ha creado también una mancha de impureza en la madre. Serán necesarios cuarenta días para que os recuperéis de esa mancha. Durante este tiempo se os impide ir a la solana de la casa y que dirijáis la mirada a cualquier montaña o al naciente de un río para evitar que se sequen las aguas, fuente de vida. También tenéis prohibido acercaros al fuego y tocar objetos de madera o barro.

Zulaykha escuchaba con enfado, pues ya había pasado dos veces antes por el mismo ritual, que era bien conocido por la comunidad islámica. Con todo, no la interrumpió.

—Durante los próximos veintiún días también tenéis prohibido mojaros el cabello o que toque nada, bajo pena de que se vuelva impuro todo lo que toquéis.

Las demás mujeres se sabían de memoria el sermón de Fátima, pero ella siempre se empeñaba en recitarlo no fuera que la acusaran de descuido si algo fuera de lo previsto ocurriera. Por eso, todas conocían ya el resto de advertencias.

—La criatura no puede entrar en contacto con la madre, y quedará a cargo del ama que deberá amamantarla durante los próximos cuarenta días. Supongo que esta tarea podrá ser cumplida a la perfección por Zawar, como ya se hizo con las dos niñas.

Mientras la esclava asentía con la cabeza, Fátima se sonreía divertida al constatar que allí se contaba con más de un caso de musulmán alimentado por leche cristiana.

—Si os escaseara o faltara la leche, la receta para que suba es comer carne y beber leche de canela y, si se corta de golpe, podréis alimentar a la criatura con una mezcla de mantequilla y miel pura. La madre, ya se sabe, se alimentará con sopa de harina de trigo, cuerno de carnero y arrope[16].

Todas sonreían, compasivas, ante la idea de la exigua alimentación a la que estarían sometidos madre e hijo durante los días siguientes.

---

16. Mosto de uva cocido hasta que alcanza la consistencia del jarabe.

—Pasará pronto. De aquí a poco ya irá por ahí brincando y haciendo travesuras que harán las delicias de los padres —así terminaba siempre Fátima sus prédicas.

Mientras las mujeres cuidaban de estos menesteres, un rayo de sol entró por la ventana y, furtivo, cubrió el cuerpo del niño que acababa de nacer.

VII

Qurtuba, Córdoba, año 976

'Isá no recordaba ningún otro día como aquél en que le costara tanto dormir. La jornada había visto una terrible sucesión de acontecimientos: la muerte del califa, el fin de un brillante reinado de cerca de quince años y medio, el entierro en el alcázar de la ciudad, la reunión con Ja'far, las intenciones de los *saqaliba*, la ida a casa de al-Mugira, la tregua de su muerte, el nacimiento de su hijo —el secretario de Abiamir apretaba los puños y cerraba con fuerza la boca cuando pensaba en ello— y el visir que se mantenía en su decisión. 'Isá era dado a las supersticiones, y en familia decía que el día del nacimiento de una criatura no debía ser manchado con sangre mortal por parte de sus familiares, sobre todo de los progenitores, pues el castigo podía ser la muerte prematura del recién nacido. Era cierto que Abiamir había trasladado la orden a los soldados enviados por Ja'far, pero no lo era menos que él —'Isá ibn Said al-Yahsubi— estaba allí y participó de todo.

Recordó lo difícil que le resultó optar por cumplir su misión en lugar de estar en casa durante el nacimiento de su hijo y cómo Ja'far le dijo sin contemplaciones que transmitiera a Abiamir que, si no era capaz de cumplir la misión para la cual se había ofrecido, enviaría a otro en su lugar. Y aún recordaba las palabras de su señor:

—No te preocupes, mi buen 'Isá. Las órdenes serán cumplidas por los soldados de Ja'far y tienes mi palabra de que, en caso de que tengas el hijo varón que tanto deseas, le daré en el futuro las honras necesarias para que goce de las grandes riquezas del califato de Córdoba.

Y con este recuerdo 'Isá se durmió. Aunque el desasosiego no lo abandonó. Pronto se vio sumergido en una serie de sueños en los que los acontecimientos del día se mezclaban con hechos magníficos. Vio a su hijo crecer, convertirse en un sabio alfaquí y, después, en un gran militar, estratega y consejero del señor más poderoso del califato. Y soñó que Abiamir era el mismísimo califa de Córdoba y que su hijo perdía la vida por su señor. 'Isá se despertó y no volvió a dormirse, por miedo a volver a soñar.

VIII

Inter Ambulus Ribulus,
Entre-os-Rios, Anégia, año 976

Valida Trutesendes ya conocía aquellas notas que salían de las tablas que crujían en el suelo, a la entrada de la puerta del pazo de Anégia que daba acceso a la zona de los aposentos: anunciaban la llegada del esposo.

—¿Dónde está mi hija?

Munio acababa de volver del viaje a Galicia y se dirigía a la esposa, que descansaba en un sillón, en uno de los salones. La señora de la casa desvió la mirada de la ventana que enmarcaba una hermosa vista del Duero y sus orillas.

—¡Déjame ver a mi hija, señora! —insistió, impaciente.

—¡Bienvenido a casa, mi señor! ¡Las noticias corren deprisa!

Valida respondió con cuidado, procurando conocer el tono de su marido para saber la mejor forma de lidiar con él. Había notado que se mostraba ansioso hasta el punto de ni siquiera dirigirle un saludo, cosa que nunca olvidaba.

Era cierto que el matrimonio entre los dos había sido acordado con la intención de mantener ciertos equilibrios de poder y riqueza, pero Munio pronto comprobó los encantos y las cualidades de su esposa en el gobierno del hogar y en el arte del amor, y su belleza serena intemporal. ¡Cómo había sufrido aquellos últimos siete meses sin poder disfrutarla! Pero de no haber obedecido aquel precepto, según los penitenciales, hubieran tenido que cumplir tres años de abstinencia, y el gobernador aún quería más hijos. Entre los dos nació y creció un gran afecto y el respeto mutuo; de todos eran conocidos los galanteos que el conde dedicaba a la esposa, incluso en público, siempre que las personas que estuvieran cerca formaran parte del círculo de amigos más allegados.

—¡Me han dicho que es muy hermosa!
—Se parece a ti, mi señor. ¿Cómo fue el viaje?
—¡Muy bien! ¿Dónde está?
—En su cuarto, durmiendo. Vivilde vela por ella.

Munio apresuró el paso hacia el aposento en el que descansaba la niña. Valida, atenta, lo siguió. No podía dejar de sentir que algo no encajaba en la manera en que su esposo preguntaba por su hija. Ya sabía que era una niña y —¡cosa extraña!—, al contrario de lo que temía, no había adoptado aquella actitud distante o reservada que cabía esperar por no tratarse de un varón. Al contrario, mostraba un gran interés por verla e incluso orgullo por el hecho de que se trataba de una hermosa criatura.

—¡Despacio, para que no se despierte!

Munio entró en la habitación. La niña estaba en su cuna, y dormía. Sentada en un rincón, Vivilde hacía encaje mientras la vigilaba.

El padre novato se acercó a la cuna y quedó hechizado por la mirada azul de la pequeña. Era la primera vez que veía a su primer vástago y no pudo evitar la conmoción de aquel momento.

—¡Serás mi princesa!

Valida y Vivilde intercambiaron miradas cómplices y ambas dejaron escapar una amplia y cómplice sonrisa. Compartían el mismo pensamiento. Todo había funcionado a la perfección. Había valido la pena pasar por todos aquellos sobresaltos. El resultado estaba a la vista: Munio posaba una mirada de deleite en su hija y la acogía en su corazón. Nadie hubiera creído, tiempo atrás, que aquel momento llegaría después de todo lo que aquel hombre había dicho acerca de su voluntad y la seguridad de que iba a tener un hijo varón.

—¡Es muy hermosa! —se deleitaba, volcado sobre la pequeña.

—¡Y lo será aún más cuando crezca! —profetizó Vivilde—. Nunca me equivoco en estos pronósticos. Estad seguros de que será una bella representante de vuestra familia.

El gobernador de Anégia sonreía, arrebatado. Decidió entonces coger a la criatura en brazos. Las dos mujeres cruzaron una mirada de preocupación, sobre todo Vivilde, que nunca se había fiado de la habilidad de los hombres para tratar con niños. Pronto comprobaron que no había motivo de preocupación. Munio, con su instinto paternal del todo activado, sostenía a la niña a la perfección.

—Hace unos días, mientras dormía, soñé que sería padre de una hija. Soñé que el sol y la luna se enzarzaban en una lucha entre ellos. El sol brillaba durante el día con sus rayos dorados, y la luna aparecía a destiempo y sin avisar, con la pretensión de ocupar su lugar en el gobierno del día. Y por la noche, en el reino de la luna, con sus reflejos de luz plateada, surgía el sol, taimado, con el deseo de ocupar el trono nocturno.

Las dos mujeres le escuchaban con atención, en especial Vivilde, a quien le brillaban los ojos con la historia.

—No sé cómo terminó la contienda, ni si alguna de las partes beligerantes llegó a obtener la victoria.

Munio se detuvo para respirar y se dirigió hacia la ventana, y una vez allí dejó que su mirada reposara sobre las tranquilas aguas del Duero. No se oía ningún ruido en la estancia, ni aun la respiración de la criatura que dormía.

—Me puse a pensar sobre ello y llegué a la conclusión de que ninguno de los dos astros podría ganar. Cada uno de ellos ocupa su lugar en el equilibrio del universo. El sol gobierna de día y la luna de noche, y mientras sepan ocupar el lugar que les corresponde y uno no se inmiscuya en el territorio del otro, los dos disfrutarán de paz y de una larga vida. Me dio por pensar, entonces, en el significado que este sueño podría tener en el momento que estoy viviendo. Lo primero que se me ocurrió fue que se trataba de un sueño premonitorio del fin de los tiempos, el año mil. Pero después de reflexionarlo mejor, y de pensar en una charla que había tenido antes con el abad Rosendo, en Celanova, mi conclusión fue que sólo tenía que ver con el nacimiento de mi hija. Y si Dios ha querido que tuviera una niña, es porque así tenía que ser. Sus designios son insondables, no podemos descifrarlos. La luna no puede luchar contra el sol, pero tampoco el sol puede ocupar el lugar de la luna. Así, por mi amor a Dios y a mi hija, decidí aceptarla con alegría, y de inmediato mi corazón se avino a mi decisión; tomé entonces la determinación de hacer de ella una gran mujer de nuestro Reino de León, que sirve a los designios de Cristo.

Las dos mujeres se mostraban maravilladas con estas revelaciones. Valida no sabía si aquello que oía en boca del conde Viegas era obra de las hadas de la fuente y de las cantilenas de Vivilde o era obra del Divino, que había tocado el corazón de su esposo para llamarlo a la razón. La sirvienta, por su parte, sonreía, henchida de orgullo, cada vez más convencida de su ciencia.

—¡Que así sea, mi señor! Me hace muy feliz que acojas a nuestra hija con el corazón rebosante de alegría y amor. Estoy convencida de que Dios nos dará vida y salud para que aún disfrutes de la renovada alegría de sostener en tus brazos uno o más hijos varones.

—El Dios de la bondad infinita nos concederá ciertamente esta gracia. Él sabe que somos temerosos y que arriesgamos nuestras vidas constantemente en su loor, sobre todo en la lucha contra los sarracenos, cada vez más cerca de nosotros.

Había empezado a llover, sin que nada lo anunciara.

—Por eso, de ese sueño saqué una conclusión más. La luna que vi en él brillaba en cuarto creciente, que es el símbolo del islam. Tal vez tenga que ver con la lucha entre la Cruz y el Creciente. Pues nuestro Dios es el sol que nos ilumina. Así, decidí, en homenaje a este sol (símbolo de nuestro Dios) que irradiaba unos hermosos rayos dorados, dar el nombre de Ouroana a nuestra hija. Como mi abuela y tu bisabuela, a la que no conociste. Será un rayo de sol dorado que iluminará nuestra existencia.

En el momento en que se pronunciaba su nombre, la niña despertó de su sueño y dirigió una enigmática mirada a su padre, ciertamente sin ver nada. Éste reaccionó con una tierna sonrisa y una caricia en la pelusa rubia de la cabeza de la criatura.

—Se hará como dices, mi señor —respondió divertida la madre.

Tan metida estaba Valida en la conversación con su marido que no notó que Vivilde había dado un brinco en su silla y empezaba a moverse inquieta, muestra de que algo la preocupaba, al oír que el padre pronunciaba aquel nombre para la hija. Se levantó y empezó a andar de un lado a otro, con aire afligido.

Sólo más tarde, cuando Munio ya había vuelto a sus aposentos, y después de haber amamantado a la pequeña y de dejarla en su cuna para que durmiera, Valida reparó que algo anormal le pasaba a la criada. Estaba en la cocina, inquieta, con la mirada perdida más allá de la ventana, hacia el sempiterno azul, con una expresión distante, absorta.

—¿Qué te pasa, Vivilde? ¿Por qué no participas de la alegría de la casa, ahora que ha vuelto la paz y la armonía, o mejor, ahora que no se ha roto la armonía?

La mujer se mantenía en silencio.

—¡Vamos, suéltalo ya! ¿No has visto con tus propios ojos que todo ha ido como deseábamos?

—¡No todo, señora!

—¡Vaya! Explica qué pasa. —Valida estaba desconcertada.

—La ceremonia que hicimos recababa la protección de la luna. Nos acompañó en todos nuestros actos, y bajo su protección las damas de la fuente accedieron a nuestras invocaciones. Por eso os dije que vuestra hija debía llamarse Selenia, en homenaje a la luz plateada que nos iluminó y protegió. Al encomendarla de esta manera agradecíamos que todo estuviera en equilibrio y en su lugar y que la armonía de los astros se mantuviera. Vuestra hija debía vivir toda su vida bajo su protección. Tendría una vida larga, tranquila y feliz.

Valida Trutesendes se quedó atónita al oír aquello, y no supo qué responder.

—Además, vuestro esposo no supo interpretar correctamente su sueño. Es decir, lo interpretó bien, pero sólo hasta el momento de deducir el punto clave. La lucha entre los astros no tiene nada que ver con disputas entre religiones. Dios ha dado una misión a cada uno de ellos y por ello sol y luna deben saber cumplirla. Don Munio no sabe cómo terminó la lucha entre ellos: porque cuando el sol y la luna dejen de cumplir con su misión de gobernar en orden el día y la noche alrededor de la Tierra, será el fin de los tiempos, el apocalipsis.

—No te preocupes, mujer. Mi marido ha encontrado un nombre para la niña que igual habría escogido en una situación normal. Es el nombre de su abuela materna, de quien guarda buena memoria. Y, después de lo ocurrido, no estamos en condiciones de contrariarlo. Eso sí que crearía un desequilibrio inútil en esta casa. Acepta este desenlace. A fin de cuentas, es un nombre que, según su interpretación, recoge la gracia divina.

—Señora, la vida de esta niña quedará, para bien o para mal, permanentemente a merced de la lucha entre los astros que gobiernan el mundo: el sol y la luna. El sol, que la tutela, y la luna, a quien fue encomendada. El sol, que conduce la vida de los varones con poder, guerra y sangre, y la luna, femenina, sensible y emotiva, que busca el equilibrio, la paz y la armonía. Será una vida en medio de este combate. Tendrá que disponer de mucha fuerza y conocimiento para actuar de forma correcta en la tensión entre estos astros. Tendrá que hacer un doble esfuerzo para conseguir superar las difíciles pruebas con que se encontrará y para encontrarse a sí misma. El sol y lo que simboliza estarán siempre presentes en los principales momentos de su vida —afirmó, misteriosa, como si fuera una profecía.

IX

Qurtuba, Córdoba, año 976

Hisham fue aclamado, pública e irreversiblemente, el lunes 4 de *safar* del año 366 de la hégira, es decir, el 2 de septiembre de 976 después del nacimiento de Cristo, y adoptó el título de *al-Muayyad bi-llah*[17]. El sábado siguiente nombró a Ja'far al-Mushafi su *hajib*[18]. Abiamir fue nombrado visir, con la responsabilidad de ser el mensajero entre el califa y el *hajib*.

El califa Hisham era un joven de poco más de diez años, de piel clara, ojos azules, pupilas grandes y negras, cabello tirando a rubio, un poco rechoncho, de mirada penetrante y nariz prominente. En él se reflejaban los rasgos tanto del padre como de la madre, la princesa Subh, que había sido una esclava cantora de origen vascón —de nombre cristiano Aurora— y que se había convertido en la esposa favorita del califa al-Hakam II, a tal punto que nunca se opuso a su voluntad.

Con todo, debido a la maestría y la eficacia con que siempre manejó todos los asuntos, a la sabiduría palaciega que

---

[17]. «Aquel que recibe la asistencia victoriosa de Alá.»
[18]. «Primer ministro.»

adquirió a lo largo del tiempo, conseguidas gracias a varios golpes asestados en el momento oportuno, y a la forma adecuada de lidiar con aquellos que se interponían en su camino hacia el poder casi absoluto, Abiamir logró, el 26 de marzo de 978, que al nuevo califa lo sustituyese Ja'far. Con la discreta ayuda de Subh (de quien se decía que era su amante desde hacía tiempo), pasó a representar a Hisham en el ejercicio del poder, siendo el jefe directo de la administración central, de la militar y de la provincial. Y, aún no satisfecho, consiguió que el propio califa delegara en él el *sultan* del califato, con derecho a que sus hijos heredaran el cargo, y pasó a llamarse, el 7 de julio de 981, al-Mansur, el Victorioso. Y la verdad fue que el nuevo *hajib* redujo la existencia del joven califa a una vida amurallada en el palacio califal, aislándolo de cualquier contacto peligroso. Así, además de desempeñar meras funciones de representación, de aparecer representado en la acuñación de monedas y de asistir —siempre acompañado por Almanzor— a la oración del viernes en la mezquita Aljama, poco más sabían los habitantes de Córdoba de Hisham.

X

Qurtuba, Córdoba, años 976-983

Por supuesto, el niño se convirtió en el orgullo del padre. El séptimo día después del nacimiento, como mandaba la tradición, se le asignó un nombre, al tiempo que se le cortaba el cabello. Lo llamaron Abdus. Abdus ibn 'Isá ibn Sa'id al-Yahsubi. Ahí estaba, para perpetuar la noble estirpe de la familia, de su progenitor 'Isá ibn Sa'id.

El orgulloso padre se había granjeado mucho prestigio en Córdoba, no sólo porque ejercía las funciones de secretario de Abiamir, sino —y sobre todo— por sus cualidades de buen alfaquí, gran conocedor de la jurisprudencia, de la tradición profética y de la ley coránica. Se decía incluso en la ciudad que, a este respecto, superaba en mucho los conocimientos de su señor, razón por la cual éste acudía con frecuencia a la sabiduría, al sentido común y al modo de pensar la justicia de su secretario. Los propios amigos se acercaban a menudo a él para pedirle el consejo legal o religioso más adecuado según el caso.

Abdus creció así en un ambiente de gran tranquilidad. Hasta los cinco años vivió confiado a la madre, en el harén, junto con sus hermanas mayores. La más joven, que nació más tarde, tenía ya dos años de edad. Los cuidaban los esclavos, a las órdenes de Zawar y Zayr, que, por ser eunuco, era el único hombre adulto autorizado a entrar en aquellos aposentos, además del señor de la casa.

De hecho, Zayr, cuyo nombre de nacimiento era Víctor, era un esclavo eslavo que 'Isá ibn Sa'id al-Yahsubi había comprado en Córdoba para el servicio doméstico. El negocio se llevó a cabo con un mercader judío, quien le aseguró que el esclavo había sido reclutado en el mercado de Praga y que, después de atravesar el valle del Ródano, había sido castrado en Var[19]. Por eso, 'Isá pagó por él un precio muy superior al de un siervo normal. Aunque intentó discutir su valor pecuniario con el judío, éste le contestó que aquella leva de eunucos no había ido bien, pues más de la mitad de los jóvenes habían muerto cuando se les practicó la operación de castración, al ser forzados a su nueva condición de seres híbridos, ni hombres ni mujeres.

A Zayr se le confiaba el harén, es decir, la parte de la casa habitada por las mujeres y los niños. El harén de 'Isá lo formaba un extenso conjunto de dependencias, patios con árboles, flores y lagos, y allí vivía Zulaykha, su única esposa, las esclavas y los hijos. El señor de la casa contrató un *mu'addid*, un preceptor, para que enseñara a Abdus a leer y a escribir, y aritmética, así como las bases de su religión, sobre todo las bases fundamentales del Kalâm, de la teología islámica: Dios, los ángeles, la palabra de Dios, los enviados, el Último Día y la predestinación. Pero también los cinco pilares o mandamientos islámicos *(Arkan al-Islam)*: la profe-

---

19. Actual La Garde-Freinet, en el sur de Francia.

sión de fe *(shahâda)*, la oración ritual *(salât)*, el impuesto social o limosna legal *(zakât)*, el ayuno durante el Ramadán *(sawm)* y la peregrinación a La Meca *(hajj)*. A estos efectos, 'Isá celebró con él un contrato en el que se obligaba a pagarle determinada cantidad cada mes, además de darle harina y aceite, y una gratificación en las fiestas religiosas que sería sustancialmente mejorada cuando el niño aprendiera el Corán de memoria. En ese momento Abdus empezó a manejar su material escolar: algunas cañas de rosal afiladas para escribir, que se mojaban en tinta, y tablillas de madera que permitían borrar lo escrito con un paño húmedo. Más tarde llegarían los manuales para aprender las primeras reglas de cálculo y gramática.

A los siete años llegó uno de los primeros momentos importantes de la vida del niño: el día del *hitân*, el de su circuncisión. 'Isá consultó antes su almanaque para asegurarse de cuál era el día más propicio e invitó a varias familias de nivel social inferior, con hijos en edad de ser circuncidados al mismo tiempo que el hijo del noble andalusí. Tal actitud era considerada muy piadosa y reconocida en la sociedad. Vistieron al niño con los más bellos trajes bordados y por estrenar y lo condujeron en procesión por las calles de la ciudad, camino al alfajeme.

Mientras su tío lo sostenía en brazos, Abdus pudo ver cómo se le acercaba una afilada navaja. El padre retiró sus ropajes, dejando a la vista su intimidad. El pequeño se removió inquieto, asustado. Sabía que debía pasar por aquel sacrificio, pero muchos miedos poblaban su mente, en parte procedentes de las historias que le contaban los niños más crecidos sobre casos que acababan en graves o largas enfermedades y penosas semanas de cicatrización. Las últimas semanas habían sido obsesivamente angustiosas y había dormido mal: soñaba que, cuando se aproximaba el *tahhâr*, el alfajeme, huía como podía del metal que pretendía mutilarlo. Y no le entusiasmaba nada la idea de tener que utilizar, las dos semanas siguientes, un taparrabos para evitar que la fricción de su ropa habitual afectara la herida.

El brillo de la navaja derivó en un grito lancinante. Al mismo tiempo que oía voces difusas que repetían «¡Hasta el día de hoy eras un infiel, ahora eres un musulmán!», veía cómo la herida en la carne soltaba un hilo de sangre y se debatía con los dolores que asaltaban su cuerpo. Los rituales se le antojaban arbitrarios y perturbadores. Un gallo negro —la paga del *tahhâr*, que exhibía en ese momento, sonriente, el que había sido su prepucio— acababa de ser estrangulado entre chillidos desesperados. Se estrellaban contra el suelo vasos nuevos, que provocaban que pequeños fragmentos de cerámica salieran despedidos en todas direcciones. Viejas curiosas y poco discretas gritaban a cuál más, mientras, delante de la puerta, los compañeros de *kuttâb* —la escuela primaria que había empezado a frecuentar hacía poco— ejecutaban, con las cabezas descubiertas, letanías resonantes con un conjunto de tambores, cornetas y fanfarrias. El pequeño Abdus seguía en manos de su tío mientras el alfajeme acababa de colocarle ceniza de madera pura en la herida, un cicatrizante que también podía ser sustituido por sal o telarañas. Aún no recuperado de los dolores que le obligaban a apretar con fuerza las mandíbulas, ya se veía rodeado de gente amistosa que lo felicitaba por su feliz ascensión al islam. Despojado de su prepucio y temblando de dolor, al fin pertenecía, por pleno derecho, a la *umma*.

Para conmemorar el piadoso acto, 'Isá ofreció una suculenta comida, y pagó todos los gastos. Había asado de cabrito, de faisán, de pollo y *awsat*, pastel de ave. Acudió a la celebración la aristocracia cordobesa, incluso el propio Abiamir, para ofrecer su testimonio en tan feliz acontecimiento para aquella familia. Ya con los dolores atemperados, todos procuraron mimar a los niños circuncidados, ofreciéndoles juguetes, monedas y otros presentes. Pero lo que ellos más esperaban para atenuar el sufrimiento eran las deliciosas golosinas servidas en la sobremesa de aquellas festividades, las *almodábanas*, tortas fritas de queso blanco con canela y miel.

No obstante, lo que más deleitó a Abdus y a sus amiguitos fueron los invitados especiales que 'Isá, para sorpresa de todos, había contratado para el final de la fiesta: un animado grupo de saltimbanquis y equilibristas que hicieron varias e increíbles piruetas y divertidas parodias. A continuación salió un encantador de serpientes, que colocó en medio de la sala una caja con el largo animal adormilado. El sonido de una flauta de madera pintada llamó la atención de los asistentes, fascinados por aquel mágico momento. Los niños lo vivían con una combinación de miedo y fascinación. Mientras las primeras notas de la flauta vibraban en el aire, el hombre lanzó una mirada metálica y vibrante al animal adormecido. Una cabeza chata, triangular, salió del letargo y despertó un mirar vítreo en hendiduras oblicuas. La serpiente se onduló sobre sí misma. Con lentitud, cada uno de sus anillos fue saliendo de la caja con movimientos pendulares, formando pequeños círculos. Parecía que el ofidio había domado los ojos petrificados de los asistentes; al son del instrumento que teñía de notas encantadas el momento, el animal, ya altivo, danzaba con una cadencia contagiosa.

Para acabar, apareció también un adivino, que atrajo la atención de los invitados al hacer varias predicciones relacionadas con el prometedor futuro de Abdus. Todos quedaron intrigados con la enigmática forma con que acabó:

—Los astros le están siendo favorables, por eso auguro al joven Abdus una vida llena de éxito al servicio de Alá y del esplendoroso al-Andalus. Será el orgullo de su padre y de toda la familia y alcanzará el paraíso celeste al son de trompetas, como verdadero guerrero de la *yihad* en esta tierra sagrada. Cuando eso ocurra, la luna se apoderará del día, y no dejará que el sol se siente en su trono.

Tercera parte

LUNA NUEVA

XI

Sierra del Marão, año 989

Mientras tanto, en el Reino de León seguían las turbulencias políticas fruto de la inestabilidad en el gobierno, por mostrarse la Corona incapaz de hacer frente a los múltiples poderes de condes y otros nobles, así como al poderío militar de Córdoba.

No obstante, los condes galaico-portucalenses —como era su pretensión— consiguieron colocar a Orduño en el trono de León, quien no tardó en cambiar de estrategia, favoreciendo a otros nobles que no lo apoyaban y estableciendo acuerdos con Almanzor, que controlaba el poder en el califato omeya de Córdoba, a quien rendía tributo. Una vez más, los condes galaico-portucalenses se distanciaron de la Corona, del rey por quien habían luchado. Las espadas cristianas derramaron sangre cristiana en tierras gallegas.

Más tarde, Orduño expulsó a los soldados musulmanes que controlaban sus decisiones y aseguraban el cumplimiento de los acuerdos establecidos, y se ganó así las iras de Almanzor. Por esta razón, el rey se vio obligado a huir a Lugo.

Sin el apoyo de los nobles y acosado por el poderoso ejército árabe, Orduño decidió de nuevo atraer a su causa a los condes que con anterioridad habían sido sus aliados. Para ese fin mandó llamar a Munio Viegas a Lugo; corría el año 989. El conde, ante la insistente solicitud de su hija Ouroana, en aquel tiempo ya con trece años, la llevó consigo.

El viaje a Lugo fue fuente de entusiasmo y alegría para la joven anegiense, aunque también echaba de menos el hogar. La pequeña comitiva avanzaba durante el día y descansaba de noche, en hosterías o en abrigos naturales previamente reconocidos por la escolta. Cuando así era, las tiendas para la pernocta se montaban protegidas del viento y el frío. Posibilitaban así, además, una mejor defensa en caso de asalto por parte de bandas de salteadores y ladrones que vagaban por toda la Península, al amparo ya fuera de la Cruz, ya del Creciente.

Al cuarto día de viaje, y apenas a una jornada de casa, después de pasar por Ourense y por Chaves, la caravana atravesó el Marão y se preparó para pernoctar en Amarante, en una posada junto al Támega.

Alcanzar aquel río llenaba de satisfacción a toda la comitiva, pero reconfortaba en especial a Ouroana. Era como si estuviera en casa. Podía ver y tocar las mismas aguas que, algunas leguas adelante, junto al puerto de Entre-os-Rios, morían con indolencia para después renacer en el seno de otro río, mayor y más hermoso, el Duero.

Ouroana pensaba en el momento en que volvería a ver a su madre, a quien abrazaría y llenaría de besos y caricias. Su corazón ansiaba contarle todas las aventuras vividas. Había sido un viaje inolvidable, pues vieron una nueva ciudad del reino, así como al propio rey, que le había ofrecido dulces. Estaba convencida de que guardaría en las alforjas de su memoria todos los momentos de aquel viaje, por muchos años que viviera.

Mientras tales pensamientos afloraban en su mente, la litera que la transportaba oscilaba sobre los toscos caminos de las cuestas de la sierra maronesa. Una bola de un amarillo dorado se inclinaba perezosamente frente a ella, en dirección al inmenso océano. En sus reflexiones estaba lejos de sospechar que aquel viaje lo recordaría hasta los últimos días de su vida por razones muy distintas de las que se le ocurrían en ese preciso momento.

Sumergida en sus meditaciones y en el deleite de la belleza del paisaje, los montes y los valles que formaban un cuerpo único y armónico, en la soledad de aquellas tierras perdidas, que pocos se atrevían a recorrer y en las que no se veía ni un alma, se sobresaltó con un súbito tirón en la litera. Siguió un estallido seco a la derecha. El carruaje comenzó entonces a ceder por el mismo lado.

—¡Para inmediatamente! —ordenó Ermigio al carretero.

Saltó por la parte de atrás y, después de una rápida inspección, sentenció:

—Se ha partido la rueda, pero tal vez podamos arreglarla.

Entonces señaló una gran piedra que sobresalía en el camino y se dio la vuelta, severo, hacia el conductor:

—¿Qué te pasa? ¿Es que no has visto aquella piedra?

El hombre se disculpó con el sol, que le daba en la frente y le impedía ver. Aunque habría que añadir, para que esta contrariedad sucediera, el cansancio de largos días de viaje y el ansia por llegar. Tal vez por eso, Ermigio no le dijo nada más al conductor, en cuya cara se leía la aflicción y el embarazo que le causaba la situación, sobre todo porque el señor de Anégia, que iba en otra litera, se acercaba para interesarse por la razón del bullicio que tenía lugar alrededor del vehículo de su hija.

Después de comprobar personalmente el estado de la rueda, Munio se apartó unos pasos con Ermigio para analizar el problema y tomar las decisiones más adecuadas al caso.

—No lo censuréis, mi señor. Explicó que el sol lo cegó, y así debió de ser. Hasta ahora ha sido un criado diligente y delicado y hay que sumar además que, como todos nosotros, estará cansado por el viaje.

—¿Y cómo podemos resolverlo, mi querido Ermigio?

—Pronto tendremos la rueda reparada y podremos seguir viaje.

—Pero si llegamos a la posada de Amarante después de que la oscuridad haya caído sobre esta tierra, corremos el serio riesgo de que no podamos pernoctar en ella. Ya sabes cómo es aquel posadero..., nunca abre la puerta durante la noche. Además, se jacta incluso de que, cuando la oscuridad ya es dueña del mundo, no abriría su puerta ni aunque el rey y el Papa juntos fueran quienes necesitaran descanso después de una larga jornada.

Era conocida la historia del posadero, que fue asaltado una noche por varios bandoleros que fingieron ser un grupo de monjes que estaban de paso, para lo cual iban vestidos como tales. Se llevaron todo lo que pudieron, y dejaron al desventurado hombre en desgracia.

—Hay una solución, mi señor. Seguiréis vos de inmediato, como estaba previsto, con toda la caravana. Dejadme un par de guardias. Llegaré un poco más tarde, pero podréis prevenir al posadero de mi llegada. Con un poco de suerte, aún no será noche cerrada.

—¿Y mi hija?

—Sabéis que a ella le gusta viajar conmigo porque la divierto con historias y anécdotas. Sabéis también que no habrá percances y que cuidaré de Ouroana y defenderé su vida como si de la mía se tratara.

Munio no dudaba que Ermigio hablaba con verdad y que a su hija le entristecería mucho que la sacaran de su carruaje. Aunque a disgusto y sintiendo una extraña presión en el corazón, asintió, a pesar de que se trataba de una zona montañosa en la que, a aquella hora, no se suponía que hubiera nadie. A fin de cuentas, no sería más que un pequeño retraso y Ermigio sabía cómo manejarse en cualquier situación. No dejaría dos, sino cuatro soldados para que protegieran a los que se quedaban.

El grueso de la caravana partió, dejando atrás la litera averiada, al hombre de confianza de Munio, a Ouroana y a su ama. Ermigio y el conductor se entregaron con ahínco a la tarea de reparar el carruaje. La joven descendió con la ayuda de su ama y las dos empezaron a pasear por los alrededores; aprovecharon para desentumecer las piernas y recoger algunas flores de brezo, hasta que se sentaron en una peña, a unos cuarenta pasos del lugar donde se reparaba su medio de transporte. Aquel paraje era propicio para que las dos mujeres admiraran la belleza del espectáculo del sol poniente en aquel atardecer otoñal en el Marão.

Con el correr de los minutos, la tierra ganaba tonos anaranjados aún más dulces. Los picos de la sierra fluctuaban entre una base de pequeñas nubes que se extendía enfrente y a la izquierda de la bola ardiente que planeaba sobre las montañas, antes de que la tierra terminara en el Atlántico. Por el otro extremo del cielo, la luna había salido ya de su escondrijo diurno y destacaba, aún sin brillo, en la parte más oscura del cielo. Ouroana estaba maravillada con aquella escena.

—Vivilde, voy a contarte un secreto. Me gustaría mucho conocer los lugares donde nace la luna y donde se esconde durante el día. Apuesto a que deben ser lugares maravillosos e inolvidables.

La sirvienta meditó antes de responderle. Recordaba en aquel momento que aquella muchacha había sido encomendada a las fuerzas de la luna, que había sido apartada de ese camino y que era el sol ahora quien dominaba su vida. ¿Cómo podría explicárselo?

—Ouroana, voy a ponerte, unido a ese hilo tricolor que llevas en el cuello y que te pusimos tan pronto naciste, algo que encontré en Lugo, una pequeña espiral, símbolo de la luna.

Vivilde movió como un péndulo el pequeño amuleto, símbolo del ciclo luz-oscuridad, el eterno retorno lunar, atado al hilo de tres colores que había tejido junto a la fuente donde se había realizado la iniciación de la joven. Pretendía así reforzar la protección a la que había sido encomendada.

—¿Sabes, Ouroana?, tu nacimiento fue un momento sublime. En ese momento quedó establecido que el sol y la luna se disputarían para siempre tu vida...

De repente, la mirada de Vivilde se dirigió hacia los caballos, que empezaban a mostrarse anormalmente inquietos. Golpeaban con los cascos contra el suelo y emitían un relinchar intranquilo, como si fueran presa de una nerviosa turbación.

Los animales estaban acostumbrados a Ermigio y al cochero, así como a parajes como aquellos. Por eso Vivilde pensaba que debía transmitir a Ermigio sus inquietudes. Pero no fue necesario. Por detrás de un enorme peñasco que había entre la litera y el lugar en el que se encontraba con Ouroana, vio surgir un grupo de cerca de una docena de hombres armados con espadas y dagas. Quedó tan paralizada que no consiguió articular palabra.

—¡Todos quietos si queréis salvar vuestras vidas! —gritó el que parecía ser el jefe.

Ermigio y los guardias se colocaron de inmediato en actitud defensiva y empuñaron sus espadas.

—¡Que os estéis quietos, digo! Lanzad vuestras espadas al suelo, porque si no serán estas dos doncellas quienes sufran por vuestros impulsos.

El hombre dirigió su espada hacia Ouroana y su ama, junto a quienes se encontraban ya, en posición de ataque, cuatro miembros de aquella banda que invadía la tranquilidad del día, sólo perturbado por el incidente de la rueda rota.

—¿Qué queréis? —preguntó Ermigio, incrédulo y angustiado.

—Todo lo que tengáis de valor.

—Llévate todo lo que quieras, pero no nos hagas daño. Pertenecemos a la comitiva de don Munio Viegas, gobernador de Anégia, que seguramente no apreciará que dañéis a uno de los suyos.

—Sé bien quiénes sois. Hace ya algún tiempo que os seguimos.

El jefe del grupo ordenó a uno de sus hombres que inspeccionara la litera, así como a todos sus ocupantes y los guardias, en busca de todo lo que pudiera ser cambiado por dinero o por algo de valor.

Lo primero que recogieron fueron las espadas. A continuación, el bandolero descubrió y se apropió de una pequeña bolsa que Ermigio guardaba en la cintura, por dentro de la ropa que vestía, con algunas monedas de poco valor. A los soldados y los cocheros también se los alivió de sus bienes personales, pero lo robado parecía poco valioso. En el carruaje, nada de especial valor había, a no ser la comida de los viajeros y la ropa, sobre todo de las damas, y una tienda de campaña desmontada. Todo fue confiscado por el bandolero.

Entonces se dirigió a Ouroana, de quien nada más sacó que un pequeño broche que su padre le había regalado en Lugo, sin valor aparente, y dejó el hilo tricolor y el amuleto en forma de espiral que Vivilde acababa de colocarle.

El jefe de la banda examinó el botín y todos pudieron ver su irritación. Había dado por descontado que su osadía al atacar a una comitiva como aquella supondría mayor recompensa. No comprendía cómo en un viaje tan largo no hubiera las riquezas que, normalmente, acompañan este tipo de desplazamientos.

La verdad era que la caravana transportaba algunos bienes de valor que hubieran hecho las delicias de los bandoleros, pero viajaron en sentido contrario, esto es, en dirección a la ciudad de Lugo. Sobre todo prendas y ofrendas para el rey y dinero y víveres para el viaje. Y lo que había sobrado, y que hubiera agradado al jefe de los bandoleros, se transportaba en la litera del propio gobernador, que, a aquellas horas, estaría a punto de llegar a Amarante, bien protegido por su guardia personal.

«Seguro que los miembros de la banda comentarán entre sí el fracaso de esta operación, y lo peor es que el asalto ha sido perpetrado contra la comitiva del gobernador de Anégia, en la que viajan su propia hija y su hombre de confianza. Esto encenderá su ira; estoy seguro de que hará todo lo que esté en sus manos para vengar esta osadía», pensaba el jefe de la banda.

Además, aquella situación no le era demasiado favorable, más aún si tenía en cuenta las críticas de sus hombres sobre su capacidad de liderazgo, algo que no podía admitir.

—¿Seguro que no hay nada más? —preguntó, desconfiado.

—Como ves…, ¡te has llevado todo lo que había!

—¡No! ¡Todavía no! —gritó el bandolero con voz estruendosa y airada, y entonces ordenó a uno de sus hombres que quitara los aperos a los caballos—. ¡Nos llevamos los animales!

Ermigio miraba con preocupación al jefe de los bandidos, quien, además de no inspirarle demasiada confianza, no parecía muy seguro de sí. Pero era cierto, no le podían dar nada más para calmar su ira. Comprobó que tenía una mancha negra, tal vez una señal o una verruga, debajo del ojo derecho, justo encima de la abundante barba, una pequeña cicatriz en el cuello, también en el lado derecho, y cayó en la cuenta de que le faltaba un dedo, el meñique, en la mano izquierda. Seguía dando órdenes a sus secuaces.

—¡No! ¡Es la hija del gobernador! ¡No os la llevéis, por Dios! ¡Es una niña! De nada os servirá y podéis dar por ciertas la ira y la venganza del padre y de todos sus aliados.

Pero el hombre dio la orden de capturar a Ouroana en un acceso de rabia, e incluso de cierta locura, que sorprendió mucho a sus hombres. Tal vez pidiera un rescate, tal vez la vendiera como esclava. Algo habría de valer que compensara aquel fracaso y pusiera de manifiesto su valentía ante el grupo. Demostraría su liderazgo y su capacidad de tomar decisiones temerarias que aportaran beneficios.

—¡Déjala! Os garantizo que, a cambio, convenceré al gobernador de que olvide este incidente.

Ya era tarde. La decisión era irreversible. Volverse atrás sería peor para la reputación de Lucio, el hombre que mandaba el grupo de asaltantes. No tendría grandes problemas para garantizar la seguridad de la niña hasta que decidieran qué hacer con ella.

—¡Llévame a mí, por Dios misericordioso! —suplicó Ermigio, ya desesperado.

—Tú sólo nos traerías problemas, o tendríamos que matarte y nadie daría ni una moneda por tu cadáver.

Ouroana se quedó a cargo de un hombre rubio y alto, que la recogió y la montó, ante él, en un caballo castaño.

Ermigio vio a la partida de bandidos marchar a galope y desaparecer en la montaña, cada vez más oscura. No recordaba haber llorado alguna vez en su vida de adulto. Pero en aquel momento las lágrimas irrumpían descontroladas por su cara. Lloraba por la suerte de Ouroana, la niña que tanto amaba, como si de su hija se tratara y por quien no dudaría en dar la vida. Pero también por saberse impotente en esas circunstancias y porque ni tan siquiera su vida sirvió, en aquel momento, para salvar a la joven. ¡Él, que nunca fallaba! ¡Él, a quien don Munio se lo confiaba todo, incluso la custodia de su propia hija! ¡Él, que había garantizado su protección!

—¡Cómo fui tan incauto! —titubeó entre sollozos, mientras se dirigía hacia la peña en la que había estado sentada Ouroana y que en aquel momento servía de apoyo a Vivilde, inclinada sobre sí e inmersa en un sonoro llanto.

»¡Oídme lo que os digo —siguió el hombre de confianza del gobernador—: a los que estáis aquí y a toda la naturaleza que nos rodea! Los árboles, los arbustos, los animales y todas las rocas de Marão que habéis sido testigos del rapto de Ouroana. ¡Todos los que conmigo compartís el infortunio de este día! ¡El sol que ahora desaparece por poniente y la luna que ya se presenta en el horizonte para gobernar la noche! ¡Todos sois testigos de mi decisión!

Ermigio paró su discurso para respirar un poco; dirigió su cuerpo y su mirada hacia el lugar donde vio por última vez a su amada princesa. Entonces levantó la vista al cielo y lo recorrió en toda su extensión.

—Ouroana, fuiste robada a los tuyos en el momento en que el sol y la luna se veían al mismo tiempo en el cielo..., mientras él menguaba y ella empezaba a brillar... ¡Quiero que sepas que no descansaré ni uno solo de los días que el sol guía ni una sola de las noches que la luna gobierna hasta que te lleve de vuelta junto a los que amas! ¡Y, que Dios me perdone, hasta que no expulse del mundo de los vivos a ese maldito jefe de bandidos que tanto daño hacen en este mundo!

A continuación, escupió en el suelo y vació la alforja donde guardaba las palabras más infernales, repartiendo maldiciones sobre los progenitores del cabecilla de los asaltantes y soltando su rabia por todos sus poros.

Ésa fue la profecía de Ermigio, que todos escucharon en sepulcral silencio —incluso Vivilde dejó de llorar—. Cuando terminó de hablar, recorría su mejilla la última de las lágrimas que habían inundado su rostro. Poco a poco recuperó su calma habitual. Todos allí sabían que Ermigio cumpliría su palabra, a no ser que muriera o, antes que él, el blanco de su ira.

La joven raptada seguía, en aquellos momentos, asustada delante de aquel gigante rubio; miraba el sol y la luna sin brillo en el firmamento.

«Ay, Vivilde, ¿qué querías decirme cuando me avisaste de que el sol y la luna se disputarían para siempre mi vida?», pensaba Ouroana, asustada y llorosa.

XII

Valle del Duero, año 989

Ouroana aún no era del todo consciente de lo que había ocurrido. Pocos minutos antes ya se veía en casa —¡y lo bien que le sentaba siempre volver al hogar!—, y en ese momento cabalgaba a la fuerza con una banda de malhechores desconocidos, sin saber adónde la llevaban. Por su cabeza pasaban, desordenados, los acontecimientos que acababa de vivir y que terminaron en su rapto.

Poco a poco, la muchacha fue tomando noción de que su vida seguía un curso nuevo, no sabía bien hacia dónde. Podía morir allí mismo por orden del arbitrario jefe, podía sobrevivir y ser abandonada en cualquier lugar yermo y podía incluso ser vendida como esclava y llevada a tierras o lugares distantes.

Pasada la sacudida inicial, la invadió unas irreprimibles ganas de llorar, ya plenamente consciente de que, cualquiera que fuese el rumbo al que la arrastrara la situación, no sería nada fácil manejarla. Un pavor inmenso crecía en su interior.

Era de noche y se veía la luna. El grupo, que había iniciado su huida hacia el norte, cambió de idea y se dirigía en aquel momento hacia el sur, montaña a través, demostrando un gran conocimiento de los caminos más sinuosos e imprevistos. Nadie hablaba. Apenas se oían los cascos de los animales sobre la tierra y las piedras, el rumor de los arbustos a su paso y el pequeño murmuro lloroso de Ouroana.

Cabalgaron toda la noche hasta que encontraron un gran río. Aunque embargada por las lágrimas y los dolorosos pensamientos, la joven percibió, por las pocas conversaciones que mantenían sus compañeros forzosos, que estaban junto al Duero. Su Duero. El río cuyo lecho tantas veces le deleitara el espíritu, los ojos, los pensamientos y, a menudo, su cuerpo, en los baños que tomaba en sus puras aguas doradas, siempre bajo la atenta mirada de Vivilde.

El destino le había dado la vuelta. Hacía algunas horas pensaba en echarse con la mirada puesta sobre su Támega y se encontraba junto a su Duero, en un punto muy distante de aquel en el que deseaba estar.

El grupo vadeó el río y se dirigió a la margen izquierda, a una zona que permitía el paso de caballos. El jefe de la cuadrilla comunicó que pernoctarían en una casucha sin techo y abandonada, ya utilizada en otras ocasiones. Cada uno conocía bien el lugar que le correspondía en los precarios aposentos.

Sin dirigirle la palabra, uno de los bandidos ofreció a Ouroana agua y manzanas. Las reconoció de inmediato: las habían robado de su litera. Al mismo tiempo le lanzó una misteriosa mirada. Sólo bebió un poco de agua, ya que su estómago encogido le impedía comer. Aunque la noche no fuera demasiado fría, aquel salteador le llevó también algunas prendas para que se protegiera de la brisa nocturna, que se hacía notar. Ouroana se echó y se dejó atraer por el cielo estrellado que se exhibía sobre ella, hasta que se fijó en la palidez de la luna. Era noche de luna nueva.

«¿Qué extraño poder ejerces sobre mí, luna? ¿Querría Vivilde que comprendiera de la disputa que habrá entre sol y luna acerca de mi existencia?» No conseguía dar con una respuesta coherente a aquellas preguntas.

«¡Oh, luna, bella y luminosa, que cuando vistes tus mejores ornamentos, resplandecientes y centelleantes, eres la verdadera señora de la noche, que la iluminas de las tinieblas, protégeme de esta desventura y orienta mi camino hacia los que amo!»

Apareció entonces en su mente la imagen de su padre (¿cómo se sentiría después de conocer el rapto?), de su madre (¿cómo recibiría la noticia?) y de sus hermanos más pequeños con quienes disfrutaba jugando (¿volvería a ver a Egas, García, Gomes, Godo y Fromarico?).

No pudo impedir que las lágrimas velasen de nuevo sus ojos. El desconsuelo y la amargura se enseñorearon de sus pensamientos, hasta que, poco después, vencida por el cansancio, quedó dormida, en un sueño resignado e intranquilo, con la cabeza sobre un montón de argentinas[20]. Era un estado de duermevela, con el inconsciente en una continua actividad que no le permitía un reposo tranquilo.

A medianoche despertó sobresaltada por pasos y voces que susurraban cerca. Se estremeció de miedo y temió lo peor. ¿Qué iban a hacer con ella? ¿La habría abandonado la luna?

---

20. Plantas herbáceas rastreras que aparecen especialmente en las márgenes del río Duero.

Sus recelos resultaron ser infundados: uno de los miembros del grupo despertó a otro para que lo revelara en la vigilancia nocturna del improvisado albergue.

Con las primeras luces del alba levantaron el campamento. El grupo se puso en marcha con dirección a oriente, a lo largo de la margen izquierda del Duero, y algún tiempo después viró hacia el sur e inició la subida de una montaña por caminos que pocos debían conocer o se atreverían a seguir.

Llegados a una zona empinada, ya cerca de la cumbre, el grupo se detuvo. Ouroana vio que Lucio se apartaba con otro compañero a quien ya había oído que llamaban Pedrero, el rubio que había cargado con ella cuando la raptaron. Al parecer, era a quien el jefe prefería escuchar cuando necesitaba tomar alguna decisión.

Era un hombre sin edad, pero bien formado, con una cabellera rubia que se mecía sobre los hombros y una barba abundante, también dorada, que contorneaba su rostro. En medio brillaban unos enigmáticos y transparentes ojos azules. Se trataba, ciertamente, de un descendiente de los suevos o de los godos que, algunos siglos antes, dominaron aquellos territorios del noroeste peninsular. Mientras lo miraba de lejos, la hija del gobernador pensaba que su rostro le era vagamente familiar. Recordaba también que aquel bandido la había tratado con cuidado e incluso con delicadeza y que lo había visto fruncir el entrecejo como si sus propias acciones lo contrariaran. Los gestos contrastaban con la gravedad y la rudeza del momento, y aun con la aspereza de sus grandes manos, en las que observó callos y cicatrices ya sanadas.

Después de conversar un rato debajo de un roble, Ouroana vio partir al Pedrero. Volvió cuando los demás ya preparaban la comida del mediodía, compuesta de pan seco, carne curada, queso y fruta. El agua la bebían directamente del riachuelo que pasaba cerca del lugar en el que se encontraban. Ouroana se limitó a comer una manzana y a beber un poco de agua.

El rubio se dirigió de inmediato hacia su jefe y le entregó una bolsa de cuero que Lucio abrió acto seguido. Contó algunas monedas de oro y plata y, moviendo la cabeza afirmativamente, sonrió con satisfacción. Eran el resultado de la transacción de los despojos que el grupo había recaudado por la fuerza de la espada y de las amenazas de los últimos días, incluido el fruto del saqueo a la comitiva anegiense. El negocio acababa de realizarse en una tierra de la que Ouroana ya conocía el nombre: Lamego.

El grupo siguió después hacia el sur. La jovencita raptada tuvo ocasión de entender mejor la técnica de la banda. Atacaban casas aisladas de agricultores, donde se abastecían de víveres y de bienes que pudieran venderse con facilidad. Asaltaban también pequeños poblados, compuestos por dos, tres o pocos más matrimonios, y a viajeros, arrieros o grupos en tránsito que aparentaran transportar bienes de valor, después de estudiar minuciosamente sus movimientos.

Para obtener informaciones acerca de la preparación de viajes importantes o de familias adineradas y la mejor manera de entrar en sus casas —sobre todo durante la ausencia del señor—, se infiltraban siempre de uno en uno en las ciudades por donde pasaban. Evitaban hacerlo en grupo para no llamar la atención. Frecuentaban las tabernas y los espacios públicos, donde pedían noticias a informadores ya conocidos a quienes sobornaban, o afinaban el oído durante conversaciones de viajeros y de cualquier ciudadano que por allí encontraran.

XIII

Caminos de al-Andalus, año 989

Así ocurrió en la ciudad a la que se dirigió la comitiva después de Lamego, Viseu. Esta urbe estaba en manos de los árabes y servía de retaguardia al ejército de Almanzor en los ataques que asestaban contra el norte cristiano, como había ocurrido el año anterior, cuando avanzó sobre León. Ya dentro del recinto amurallado, el grupo se confundió en la vida urbana durante dos días seguidos, que resultaron ser suficientes para decidir hacia dónde se dirigirían a continuación y a quién atacarían.

Todo el grupo no. En los montes, junto con Ouroana, se quedaron siempre por lo menos dos hombres, a cargo de algunos de los pertrechos de la banda —que no se llevaban a la ciudad para no levantar sospechas— y de la vigilancia de la muchacha, que mantenían atada a un árbol con una cuerda.

Y como a cualquier persona le gusta conversar, aunque se trate de la joven hija cautiva de un gobernador, para ayudar a matar el tiempo de ocio, Ouroana fue conociendo más cosas sobre la partida de bandidos. El grupo se dejaba liderar por el tal Lucio. Habían sido reclutados en distintas zonas del norte peninsular, porque carecían de medios para sobrevivir y no habían encontrado otra forma que el uso de las armas, pues muchos de ellos eran antiguos soldados.

Pudo saber que el Pedrero se había ganado ese apodo debido a su anterior profesión, que había abandonado ante la escasez de trabajo. Su verdadero nombre era Álvaro y se había ganado el respeto de todos sus compañeros, y del jefe en especial, por su palabra ponderada y discreta y porque ya había sacado al grupo de varios apuros. Estaba en contra de la violencia indiscriminada, de la muerte gratuita y de los actos innecesarios para la consecución del fin que los movía. Venía a decir que todo exceso tiene un precio que podría resultarles fatal. Aceptaba la vida que llevaba por necesidad y porque entendía que era una forma de participar en la redistribución de algunas riquezas, a las que pocos tenían acceso. Por eso, sobre todo cuando asaltaban a pobres y honestos labradores, insistía en que no debían llevarse lo que fuera imprescindible para la subsistencia de la unidad familiar, y sobre todo cuando había niños en la casa. Había decidido participar en la partida bajo esas condiciones, las había negociado con Lucio y las había mantenido siempre vivas. Aunque eso no quería decir que no hubiera habido muertes cuando estaba en juego la propia vida.

La joven cautiva también pudo saber que Álvaro no aprobaba su rapto, que consideraba que había sido una decisión precipitada de su jefe. Pero para garantizar la cohesión del grupo no podía cuestionarla públicamente, y la salida que veía habría de ser la que resultara más airosa para el grupo o, mejor aún, para Lucio.

Con todo, a medida que pasaba el tiempo, y por la verborrea de los guardias, la chica comenzó a comprobar que su presencia resultaba cada vez más incómoda. Se trataba de una boca más que alimentar y, lo que era peor, entorpecía los movimientos de la banda. Debía ser permanentemente vigilada, lo que se hacía notar sobre todo cuando se decidían a atacar, momento en que todos los brazos eran necesarios.

Uno de esos días en que el grupo salió a probar fortuna, sólo un guardia se quedó con Ouroana. Era el mismo que le había llevado comida la noche en la casucha junto al Duero. La prisionera lo recordaba por la enigmática mirada que le dirigió entonces. A lo largo del viaje, siempre que los demás parecían distraídos, seguía dedicándole miradas incisivas y extrañas. Aquella situación le provocaba una gran incomodidad y aun recelo, pero nunca lo comentó con nadie por miedo a represalias.

Ese día, el mirar persistente del hombre brillaba todavía con más intensidad, reflejando la lascivia que hasta ese momento había controlado. La ocasión era propicia para satisfacer sus bajos instintos, y a ellos pretendía rendirse. A continuación, la mataría, escondería su cadáver y le diría a Lucio que fue atacado por un grupo de soldados a las órdenes del conde de Anégia, que se llevaron a la joven con ellos, o se inventaría cualquier otra disculpa. Sus ansias, fruto de la urgencia causada por la privación, anulaban cualquier vestigio de razón. No podía perder aquella oportunidad.

Ouroana percibió sus intenciones cuando lo vio aproximarse con una sonrisa cínica. Mientras el hombre se acomodaba sobre ella junto al pino al que estaba atada, la muchacha se puso a llorar compulsivamente, suplicando que no le hiciera daño.

—Será mejor que colabores... Te gustará, ya verás... Algún día tenía que ocurrir y es mejor que sea conmigo que con cualquier otro desconocido.

Se quitó las ropas de cintura para bajo, exhibiendo ostensiblemente su sexo hinchado. El grupo tardaría en volver y, por ello, se sentía a sus anchas para entregarse sin prisa a sus impulsos. Borró la sonrisa de su cara, se acercó a la prisionera y le ordenó que se levantara. Ella, sollozante, no le obedeció. Perdida y desesperada, se aferró con firmeza al suelo terroso y a los pequeños arbustos otoñales. El hombre la cogió despacio de los cabellos y a continuación usó toda su fuerza hasta que consiguió que se pusiera en pie. Sus miradas se cruzaron durante una fracción de segundo: una, húmeda y torturada; la otra, cínica y seca. Ouroana desvió los ojos y procuró con desesperación liberarse y huir de aquellas manos ásperas, pero no pudo evitar que la forzaran a ponerse de rodillas en la dura tierra. Con una mano en el hombro y la otra en la cabeza, el hombre intentó por la fuerza acercar su sexo prominente a los labios de la muchacha. Enfadada y aterrorizada, Ouroana cerró con rabia los ojos y la boca, mientras se sacudía con violencia. El hombre cogió entonces una espada.

—¿Quieres hacerlo por las buenas o por las malas? —gritó, a punto de perder la paciencia.

Ella quedó petrificada ante el súbito y frío contacto del metal en su cuello y por el calor del horror que sus ojos delataban.

—Ni por las buenas ni por las malas. Estás muy equivocado, querido João...

La virilidad del hombre casi desnudo se desvaneció en una fracción de segundo, como un peso muerto. Era la voz de

Álvaro que surgía, imprevista y salvadora, a poca distancia detrás de él. Ruborizado, avergonzado, el hombre volvió a vestirse tan rápido como pudo.

—Ella me ha tentado, ella me ha pedido que la liberara a cambio de favores sexuales. Claro que no iba a dejar que se fuera... —se disculpó apresuradamente.

Álvaro, el Pedrero, no dijo nada más. El silencio fue cortante y sepulcral. La joven empezó a recuperarse poco a poco, hasta que al final comprendió que, por lo que parecía, ya nadie quería hacerle ningún mal.

XIV

Anégia, año 989

La noticia del secuestro de Ouroana tuvo terribles efectos en la familia. Primero, el padre, que había conocido aquella desgracia en la posada de Amarante, discutió con todos y propuso partir de inmediato tras los captores. Juró que los mataría a todos y ofreció una recompensa para quien los encontrara. Después enmudeció y entró en un estado depresivo que se prolongó hasta que llegó a casa.

La noticia también tuvo consecuencias devastadoras en Valida. A la fuerte impresión inicial, siguieron crisis de llanto. Se celebraron misas por la protección de Ouroana, y la misma Vivilde se recogió, angustiada, para celebrar sola un conjunto de rituales de protección para la joven desaparecida y para favorecer el reencuentro.

Las nubes de incertidumbre acerca del paradero de su hija cubrían el pensamiento de Munio, desesperado en su letargo por no saber qué hacer para recuperar a Ouroana. A lo largo de los días y semanas siguientes se volvió más iracundo y empeoró su carácter. La relación con Ermigio fue a peor, hasta el punto de que casi dejó de dirigirle la palabra.

Cierto día Vivilde pidió autorización para hablar con el gobernador. Le comunicó que había tenido conocimiento de que Ouroana se encontraba en tierras de los árabes y que ansiaba que la rescataran. Si fueran a su encuentro, ella volvería, aunque tardaran algún tiempo.

—¿Cómo te ha llegado esa información, Vivilde?

—He hecho algunas invocaciones y alguien me ha transmitido estas noticias durante el sueño. Hay fuerzas escondidas que, a veces, se manifiestan en mí..., y no tengo motivos al día de hoy para desconfiar de ellas —respondió, sin desviar los ojos de las pupilas de su señor.

Munio no contaba con aquella respuesta tan vehemente y, mucho menos, con la fuerza de su mirada.

—Vamos a ver... ¿Cómo puedo creer un sueño, tan poco concreto, además? ¿Entre los árabes...? Su país es inmenso.

—Haced lo que mejor creáis... Debía transmitiros lo que soñé... Vi nítidamente a Ouroana pedir vuestro socorro para liberarse del yugo musulmán —insistió, determinada, pero sin pretender ofender al conde.

—¡Malditos árabes! Todo lo malo que acontece en estas tierras de Cristo es por su culpa. Tenemos que hacer algo contra esos hijos del demonio —vociferó Munio, mientras su rostro se encendía—. De inmediato decretaré una incursión a caballo por su territorio para descubrir el paradero de mi querida hija y castigar a esa gente despreciable y a todos aquellos que la apoyan.

La imperturbable Vivilde sonrió para sus adentros. Una vez más, había conseguido sus objetivos. Estaba convencida de su predicción, de la que había tenido conocimiento en una reciente visita nocturna a la fuente, tras invocar a las damas una noche de luna nueva. La decisión del conde tuvo otros efectos: la relación con Ermigio volvió a ser más estrecha y la tensión en el ambiente del pazo de Anégia se rebajó.

—Ermigio, convocaré a todos los hombres libres para que me acompañen en una incursión al país de los moros. La intención es atacar y saquear todo lo que podamos. El botín se repartirá entre todos los que participen en la algara. Yo no quiero nada, sólo las noticias que obtenga sobre el paradero de mi hija, que es mi motivo principal, y la captura de sus raptores, si los encontramos. Te encargo que lleves la noticia a todos los poblados y caseríos y que hagas la leva. Partiremos dentro de un mes, con el buen tiempo y, sobre todo, cuando los graneros de nuestros enemigos estén llenos.

Ermigio recorrió a caballo todos los lugares del territorio anegiense donde vivía gente, convocó a los varones al son de un cuerno y les transmitió el mensaje del gobernador. Así consiguió formar un grupo de hombres movidos por el beneficio que podían obtener y por la sed de manejar las armas. En conjunto, con el pequeño ejército personal del gobernador, se reunió a cerca de sesenta hombres, una considerable fuerza.

La algara la prepararon con especial atención don Munio y Ermigio. La idea era aproximarse a objetivos previamente identificados a lo largo de la marcha y sólo atacar con garantías de seguridad. El grupo siempre se movería fuera de las rutas habituales y, si era posible, a cubierto de la penumbra de la noche o de los cenicientos albores del día. Las huestes debían obedecer ciegamente las instrucciones del gobernador o de Ermigio y, quien no lo hiciera, sería castigado con severidad o abandonado. Munio sabía que una incursión como la que planeaba sólo tendría éxito si se atacaba a los objetivos por sorpresa, sin dar opción a una reacción hostil. Para ello, era necesaria una disciplina férrea en la milicia: cualquier error podía echarlo todo a perder y costar la vida de algunos de ellos, incluso la de todos.

Ermigio se encargó de la logística, sobre todo de la organización de los caballos, las armas y las provisiones para alimentar a los participantes, así como de las bestias para cargar el botín del saqueo de los casi ocho días que duraría la incursión.

Consiguió encontrar a un hombre que había vivido en las tierras que iban a atacar algunos años antes de que las ocuparan los árabes y que, por tanto, las conocía muy bien. Se le atribuyó la función de guía de la expedición. El objetivo era atacar las inmediaciones de Viseu y Coímbra, ciudades, entre otras, que habían pasado a ser controladas por los musulmanes después de las incursiones de los ejércitos de Almanzor. Algunas de ellas, incluso, aún eran gobernadas por condes cristianos bajo la autoridad del caudillo musulmán. Por eso, la acción serviría, además, para castigar las tierras de las familias condales que eran sumisas al poder del califa de Córdoba, como era el caso de Viseu, donde el año anterior Almanzor había acampado y organizado su ejército antes de atacar León, la capital del reino.

XV

Caminos de al-Andalus, año 989

Pasaban los días y las semanas. El paisaje se transformaba: las montañas dieron paso a largas llanuras y la vegetación era ya muy diferente. Hacía mucho que habían dejado atrás pinos y robles para encontrarse con olivos, encinas y alcornoques. Ouroana no volvió a quedarse a solas con ningún miembro del grupo, y João no se encargó más de su guardia, hasta que, un día, dejó de verlo. Nadie comentó su ausencia.

Cierto día, Álvaro se dirigió a ella directamente por primera vez. El grupo se había detenido a la entrada de un bosque de robles y encinas, junto a una vega de campos fértiles, donde se veía alguna que otra noria, algún molino. A lo lejos, la imagen confusa de personas que se movían alrededor de una ermita. La prisionera reparó entonces en que durante todos aquellos días de cautiverio, de viaje en grupo, había sido oyente e interlocutora de casi todos los miembros del grupo, a excepción del Pedrero, el personaje a quienes todos respetaban y que había evitado que fuera violada y, probablemente, asesinada. Las pocas veces que hablaba, lo hacía en momentos decisivos, cuando no se comunicaba con actos concretos.

—¿Cómo estás? —le preguntó con falsa voz neutra.

Ouroana lo miró a los ojos, inquisitiva, y dejó pasar algún tiempo antes de responder. Él, como siempre, no se mostró ansioso. Aguardó tranquilamente la respuesta.

—Triste... Me gustaría volver con los míos, con mi familia.

—Eso es imposible.

—¿Por qué?

—Estamos muy lejos de tu casa y no sabemos cuándo volveremos de nuevo por allí. Además, no es aconsejable que frecuentemos aquellos parajes; sabemos que tu padre ha ofrecido una recompensa bastante cuantiosa a quien le informe de tu paradero y que ha jurado matarnos a todos.

Ouroana lo miraba con el entrecejo fruncido e intentaba averiguar qué querría de ella el hombretón rubio. Aquella conversación parecía durar ya una eternidad, teniendo en cuenta el interlocutor que tenía delante. De repente se le ocurrió una pregunta:

—¿Conoces a mi padre?

El gigante enderezó la espalda, adoptó una actitud solemne, se pasó la mano por la cabellera, como si quisiera asearse o ganar tiempo antes de contestar. Enseguida apartó la mirada.

—Lo conozco. Es un buen hombre. Trabajé para él en la construcción del castillo de Canas. Nunca faltó a su palabra y cumplió siempre con sus compromisos. Y tengo una deuda con el..., una gran deuda de gratitud.

La joven cautiva asistía a aquella confesión como si estuviera a punto de ser golpeada en lo más íntimo de su ser. De repente perdió la noción del tiempo y del espacio. El mundo le parecía una enorme rueda gigante en la que las personas que conocía giraban a lo largo de la vida y volvían a cruzarse con ella cuando se completaba el círculo. Y se preguntaba por qué la rueda nunca se detenía e insistía en seguir girando, con personajes nuevos y viejos. ¿Sería ese su destino? ¿Sería esa la señal que Vivilde predijo, aquella lucha permanente que sufriría a lo largo de su vida bajo la influencia del sol y la luna?

—Me acuerdo de ti cuando, de pequeña, visitaste con tu padre las obras finales del castillo.

Y la rueda daba vueltas, y más vueltas, cada vez con más intensidad.

—¿Y por qué estás aquí?

—Soy de Paiva. Trabajé también en la ampliación del monasterio de San Salvador del Paço de Sousa. Pero dejó de haber trabajo y una riña con el maestro pedrero, que no cumplió con sus obligaciones, me llevó a cometer algunos excesos. Casi me mató y... tu padre me salvó. Tuve que marcharme de la región y dedicarme a esta vida, también para evitar que mi antiguo patrón me matara.

Ouroana escuchaba, pasmada, la revelación que acaba de hacerle el Pedrero.

—Tuve mucha suerte de que aparecieras el día que me iban a violar. Nunca te lo he agradecido. Muchas gracias... Creí que ya estaba todo perdido.

—La verdad es que desconfiaba mucho del comportamiento de aquel hombre. Me di cuenta de que te miraba con ojos libidinosos. Inmediatamente después de tu rapto convencí a Lucio de que diera órdenes para que en ningún caso te molestaran. Le dije que sacaríamos más provecho de ti si te vendíamos o pedíamos un rescate. Aquel día ya pensé en volver atrás tan pronto como partimos. Presentía que podía ocurrir algo, y era necesario poner a prueba la confianza de aquel hombre.

—Y sucedió... o, mejor aún, casi sucedió ¿Y a él qué le pasó? He dejado de verlo.

—Un día se cayó del caballo y murió.

Álvaro mentía de forma descarada. Él mismo se lo llevó a un erial y lo abandonó después de darle una paliza y romperle una pierna, para que no se atreviera a seguirlos. Todos sabían que ese —o la propia muerte— era el castigo para quien no cumpliera las órdenes importantes.

Después de un prolongado periodo de silencio, el rubio volvió a la carga.

—¿Sabes que has provocado muchas discusiones entre nosotros?

Ouroana no respondió. Aunque algo sabía por las largas lenguas de algunos de los bandoleros, aún no estaba segura de adónde quería llegar su compañero de viaje e interlocutor, que acababa de revelarse como un buen conversador.

—Hay partidarios de que te abandonemos y partidarios de que te vendamos como esclava. Pedirle un rescate a tu padre ya no nos lo planteamos, porque estamos lejos de Anégia y, aunque así no fuese, podría resultar peligroso.

El Pedrero ocultó a Ouroana una tercera posibilidad que también iba ganando fuerza, sobre todo entre los que más temían que se descubriera la relación del grupo con el secuestro de la hija del gobernador. Sabían que se había puesto precio a sus cabezas y, si los descubrían en tierra cristiana, la sentencia se cumpliría. Para ellos, la muchacha debía ser, pura y simplemente, eliminada.

—He estado pensando en lo que sería mejor para ti sin que la cohesión del grupo se viera perjudicada.

Ouroana abrió los ojos con el aire de querer saber sobre aquel asunto que atañía directamente su futuro.

—Nos encontramos ahora dentro de las fronteras del islam, en al-Andalus. Lucio mantiene buenas relaciones con algunas de las autoridades locales. Aunque saben muy bien que este grupo no es un modelo de virtudes, nuestro jefe llegó al acuerdo de que no asaltaría familias ni intereses árabes.

A decir verdad, la banda sólo atacaba a mozárabes y judíos, más allá de las ciudades donde los árabes pretendían mantener el orden y sin que tales actos pudiera presenciarlos nadie. A cambio de esta contemporización e incluso de alguna protección disimulada, Lucio pasaba informaciones a los sarracenos acerca de la vida de los cristianos del norte y de los acontecimientos relevantes en aquel territorio que fueran de su interés, recogidas también en los lugares donde espiaba y mantenía a sus confidentes. Y lo que los árabes querían saber sobre todo era el efecto psicológico que las incursiones de Almanzor provocaban en las huestes cristianas y cómo se organizaban para frenarlas. Les importaba todo lo que tuviera que ver con las construcciones defensivas, sobre todo los nuevos castillos o *penellas*.

La hija del gobernador no daba crédito a lo que estaba oyendo. «¡Qué bajo puede caer la condición humana!», pensaba, e imaginaba ya la condena que el jefe de los bandoleros sufriría en el infierno.

—¡Pobre Lucio! —exclamó—. ¿Y qué piensas hacer conmigo? —preguntó, con una mezcla de recelo y conformismo.

—He convencido a Lucio de que te entregue a una familia árabe respetable, adinerada y cercana al poder. Son infieles, es cierto, pero buena gente. Lo comprobarás por ti misma. Son cultos y tolerantes. Además, ya tienen criados cristianos.

—¿Cristianos?

—Sí, por aquí hay muchos cristianos, esclavos y libres..., los mozárabes.

—¿Qué es un mozárabe?

Todo era nuevo para la joven anegiense.

—Mozárabe es lo mismo que *musta'rib*, que quiere decir «aquel que se arabizó». En realidad, es un cristiano que vive en un territorio dominado por los árabes y que, por lo general, mantiene la misma fe en Cristo y en las viejas costumbres religiosas de los antiguos reinos visigodos en territorio islámico.

Para amenizar un poco la tensión provocada por la noticia que acababa de dar, Álvaro mantuvo abierta la bolsa de su discreta sabiduría, adquirida por su frecuente deambular de aquí para allá. Explicó que los árabes autorizaban a los mozárabes a conservar su culto, creencias y ritos, siempre que pagasen determinados impuestos a la tesorería del Estado, lo cual, naturalmente, no ocurría con los esclavos, dada su condición. Le dio a conocer algunos pormenores que le permitirían en su momento reconocerlos, como el hecho de que les obligaban a rasurarse la parte anterior de la cabeza y vestir y calzar de forma diferente, y que les estaba prohibido montar a caballo, sólo podían ir en mula o burro, sin silla ni estribos y con los pies colgados a un mismo costado del animal. También le dijo que nunca los vería armados con espada ni con ninguna otra arma.

—¿Y cuándo ocurrirá esto que me cuentas?

—Hoy mismo. Tomarás la última comida con nosotros a mediodía. Lucio ha conseguido un trato por el que pagarán muchas monedas de oro por ti, que se justificarían como el pago de tu manutención durante el tiempo que pasaste con nosotros. Aunque la verdad, el precio es muy generoso. Considero que, además de que el trato es ventajoso porque sabes leer y escribir en nuestra lengua, el pago debe servir también para compensar otros favores de Lucio a los árabes (y no sólo a esta familia) y para mantenerlo bajo su control, pues se trata de un buen informador. Pero el factor decisivo debe ser el hecho de que Lucio ha explicado que tú eras una especie de princesa cristiana: la hija de un gobernador, un influyente dignatario del rey de León. Eso significa que tienes buenas maneras y que tu nuevo dueño siempre podrá ganar un buen dinero contigo en caso de que te tenga que vender al califato para usarte como moneda de cambio para alguna princesa mora prisionera en tierras cristianas. —Álvaro hablaba con verdad y convicción, y ocultaba sólo que el hecho de que fuera virgen contribuía también a su elevado precio.

El semblante de Ouroana reflejaba el gran desconsuelo que sobre ella se abatía. A pesar de estar cautiva, siempre había alimentado la idea de que su padre, de una u otra manera, la localizaría y la rescataría, a la fuerza o mediante un pago. Pero las cosas empeoraban a ojos vista y aquella noticia era la última estocada a su esperanza.

—No te entristezcas... Podría ser mucho peor si fueras al mercado de esclavos y te comprara un loco cualquiera.

—¿Y por qué me cuentas todos estos secretos?

El rubio estaba tan absorto en las explicaciones que estaba dando que la pregunta le sorprendió. No obstante, mantuvo su calma casi señorial. Dejó pasar un tiempo, simulando la necesidad de cambiar de postura, y esbozó una tímida sonrisa que no era de felicidad.

—¿Sabes? Todos cargamos con culpas en nuestras vidas. Unos más que otros. Yo tengo las mías. Y lo peor es ser consciente de que cargas con ellas y vivir en permanente tensión entre lo que debes y no debes hacer. Entre lo que está bien y lo que está mal, entre lo justo y lo injusto. Y en estos tiempos de guerra e incertidumbre, el límite de cada una de estas nociones es tan difuso que muchas veces estamos dispuestos a recorrer terrenos resbaladizos. Yo soy creyente y sé que tendré que limpiar mis pecados en el purgatorio, pero espero no caer nunca en el infierno. Para que así sea, procuro expiar algunos de mis pecados en vida. Lo que te estoy contando y lo que he hecho por ti, en silencio, sin que te dieras cuenta, bajará el precio que deba pagar por mis faltas. Es la manera que tengo de atenuar el perjuicio que, como cómplice, te he provocado. Tal vez lo valores más adelante y puede incluso que algunas de las informaciones que te proporciono puedan, en el futuro, serte útiles a ti, o a mí. Siempre digo que lo que sembramos hoy lo recogeremos mañana. Así son las cosas en esta vida.

Ouroana no sabía si reír o llorar. Había aprendido que la supervivencia en aquellos tiempos, en aquel lugar, y sobre todo en las circunstancias en que se encontraba, dependía de factores tan aleatorios que lo único que podía hacer para controlarlos mínimamente era conocerlos y dejarse llevar por donde el riesgo fuera menor.

—Y tampoco puedo olvidar lo que tu padre hizo por mí... Juré que nunca lo olvidaría.

No le quedaba ninguna duda de que aquel pedrero había procurado, ya fuera abiertamente, ya en la sombra, que ella llegara hasta allí sana y salva, sin grandes manifestaciones visibles de hostilidad en relación con su persona, a excepción de la perpetrada por el ajusticiado João. Aún oyó que decía:

—La verdad es que, si estás viva y a salvo, no sabes lo que te deparará de bueno el futuro. Con suerte, puede que incluso vuelvas junto a los tuyos.

Ouroana pronto se convenció de que no había alternativas. Los bandoleros no podían seguir llevándola con ellos y la preocupación de Álvaro por encontrar la solución más sensata para ella parecía sincera. No habría ni muertes ni abandono. Habría un beneficio económico superior al esperado, el grupo seguiría unido, el jefe mantendría su prestigio y Álvaro quedaría en paz con su conciencia. ¿Qué podía hacer ella?

—¡Entonces seré esclava de los árabes! —aceptó, reacia ante su suerte.

El Pedrero la miró a los ojos, que aquel día irradiaban un azul intenso, y tragó saliva. Se pasó la mano por el pelo dorado y la abrazó con fuerza contra él.

—¡Que Dios te proteja!

XVI

Qurtuba, Córdoba, año 989

Ouroana estaba lejos de imaginar que sus ojos disfrutarían tanto. La sorpresa comenzó con la visión, a la distancia, de unas murallas doradas, dentro de las cuales abundaban los minaretes y brillaban los tejados de la mezquita Aljama, todo ello bordeado por un serpenteante, hermoso y plateado río, el Guadalquivir. Ésa fue la primera visión de Córdoba, la capital del Imperio omeya de al-Andalus, la principal ciudad de Occidente, con decenas de miles de habitantes, cuyo prestigio y brillo sólo eran comparables a Bagdad, Kairuán y Bizancio.

La comitiva atravesó un puente, entró en la zona urbana por la Puerta de Alcántara y llegó, más adelante, frente a la magnífica Aljama, que rivalizaba en esplendor con el Alcázar, a su izquierda.

Siguieron por sus bulliciosas calles, en las que, aquí y allá, surgían hermosos e inimaginables jardines, que llamaban la atención por la profusión de hibiscos de Siria, de porte exuberante, rectos, adaptados a vivir a pleno sol, y también algunos arrayanes verdes. Enrolladas alrededor de las entradas en arco, como si de plantas trepadoras se tratase, nubes de pequeñas flores exhalaban un perfume embriagador. Eran jazmines de flor blanca y hojas verdes y puntiagudas. Ouroana se sentía electrizada, no sólo por todos aquellos colores y olores, sino también, y sobre todo, por el frenesí de la gente que iba de un lado para otro, y por los intensos ruidos, principalmente de los comerciantes y paseantes, que hablaban aquel extraño idioma árabe.

De vez en cuando pasaba alguien que hablaba su lengua, el romance, pero no tenía ninguna posibilidad de hablar con nadie y, aunque así fuera, de nada serviría. Se sabía ya esclava y, además, aquella gente vestía de manera extraña. Ciertamente también ellos serían habitantes de la ciudad.

Cruzaron Córdoba y salieron por la Bab al-Sikal, la Puerta de las Trabas, en dirección a Oriente, hacia la ciudad fortaleza de Medina Zahira, no sin que antes la joven vislumbrara, a lo lejos, el frontispicio de una iglesia cristiana. Rezó en silencio por su suerte. Una hora más tarde, entraba en su nueva residencia, la almunia[21] recién construida de 'Isá ibn Sa'id al-Yahsubi, rodeada por un pequeño bosque de olivos, que se situaba en la jarquía de Zahira, la zona extramuros que Almanzor había reservado para viviendas de visires, cortesanos y altos miembros de su administración.

---

21. Residencia fuera de las murallas, campestre, con huertos y jardines.

XVII

Qurtuba, Córdoba, año 989

—¡Vamos, hija mía, levántate y come algo!

«¿Quién será esta persona que aparece así, de repente, y habla mi lengua en un país extraño donde no comprendo ni una palabra de lo que la gente dice?» Esto pensaba Ouroana, acostada en una esquina de la alcoba que formaba parte del harén de 'Isá ibn Sa'id al-Yahsubi. Lloraba copiosamente desde que había llegado allí, después de que la banda de Lucio la entregara a un hombre extraño, de aspecto afeminado, antes de que el sol se pusiera.

Le había dejado pan, leche y agua, y algo que le parecía fruta, partida por la mitad, con una piel dura y una especie de bayas color rubí bien apelmazadas y separadas en grupos por una fina membrana. Le hizo una señal para que comiera.

Ouroana no probó los alimentos. A pesar de sentirse físicamente débil, porque no había ingerido nada en la última comida con los bandoleros, pues a esa hora su estómago se cerró y rechazó lo que le ofrecían, sospechaba que la ofrenda, en especial aquella cosa con bayas dentro, podría tratarse de alguna fruta diabólica puesta allí con la intención de matarla, dejarla sin sentido o incluso trasladarla a algún estado satánico afín a aquella gente infiel.

—Vamos, procura comer algo, pequeña. En esta casa el pan es el mejor que se hace en Córdoba, la leche no tiene nada que envidiar a la que estás acostumbrada a tomar y la granada es una fruta muy buscada y apreciada. Zayr el eunuco no podía ofrecerte menos. Ha oído decir que eres de linaje noble, una especie de princesa, y era de ley ofrecerte una fruta en consonancia.

La mujer que se encontraba frente a ella dibujaba una amplia sonrisa, de oreja a oreja, y mostraba una dentadura blanca aun bien alineada. A pesar de sus irreprochables dientes, aquella mujer morena, con marcas en la piel que denotaban alguna rudeza, evidenciaba una larga vida de duros trabajos al frío y al sol. En la cabeza, una cabellera negra recogida y escondida bajo una tela sujeta bajo la barbilla. Aparentaba estar en la edad madura.

¿Granadas? ¿Eunuco? Aquellas palabras no tenían sentido en la cabeza de Ouroana. ¿Estaría viviendo una pesadilla? ¿Y quién era aquella mujer que hablaba su lengua —aunque exageraba el sonido de la ese, es cierto—, con un timbre algo rudo, pero que se mostraba tan delicada y simpática en el trato? ¿Cuál era su papel en el sueño? ¿Sería una encarnación del diablo que intentaba tentarla con palabras lisonjeras? ¿Y quiénes serían aquellos hombres vestidos con largos batines blancos, con barbas cuidadas, tez morena y extraños objetos en la cabeza que vio mientras se adentraba en la casa? ¿Acólitos del demonio?

Ouroana no conseguía organizar sus ideas, y más confusa quedó cuando la mujer que tenía frente a ella siguió con su cháchara:

—Yo también he pasado por lo mismo. Tardé una semana en darme cuenta de que me tenía que alimentar y de que, al final, el mundo no parecía tan cruel aquí. Puedes sentirte contenta por haber venido a parar a esta casa. Pertenece a 'Isá al-Yahsubi, el jefe de la familia árabe que te acoge, un hombre importante en esta tierra.

La mujer parecía divertida con la conversación.

—Tendrás que acostumbrarte a este nuevo país, y aprender la lengua de los árabes. Yo misma me encargaré de que así sea, en la medida en que sepa y pueda. Estás en Córdoba, la capital de al-Andalus, y esta gente no es una tribu de bárbaros, como enseñan en tu tierra. Es cierto que tienen su propio estilo de vida, sus creencias, y que no les gusta nada que la gente del norte (los nuestros, ¿no?) entren en sus tierras y ataquen sus ciudades fronterizas. Pero fíjate que también he oído hablar al señor de esta casa de que, en el palacio califal, tampoco aprecian demasiado a los bereberes de las tribus del Magreb, que por ahí andan todo el tiempo en guerra. ¿No sabes qué es el Magreb? No te preocupes..., tendrás tiempo de saberlo —la instruía la desconocida con una sonrisa divertida.

Ouroana empezó a escuchar con más atención y a creer que no se trataba de un sueño, que aquélla era en verdad la nueva realidad con la que tendría que convivir.

—Es cierto que a partir de hoy eres la esclava de este señor. Pero si quieres que te sea sincera, y que Dios me perdone —la mujer se santiguó mientras esto decía—, prefiero mil veces ser sierva de este señor que seguir con la vida que llevaba en los montes de mi tierra natal, en la sierra de la Estrella, o incluso en la ciudad adonde me llevaron, Egitania[22], los

---

22. Idanha-a-Velha, también conocida como Antaniya.

árabes la llaman Laydaniyya, antes de trasladarme aquí. Allí trabajaba de sol a sol, en condiciones inhumanas, para apacentar las cabras y arrancar algo de la tierra para poder alimentarme, lo que no siempre conseguía. Y un ser humano, como cualquier criatura de Dios, tiene por lo menos el derecho al sustento. Esclava del frío y la nieve, que se me congelaban los huesos en invierno, de la lluvia y de la falta de ella, de la incertidumbre de las cosechas, de las enfermedades de los animales y de la ausencia de pastos, de no disponer de cuidados en caso de enfermedad. ¡Oh, hija mía, no sabes cómo ha cambiado mi vida!

Ouroana se había tranquilizado un poco y seguía con atención el monólogo de su interlocutora.

—¿Sabes qué añoro? Aquel magnífico queso, cremoso y un poco salado que sólo nuestras gentes saben hacer, y tener una iglesia cerca con la imagen de mi san Blas. Aunque aquí tenemos algunas, como las dedicadas a san Acisclo y san Zoilo.

La joven seguía recogida en su silencio, cada vez más atenta, pero aún muy confusa. En medio de tanta información, intentaba entender mejor el mundo en el que se encontraba. Parecía que a la mujer le gustaba hablar, y lo hacía con toda la calma, lo cual tranquilizaba a quien la escuchaba.

—Aquí toleran tu religión y tus creencias. Es cierto que se ríen de nuestra fe. Dicen que es inconcebible que podamos comer a Dios (se refieren, claro, al sacramento de la comunión) y que eso es un gran ultraje a la figura divina, porque además de metérnoslo dentro del cuerpo, a continuación lo sacamos en forma de porquería. Por extraño que parezca, les gusta Jesús, al que llaman Nabi 'Isá y lo conocen como el

Crucificado. Con todo, niegan los misterios de su divinidad y encarnación, alegando que es uno más entre otros profetas. Claro que ninguno se puede comparar con el último de ellos, el profeta Mahoma, a quien se dice se le hizo la última revelación. También se ríen de nosotros por decir que Dios es trino, y afirman que somos *muchrik-s*, que adoramos varios dioses.

A medida que los ojos de Ouroana cobraban vida, admirados e inquisitivos, por lo que la mujer contaba, ésta, al percibir que había conseguido captar su atención, se puso a andar de un lado a otro, moviendo y removiendo jarras y vasos, colocando bien los cojines, limpiando el polvo y mirando por la ventana. Para ella, todas aquellas cosas le parecían sencillas. La muchacha no podía evitar su admiración: en la medida en que se le ofrecía un poco de orden sereno alrededor, se abría a un mundo nuevo.

—Para ellos, Dios es Uno y Único, no hay Padre, Hijo y Espíritu Santo; consideran que esto es una invención de los cristianos para justificar sus diferencias. Y todo esto está escrito en su libro, el Corán. En él se lee: «¡Oh, vosotros, los que habéis recibido las Escrituras! No exageréis en vuestra religión ni digáis sobre Dios más que la verdad. Realmente el Mesías, Jesús, hijo de María, es el enviado de Dios, su Verbo, que nació de María y del espíritu procedente de Él. Creed en Él y en sus enviados. No digáis "Trinidad". Dejadlo. Es mejor para vosotros. Realmente Dios es un Dios único. ¡Loado sea! ¿Tendría un hijo cuando tiene lo que hay en el cielo y en la tierra? Dios basta como garante».[23] Sea como sea, aparte de

---

23. El Corán, capítulo IV, versículo 171.

eso, nunca me incomodaron a causa de mi religión. Si no fuera esclava, tendría que pagar impuestos por no ser musulmana, pero ni a eso estoy obligada —afirmó, intentando minimizar los efectos de su condición.

Los ojos de Ouroana acompañaban a su inefable interlocutora, intentando absorber toda la información que le estaba proporcionando.

—¿No me crees? Sí, impuestos. Es lo que pagan los mozárabes y los judíos para poder vivir en esta tierra. Para evitarlo, muchos cristianos se convierten en muladíes y abrazan el islamismo. Esos... malditos... reniegan de su religión.

Por fin, la hija del gobernador de Anégia, que escuchaba aún con más atención, se permitió articular algunas preguntas.

—¿Cómo te llamas?

—¿Yo? Vaya..., disculpa, ¿todavía no te lo he dicho? ¡Qué cabeza la mía! —interrumpió su relato mientras se llevaba la mano a la cabeza—. Zawar, que quiere decir Ausenda. Este era el nombre que mi madre, ¡que Dios la tenga en su gloria!, me dio en el bautismo. Cuando llegué aquí, me pusieron Zawar. ¿Crees que no me esforcé en explicar que mi nombre era Ausenda y no Zawar? Vaya si lo intenté, pero pronto comprendí que no valía la pena. Nadie se tomó la molestia de rectificar. Y con este nombre debes dirigirte a mí. Bien, ahora debes saber que, además del dueño de la casa, 'Isá al-Yahsubi, conocerás a su única esposa, Zulaykha, a muchas otras esclavas que integran su harén (algunas de ellas también son sus concubinas), a algunos eunucos y, claro, a sus cuatro hijos: el niño, Abdus, y sus tres hermanas, todas ellas con nombres de flores: Bahar, que quiere decir narciso; Banafsach, que significa violeta, y Narchis, es decir, junquillo.

Las particulares explicaciones de Zawar seguían despertando el interés de la joven cautiva, lo cual animaba a la criada a continuar.

—La casa aún tiene otros criados esclavos, entre los cuales hay una turca, que se encarga de la casa y ayuda en la cocina; hay otra originaria de Sindh, que es la cocinera mayor, y Zayr, el eunuco principal, responsable de toda la organización de la casa y encargado de acompañar a la señora siempre que sea necesario. A mí me corresponde cuidar de los niños. Los he visto nacer a todos: desde la mayor, que tiene dieciséis años, hasta la más joven, de diez. Pero el mimado de la casa, en especial de nuestro amo, es su único hijo varón, Abdus. Un pequeño genio. Cuando crezca, será todo un señor. A decir verdad, están todos muy crecidos y de aquí a poco podrán salir de casa. No sabes cómo me va a afectar.

Zawar comprobó el interés que había despertado en la joven, y eso la satisfizo. Si había algo que le encantaba —además de hablar, como parecía obvio—, eran los niños, en quienes proyectaba todo el instinto maternal que nunca pudo volcar en sus hijos. Por eso no le supuso ningún esfuerzo seguir la explicación detallada de la vida que llevaba allí y de la que le esperaba a quien la escuchaba.

Percibió que Ouroana se mostraba más tranquila. Y era cierto. Nunca se le habría pasado por la cabeza a la recién capturada que alguien pudiera ser esclava en aquellas condiciones. Había imaginado que esclavitud equivalía a malos tratos físicos, trabajos forzados, enfermedades y una muerte precoz, pero no oía nada de eso en boca de aquella mujer.

—Tienes que acostumbrarte a Zulaykha, la señora de la casa. Tiene muchas amigas y le encanta cuidarse. No aparenta la edad que tiene, ni que ya ha sido madre cuatro veces. No olvida el tratamiento permanente de su piel, las uñas, el cabello y el cuerpo en el *hammam* de la ciudad.

—¿El qué?

—Sí, el *hammam*. Ya lo conocerás. Son los baños públicos, donde, además de las abluciones, se preocupan de la belleza corporal.

La sierva más vieja sonreía, divertida.

—Vamos... Tendrás tiempo de aprender todas estas cosas y mucho más. Me gustará enseñártelo. Pareces una buena chica, y tienes buenas maneras. Pasarás aquí una parte..., quién sabe, tal vez pases aquí toda tu vida. Por eso es necesario que te sientas a gusto. Por lo demás, hermosa como eres, puedes incluso dar hijos a cualquier señor árabe y convertirte así en una *umm walad* [24] y obtener la libertad. ¡Ahora, vamos! ¡Come lo que tienes delante!

Ouroana estaba asustada con lo que había oído en boca de la otra esclava, y no se resignaba a pasar allí el resto de su vida. Tal vez todo fuera como Zawar contaba, creía incluso que ella gozaba allí de una mejor vida que en el lugar donde nació, pero la joven seguía aterrada con todo lo que le había sucedido de manera tan repentina.

A pesar de todo, las palabras de la esclava tuvieron un efecto apaciguador en ella. Sintió que tenía que alimentarse

---

24. Esclava que daba a luz al hijo de su señor.

un poco. Comió pan y bebió leche y un poco de agua. Aquello que Zawar llamaba granada ni lo probó. Aún desconfiaba del aspecto extraño de aquel fruto y de los efectos que podía tener. Y no quería morir así, de improviso.

XVIII

Al-tagr al-garbi, frontera occidental de al-Andalus (actual región central de Portugal), año 989

La expedición partió el día señalado, atravesó el Duero en Entre-os-Rios y recorrió la margen izquierda en dirección a la zona de Lamego. Se trataba de un grupo de caballería ligera que renunciaba a las protecciones especiales en el cuerpo para favorecer una mayor movilidad. Los caballeros llevaban sólo una sencilla montera en la cabeza, de cuero hervido en cera, que le daba mayor dureza y resistencia, y un escudo redondo de reducidas dimensiones para que fuera más fácil de manejar. El armamento estaba formado, esencialmente, por lanzas preparadas para el combate a cierta distancia y, en la cintura, llevaban espadas de cruceta y dagas de más de un palmo de largo, por si se daba el caso de un indeseable combate cuerpo a cuerpo. Sólo Munio iba un poco más protegido con una cota de malla que le cubría el tronco y unos finos guantes de piel de lobo en las manos.

Los primeros ataques fueron contra labradores desprevenidos, ya en territorio controlado por los musulmanes, de los que obtuvieron cereales y utensilios domésticos. Incluso bajo amenazas, todos ellos afirmaron que no sabían nada de ninguna partida de bandidos que hubiera pasado por aquellos lugares últimamente. A continuación se dirigieron hacia los alrededores de Viseu, donde tenían que actuar con más cautela para evitar la reacción de las tropas acuarteladas en la ciudad.

Las incursiones a los poblados y caseríos las realizaron siempre a últimas horas del día, después de haber definido previamente las rutas de huida tras las acciones ofensivas, cuando, en muchos casos, ya era de noche.

El botín obtenido crecía, así, con cereales, ropajes, utensilios domésticos, monedas, algunas de oro y plata, alimentos varios y sobre todo animales. Por esta razón tuvieron que buscar un lugar donde guardar los bienes capturados, y dejar con ellos hombres de confianza para su custodia hasta que volvieran de la incursión.

Con todo, hasta aquel momento Munio no había logrado obtener ninguna pista del paso de la banda que había capturado a su hija. Y eso lo preocupaba. «¿Quién me mandaría creer en los sueños?», pensaba al recordar las premoniciones de Vivilde.

Al cuarto día atacaron los objetivos rurales en la zona periférica de Viseu. La estrategia de la algara funcionaba a la perfección. El grupo armado recorría el territorio con rapidez y discreción, con preferencia al amanecer o al caer la noche. Cuando se detenían a descansar, montaban puestos de vigía, si era de día, y escuchas y rondas, si era de noche, para no encontrarse con sorpresas, y adaptaban el horario de comer a las circunstancias de cada momento. Para evitar problemas en las maniobras, toda la impedimenta de alimentos y del botín obtenido en ataques anteriores se dejaba siempre a una distancia conveniente de los objetivos, y los milicianos llevaban en su talega algo de comida. Atacaban siempre después de identificar a las víctimas y asegurarse de que no tendrían tiempo de reaccionar.

Siguieron en dirección a los alrededores de Coímbra, aunque tenían pensado pasar antes por el poblado de Lorvão. Allí había un monasterio fundado por cristianos, hacía casi un siglo, que contaba con riquezas y grandes extensiones de tierra, obtenidas sobre todo por donaciones hechas por la nobleza local. Con todo, el monasterio de Lorvão había caído en manos árabes, después de la conquista de Coímbra, un par de años antes, y los monjes habían huido hacia los monasterios al norte del Duero. Al llegar a aquella zona, las tropas de Munio empezaron a comprobar la facilidad con que se podían saquear los lugares por los que pasaban. Todo parecía sencillo. No obstante, durante los últimos días, la voracidad de las huestes parecía cada vez más insaciable. Se sentían inmunes a cualquier adversidad y devastaban árboles frutales, incendiaban aldeas, destruían cosechas enteras, molinos y rudimentarias infraestructuras de explotación agrícola, y capturaban, además de animales, a algunos campesinos, en especial jóvenes aldeanas, para convertirlos en esclavos. Con todo ello pretendían, también, desgastar al adversario árabe.

Con estas intenciones se acercaron al poblado de Lorvão. Como era norma en caso de que el peligro de encontrar resistencia fuera mayor, Munio decidió dividir el grupo en dos: unos saldrían al ataque y al saqueo y, los otros, con él a la cabeza, aguardarían en retaguardia, asumiendo funciones de vigilancia y eventual defensa de los asaltantes.

El primer grupo partió hacia su misión. Pero la noticia de que se aproximaban acabó por llegar a oídos de los pobladores locales, que de inmediato solicitaron tropas de la guarnición de Coímbra, que Almanzor había estacionado allí en un intento de evitar la reconquista por las tropas cristianas mientras no se ordenara la repoblación.

Por fortuna, el guía del grupo consiguió localizar, en el último momento, la presencia de un contingente moro que se encontraba emboscado y los esperaba junto a un hermoso puente, obra de Zacarías, el famoso arquitecto cordobés, llamado allí por el abad Primo hacía algunos años. Al sentirse descubiertos, los moros se lanzaron de inmediato en persecución de las milicias anegienses, que tuvieron que batirse en retirada. Huyeron hacia el bosque en que se encontraba el otro grupo. A la vista de la hueste doblada de hombres armados, montados en fuertes caballos, los defensores moros frenaron sus ímpetus y se mantuvieron a una distancia prudente, evitando la lid en campo abierto.

Munio decidió entonces ordenar el regreso a Anégia. Que hubieran descubierto su expedición significaba que habría otras celadas que podrían revelarse fatales. Así que dieron media vuelta, y cuando comprobaron que no eran seguidos por los soldados moros de Coímbra, se dirigieron a los lugares preestablecidos, donde aguardaba el botín de la algara.

A pesar del aparente éxito de la operación, el gobernador no se sentía feliz. No había alcanzado el principal objetivo por el cual organizó la partida: dar con pistas sobre el paradero de Ouroana.

No podía imaginar el conde de Anégia, con todo, que ese mismo día algo muy importante surgiría en el horizonte.

XIX

Qurtuba, Córdoba, año 989

Las extrañas costumbres y la nostalgia de su familia fueron las razones de la angustia y de la tristeza que se apoderaron de Ouroana. Por eso la adaptación fue lenta. Con todo, y con el tiempo, la relación con Zawar fue cada vez más profunda, como si de una segunda madre se tratara, lo que la ayudó a superar las permanentes crisis de llanto y depresión, el opresivo deseo de escapar y volver a casa. Comprobó lo sinceras que habían sido las palabras que la mujer le dirigió cuando llegó a Córdoba y que servía con devoción a sus amos. Pero ella, Ouroana, no conseguía pasar un día sin recordar a su familia: a su madre, que debería sufrir mucho por su desaparición, a su padre, al que imaginaba con el dolor del orgullo herido por la hija raptada ante sus narices, su primogénita, tan amada, y a sus dos hermanos, a los que no podía ver crecer. ¡Su padre, el poderoso gobernador! Por eso, todos los días, antes de dormir y de levantarse, rezaba a Dios para que la mandara de vuelta a casa.

Un día soñó... Soñó con una iglesia. Era la imagen de aquella que había visto al llegar a Córdoba. Aquel revivir onírico se transformó en una inmensa nostalgia de Anégia, que devolvía a su memoria todos los recuerdos que flotaban en el umbral de su conciencia. Entró en la iglesia milagrosamente fría, en aquella tierra cálida, en la capital de los árabes, donde en cada esquina se tropezaba con una mezquita. Cada piedra, cada pilar, cada santo en su altar permitieron a Ouroana viajar muy lejos de allí. Y, al mismo tiempo, se sentía confortada por otra cosa: se veía más cerca de Dios, sentía que Él la protegía desde aquel templo, y eso le daba la fuerza que necesitaba.

Por fortuna, Zawar no había faltado a la verdad. La familia de 'Isá al-Yahsubi trataba bien a los numerosos criados esclavos y les permitía, al igual que a los demás cristianos libres a quienes llamaban mozárabes, mantener su propio culto, y eso intrigaba mucho a Ouroana.

La joven cautiva conoció muy pronto a toda la familia, sobre todo a los hijos, con los cuales tenía una excelente relación. Con las niñas, y en especial con las más pequeñas, jugaba en los momentos de ocio; con Abdus fue consolidando una buena amistad.

Al principio, el principal problema fue la comunicación. Pero Zawar, como le había prometido, fue una razonable profesora de árabe, sobre todo para los conceptos más básicos. En menos de un mes ya conseguía pronunciar algunas palabras y frases sencillas. Su inteligencia, la persistencia de Zawar y, en buena medida, los juegos con los hijos de los señores de la casa, en especial con Abdus, se encargaron de que, en cuestión de pocos meses, la joven cristiana hija del gobernador de Anégia consiguiera manejar la lengua árabe lo suficiente como para entender y comunicar lo esencial del día a día.

Abdus, siempre que podía, pasaba horas enteras preguntando a la joven sobre su tierra, su familia, sus gustos y lo que comían. Ouroana respondía a todo, intentando hacerse entender como podía. Los momentos de tristeza, cuando tenía que hablar de la familia y del pasado, se alternaban con otros de gran alegría por poder describir el hermoso lugar en el que había crecido y donde la naturaleza se encargaba de favorecer el encuentro de dos grandes y bellos ríos. Abdus escuchaba con atención y respetaba las cuestiones más sensibles para su amiga, evitando volver a ellas.

El único hijo varón de 'Isá era un guapo y elegante muchacho, siempre limpio, aseado y bien vestido. Ouroana nunca vio que les dieran ni un cachete a los niños de la casa y pronto comprobó que su educación era esmerada y que cumplían todas las normas familiares y eran obedientes. Sabían sentarse de piernas cruzadas, así como sobre los talones. A la joven cristiana le sorprendía que los niños árabes se vistieran, muchas veces, igual que sus padres. No faltaban juguetes en casa, muñecos y muñecas, animales y casitas de barro, cartón o madera, y era frecuente que el padre, 'Isá, apareciera donde estaban sus hijos y repartiera golosinas y frutos de agradable sabor. Y lo cierto era que Ouroana también se beneficiaba de estos repartos, pues Abdus, a escondidas, nunca olvidaba repartir con ella estos presentes. El lugar que los dos jóvenes preferían para jugar eran los jardines de la casa. Allí se divertían entre los macizos de flores que formaban armoniosas composiciones: violetas, alhelíes y claveles, y también iris y narcisos, a veces conjugados con elegantes árboles, como palmeras, olmos, sicomoros, sabinas, moreras, higueras de Esmirna, acacias y granados.

Cierto día Zawar se acercó a Ouroana y le comunicó que Zulaykha, la señora de la casa, quería hablar con ella. Dado que aún no era nada habitual para ella el trato con la señora, se puso en alerta. Zulaykha la recibió en sus aposentos, donde se encontraba también Zayr, el eunuco, situado más atrás, en un rincón.

—¿Cómo te encuentras en nuestra casa? —preguntó con curiosidad.

—¡Bien, mi señora! —respondió, temerosa, la joven.

—He visto tu evolución, la facilidad con la que aprendes y, sobre todo, la alegría que tu presencia provoca en todos mis hijos, en especial en Abdus, que no para de hablar de ti.

—Yo también los aprecio mucho, señora, y agradezco la forma en que me tratan.

—Cuando decidimos traerte aquí, pensábamos en la futura sustitución de Zawar, a quien mucho apreciamos, pero que ya se ha dedicado mucho a esta casa. Por esa razón tenemos la intención de liberarla algún día. Ella se lo merece y no deja de ser un acto muy piadoso a los ojos de Alá, y también es apreciado por buena parte de nuestra comunidad si tiene lugar en estas condiciones. Por eso quiero comunicarte que, a partir de ahora, además de las tareas domésticas que Zawar seguirá enseñándote, Zayr se encargará de proporcionarte ropa más elegante y de enseñarte a cantar, a bailar y a tocar. Cosas para las cuales, con mucho pesar por nuestra parte, Zawar nunca mostró aptitudes, a pesar de haberlo intentado.

La esclava, que se encontraba cerca de allí, reía divertida. Recordaba bien lo embarazoso que le resultaba al principio tener que aprender todas aquellas artes, así como sonreír de la forma correcta. Por fortuna, consiguió convencer a sus señores de que sus cualidades tenían que ver más con el manejo de la casa y el cuidado de los niños —en lo cual se mostró ejemplar—, y que las funciones de cantar o bailar debían desempeñarlas siervas más aptas. Y en verdad, tanto el eunuco Zayr como las otras esclavas se mostraban más hábiles para esas tareas que Zawar, natural de las rudas montañas de la Estrella, donde nunca fue educada para tales menesteres. Afortunadamente para ella, sus señores abandonaron pronto esa idea. Pero con Ouroana no sería así. No hacía falta ser el califa para comprobar que se trataba de una muchacha con sensibilidad y que pronto absorbería, y con placer, las enseñanzas del eunuco.

—A partir de ahora, me acompañarás también a algunos espacios públicos, sobre todo al *hammam*, siempre que sea posible con Zayr.

El eunuco sonreía y guiñaba el ojo a la joven, simpático y cómplice, mientras le acariciaba el cabello. Ouroana había empezado a sentir afecto por aquella extraña figura, de quien sólo hacía poco había descubierto que, a pesar de su aparente aspecto masculino, no era ni hombre ni mujer. Comprendió entonces la razón por la que podía moverse a su antojo por el harén, en especial por los aposentos de la señora de la casa, y la acompañaba casi siempre al exterior, sin que ello ofendiera en lo más mínimo a su marido.

Zayr se mostraba muy afable y solícito con todo el mundo, pero solía tener ataques de furia ante cosas y situaciones que no le gustaban —casi siempre menudencias—, que rápidamente se transformaban en un llanto convulso de arrepentimiento. Razón por la cual ya nadie se tomaba en serio sus ataques de nervios.

XX

Al-tagr al-garbi, frontera occidental de al-Andalus (actual región central de Portugal), año 989

Los integrantes de la algara estaban muy satisfechos. El botín conseguido aseguraría un excelente reparto. Por eso la milicia se preparaba para volver a casa y distribuir el producto del saqueo, que cargaron sobre el lomo de mulas y caballos no adiestrados para la batalla.

—Señor don Munio, uno de los cautivos desea dirigiros la palabra.

—¿Un cautivo? —Al gobernador le extrañó la interpelación y, sobre todo, la osadía del prisionero.

—Sí, dice que tiene algo que deciros que puede ser de vuestro interés.

—Veámoslo. Espero que no sea una broma de mal gusto, porque si no recordará el día de hoy hasta el final de su vida. Tráelo a mi presencia.

Era Ermigio quien se había dirigido al señor de Anégia. Poco después volvía con un hombre de mediana edad, calvo, que vestía a la manera de los árabes y cuyo rostro exhibía una nutrida barba rubia.

—¿Qué tienes que decirme? —preguntó el conde sin rodeos.

—He oído hablar a vuestros soldados y he sabido de la razón de vuestra incursión en este territorio —respondió con respeto y en perfecto romance.

—¿Sí...? ¿Y quién eres tú? ¿Cómo es que hablas nuestra lengua y te vistes como un árabe?

—Soy un muladí. Nací en Santarem, en el seno de una familia cristiana. Y para no vivir como un marginado, para evitar los impuestos y poder integrarme en la sociedad de los árabes, me vi obligado a convertirme al islam —aquellas palabras, aunque firmes, mostraban una dolida tristeza.

—Ésa es la mayor traición que pueda hacerse a nuestro Dios, volverse un apóstata y un infiel.

—Dios sabe que mi corazón le sigue siendo fiel y que todos los días, en el silencio de mi alcoba, le rezo y pido que comprenda esta situación —alegó el muladí, con aparente sinceridad, mientras dirigía la mirada al cielo.

—¿Y qué tienes que decirme, entonces, sobre mi objetivo?

—Puedo daros información útil sobre una banda de forajidos que, hace tiempo, estuvo en estas tierras y llevaba consigo a una joven rubia, de la que logré saber que era la hija del gobernador de Anégia.

La noticia golpeó como una violenta estocada en el estómago del conde. Sentía el corazón oprimido y una gran ansiedad por saber más.

—¿Y cómo sabré que no mientes? —insistió Munio, que deseaba desesperadamente que el muladí no fuera a inventarse algo para salvar la piel.

—Me la ofrecieron como esclava. Me dijeron que después de comprarla podría pedir un gran rescate a su padre.

—¿La viste?

El interlocutor movió la cabeza afirmativamente.

—¿Cómo era? —Había urgencia en las palabras del conde.

El muladí describió a Ouroana a la perfección. El pecho de Munio se le antojaba cada vez más pequeño para aguantar el alborozo de su corazón, en verdad agitado, a medida que aquel hombre avanzaba en su descripción. Sus mandíbulas se apretaban ferozmente una contra la otra. Por fin había encontrado a alguien que le daba alguna pista sobre su querida hija. Pero... era un muladí, un renegado, un traidor de la verdadera religión. ¿Serían buenas sus intenciones? ¿Decía la verdad cuando alegaba que se mantenía fiel, en su interior, a la religión de Cristo? Recordó entonces el sueño de Vivilde y que, a través de él, alguien le había transmitido que Ouroana estaba en tierras árabes y necesitaba ayuda. Ciertamente era un mensaje divino, creía ahora Munio. Por eso aquel muladí podría ser también un enviado de la Divina Providencia para indicarle el camino, la pista buena para alcanzar su objetivo. Decidió arriesgarlo todo. A fin de cuentas, no tenía nada que perder.

—¿Y a qué esperas para contar lo que sabes?

—Antes me gustaría apelar a vuestro sentimiento cristiano de la compasión. Vuestros hombres dicen que sois un buen gobernante, sabio, generoso, y también buen cristiano.

—Déjalo. ¿Qué pretendes?

—Apelo a vos para que me liberéis, junto con mis hijos e hijas, que están aquí conmigo cautivos. Mi esposa está en casa sola. Acaba de dar a luz dos gemelos y no tiene quien la ayude en este momento. Sólo Dios sabe cómo estará sufriendo porque aún no hemos vuelto a casa y la agonía por la que pasamos nosotros por no poder estar con ella para ayudarla... —las palabras, una a una, caían, profundas, de los labios de aquel hombre, tan elocuentes que no se oía ruido alguno alrededor. Incluso los caballos parecían respetar la gravedad del momento.

Para evitar que se evidenciara la conmoción que sentía, Munio se levantó y caminó algunos pasos, dejando que su mirada se perdiera en el horizonte. También él estaba angustiado por no tener consigo a su hija, y al pensar cómo debía estar sufriendo sin la presencia y el calor de su familia.

—Vamos..., prosigue. Quiero saber qué más tienes que decir.

—A vuestra hija la raptó una banda de ladrones que está en permanente movimiento y que se dedica a robar lo que puede allí por donde pasa. Se han especializado en atracar a los mercaderes y arrieros que transitan por los caminos de estas tierras, tanto en los reinos cristianos como entre los árabes. Normalmente evitan atacar los intereses musulmanes dentro de las fronteras de al-Andalus, y prefieren a los mozárabes y judíos, pues mantienen una relación de complicidad con las autoridades locales, a quienes transmiten informaciones relevantes sobre lo que pasa en el norte. Hay quien dice que algunos de esos informes fueron importantes para las conquistas árabes de Coímbra y Viseu.

—¿Y quiénes son?

—Es gente reclutada en todas partes y aficionados al dinero fácil. El jefe es Lucio, conocido con el sobrenombre de Mancha Negra, porque tiene una verruga en la frente.

—¿Y dónde están en este momento?

—Por desgracia, no sabría decíroslo. Con todo, llegados del norte y después de atacar a un conde cristiano, no creo que deseen volver tan pronto a vuestras tierras. Estos días Lucio y su banda andarán ciertamente por el sur, por las ciudades de al-Andalus, intentarán vender a vuestra hija como esclava y seguirán atacando a los mercaderes más desprevenidos. Imagino que habrán pasado por la ciudad de Santarem, junto al Tajo.

—Agradezco tu información. Te concedo lo que me has pedido. Mañana seréis liberados. Y no sólo tu familia. A todos los esclavos les será restituida la libertad.

—Gracias, señor. Veo que sois tan generoso como me habían contado. Dentro de mis posibilidades, procuraré asegurarme de que no haya represalias contra vuestro territorio por esta incursión.

Munio respiró con una mezcla de alegría y alivio. Por fin había encontrado una pista segura de su hija y se sentía confortado por no tener que derramar la sangre de aquel pobre hombre, también él, a su manera, víctima del infortunio.

—¡Ve en paz! —concluyó, con el pensamiento puesto en Ouroana.

XXI

Inter Ambulus Ribulos, Entre-os-Rios,
Anégia, año 990

—¿Cómo localizaremos a ese Lucio y a su banda? —Después de la satisfacción inicial, Munio preveía ya las dificultades a las que se enfrentaba para volver a ver a su hija.

—No lo sé todavía, señor. Pero con toda certeza habrá una manera.

El gobernador y Ermigio estaban sentados en el salón principal del pazo residencial del conde, separados por una gran mesa rectangular destinada a las reuniones con los más importantes nobles de la *civitas* Anégia.

—El clima político no nos es demasiado favorable. Los sarracenos se han vuelto inmensamente poderosos gracias a ese maldito Almanzor, que conquista y destruye todo lo que encuentra a su paso. Sólo Dios sabe si llegará también cualquier día de estos a nuestras tierras. Pero lo peor son los nobles cristianos que doblan el espinazo para lamerles los pies sólo porque están contra el rey de León...

—O para que Almanzor no los destruya —añadió Ermigio.

—Sí, es cierto..., pero ¿qué honra les queda a esos desgraciados? ¿Qué recompensa les cabe esperar al final de sus días? ¿Qué dirán sus hijos sabiéndolos traidores?

El silencio volvió a imponerse en aquel salón de piedra. Ermigio miró por una de las ventanas, hacia la corriente de agua del Duero.

—¡Tengo una idea, señor! —exclamó.

—¿Una idea?

—Sí... Yo mismo me infiltraré en tierras de los infieles y, con la información que ya tenemos, intentaré localizar a Lucio y a su banda. Cumpliré mi promesa y os traeré de vuelta a Ouroana.

—¿Y cómo piensas hacer tal cosa sin levantar sospechas entre los árabes?

—Me vestiré de mendigo. Pasaré desapercibido, me llevaré comida para alimentarme y dinero para pagar, si hiciera falta, alguna información o incluso el rescate.

Munio se quedó pensativo; dirigió su fría mirada hacia un punto indeterminado del horizonte... o, tal vez, a su interior.

—No sé si es buena idea... Tú solo, haciéndote pasar por mendigo.... Nadie te creerá... No sabes hablar la lengua de los árabes.

—Pero ya sabéis que las tierras donde hicimos nuestra incursión han sido conquistadas hace poco por los árabes..., puedo pasar por un pobre, un indigente que lo perdió todo con la conquista. Nadie reparará en mí. Y, por otro lado, tengo dos deudas que saldar: una con mi señor, al que prometí velar por su hija hasta la muerte, y otra con Ouroana, a quien le juré que la traería de vuelta a casa. ¡Una promesa es una deuda! ¡Ha llegado mi hora!

—Muy bien, si ése es tu deseo, partirás dentro de algún tiempo, en primavera, cuando mengüen las lluvias y no haya nieve en las montañas.

Cuarta parte

CUARTO CRECIENTE

XXII

Shantarîn, Santarem, año 990

Después de atravesar río, montes y valles, Ermigio consiguió llegar por fin a Santarem. Cruzar las murallas no se reveló tarea fácil, pero al cabo de unos días de vaguear por el exterior obtuvo la benevolencia de uno de los guardias, que le franqueó la entrada gracias a la discreta entrega de una moneda. Deambuló entonces por las calles y quedó atónito ante el hecho de que gran parte de aquel lugar había sido objeto de obras recientemente y de que en algunas zonas aún se llevaban a cabo reformas. Brillaban casas nuevas y algunas calles aparecían pavimentadas.

Era viernes cuando Ermigio entró por primera vez en una ciudad árabe. Le sorprendió ver un remolino de gente que circulaba en la misma dirección, de modo que él también tomó el mismo camino. No tardó mucho en descubrir la razón: todos se dirigían a la Gran Mezquita, cuya construcción parecía recién concluida. Se trataba de un edificio imponente, la mezquita Aljama, testimonio de la importancia que Santarem asumía para el califato con sede en Córdoba y que había movido al anterior califa, al-Hakam al-Mustansir, a construirla.

Ermigio se unió a otros pedigüeños que se acercaban a los muros de la plaza, cerca de la puerta principal. Comprobó, entonces, la generosidad de los ricos árabes que la frecuentaban, pues recibió, como los demás, algunas monedas como limosna, distribuidas al final de la oración.

Pasaba los días vagando por la ciudad, ya fuera rezando en la iglesia cristiana, donde pedía a Dios que le mandara una señal para seguir con su misión, ya fuera frecuentando los lugares públicos, siempre con el oído atento a lo que se decía cuando se hablaba su lengua. Establecía también conversaciones como podía, en busca de informaciones sobre la banda que buscaba. Pero, por desgracia, no había conseguido muchos resultados.

Cierto día que después de recorrer la zona de los amplios y cuidados mercados, circulaba por una de las calles recientemente arregladas, lo abordó un hombre de aspecto bonachón y sonriente, vestido con ropas finas. Ermigio explicó que no comprendía el árabe y el hombre le habló en lengua romance galaico-portucalense.

—¿No hablas árabe? No importa, un comerciante como yo habla varias lenguas extranjeras. Además de la tuya, del romance leonés, del árabe y del hebreo, hablo también la lengua de oc y un poco de la de los eslavos. Por eso nos entenderemos. ¿Quieres ganar algunas monedas? Sólo tienes que ayudarme a transportar unas mercancías hasta la posada, porque no encuentro a la persona que habitualmente me ayuda en estas tareas.

Ermigio asintió, de inmediato, a la propuesta. A fin de cuentas, no tenía nada mejor que hacer para pasar el tiempo. Entró con el hombre en una de las casas y comprobó que en ella, en uno de los lados, funcionaba una hilatura de tejidos de lujo y, en el otro, había una molienda de grano para harina. Lo movían todo las aguas de una pequeña riera que pasaba por la zona más baja. Ermigio cargó los tejidos, siguió al hombre en dirección a la posada y, luego, se le pagó el servicio según lo prometido.

La tarde del día siguiente el cristiano deambuló por la ciudad hasta que entró en una taberna para intentar dar, una vez más, con alguna información que le fuera útil. Al salir lo abordó el mismo hombre que el día anterior había solicitado sus servicios para el transporte de tejidos.

—¡Me llamo Ben Jacob! —afirmó, con una amplia y amable sonrisa—. Soy mercader judío y no he podido dejar de oír las preguntas que hiciste en la taberna. ¿Así que buscas al bandido Lucio? Tal vez yo pueda ayudarte. Al inicio de la semana que viene iré con mi comitiva a Lisboa y te diré dónde puedes encontrarlo.

No quería creer lo que estaba escuchando. Dios había respondido a sus plegarias y había puesto en su camino a aquel judío. Mientras aguardaba con ansia el inicio del viaje, Ermigio deambuló discretamente por la ciudad para conocer mejor sus recovecos. Lo que más le impresionó fue la existencia, en la parte llana de la ciudad, de un conjunto significativo de silos, almacenes abiertos no sólo con la finalidad de guardar allí cereales y frutos secos, y que los lugareños llamaban «cuevas de pan». Pues se enteró de que la situación intramuros de estos silos pretendía, además de atender la gran producción de cereales y frutos de la región, garantizar el suministro de alimentos en caso de que la ciudad fuera asediada por fuerzas hostiles. Aprovechó también para conocer la zona de hornos destinada a la alfarería. Pero no consiguió disfrutar de la visita, pues su nerviosismo ante el nuevo día acaparaba toda su atención.

XXIII

Qurtuba, Córdoba, año 990

Los primeros meses de la estancia forzada de Ouroana en la capital de al-Andalus fueron de permanente adaptación a la nueva forma de vida, al clima, a los nuevos compañeros, a sus mentalidades, a la ausencia de la familia; en resumidas cuentas, a un mundo nuevo. No había salido de la casa desde que había llegado y no imaginaba qué se encontraría la primera vez que pisara las calzadas de la ciudad después de recorrerlas en el día que llegó a Córdoba.

Aquella mañana primaveral Zawar entró jadeante y afectada en la alcoba de la joven cautiva cuando ella se arreglaba.

—Hija mía, tenemos graves problemas. Nuestro amo ha llegado a casa de madrugada, en manos de algunos amigos. Dicen que sufrió una caída en el palacio, cuando despachaba con Almanzor. ¡Va a haber revuelo, y del grande!

Ouroana la escuchaba sin saber qué decir; se sentía incapaz de ofrecer ayuda alguna, tan insignificante era su existencia en la almunia.

—¿Está muy mal el señor? —articuló finalmente, con miedo.

—Está consciente e incluso con buena disposición, como siempre. Pero algo malo debe de ocurrirle porque no consigue levantarse. Tal vez la espalda... Tendrás que acompañarme, por si surge alguna necesidad.

Las dos se dirigieron hacia la zona donde se encontraba el enfermo. En la puerta, los eunucos y las esclavas aguardaban ansiosos, con Zulaykha, que saliera Almanzor y uno de los más reputados médicos de la ciudad para saber cuál era el estado de 'Isá y estar preparados para cualquier emergencia. Dentro, el ambiente era sereno. Almanzor animaba a su *al-ahass* con algún comentario gracioso.

—Voy a tener que ordenar que derriben las escaleras de palacio... Así no tropezarás más en los escalones, amigo mío —bromeó, riéndose divertido, y también rió el noble convaleciente. Zayr, el eunuco, siempre discreto, como era su obligación, de pie junto a la puerta cerrada, hizo un esfuerzo para reprimir su sonrisa. Pero 'Isá acabó tosiendo con dolor.

—Será más prudente que no hagamos reír a nuestro amigo, pues es necesario que se recupere. Parece que ha sido sólo una pequeña dislocación de los huesos de la espalda y del brazo; con los cuidados que le hemos dado, ya están en su sitio. Ahora trataremos el dolor de cabeza —parecía que el médico sabía lo que hacía y que confortaba al paciente.

Preparó un ungüento compuesto de sándalo molido en agua de rosas con un poco de alcanfor y aplicó aquella maravilla de medicina cordobesa sobre las sienes y las mejillas del magullado noble. Pretendía apaciguar la jaqueca provocada no sólo por las dolencias físicas que sufría, sino también por el intenso calor que, permanentemente, se hacía notar en la capital del califato andalusí.

—¡Aaah, es increíble cómo estos ungüentos me dejan menos angustiado! —comentó 'Isá, más aliviado.

El señor de la casa estaba echado sobre una tarima con almohadones. Sobre las alfombras que cubrían el suelo, otros cojines redondos de cuero teñido de distintos colores daban una viva alegría al aposento.

—El sándalo que utilizo para este preparado hace maravillas. Además de ser adecuado para los dolores de cabeza, tiene la propiedad añadida de alegrar y fortificar el corazón y el espíritu.

—¡La verdad es que me encuentro mucho mejor!

—Si fuera otro vuestro mal, podría probar una moderna técnica que considero la más eficaz: la amputación del órgano enfermo. Acabo de conocer las teorías de Abulcasis[25], en especial aquella que escribió en su enciclopedia *Tasrif* sobre este arte, así como sobre tratamientos dentales y cirugía ocular —respondió el médico, guiñando el ojo de soslayo a Almanzor.

—Fuera cual fuera el mal, te garantizo, por mucha amistad que haya entre nosotros y aunque digan por ahí que la humanidad nunca olvidará el nombre de Abulcasis, que no me amputarías. ¿Qué dirían los demás si me vieran sin una parte de mi cuerpo?

Todos rieron otra vez, con satisfacción, lo que motivó nuevas protestas del galeno.

—Está bien, será mejor no reír así, a carcajadas... Dejaré aquí otros dos preparados. Uno para aliviar los dolores inter-

---

25. Qasim Khalaf ibn al-Zahrawi, famoso médico cordobés que vivió su apogeo algunos años antes de que transcurriera la acción de esta novela.

nos, compuesto de piñones triturados y amasados con miel; deberéis tomar tres cucharadas de esta mezcla todos los días, en ayunas —el médico daba ya instrucciones directamente al eunuco Zayr, al tiempo que disponía los elementos necesarios para elaborar el compuesto—. El otro ungüento es para aplicar en caso de fiebre o pesadillas. Es una mezcla de sándalo blanco y sarcocola, que después debe amasarse con clara de huevo. Hay que aplicarlo sobre la frente y el rostro del paciente siempre que sea necesario. Pero no tengo huevos para prepararlo, se romperían si los llevara conmigo en mis idas y venidas por la ciudad. Seguro que en esta casa hay huevos frescos. Lo dejo todo aquí preparado, bastará con amasar las claras y administrarlo según mis prescripciones.

Después de algunas conversaciones de circunstancias más, de votos de mejora y de las despedidas de rigor, Almanzor y el médico salieron de los aposentos de 'Isá. Cuando Zayr abrió la puerta, todos los que se encontraban allí a la espera de noticias dedicaron de inmediato un cortejo de reverencias al gran señor de Córdoba.

—¡Cómo que no hay huevos en esta casa! —Zayr estaba furioso. ¡Justo en el momento en que más necesarios eran, se habían agotado los huevos frescos!—. Zawar, tendrás que conseguir inmediatamente huevos para los ungüentos que debemos aplicar a nuestro amo. Ve a comprarlos, y que te acompañe el eunuco Nizam.

—¿Puedo llevar a Ouroana conmigo?

El eunuco principal miró a la joven y a continuación a Zulaykha —que asistía a la escena a cierta distancia— y, al obtener su consentimiento, accedió. La esclava más joven del harén de 'Isá ibn Sa'id al-Yahsubi volvería a respirar, por fin, el aire de la ciudad de Córdoba.

Los tres siervos del noble 'Isá deambulaban por la ciudad en busca de huevos frescos. Zawar sabía dónde encontrarlos: en el barrio de los mozárabes. No era el lugar más cercano donde se vendían, ni mucho menos, pero ella siempre aprovechaba estas raras ocasiones para acercarse allí y ayudar a sus correligionarios cristianos. Era también una de las pocas oportunidades que tenía para rezar en una de las iglesias de Córdoba. El eslavo castrado que acompañaba a las dos cautivas les aseguraba protección e incluso encontraba curiosa esta inclinación de Zawar, de modo que nunca denunció la costumbre de la esclava, cuya buena disposición tanto apreciaba.

Los tres caminaron por las serpenteantes calles cordobesas sin decir palabra, debido al intenso ruido de fondo que se dejaba oír. El gentío y el frenesí urbano afectaban especialmente a Ouroana, que no estaba habituada a ver a tantas personas en tan poco espacio. Cubierta con el velo, la joven cristiana acompañaba el paso lento de sus acompañantes.

De repente, cuando entraban en el barrio de los artesanos del pergamino, se formó un tumulto en la calle. Un hombre echó a correr entre la multitud y, poco después, apareció un vigilante del mercado pisándole los talones, en medio de un griterío confuso de personas que comprendieron que el fugitivo debía ser un ladrón o un comerciante que había violado la ley.

Pronto el alboroto terminó y el orden se reestableció. Los sirvientes de 'Isá podían seguir su camino para cumplir el encargo: comprar huevos frescos en los gallineros cristianos para preparar el ungüento que aliviaría las jaquecas febriles y las pesadillas de su amo. Pero algo no iba bien. Ouroana miró alrededor y no vio a sus compañeros.

XXIV

Distrito de Balata, valle del Tajo, año 990

Ermigio salió pronto de Santarem con la comitiva de Ben Jacob camino a Lisboa. Era una mañana fresca y la luz de un sol que despuntaba por levante centelleaba sobre el follaje plateado de los pomares. Sentado sobre una mula, recordaba los últimos tiempos de su vida y los avances y retrocesos de su misión. La Providencia Divina había puesto en su camino, de forma harto inesperada, a aquel judío que le proporcionaba de nuevo una luz, una pista segura para encontrar a su querida Ouroana o a quien pudiera indicarle su paradero.

El viaje se inició en dirección al barrio de Sesirigo, en los arrabales de la ciudad, junto al Tajo, una zona que parecía recién construida. La comitiva pasó después por el barrio de Alfange y siguió en dirección a poniente, casi siempre con el río a la vista. El viajero del norte apreció la fertilidad de la región, que se ponía de manifiesto en la existencia de numerosos huertos, donde se cultivaban legumbres, como guisantes, habas, chícharos, coles, nabos y cilantros, y también frutas, como fresas, frambuesas, higos, uvas y manzanas. A continuación aparecieron los grandes campos de cereales, con trigo de grano minúsculo, mijo, centeno y cebada. A la memoria de Ermigio acudió de inmediato el recuerdo de los silos que había visitado días antes. Asimismo, la comitiva se fue cruzando con pastores, cazadores y pescadores.

Cuando apenas se distinguían, a lo lejos, las murallas, Ben Jacob acercó su montura a la de Ermigio, quien, por la sonrisa abierta en su rostro y el cálido brillo negro que le iluminaba los ojos, percibió que pretendía entablar una conversación.

—El día no podía ser más favorable: este sol primaveral es lo mejor que cabría esperar para nuestro viaje. Será un trayecto corto, de apenas tres jornadas, por las llanuras de este distrito de Balata. Podríamos seguir, como es costumbre, a través de Sintra, pero conozco un camino más rápido, a lo largo de las orillas del Tajo.

Ermigio le respondió con una simpática y agradecida sonrisa. Le gustaba aquel hombre, siempre de buen humor, de barba larga y bien cuidada, que en aquel momento se dirigía hacia uno de sus servidores, que reclamaba su atención. Pronto descubrió que se trataba de un intrépido conversador, lo cual quedaría justificado por su profesión de mercader, por tener un vasto conocimiento de las cosas del mundo y por dominar también los idiomas de los cristianos y de los árabes, además de otros.

—Bien, cuéntame entonces la razón por la que buscas a este hombre. Ciertamente no será por algo bueno... —dijo en tono burlón, cuando se acercó de nuevo.

—¿Por qué lo dices? ¿Acaso lo conoces tanto?

El judío soltó una carcajada.

—¿Quién entre los que andamos por los caminos de la Hispania occidental no conoce a Lucio, el rumí de la Mancha Negra?

—¿Rumí? —preguntó Ermigio, recordando a Lucio y su mancha negra debajo del ojo derecho, a la que también se había referido el muladí capturado en la algara de los alrededores de Coímbra.

—Sí, rumí, como tú. Los árabes llaman rumíes a todos los cristianos del norte que no viven en tierras de al-Andalus. Supongo que los llaman así por ser descendientes de los romanos..., o porque hablan el idioma *al-'jamiyya*, el romance, que proviene de la lengua que hablaban los romanos. Es decir, esta extraña y vacilante lengua que hablamos ahora, que no tiene normas. Cada cual, cada tierra habla a su manera.

—De modo que yo también soy un rumí... —dijo Ermigio, despacio y pensativo—. ¿Y ser rumí es peligroso en este país?

—Depende. Si no vas asaltando a la gente de bien por los caminos de al-Andalus, respetas a los demás, no ofendes la religión de los árabes y tienes una ocupación adecuada a tu posición social, nada te ocurrirá. Está claro que si resides aquí tendrás otros deberes y obligaciones. Será tu obligación pagar dos impuestos: la *jizía*, un impuesto por tu condición de no musulmán, y el *kharaj*, si fueras propietario, un impuesto que grava el rendimiento de la tierra. Por otro lado, aunque no sea imposible, te sería difícil acceder a cargos políticos, no podrías casarte con una musulmana, no podrías tener servidumbre ni enterrar a tus muertos con ostentación. Deberías vivir en barrios separados y dar hospitalidad a cualquier musulmán que lo necesitara, sin pedir pago alguno a cambio.

Ermigio escuchaba a su interlocutor con atención y admiración.

—Con todo, y a pesar de sus creencias y de las feroces incursiones que llevan a cabo en la cristiandad, puedes creer que esta gente vive en la civilización más evolucionada que se conoce. Deberías visitar ciudades de al-Andalus como Granada, Sevilla, Málaga, Jaén, Toledo, Beja o Silves. Claro que el esplendor de la civilización brilla en Córdoba, la *qarar al-khilafa*, la residencia del califa, donde gobernaba hace algunos años al-Hakam al-Mustansir, el Príncipe de los Creyentes, de los árabes de esta tierra, verdadero ejemplo de príncipe. Buscaba la paz y no la guerra, la sabiduría y el conocimiento, y no el oscurantismo. Se decía que tenía la mayor y mejor biblioteca de la que se tiene memoria, con cerca de cuatrocientos mil libros. Yo mismo vendí en las puertas de Medina Zahara algunos tratados de botánica que compré a un mercader griego y algunos escritos cristianos antiguos que adquirí a otro mercader veneciano, destinados a su biblioteca y que proporcionaron un beneficio impensable. Entre los mercaderes circula el dicho de que en Bagdad se venden joyas; en Sevilla, hojas de espada, y en Córdoba, libros. Y era tal el poder y el prestigio de este califa que influía en la política de los territorios cristianos de León, Castilla, Navarra y Cataluña, ofreciendo apoyo a unos o a otros, según sus intereses. Y eran los cristianos, ya fueran los príncipes que gobernaban o los nobles rebeldes y descontentos, quienes hacían cola en Córdoba para pedirle ayuda. Llegó a reunir en Córdoba, al mismo tiempo, al embajador del conde de Barcelona, al representante del conde de Castilla y al enviado de Fernando Ansúrez, señor de Monzón y Peñafiel.

Ermigio escuchaba todo aquello sin saber qué pensar. Siempre había tenido una idea muy negativa de los árabes, los consideraba, además de infieles a la causa de Cristo, guerreros bárbaros que saqueaban, mataban y capturaban a los inocentes cristianos sin piedad. Y eso fue lo que argumentó ante Ben Jacob.

Pero éste frunció el entrecejo, dejó pasar algún tiempo y entonces se pronunció:

—En este aspecto no hay diferencias entre cristianos y árabes. En la guerra, unos y otros procuran ser tan implacables como les es posible. También los cristianos, cuando invaden las ciudades árabes, no dejan a nadie vivo que pueda contar la historia del combate: o los matan, o los hacen prisioneros, además de dedicarse al pillaje y a llevarse todo el botín que son capaces de transportar. La diferencia radica en el distinto modelo de sociedad. Cuanto más al sur te desplazas, más tolerancia ves. No te sorprenda ver árabes, judíos y cristianos, o mejor, mozárabes, convivir respetuosamente con las costumbres, religiones y tradiciones de los demás. Se suele decir que todos tenemos algo en común a la hora de rezar, todos dirigimos nuestros rostros hacia oriente. Miramos todos en la misma dirección, al lugar donde nos fue revelada la Palabra. La diferencia es que esto de orar los árabes lo hacen el viernes; los judíos, el sábado, y vosotros, los cristianos, los domingos.

Ermigio ya lo había percibido en Santarem, donde vio iglesias, en las que rezó, junto a mezquitas.

—Tal vez te sorprenda, pero en al-Andalus la mayor parte de la población es mozárabe o de origen cristiano, sobre todo en el medio rural. Gente que ya vivía allí y que allí se quedó cuando llegaron los árabes. Y están los judíos, como yo, aunque en número más reducido. Y nadie da muestras de querer salir de esta tierra, que todos aman como si fuera suya. Es cierto que últimamente las cosas andan revueltas, sobre todo desde que Almanzor se convirtió en el *hajib* del califa y empezó a concentrar cada vez más poder para utilizarlo contra los cristianos del norte y los bereberes del Magreb. Parece que quiere sustituir la hábil política de la intervención indirecta, de mediación y diplomacia de los anteriores califas por una acción directa de campañas militares, casi siempre de castigo, con lo que quiere aumentar su riqueza y su prestigio. En este aspecto, las cosas están cambiando en al-Andalus.

El viaje transcurría al ritmo que permitían los animales de carga que formaban la comitiva. Se alternaban las zonas de matorrales bajos y brezales con terrenos más secos, y con prados, cañaverales inundados y matorrales húmedos.

—Pero también hay árabes de segunda, los bereberes, procedentes de las tribus del norte de África, y los muladíes, cristianos convertidos al islam, unos por convicción, otros por miedo y otros más para evitar pagar impuestos, cuando no por las tres razones al mismo tiempo.

—Veo, por la forma que hablas de él, que también amas este país.

—Claro que sí. Al-Andalus es la tierra de las oportunidades, la más evolucionada del mundo conocido. A la capital, Córdoba, sólo se le pueden comparar Bagdad, Bizancio, Samarcanda, Nishapur y Kairuán. Aquí las ciudades florecen con el comercio. Las artes, la poesía, la filosofía y la ciencia tienen las puertas abiertas para progresar, y se respetan los credos de todos. ¿Puedes creer que aquí encontrarás obispos, sacerdotes e incluso monasterios e iglesias de cristianos mozárabes? ¿Y también sinagogas? ¿Y barrios cristianos y judíos? ¿Y aun jueces que administran justicia para las comunidades de cada credo?

El judío sonreía de placer al ver la estupefacción y la incredulidad asomando en el rostro de Ermigio. Éste le preguntó acerca del modo de gobierno de los árabes.

—A pesar de que el poder está en manos de una sola persona, el califa, a lo largo del tiempo se creó una red de cargos para facilitarle la administración y el control de las veintidós *kuras* o provincias en que se divide el territorio. A cargo de cada una de estas provincias están los *walis*, los gobernadores. El jefe del gobierno es el *hajib*, el primer ministro, que acapara la triple función de jefe de la casa real, de la hacienda pública y de la cancillería. Tiene bajo sus órdenes un conjunto de visires, o ministros, con poderes sobre la contabilidad, los correos y la situación de las poblaciones en las regiones fronterizas. La administración de las cuentas públicas corresponde a los *gahramán*, los intendentes, y a los *amines*, los contadores. Bien, a lo largo del viaje tendremos ocasión de hablar más de esta civilización y de lo que te encontrarás en la hermosa ciudad de Lisboa. Ahora vamos a parar para descansar un poco, alimentarnos y dar de comer y beber también a los animales. Pero antes, querido Ermigio, deja que te diga una cosa: es demasiado evidente que esas ropas de mendigo que vistes no se corresponden con lo que eres de verdad. Mañana vestirás otras más adecuadas. Por supuesto, te haré un buen precio.

Ben Jacob se alejó para dar órdenes al resto de la comitiva. Poco después paraban debajo de una sombra, junto a un arroyuelo. Después del descanso y la comida, el viaje prosiguió, pero el judío no volvió a acercarse más a Ermigio. Durante el resto del día conversó con otros miembros del grupo. Al caer la noche montaron el campamento junto al río. El anegiense cumplió también sus obligaciones de guardia nocturna.

XXV

Qurtuba, Córdoba, año 990

Mucha gente, atareada y ociosa, se movía arriba y abajo de la arteria urbana en la que se hallaba, pero Ouroana no conseguía ver a quienes la acompañaban. En ese instante el pánico se adueñó de ella. Se acercó al margen de la calzada y esperó a que sus amigos la encontraran. Y como así no ocurriera, decidió echar a andar, entre tiendas de vendedores de pergaminos. Inquieta, caminaba despacio, y de vez en cuando los transeúntes tropezaban con ella y soltaban algunas palabras incomprensibles, pero que suponía eran de protesta por haberse interpuesto en su camino.

Sus ojos intentaban identificar las cabezas que, en uno u otro sentido, pasaban cerca de ella, pero sin éxito. De repente tuvo la sensación de que un hombre que avanzaba y paraba a su ritmo la seguía, como si deseara interpretar los movimientos de la esclava y la razón de su aparente perturbación. Ouroana estaba cada vez más preocupada y desesperada. Una vez más, la suerte no la acompañaba. Se volvió hacia el sol y quedó deslumbrada con su intenso brillo. Por un instante perdió el sentido de la orientación.

«Maldito sol, ¿cuándo dejarás de importunarme?», maldijo para sus adentros.

La asustó también un vendedor de ungüentos que surgió detrás de un burro cargado de forraje conducido por un niño. En medio de aquella angustia, entrevió lo que parecía una iglesia. Entró sin dudarlo. Allí todo estaba más tranquilo. Los santos, las cruces y el altar pronto confirmaron su sospecha. Por lo menos estaría con Dios, y Él la ayudaría.

Se apartó hacia una esquina y allí se arrodilló. En el silencio del templo escuchó el eco de los últimos acontecimientos de su vida. Vivía una existencia tranquila en el seno de una familia adinerada y con poder y, de repente, se veía prisionera de las circunstancias de los difíciles tiempos que le habían tocado vivir. Recordó una vez más el secuestro, la vida con los bandoleros de Lucio, su nueva condición de esclava y lo que acababa de suceder: otra vez perdida en una tierra extraña. ¿Quién se adueñaría de ella en esta ocasión?

Fue pasando el tiempo y nada acontecía. Entraron en la iglesia algunas personas, pero no prestaron demasiada atención a la joven arrodillada. En su pensamiento se ancló otra memoria: la de su familia. Ante el recuerdo de la madre, su rostro quedó bañado de su propia sal. Los hermanos, el padre, Vivilde y Ermigio generaban en ella nostalgias. Los sollozos empezaron a resonar entre las paredes blancas del templo.

—¿Por qué sufres, hija mía?

Las palabras, pronunciadas en la lengua de los árabes, apenas comprensibles para Ouroana, hicieron que se estremeciera de pavor: ¡era el mismo hombre que la perseguía en la calle!

—Por Dios, no me haga daño... —balbuceó.

—Ah, no eres de aquí, eres del norte —las palabras surgían en un romance dubitativo, pero que ella entendía—. Y eres cristiana, como nosotros... —el hombre sonreía con bondad, un gesto que intrigó a la joven, aún recelosa.

—¿Hablas mi lengua?

—Mis ascendentes son rumíes... y yo soy un peregrino en las tierras que hablan tu lengua.

—¿Peregrino? No entiendo...

—Del mismo modo que la peregrinación a La Meca es una obligación para cualquier musulmán, el túmulo de Santiago, en Compostela, ejerce una atracción suprema sobre cualquier cristiano. Un buen mozárabe andalusí busca su redención en una romería a la tumba del evangelizador de la Finisterra.

—No conozco Compostela —respondió Ouroana, ya más tranquila.

—Quién sabe si la vida te revelará nuestro lugar sagrado, como peregrina de salvación...

—¿De salvación?

—Sí, la salvación está al alcance de cualquier hombre que esté preparado para ella.

—¿Y quién sois vos para hablar así?

—¿Yo? Bien, soy Eulogio, como nuestro mártir.

—¿Vuestro mártir? ¿Cómo es eso?

—Eulogio es uno de los grandes mártires mozárabes de Córdoba. Fue un sacerdote que sabía tanto de las cosas de Dios como de las del mundo y las de los hombres. En la época en que le tocó vivir, el emir perseguía con crueldad a los cristianos, y a muchos los llevó al martirio. Eulogio era el principal líder de la Iglesia cordobesa y exhortaba a sus fieles a que permanecieran fieles a su fe. En su *Memorial de los santos y apologética* narra el heroísmo de los mártires. Un hermoso día le cupo el honor de dar ejemplo de fe sacrificando su vida. Fue hecho prisionero y, en la prisión, animó a dos jóvenes cristianas diciéndoles que, aunque las amenazaran con venderlas en pública subasta o las prostituyeran, ninguna infamia sería capaz de manchar su integridad. Murió decapitado el día once de marzo del año 859 de la era de Jesús Cristo.

Ouroana escuchaba con atención, sorprendida. Intuía que su interlocutor era una buena persona.

—¿Y qué hacéis en esta tierra..., en esta iglesia?

—Soy el presbítero responsable de este templo. ¿Y quién eres tú, joven cristiana, perdida en las calles de Córdoba y que lloras en la basílica de San Acisclo?

Ouroana le explicó de dónde procedía y lo que le había ocurrido. Le contó lo mucho que sufría de añoranza de su casa. El presbítero reflexionó unos instantes sobre la situación.

—Puedo ayudarte —dijo al fin, después de pasear alrededor de la joven con las manos atrás.

La condujo al *scriptorium*, situado en el edificio anexo a la iglesia. En aquel lugar solían trabajar varios monjes en la compilación y el diseño de libros de pergamino, papiro e incluso de papel. Pero a aquella hora ya habían terminado la jornada, por lo que no había nadie.

—Te esconderás aquí. Dentro de poco sale una peregrinación a Compostela... y te sumarás a la comitiva, disfrazada de muchacho. Te dejaremos en tu tierra o, en el peor de los casos, en uno de los monasterios de los alrededores, y de allí podrán llevarte junto a los tuyos.

XXVI

Distrito de Balata, valle del Tajo, año 990

El segundo día de marcha dio inicio con los primeros rayos de sol. Ermigio vio que le habían dejado ropa decente y lavada junto al lecho en el que había dormido. Comprendió que debía ponérsela y pagarla, fuera cual fuera el precio que el judío pusiera. Era su forma de vida y una manera de cobrarle por los servicios que le prestaba y la información que le proporcionaba. La verdad era que se sentía reconfortado y mucho más limpio dentro de su nuevo ropaje.

Al igual que el día anterior, después de que la comitiva se pusiera en marcha, y transcurrido cierto tiempo, el siempre sonriente judío se acercó al cristiano.

—Veo que tienes mucho mejor aspecto.

—Agradezco todos tus cuidados. Dime el precio de estas ropas y te lo pagaré de buen grado.

—Bah, tenemos tiempo. El viaje aún no ha terminado y quién sabe si aún haremos algunos negocios más —respondió, guiñándole el ojo y soltando una sonora carcajada.

La caravana se movía al ritmo que imponían las bestias que cargaban el negocio ambulante del judío; brillaba un sol primaveral y soplaba una agradable brisa.

—Aún no me has dicho por qué razón buscas a Lucio, el rumí de la Mancha Negra —lo instó el mercader con un aire en apariencia distraído.

—Tú tampoco me has dicho cómo lo conoces y por qué estás tan seguro del lugar donde se encuentra —respondió Ermigio con el mismo tono.

—Ja, Ja... Ya te dije ayer que todos los que recorremos los caminos de Hispania y de al-Andalus sabemos quién es el bandido Lucio. ¿Cómo no habría de conocerlo si él y su grupo me han asaltado un par de veces? E imagino que lo buscas por la misma razón... —La sonrisa no se había desvanecido del rostro del judío. Siguió—: Pues... puedes descansar, porque ya no está en condiciones de robar a nadie más, ni siquiera de hacer mal alguno a los transeúntes de estos caminos. Hoy vive donde siempre quiso, rodeado de oro..., de muchísimo oro... y no te aconsejo siquiera que lo mates.

En ese instante Ben Jacob volvió a soltar una nueva y estridente risotada que dejó a Ermigio aún más perplejo.

—Veo en tu cara que necesitas una buena explicación. Bien, pues Lucio es desde hace algún tiempo (a raíz de que engañara a un rico árabe de Lisboa) un esclavo que presta servicio en las minas de oro de Almada. Y, por supuesto, a sus amos no les gustaría nada que acabaras con uno de sus bienes... Quién sabe, quizá pasarías tú a ocupar el lugar de Lucio, lo cual no sería muy inteligente, si es que tienes otros planes para tu vida, aparte de ser esclavo. Es cierto que ser esclavo en estas tierras no es lo mismo que serlo en otros países del mundo... Aquí existe cierto respeto por las criaturas humanas, aunque siempre se es un cautivo.

—No..., no lo quiero matar. Mi misión consiste en encontrarlo vivo, con salud y ganas de hablar... Tal vez arrepentido.

—¿Sólo eso? —Ben Jacob ansiaba conocer los motivos por los que buscaba al bandido. Era la curiosidad de quien quería saber lo que ocurría a su alrededor. Y el judío era así, ansiaba conocer la historia de Ermigio.

—Ese bandido sin escrúpulos raptó a una inocente doncella, aún niña..., mi princesa, la hija de mi señor. —Las palabras le salían trémulas y la voz estaba embargada por la emoción que le producía recordar una vez más el fatídico momento del asalto y el hecho de no haber podido hacer nada por evitarlo—. Me juré a mí mismo y a mi señor que no volvería a casa sin ella. Tengo que encontrar a ese malhechor —Ermigio ocultaba que también se había jurado que no lo dejaría con vida.

—Al-Andalus es inmenso, puede estar en tantos lugares... Te ayudaré en lo que pueda. Este salteador ya está pagando por lo mucho que hizo, pero no lo saldará todo en esta vida. Yahvé estará atento en el momento adecuado, mi querido alfaqueque.

—¿Alfaqueque?

—Sí, ¿no pretendes desplazarte a la tierra de los moros para intentar rescatar a una cautiva? Pues ahí lo tienes, quien eso hace se llama alfaqueque.

La brisa que batía en los rostros de los viajeros era como un bálsamo que suavizaba los intensos sentimientos que los dos vivían en aquel momento.

—¿Y dónde está esa mina de oro de Almada?

—Al otro lado del Tajo.

—¿Y cómo es esa ciudad que dices que es magnífica?

Ben Jacob miró a su interlocutor y apartó enseguida la mirada para dirigirla al horizonte, siempre con una afable sonrisa en los labios, hasta que respiró hondo.

—Lisboa es maravillosa por muchas razones. En primer lugar, como reza la leyenda, por haber sido fundada por un guerrero de gran valor llegado de las costas del gran mar Mediterráneo, desde Grecia, un guerrero que, por lo que dicen, convivió con los dioses del Olimpo. Se llamaba Ulises.

Ermigio no comprendía nada de lo que el judío decía, pero no osó interrumpirlo. Se notaba que era dueño de un gran conocimiento y él quería aprender todo lo que pudiera de esa sabiduría.

—Se levanta junto a este río que, más allá de Santarem, de donde venimos, baña también otra gran ciudad de al-Andalus, Toledo, mi tierra natal, que ya fue capital del antiguo reino cristiano de Hispania.

—¿Capital? Nunca lo había oído.

—Conozco Toledo como mis propias manos, allí pasé los primeros años de mi vida. Y allí vive una respetada comunidad judía. Además, en hebreo Toledo significa «familias ilustres». Hace muchos siglos, muchas familias de Judá se asentaron en esa ciudad. Un día, si Yahvé nos lo permite, te contaré esa historia. La gesta de la llegada de los judíos a Sefarad, la historia de los sefardíes y los asquenazíes.

El judío hablaba con el pecho hinchado de orgullo. Ermigio no se atrevía a abrir la boca.

—Es una ciudad extensa, y un meandro del Tajo la rodea y protege. Toledo se halla sobre una vasta colina, lo que le confiere una belleza imponente e inaudita. Su ciudadela defiende la entrada de la urbe y vigila el puente. Su alcázar, que allí lo llaman *al-Hizam*, tiene en la actualidad dos puertas, la del Alcázar y la del Puente, esta última con un pequeño recinto que controla el acceso al puente. También allí existen varias mezquitas, como *al-Jami*, o Mayor, y *al-Dabbagin*, o de los Curtidores, la más cercana a mi casa natal. Se la conoce como la Ciudad de los Reyes por haber sido capital del reino de los godos. Hoy es famosa y rica sobre todo por el trigo que se cultiva en sus tierras generosas y por gozar de la dulce atmósfera que allí se respira. Dicen incluso que el trigo toledano, una vez en el silo, es capaz de aguantar setenta años sin impurezas y sin que se altere su color, olor o sabor. Pero también es rica por la miel y las frutas, como las cerezas, las nueces, las manzanas y las castañas, y por sus ricas canteras de mármol y sus minas de cinabrio, hierro y arcilla.

—¿Y cómo la conquistaron los sarracenos? Si era la capital del reino cristiano, ciertamente estaría bien defendida.

—Ah, mi buen amigo, voy a contarte una historia que llegó a mis oídos por boca de un viejo judío toledano, un ameno atardecer a orillas del Tajo, cerca del puente en el que encontrarás la respuesta que pides.

Una vez más, Ermigio se dispuso a escuchar a Ben Jacob, que cada vez demostraba ser mejor compañía, un buen contador de historias y un hombre culto.

—En tiempos pasados existía en Toledo la llamada Casa de los Reyes. En ella, cada monarca que se hallaba a las puertas de la muerte depositaba la corona, en la que se inscribía la edad del soberano que la había dejado y los años que había durado su reinado. Había también otra casa que pertenecía al rey de los reyes y que estaba cerrada con cadenas. Cada uno de los reyes colocaba una nueva cadena, que servía para reforzar una puerta de madera de sándalo con adornos de oro. Se había establecido la recomendación, que pasaba de un monarca a otro, de que nadie abriera esa casa bajo ningún concepto. Hasta que llegó el reinado del rey Rodrigo, que entró en la primera casa y encontró veinticuatro coronas, que correspondían a otros tantos soberanos que habían gobernado antes que él. En la otra casa, Rodrigo halló igualmente veinticuatro cadenas, lo cual suscitó en él una gran curiosidad. Movido por la codicia, pensó que tanta cadena era porque allí debían de existir grandes riquezas, tesoros y secretos, guardado todo ello por los anteriores monarcas. Hizo oídos sordos a las recomendaciones del soberano que le precedía y declaró que daría órdenes para que se abriera la misteriosa puerta. Todos los nobles cristianos, obispos, diáconos, monjes y condes que había en la ciudad fueron a verlo, alarmados, y le suplicaron que no llevara a cabo su propósito y que respetase a sus virtuosos antepasados, cuya sabiduría los había llevado a comportarse de la misma manera. Como el rey Rodrigo se mantenía firme en su decisión, le dijeron: «¡Oh, majestad!, decidnos cuántas riquezas, joyas y tesoros esperáis encontrar en esa casa y nosotros los reuniremos entre nuestras propias fortunas y os lo entregaremos, pero no provoquéis lo que vuestros antepasados no osaron provocar». Pero la oferta hizo que el rey sintiera aún más curiosidad y se empecinara en abrir la casa de las cadenas, así que respondió: «No moriré con la angustia de no saber qué hay en esa casa». Y cuando por fin la abrió, encontró un enorme cofre cubierto de telarañas. Lo abrió y en su interior vio una caja con un candado de oro que inmediatamente rompió. Allí el monarca descubrió un lienzo cuadrado bordado en oro de excelente manufactura. En él se representaba una tropa de árabes a pie y montados en sus hermosos caballos, con turbantes en la cabeza y espadas en las manos. Algunos sostenían arcos y estandartes de guerra. Rodeaba la pintura una inscripción que decía: «El rey seguirá gobernándonos mientras esta casa permanezca cerrada. Cuando se abra, el monarca dejará de reinar, porque el reino será conquistado por las gentes representadas en el lienzo». En aquel momento se apoderó de Rodrigo un profundo arrepentimiento. Ese mismo año entraron los árabes en el país. Cuando conquistaron la ciudad de Toledo, encontraron la mesa de Salomón, hijo de David, ¡que sobre él se derrame la paz! ¿Imaginas cómo era la mesa de Salomón?

Ermigio estaba tan atento a la historia que aquella pregunta lo sobresaltó.

—¿Cómo quieres que lo sepa si no conozco nada de lo que me cuentas?

—Pues era de oro mezclado con plata, teñida de rojo y amarillo y orillada por tres hileras de engastes: una de jacinto de Ceilán[26], otra de topacios y una tercera de rubíes y esmeraldas.

—Perdona que te interrumpa, amigo mío, pero ¿con qué propósito se encontraba la mesa de Salomón en Toledo?

—Es una buena pregunta. Veo que eres inteligente y perspicaz. Pues lo más cierto sería que los visigodos la trajeran de Roma, de donde se la llevaron cuando saquearon la

---

26. Variedad amarillo rojiza y castaño rojiza del mineral circón (del árabe *zargun*, que significa «color dorado»). También conocido como jargonza.

capital del Imperio romano, y que, a su vez, los romanos se la llevaran de Jerusalén, cuando tomaron y saquearon esta ciudad santa, que acabó en manos de los árabes. Imagina, mi buen amigo, el recorrido que hizo... y las religiones que la veneran, siempre bajo el yugo de la espada.

El judío terminó la historia con su eterna sonrisa, satisfecho por la manera en que la había contado y por el efecto que había causado en el oyente.

—Muchas cosas sabes, Ben Jacob. No hay duda de que tu profesión te permite conocer las más bellas historias y secretos del mundo.

—En este caso, se trata de mi tierra natal, mi amada Toledo. Nací y crecí en esa ciudad, que me formó para la vida. Pero lo que más me gusta de ella son sus famosas clepsidras, gracias a las cuales podemos saber las horas, tanto de día como de noche.

—¿Clepsidras? ¿Qué es eso?

—Ja, ja... Todos quedan fascinados, pero sólo viéndolas con tus propios ojos puedes admirar tamaña belleza. Con todo, hoy nos quedaremos aquí. Mañana, por el camino, te lo contaré todo sobre las famosas clepsidras toledanas y te anticiparé también lo que encontrarás en Lisboa.

XXVII

Qurtuba, Córdoba, año 990

Eulogio dejó a Ouroana al cuidado de otro monje, para que fuera preparando su acomodo. En ese momento la esclava saboreó la dulzura de la esperanza. Vivió en su alma la idea de conseguir volver al lugar del que nunca debería haber salido. Una mezcla de miedo y felicidad se apoderó de su palpitante corazón.

A la joven no le importunaron las condiciones del aposento que le habían buscado. El mohoso lugar al que la habían conducido olía de manera extraña y se notaba que no era más que un apaño; allí se guardaban frascos con un líquido raro en su interior y montones de unas hojas que no conocía. Julián, el novicio al que Eulogio había encargado limpiar el improvisado cuarto, colocó un colchón de paja en el suelo y ropa de lana para que se cubriera; el muchacho no podía evitar sentir curiosidad por la aparición en San Acisclo de aquella doncella, aún joven, pero muy hermosa, procedente de las tierras del norte.

—Huele un poco mal esta tinta, ¿verdad? —dijo Julián, intentando comunicarse ya en el árabe de al-Andalus, ya en el latín que los mozárabes utilizaban entre ellos y en las ceremonias religiosas. Ouroana, con los ojos muy abiertos, se esforzaba en comprenderlo—. Es tinta... ¿No sabes qué es? Todos estos frascos contienen tinta, que aplicamos sobre estos papeles —y señaló las hojas que Ouroana no conocía—. Aquí compilamos libros. Pero no te preocupes, con el tiempo te acostumbrarás al olor. Yo mismo ya no lo noto... ¿Comprendes?

La esclava no dominaba aquel lenguaje, y mucho menos conocía aquellos materiales. Apenas se quedó con la última palabra de la frase, «¿Comprendes?», pronunciada en la lengua de los árabes, fórmula que había oído, recientemente, de forma repetida, en casa de 'Isá ibn Sa'id al-Yahsubi, su amo. Por eso, para desesperación de Julián, movió la cabeza en señal de negación.

Cuando ya empezaba a oscurecer, volvió a aparecer el padre Eulogio, que acababa de celebrar una ceremonia religiosa. Vestía túnica escarlata y sobrepelliz.

—¿Estás bien acomodada? No es tu pazo, ni mucho menos la casa de tu señor, aquí, en Córdoba, pero es el único lugar donde podemos esconderte en esta casa. Quédate tranquila que estás protegida. Yo mismo me encargaré de que así sea.

Detrás de él, otro monje sostenía una bandeja con alimentos y agua para la huésped, que a todo respondía con una sonrisa triste, pero esperanzada.

Fue una noche de mal dormir. Aquel lugar se llenó de extraños ruidos nocturnos. Maderas que crujían, toses, pasos y voces lejanas, súbitos rumores que parecían ratas u otros animales pequeños que corrían cerca; en fin, una sinfonía tenebrosa que la asustaba y que la obligaba a acurrucarse, a aferrarse a sí misma para protegerse. Pero no sólo eso causaba su insomnio. El lastre de los acontecimientos se mantenía firme en su pensamiento. Recordaba los tiempos pasados en Córdoba, las personas que había conocido y que, al final, llegó a querer. Se permitió sentir nostalgia al recordar a Zawar, su protectora, y a Zayr, aquel bizarro ser castrado, que la amparaba desde la distancia, hasta que su pensamiento se entregó a Abdus. Sólo entonces se dio cuenta de la simpatía que sentía por él, de cómo apreciaba al hijo de su señor, compañero de tantos juegos.

Se quedó dormida, cansada, avanzada ya la noche, con un sueño ligero y agitado como la arena del desierto en día de tempestad. Despertó al son de las letanías, los salmos y las antífonas que componían el *matutinum*, las oraciones matinales, y que eran recitadas por voces desde algún lugar cercano. Se detuvo a escuchar los cánticos floreados de un ritual que desconocía, hasta que se sobresaltó con unos golpes en la puerta. Le traían la comida y la bebida para iniciar el día. Ouroana echó de menos la costumbre de la higiene matinal a la que se había acostumbrado a su llegada a Córdoba. Los monjes le dieron tan sólo una jofaina con agua para que se lavara la cara.

El nuevo día trajo grandes revelaciones. Por supuesto, se sintió diferente sin la atadura psicológica del cautiverio, y eso la confortó y alegró. Dedicó la mañana a conocer mejor el edificio en el que se encontraba. Eulogio la encomendó a otro monje diácono con quien se podía comunicar más fácilmente en su lengua, un hombre de mediana edad, alto, moreno, de nariz fina y recta y ojos castaños. Vestía una túnica de lana con un estilizado pez ribeteado junto al pecho.

—Buenos días, Ouroana. Me llamo Pedro y estoy aquí para servirte —dijo con una voz dulce que ella entendía a la perfección.

—Buenos días... Gracias, sois todos muy amables.

Pedro la acompañó al taller en el que se fabricaba el papel y los pergaminos utilizados por los clérigos copistas de aquel acisterio, donde trabajaban algunos monjes y jóvenes aprendices. Allí el olor era mucho más intenso que en su improvisada habitación. A continuación pasaron a una sala en la que los artistas de la copia e iluminadores se dedicaban a la delicada labor de copiar códices y misales para abastecer a las numerosas parroquias y diócesis de todo al-Andalus. En un estante se acomodaban varios ejemplares fruto de ese trabajo.

El maestro del *scriptorium* se acercó con un andar lento y una sonrisa abierta.

—¿Así que tú eres la jovencita cristiana extranjera? —susurró—. Vamos a hablar bajito y a hacer poco ruido para no distraer a los copistas.

Pero éstos ya dirigían sus miradas en dirección a la recién llegada, curiosos por conocer a la esclava de quien ya todos hablaban en voz baja. Algunos de ellos estaban mezclando tintas, llenando paletas con distintos colores con los que, después, decorarían los libros y códices. Los más expertos eran capaces de reproducir los colores de los metales preciosos y de las gemas: el lapislázuli, el oro, la plata, la esmeralda, el rubí... En aquel momento, las plumas de ganso trabajaban en el *Liber sermorum*, que contenía los sermones de los santos padres visigodos que iban a ser leídos como homilías, después de la lectura del Evangelio. Pero en las estanterías ya se veían varios ejemplares copiados e ilustrados, sobre todo para ser cantados, como las *Lamentaciones* de Jeremías o el *Antiphonarium* —que contenía antífonas y todas las piezas cantadas de la liturgia— y el *Liber palmarius et canticorum*, compendio del Libro de los Salmos y otros cánticos del Antiguo Testamento.

A lo largo de ese día Ouroana tomó contacto con la vida en el monasterio, sobre todo con la técnica de los copistas, con aquellas palabras laboriosamente dibujadas y las coloridas ilustraciones, las tintas de todos los colores, los tinteros y las plumas de ganso de cuya punta salían los maravillosos dibujos, con los talleres donde se preparaba el soporte de este arte, pero también con el refectorio, los claustros e incluso con la escuela de quienes aspiraban a ser monjes. Allí se enseñaban las *artes liberales*[27]. Primero el *trivium* (los tres caminos), las disciplinas literarias relacionadas con la elocuencia (la gramática, la dialéctica y la retórica), y después el *quadrivium*, los cuatro caminos, las disciplinas científicas relacionadas con las matemáticas: la aritmética, la geografía, la astronomía y la música.

—Nuestros alumnos reciben una buena formación. Con la gramática aprenden a hablar correctamente; la dialéctica es la ciencia del pensamiento correcto, que ayuda a buscar la verdad; la retórica ayuda a dar color a las palabras, es la ciencia de la expresión. Los antiguos resumían así las enseñanzas de cada una: *loquitur, vera docet et verba colorat*. Esto es el *trivium*.

---

[27]. Estudios medievales destinados a ofrecer conocimientos generales e intelectuales a los estudiantes.

Eulogio seguía andando, jardín adelante, a paso lento por un camino bordeado de vides, donde crecían las uvas destinadas al vino de consumo del monasterio y la misa, en dirección al pozo.

—*Numerat, ponderat, colit astra et canit!* Así se sintetiza el *quadrivium:* la aritmética enseña los números; la geometría los calcula; la astronomía cultiva el conocimiento de los astros, y la música, la creación de notas. Como ves, nuestros alumnos no tienen nada que envidiar a los jóvenes judíos que van a la *yeshiva* [28] ni a los árabes que van a la madraza[29].

---

28. Escuela donde se enseña el Talmud y la Torá, por la cual se regían los judíos.
29. Escuela coránica.

XXVIII

Distrito de Balata, valle del Tajo, año 990

La comitiva de Ben Jacob montó el campamento en una zona protegida del viento y el frío de la noche a orillas del Tajo, cerca de *as-Shirush*. Ermigio durmió satisfecho con el rumbo que estaban tomando los acontecimientos. Faltaba poco para que tuviera noticias de la hija del gobernador de Anégia. Dejó la vigilia con estos cautivadores pensamientos; durante aquella noche su subconsciente lo llevó a ciudades y paisajes fantásticos, poblados por hombres gigantes y animales apocalípticos que vigilaban a Ouroana. Los aniquilaba uno a uno hasta que conseguía rescatar a su princesa. Pero de nuevo era raptada por otros extraños seres de tierras distintas que lo obligaban a recorrer interminables leguas espada en mano. La escena se repetía una y otra vez. Y sentía que su espada imaginaria era cada vez más pesada, pero él nunca se rendía. Despertó cansado con las primeras luces del día, y se puso en marcha de inmediato, integrándose en la comitiva de hombres y animales. En el fondo, apenas había iniciado su búsqueda...

Ermigio aún recordaba la promesa de Ben Jacob del día anterior, por lo que estaba ansioso por saber más sobre la

Ciudad de los Reyes y sobre Lisboa, hacia donde se dirigían. Además, era una buena manera de hacer pasar el tiempo mientras viajaban.

—Claro que te lo explicaré todo sobre las clepsidras de Toledo. Se trata de una maravilla sin parangón, excavada en los arrabales, junto al margen septentrional del río Tajo, muy cerca de la llamada *Bad al-Dabbagin*, la Puerta de los Curtidores. Fue construida por Abi al-Qasim 'Abd al-Rahman al-Zurqal, cuando tuvo conocimiento, por al-Masudi, de que semejante talismán se encontraba en la ciudad de Arín, en la India.

Ermigio ni pestañeaba; procuraba imaginar todas las maravillas de las que hablaba su interlocutor.

—Pues las de Toledo son igualmente maravillosas, y resulta mágico que se llenen cuando la luna está en creciente y que el nivel disminuya en menguante, hasta que se vacían al tiempo que la luna mengua.

—¿Y cómo ocurre? —preguntó ansioso el perplejo cristiano.

—Cuando aparece la luna nueva, la primera noche del ciclo lunar, brota de las clepsidras un poco de agua. Al amanecer de ese día, el agua cubre ya un cuarto de la séptima parte de su capacidad y, al caer la noche, el nivel sube hasta la mitad de una séptima parte. Y así cada día, aumentando la mitad de una séptima parte, hasta que, pasados siete días y siete noches, se llena la mitad de las clepsidras. Este ritmo de llenado, a razón de una mitad de la séptima parte al día, se mantiene hasta que el agua las llena por completo, momento que coincide con el plenilunio. La decimoquinta noche, cuando la luna empieza a menguar, comienza también a disminuir el nivel de agua en las clepsidras, al mismo ritmo que la luna, hasta que el vigésimo primer día del mes el agua sólo llena la mitad de las clepsidras. Y así continúa, disminuyendo una séptima parte al día, hasta que el vigésimo noveno día del mes queda totalmente vacía.

—¡Qué gran maravilla! —exclamó Ermigio, extasiado—. Cómo me gustaría conocer estos prodigios... Y dime, Ben Jacob, ¿qué sucede si alguien altera el ritmo natural de llenado y vaciado colocando agua en las clepsidras de forma artificial?

—Ah, esa es una buena pregunta. Imagina, Ermigio, que obedecen de tal forma a la luna que podrías echar tanta agua como quisieras cuando aún no están del todo llenas o, incluso, si están vacías, y que, de inmediato, las clepsidras absorberían las cantidades añadidas para conservar sólo el agua que ya tenían. Y si intentaras vaciarlas cuando están llenas, aunque las dejaras totalmente secas, volverían a llenarse de tanta agua como la que quitaste.

—Parece en verdad obra divina. ¿Y dices que fueron inspiradas por una maravilla igual que existe en la India?

—Así es. Pero lo curioso y fantástico en las clepsidras de Toledo es que se encuentran en una zona en que la separación entre el firmamento y la Tierra es menos constante que la que se da en la India, pues en este país la duración de las noches no varía mucho de la de los días, independientemente de las estaciones del año. Cosa que no sucede en Toledo, porque se encuentra más distante de la zona central de la Tierra, lo que provoca que días y noches tengan duraciones distintas según la época del año.

Ermigio dejó que sus pensamientos viajaran a tierras lejanas, desconocidas, donde existían muchas maravillas, como aquellas que Ben Jacob acababa de describir y cuyo funcionamiento no era capaz de explicar por la única intervención del trabajo y del ingenio del hombre. Cuando su espíritu volvió al lugar en el que se encontraban, recordó que estaban a punto de llegar a una ciudad también desconocida para él y que, según decía su compañero de viaje, tenía motivos de gran interés.

—Muy bien..., pero ahora acaba de contarme cómo es Lisboa, el lugar hacia el que nos dirigimos, pues creo que no habías terminado tu descripción.

Seguían el curso de las tranquilas aguas del Tajo, por caminos utilizados por viajeros, arrieros, mercaderes y también agricultores locales, que aprovechaban la zona más fresca y llana, a la sombra de los árboles. El judío se desperezó un poco sobre su montura, enderezó la espalda y comenzó a describir Lisboa.

—¡Con razón lo dices! La llaman al-Ushbuna, aunque hay quien también la conoce por Lixbuna. El nombre más curioso que recuerdo de esta ciudad me lo dio un poeta natural de esta tierra, hace muchos años, en Sevilla. Decía que venía de Qudya, que quiere decir Colina. Me costó comprender que se refería a Lisboa.

La brisa seguía siendo una excelente compañera de viaje y animaba al entusiasmado judío a continuar sus explicaciones.

—De hecho, es una magnífica ciudad, protegida por una robusta muralla que los árabes construyeron sobre la antigua fortificación romana después de que Orduño III, el rey de León, la atacara y la ocupara en 955. Se puede entrar por una de las cinco puertas. Tenemos la Puerta de Hierro o

Puerta Mayor, que los árabes llaman Bad al-Kabir, y la Puerta Alfofa o del Postigo, llamada Bab al-Hawha, en su lado occidental; la Puerta del Mar o Bab al-Bahr, al sur, junto al Tajo; la Puerta de las Termas o de Alfama —la Bab al-Hamma—, al este, que se llama así porque cerca de ella se encuentra una fuente de aguas termales. Y, finalmente, la Puerta del Estrecho o Bab al-Madiq, también al este. Es cierto que en algún que otro lugar de la parte meridional existen puertas pequeñas por las cuales también se puede acceder al interior de la muralla.

Ben Jacob hablaba con satisfacción de aquel burgo, y era evidente que le gustaba mucho. Pronto Ermigio descubrió la razón de que así fuera.

—Es la última ciudad del Imperio, la más occidental, donde se hacen todos los negocios, tanto de mercancías de elevado precio como de las de uso corriente. Es el lugar en el que se cruzan todas las rutas comerciales, desde tiempos inmemoriales, donde se fomentan los intercambios entre el Norte y el Sur, entre Occidente y Oriente. Allí, además de las zonas donde moran los árabes, hay un poderoso barrio mozárabe y un barrio judío. Los edificios están tan juntos que, a excepción de la de los comerciantes, es difícil encontrar una calle con más de ocho pies de anchura. Allí verás la mezquita Mayor, en la que el vièrnes se reúne la flor y nata de la nobleza árabe para sus oraciones, y también hay muchas otras mezquitas de barrio menos importantes. Y, como te digo, también tú podrás rezar a Dios en las iglesias cristianas que allí existen. Yo mismo encontraré sinagogas. No falta de nada en Lisboa. Los campos que la alimentan son fértiles en trigo y sus viñas son magníficas. Se explota el ámbar y el oro. En fin, es el lugar en el que se encuentran los cielos, las tierras y los mares.

Ermigio ya no necesitaba oír más. Sentía una gran curiosidad por conocer la ciudad de la que su nuevo amigo judío tantas alabanzas cantaba. ¡Tendría mucho que contar cuando volviera a su tierra natal!

XXIX

Al-Ushbuna, Lisboa, año 990

Al tercer día de viaje empezaron a asomar por el horizonte las murallas doradas de Lisboa y, en su interior, una vasta agrupación de casas, y algunos minaretes que sobresalían entre colinas. Mientras se aproximaban a la ciudad, Ermigio vio que a los pies de las murallas había algunos edificios bastamente construidos, colgados en las rocas cortadas a pico. A pesar de que se encontraban en la parte exterior, parecían en verdad edificaciones fortificadas de difícil acceso y de fácil defensa.

Entraron por la Puerta de Alfama al final de la mañana, después de que el judío se identificara y diera razón de todos los que lo acompañaban. No hubo mayores problemas, pues por lo visto los guardias conocían bien al comerciante. Ya dentro del espacio urbano, el cristiano tuvo que vérselas con el bullicio que allí había, sobre todo en el acceso a los baños de agua caliente que daban nombre a la citada puerta y que eran muy populares en la urbe, orgullo de sus habitantes.

Recorrieron una maraña de calles, callejones, calzadas y travesías que Ben Jacob conocía bien, hasta que pararon en una calle de pescadores para beber un poco de agua en uno de los aguaderos que allí había.

Como los viajeros estaban cansados, se dispusieron a buscar de inmediato el albergue en el que solía pernoctar el judío, quien se lo aconsejó a Ermigio.

Tomaron una reparadora cena a base de gallina, frutos secos y pan, acompañada de vino. Los alimentos, y sobre todo el vino de alto contenido alcohólico al que no estaba acostumbrado Ermigio, lo dejaron satisfecho, aunque también perplejo, dado el descontrol de sus miembros inferiores que se negaban a aceptar las órdenes de su cabeza. Por eso se dirigió como pudo al cuarto que le habían asignado y se echó. Se durmió con los ojos puestos en la luna que, en cuarto creciente, brillaba en el horizonte como un cuadro vivo enmarcado en su ventana lisboeta.

XXX

Qurtuba, Córdoba, año 990

Al día siguiente, oculta bajo una capa de monje, Ouroana asistía, en la basílica de San Acisclo, a las fascinantes ceremonias en honor del obispo evangelizador de Hispania. La amplia sala, suntuosamente decorada con ramos de arrayán y blancas flores que avivaban los sentidos de quienes allí se encontraban, estaba llena de fieles. Los cirios ardían con indolencia, iluminaban y creaban el ambiente místico adecuado para el festivo rito.

'Isá ibn Mansur, el obispo de Córdoba, entró en el recinto al frente de una comitiva de numerosos sacerdotes y monjes. Vestía una hermosa y fina túnica escarlata, sobrepelliz, un bordado de oro sobre los hombros y una especie de capelo de fieltro rojo sobre la coronilla. Detrás, varios niños y adolescentes seguían la procesión con altivez hasta que rodearon el altar presidido por el prelado.

Ouroana recordaría siempre aquellas ceremonias de la solemne festividad. El ritual de belleza única la sorprendió. Los floreados cánticos de las antífonas y los salmos la encantaron. El *Praelegendum*, el *Cántico de entrada*, hizo que se estremeciera de emoción.

—*Cibavit eos ex adipe frumenti, alleluia. Et de petra melle saturavit eos, alleluia, alleluia...* El Señor los alimentó con la flor de la harina, aleluya. Y los sació con miel silvestre, aleluya, aleluya. Aclamad a Dios, nuestra fuerza; glorificad al Dios de Jacob.

Y los fervorosos creyentes respondieron al unísono:

—Y los sació con miel silvestre, aleluya, aleluya.

—Gloria y honor al Padre y al Hijo y al Espíritu Santo, por los siglos de los siglos. Amén.

—Y los sació con miel silvestre, aleluya.

Siguió la solemne eucaristía y sus cánticos: *Oratio post Gloriam, Prophetia, Psallendum, Apostulus, Evamgelium secundum Ioannen...* y se llegó a otro momento de rara belleza, el *Ad Pacem*, la oración de la paz.

—*Tuam Domine, misericordiam, qui das pacem, assiduis proeconis immdamus, quia tu es pax vera, qui pacificas universa, et tua pace commemorantia omnia perseverant in opera bona...*

En la parte final de la ceremonia se cantó el himno dedicado a san Torcuato y a los obispos que lo acompañaron en la evangelización de Hispania:

—*Urbis Romuleae jam toga candida septem Pontificum destina promicat, missas Hesperiae, quos ab Apostolis adsignat fidei prisca relatio...*

Junto a ella, uno de los monjes traducía para Ouroana, en voz baja:

—Resplandece ya la brillante toga de la ciudad de Rómulo, el cónclave de los siete obispos, que, según el antiguo relato de la fe cristiana, fueron enviados a Hesperia por los apóstoles...

En medio de la oración, alguien se dirigió con aire afligido al obispo y le habló al oído. Su rostro enrojeció y todos pudieron comprobar el semblante turbado del prelado de Córdoba. La armonía de la ceremonia estaba en peligro. Se generó un murmullo en el interior de la basílica mientras el obispo hablaba al oído de Eulogio.

Ouroana sintió que se le helaba la piel debajo del hábito prestado; su mundo se vino abajo cuando vio que el padre superior de San Acisclo se dirigía directamente a ella. Toda la basílica quedó en suspenso en aquel momento, incrédulos y ansiosos los presentes por saber qué ocurría.

—Acompáñame, por favor —ordenó sin más, enojado.

Salieron por la puerta lateral, que daba acceso al interior del monasterio. Mientras oía, cada vez más lejos, cómo seguían las solemnidades, la joven empezaba a comprender que algo malo estaba a punto de ocu-rrirle.

—Disculpa que despertara en ti la falsa esperanza de que te salvaría y te llevaría a tu casa. Alguien te vio entrar aquí y lo ha echado todo a perder. No podemos hacer nada. Rezaré por ti, para que consigas antes o después aquello que yo no fui capaz de darte.

—¡Ouroana! ¡Ay, qué felicidad encontrarte! ¡Y bien de salud! ¡No imaginas el trabajo que nos has dado! —Zawar corrió hacia ella y abrazó a una joven petrificada, incapaz de reaccionar. Sólo tuvo tiempo de lanzar a Eulogio una mirada de profunda desazón.

—Ve en paz, hija mía —fueron las últimas palabras de aquel ser excepcional que el mundo había puesto en su camino.

Salieron de San Acisclo escoltadas por un batallón de guardias, a las órdenes de uno de los jefes de la policía. Tan pronto como descubrieron que Ouroana se había perdido, Zawar y el eunuco compraron los primeros huevos que encontraron y, afligidos, corrieron a casa para poner al corriente de lo sucedido a 'Isá. Él se comunicó de inmediato con Almanzor para pedirle ayuda. La red de espías que tenía montada en la ciudad investigó, amedrentó, amenazó de muerte y, al final, consiguió localizar a la esclava. No tardaron mucho entonces en recuperarla. Nada podía hacer Eulogio, si no quería comprometer el futuro de su comunidad. Los tiempos no eran precisamente propicios para veleidad alguna.

—¡Qué suerte has tenido de que te recogieran en la iglesia de San Acisclo! Has estado a salvo de los peligros de la calle. Nuestro amo no descansó hasta que te encontró. ¿Has visto qué suerte tienes?

Ouroana miró a la sonriente y parlanchina Zawar y, a continuación, al inmenso cielo, al tiempo que disimulaba una amarga lágrima.

—Vámonos, que tienes que cambiarte de ropajes... y ponerte otra vez hermosa y femenina.

XXXI

Al-Ushbuna, Lisboa, año 990

Llegó la mañana y el sol penetró por la misma ventana por la que, tiempo antes, entraba la luz de la luna.

A pesar de los excesos del día anterior, Ermigio despertó con buena disposición, animado por el hecho de que cada vez estaba más cerca de quien podría darle la información que tanto deseaba: la localización de Ouroana. Después de arreglarse, lavarse y hacer sus necesidades matinales, salió a la calle, donde ya se encontraba el sonriente Ben Jacob.

—En buena hora, amigo Ermigio. Apuesto a que tienes hambre, a pesar de la excelente cena de ayer...

—La verdad es que sí... —respondió, satisfecho y recuperado.

—Pues no demoremos más. Conozco muy cerca de aquí una excelente taberna, llamada Asafí, cuyo propietario es Musá, un gran amigo. Allí disfrutarás de un excelente desayuno para comenzar este maravilloso día.

—Seguro que se trata de un judío... —replicó Ermigio, guiñando un ojo.

Ben Jacob sonrió aún más mientras agarraba al cristiano por el brazo y echaron a andar por las estrechas calles de

Lisboa. Pasearon por la medina lisboeta, por los animados barrios de los curtidores y de los zapateros, y llegaron al *hammam*, donde varios hombres se disponían a entrar ya a aquellas horas de la mañana.

—Como ves, aquí los paisanos se bañan y andan limpios. Dicen incluso que los árabes preferirían gastar su última moneda en jabón que en un pedazo de pan. Tendremos que pasar también por el *hammam*. Te hará bien y templará tus fuerzas para el camino que aún tienes por delante.

Ermigio estaba, a decir verdad, impresionado. Nunca hubiera imaginado que aquella gente tuviera tales costumbres. ¿Bañarse? En su vida se le hubiera ocurrido desnudarse delante de sus hombres... y lavarse de aquella manera. Además, el baño y el agua sólo los admitía si eran estrictamente necesarios para una higiene muy básica; hasta entonces, nadie le había enseñado que fuera demasiado importante en la vida. Y allí estaban aquellos hombres... árabes, cristianos mozárabes y judíos dirigiéndose a los baños públicos. Ben Jacob ya le había explicado la importancia que la sociedad daba a los *hammams*, por su preocupación por la higiene, pero también por la necesidad de purificación religiosa e, incluso, porque eran espacios de sociabilidad urbana, en los que los usuarios ponían al día sus conversaciones.

Más adelante, el judío se detuvo y miró alrededor, como si buscara un lugar conocido que se resistía a aparecer.

—Ah, aquí está... la calle de los Aventureros. Ya no la reconocía por esta taberna nueva de la esquina... No cabe duda que al pueblo de Lisboa le gusta divertirse. Y allí está la taberna Asafí.

Entraron los dos en el establecimiento, que a aquellas horas ya era frecuentado por hombres que hablaban animadamente entre ellos en la lengua árabe que Ermigio no comprendía.

En la misma calle coexistían varias tabernas, pero en esta en particular el hollín que impregnaba las paredes escondía una casa de origen romano que en el pasado había tenido alguna importancia. Aún se veían columnas y arcos de esa época detrás del mostrador. Junto a las paredes del local, iluminados por varios candiles alimentados con aceite, había estantes y armarios donde se guardaban hermosas piezas de loza, como cántaros, jarras, tazones, cuencos de todos los tamaños, algunas con una capa de engobe ceniciento y rojizo, otras de vidrio. Las primeras eran esencialmente vasijas decoradas con motivos geométricos, trazos verticales y onduladas espirales pintadas de blanco sobre la base. Había también tallas con cordones de dos o tres líneas y alguna que otra forma geométrica. Pero lo que más llamó la atención de Ermigio fue la vajilla de cristal; hermosas piezas con revestimientos monocromáticos entre los que destacaban los verdes y los melados. En estos últimos, a veces se combinaban con trazos formados por gotas de manganeso.

—Yahvé sea contigo, mi buen Musá.

—Mirad a quién tenemos aquí... Ben Jacob, el mercader más simpático de todo al-Andalus y de las tierras vecinas.

Los dos judíos se unieron en un abrazo y se besaron en el rostro. Se adivinaba una gran amistad entre ellos y que Musá, al igual que Ben Jacob, era asimismo un gran y amable conversador.

—Bien, ¿en qué os puedo servir?

—Tráenos tus mejores manjares. Sabes que aprecio mucho tu cocina. Venimos de un viaje de tres días y nos apetece un sabroso refrigerio para empezar la jornada.

Ermigio no entendía la lengua en que los dos se comunicaban, pero no se atrevió a interrumpirlos. Se había acostumbrado a confiar en aquel hombre. Fueron llegando a la mesa varios platos, entre ellos una *jawdâda*[30], *faludaj*[31] y tortas de almendras. Nunca aquel cristiano del norte había disfrutado en la primera comida del día de tanta variedad de alimentos, muchos de ellos completamente desconocidos para él. Siempre había pensado que aquellos manjares sólo se disponían en las mesas de los reyes. Y con gran alegría para sus ojos y su estómago, se dedicó a degustar varios tipos de quesos de cabra y oveja, distintas clases de frutos secos, pan, algunos pescados, pájaros fritos, tacos de carne e hidromiel.

—Ya sabes que me encantan estos pájaros fritos, amigo mío —comentó Ben Jacob, mientras daba buena cuenta de los muslos de las aves.

—Cómelos y aprécialos. Aquí sólo vendemos carne que yo pueda garantizar que es *kosher*[32], de animales que hayan sido sacrificados por el sistema *sechita*[33]. Puedes estar seguro de que todos han sido desangrados. Como sabes, los pá-

---

30. Empanada de masa fina que se riega, mientras se cuece, con caldo de asado de ave.
31. Plato que se prepara con miel y almidón.
32. Que no es impura.
33. Muerte instantánea del mamífero o ave con un cuchillo afiladísimo, que debe cortar las venas de la garganta mediante un golpe seco, para evitar el sufrimiento, al mismo tiempo que permite la exanguinación total.

jaros los cazan halcones amaestrados por un cetrero amigo mío que los trajo cuando aún estaban vivos. Y es cierto y sabido que las mejores aves para la cetrería ponen su nidos en las pequeñas montañas que rodean Lisboa. Los entendidos dicen incluso que estos halcones son los más rápidos y los de raza más pura que se conocen. Los que han cazado estas piezas han sido especialmente entrenados para no matar de inmediato al pájaro, para poder garantizar así que después se les hace un sangrado total.

—¡A mí me lo vas a decir, Musá! Ganaré un buen dinero en las ciudades y puertos de al-Andalus con las aves de caza que, una vez más, me llevaré de Lisboa. ¿Y ónice? ¿Aún quedan de estas hermosas piedras en las montañas que se puedan adquirir?

—Claro que sí. No te imaginas la moda que hay en Lisboa de visitar las canteras de ónices por la noche. A la gente le encanta ver cómo la montaña brilla como si fuera una gran lámpara en la oscuridad.

—Hermosas piezas de cristal las que tienes en tu establecimiento... —el mercader estaba en verdad admirado con la calidad y la belleza de aquellas piezas.

—Podéis adquirirlas en la calle de los alfareros y vidrieros. Estas cerámicas vidriadas son su especialidad, las hacen con una técnica nueva. —Musá volvía a hablar la lengua del amigo mercader.

—¿De qué técnica hablas?

—Una se llama del verde y manganeso, y la otra, de la cuerda seca. Puedes ganar mucho dinero si las vendes.

Aquéllas eran palabras sagradas para el oído de Ben Jacob, cuyo éxito como comerciante ambulante solía radicar en la presentación de productos de primera mano o de gran calidad, sobre todo asociados a los mayores beneficios.

Ya con el estómago satisfecho y los ojos más acostumbrados a la penumbra, Ermigio se dedicó a observar a las personas que se encontraban en la taberna. Ben Jacob percibió la mirada de admiración de su compañero de viaje y, sonriendo, procedió a darle algunas explicaciones.

—Aquel grupo de allí, a la izquierda, el que viste con los vistosos mantos, lo forman comerciantes que no son de esta tierra. Los hay cordobeses, gaditanos, africanos, venecianos e incluso griegos. A la derecha, en aquel grupo más ruidoso, están los cristianos mozárabes, cuyas familias se quedaron en este territorio después de la conquista de los árabes. Son *dimmies*, como todos aquellos que gozan de la protección de los árabes en territorio musulmán, puesto que pagan la *jizía*, el impuesto del que ya te he hablado, como es también mi caso. El resto es gente de aquí, hay estudiantes y también algunos viajeros, como nosotros.

—Veo que traes un nuevo amigo. Por sus ropajes debe de ser un comerciante como tú, ¿verdad? —comentó Musá.

—No es exactamente un comerciante. Digamos que es un aventurero rumí a la conquista de al-Andalus.

Musá soltó una carcajada y empezó a hablar en la lengua de Ermigio.

—¿Un aventurero en al-Andalus? Nadie mejor que un hombre bien templado por la osadía y el riesgo para visitar la calle de los Aventureros. Seguro que te gustaría saber la razón de este nombre. También la llaman calle de los Emprendedores o de los Almogávares, lo que en el fondo viene a ser lo mismo. Claro que no es sólo porque en esta calle se sirve más vino que en ninguna otra de la ciudad y porque aquí llega gente de todos los cuadrantes del mundo conocido.

—Por Yahvé, ahórrame tus explicaciones, Musá. Has contado estas hazañas más de mil veces, me las sé de corrido y a partes...

—Sí, pero ¿no has dicho que tu amigo es un aventurero? Pues se encuentra en la calle de los Aventureros y debe saber la razón de que así se llame.

—Está bien, pero con una condición. Que sea la última vez que la cuentas... al menos delante de mí.

Los dos sonreían, cómplices: Musá porque sabía que no cumpliría tal condición, y Ben Jacob porque tenía la certeza de que al tabernero le encantaba narrar aquella historia a desconocidos y que sólo dejaría de contarla cuando se lo llevaran del mundo de los vivos. De esa manera ayudaba a dar publicidad a su taberna, envolviéndola con la misma aura mítica de los héroes antiguos.

—Hace algunos años, de esta ciudad, la más occidental de todo al-Andalus y del mundo conocido, partió un grupo de ocho aventureros, todos ellos primos hermanos, con el objetivo de descubrir el océano y sus límites. Se reunieron en el mismo lugar en el que nos encontramos en este preciso momento y acordaron su hazaña. Construyeron entonces un navío de carga y se lanzaron al mar. Con todo, no consiguieron ir más allá de unas pequeñas islas que encontraron en alta mar, pues, según contaron a su regreso, fueron atacados por bandadas de aves de rapiña, de la familia de los halcones, llamadas azores. Volvieron al Tajo con historias fantásticas de su viaje. Algún tiempo después, no satisfechos todavía con su hazaña, reunieron una flota mayor, se abastecieron de agua dulce y vituallas suficientes para navegar durante varios meses y se hicieron a la mar con el primer soplo del viento de levante. Tras once días de navegación, llegaron a una zona de violentas corrientes y aguas oscuras. Como temían naufragar, los navegantes cambiaron la orientación de las velas y pusieron rumbo al sur, hasta que doce días más tarde desembarcaron en una isla con grandes manadas de ganado salvaje, a la que pusieron el nombre de isla de los Carneros. Y al no ver ningún habitante, se abastecieron de agua sin temor en una fuente que encontraron junto a una higuera salvaje.

A esas alturas, Ben Jacob —que conocía la historia por las muchas veces que la había oído en boca de Musá— se había retirado con discreción a la mesa de los comerciantes, con quienes discutía animadamente. Al mismo tiempo, otros clientes que entendían la lengua romance que Musá utilizaba, y que había aprendido en el transcurso de sus numerosos viajes como mercader, cuando era más joven, se habían acercado curiosos para escuchar aquella historia. Ermigio no se perdía ni una palabra.

—Nuestros héroes persiguieron entonces, y mataron, algunos carneros con la intención de darse un opulento banquete. Pero, para gran disgusto, era una carne tan amarga que les fue imposible tragarla. Guardaron tan sólo las pieles y siguieron viaje hacia el sur durante otros doce días. Avistaron finalmente otra isla, que les pareció habitada y cultivada. Se acercaron con la intención de descubrir qué había en ella, pero fueron sorprendidos y rodeados por varias decenas de pequeños y rápidos barcos, y acabaron todos prisioneros. Los llevaron a la isla y, una vez allí, fueron conducidos a un palacio donde vivían hombres de piel rojiza, de alta estatura, con escasa pelusa en la cara y larga y lisa cabellera. También vieron mujeres de gran y rara hermosura. Permanecieron cautivos durante tres días en un recinto de aquel palacio. Al cuarto día vieron llegar a un hombre que hablaba su lengua, el árabe, y que les preguntó quiénes eran, de qué país procedían y por qué estaban allí.

En ese momento, uno de los clientes interrumpió a Musá para pedirle que le sirviera vino blanco.

—¿Quieres del dulce o del menos dulce?

—¿Y cuál es la diferencia?

—Verás, uno viene de la otra orilla del río, es dulzón y está hecho de uva moscatel; el otro se produce aquí, a las puertas de Lisboa, es más seco y adecuado para acompañar en las comidas.

—Bien, pues trae del dulce, que aún no es hora del almuerzo.

Después de servir al cliente, Musá ordenó a un ayudante que se hiciera cargo del mostrador para poder contar más a gusto su historia, pues comprobaba, como solía ocurrir, que despertaba el interés de los más curiosos que no la conocían.

—Discúlpenme, señores. Bien..., estábamos en el palacio, ¿verdad? Pues nuestros navegantes contaron, entonces, que se habían reunido en esta taberna para planear su aventura y todas las peripecias por las que pasaron hasta llegar a aquella tierra. El hombre les dio la bienvenida y les dijo que era el intérprete del rey de los gigantes que habitaban aquella isla. Al día siguiente los condujeron ante el rey del extraño país, que les hizo las mismas preguntas, a las cuales respondieron como habían hecho la víspera ante el intérprete: que se habían reunido en este mismo local, donde podéis ver ahora la taberna Asafí —y sonreía el hombre ufano y satisfecho al decir esto—, y que decidiedron aventurarse mar adentro con la finalidad de descubrir lo que tuviera de diferente y curioso y alcanzar sus límites. El rey de los gigantes, tan pronto como nuestros aventureros terminaron de hablar, soltó una ruidosa carcajada y se dirigió al intérprete en estos términos: «Explica a esta gente que mi padre, hace ya mucho tiempo, envió a algunos de sus vasallos a reconocer este mismo mar. Y que lo recorrieron en toda su extensión durante algunos meses, hasta que los obligó a regresar la ausencia de luz en el cielo durante el día, y que no sacaron de tan largo viaje marítimo ningún provecho». Después de narrar la historia, el rey ordenó al intérprete que les dijera que contaran con su benevolencia, para que tuvieran una buena impresión de él, y les aseguró que los mandaría de vuelta a sus tierras. A pesar de ello, y tal vez para que no vieran algo prohibido, ordenó que volvieran a prisión hasta que llegaran los vientos de poniente. Cuando éstos fueron propicios, los embarcaron con los ojos vendados y los liberaron, después de una larga navegación, en una playa del extremo sur del Magreb, con las manos atadas atrás. Allí quedaron, a su suerte, en un estado lastimoso, fuertemente atados y sin apenas poder moverse, hasta el amanecer. Por fin oyeron susurros de voces humanas y comenzaron a gritar. Cuando los habitantes del lugar se acercaron y vieron el mal estado en que se encontraban aquellos hombres, los liberaron de inmediato y les preguntaron qué había ocurrido, y nuestros héroes narraron su aventura. Eran bereberes. Uno de ellos les dijo: «¿Sabéis cuál es la distancia que os separa de vuestro país?» Ellos dijeron que no, a lo que aquél respondió: «Entre el lugar en el que os encontráis ahora y vuestro país hay dos meses de camino». Y el capitán de los marineros exclamó: «*Wasafí!*», que quiere decir «¡Ay de mí!». Y ésta es la razón de que esta taberna se llame Asafí: representa el lugar de donde partieron los aventureros y la ciudad más occidental del continente conocido. Y por eso se sitúa en la calle de los Aventureros.

Todos sonrieron satisfechos cuando acabó la historia, e incluso hubo quien aplaudió. Uno de los que habían estado escuchando se atrevió a preguntar:

—¿Y lo que contáis es cierto?

—Pues... ¿por qué si no habría de llamarse mi establecimiento Asafí de no ser ésa la razón? ¡Estáis en un lugar de importancia histórica!

Los parroquianos se enfrascaron en una animada conversación, embriagados por la historia de Musá. Entonces Ben Jacob se acercó satisfecho a Ermigio.

—¿Conoces ya la historia mítica y heroica de este lugar?

—Sí..., si fuera verdad...

—¿Dudas? Ni te imaginas las impensables historias auténticas que cuenta Musá para conseguir que a la gente le apetezca visitar su establecimiento. Ahí está la clave de su éxito. Sabe hacerlo mejor que nadie. Sólo tienes que ver las tabernas vecinas. En fin, ahora nos tenemos que ir. Paga la cuenta, que te llevaré al *hammam*. Vamos a tomar un baño reparador para el cuerpo y la mente.

Ermigio no discutió. Pagó y volvió a las estrechas calles de Lisboa, que estaban aún más animadas que antes. Ben Jacob lo invitó a a ir hacia la Puerta del Mar, pero ya no pudieron salir de las murallas de la ciudad, pues el mar estaba crecido y el agua llegaba hasta la entrada. Volvieron de nuevo a las entrañas de Lisboa. Después de un cansado deambular entre calles y callejas, mezquitas y bazares, pasaron por un lugar donde un grupo de esclavos se dedicaba a lavar lana y a curtir pieles, y luego, por fin, llegaron a una zona termal destinada a los baños públicos. Entraron en uno de los balnearios y fueron recibidos por un sirviente, que los condujo a un vestíbulo destinado a guardar la ropa de los clientes. El edificio lo formaban una nave transversal de acceso, denominada *al-bayt al maslaj*, y tres naves longitudinales con tres salas diferenciadas: la fría, *al-bayt al-barid*; la templada, *al-bayt al-wastani*, y la caliente, *al-bayt al-sajun*. En la primera sala había algunos hombres. Unos se estaban vistiendo tras salir de los baños —Ermigio lo supo porque sus cuerpos y sus cabellos estaban todavía húmedos—, mientras otros se estaban desnudando. El anegiense se sentó con los músculos en tensión.

—Entonces, mi buen amigo, ¿no vas a disfrutar de este tratamiento que sólo encontrarás en las tierras de al-Andalus? Aprovecha, porque saldrás de aquí rejuvenecido y más aseado.

Ermigio sintió que el rubor se apoderaba de su rostro. Nunca hubiera imaginado que tendría que desnudarse así, frente a tantos hombres, y tomar un baño. Creía incluso que moriría ahogado si cayera en un río o en una laguna y el agua le llegara a las rodillas. Con todo, su amor propio hablaba más alto. «Si árabes y judíos se entregan a este disfrute, ¿por qué rayos un bravo cristiano del norte debería echarse atrás como si fuera una mujer?», pensó.

Y muy despacio y a disgusto, se puso en las mismas condiciones que los demás clientes de aquel *hammam*, para comprobar que ninguno de los presentes se mostraba incómodo por su propia desnudez, aunque fuera parcial. Ben Jacob le alcanzó jabón que había comprado y una de las toallas que acababa de alquilar, y con ella el cristiano se envolvió la cintura; entonces los dos se dirigieron al balneario. Ermigio sintió un placer imprevisto, indescriptible. Primero, las piscinas de agua caliente; después, las de agua fría, y, finalmente, los vapores. Pero lo que nunca hubiera imaginado aquel pobre soldado de Cristo era que su cuerpo sería sometido, a continuación, en una sala aparte, al manoseo de un empleado del *hammam* que le practicó relajantes masajes, aplicados con perfumes balsámicos. Un deleite indescriptible que Ermigio nunca hubiera soñado que fuera posible en el mundo terrenal. De hecho, había pensado hasta entonces que tal suerte de placer no estaba al alcance ni de los reyes cristianos, excepto tal vez en el reino de los cielos.

La estancia en las termas de Lisboa terminó con un vaso de agua perfumada con rosas, que bebieron hasta la última gota, y con la aparición del sirviente de la puerta que los avisaba de que no podían quedarse más tiempo porque tenían que preparar los baños para las mujeres, que los utilizaban por la tarde.

La traducción de Ben Jacob sorprendió a Ermigio.

—¿Para las mujeres? —se dijo en voz baja, recordando que poco antes había decidido bañarse para que no lo compararan con una de ellas. ¡Así que al final ellas también utilizaban aquel lugar! Eran demasiadas emociones para aquel hombre habituado al rigor de la vida bajo los cielos del norte, donde lo cotidiano era más rudimentario y no existían las preocupaciones de los hombres que habitaban el país de los árabes.

—Vamos..., paga la cuenta, tenemos que prepararnos para el almuerzo.

Ermigio comprobaba que estaba saldando las ofertas de ayuda y la ropa que Ben Jacob le había dado. Pero no le importó. El precio le parecía justo y, además, la compañía de aquel judío le permitía conocer un mundo que jamás imaginó que existía.

Pero el día aún no había terminado. Se dirigieron al albergue, donde descansaron y durmieron un poco en los almohadones de sus habitaciones. Despertaron reconfortados y a punto para una generosa comida servida por el posadero, y Ermigio comprendió que también iría a su cuenta. Pero tampoco le molestó. Comió un extraordinario plato de gallina con almendras, cuyo sabor no habría de olvidar en su vida.

Llegó la tarde y Ben Jacob le propuso dar un paseo por el espacio urbano. Recorrieron las estrechas calles, pasaron por el barrio mozárabe, donde se entretuvieron en varios talleres de oficios, y visitaron las reliquias de los mártires Verísimo, Máxima y Julia en sus respectivos templos. Terminaron con una visita a la iglesia de Alcamí, dedicada a María, la más importante de los mozárabes, según supo después Ermigio, después de la demolición de su basílica mayor. A aquella hora se iniciaba allí una misa presidida por el obispo de la ciudad.

Mientras oía misa y rezaba por el éxito de su misión, por volver a encontrar a su princesa Ouroana, el anegiense pudo disfrutar incluso de unos extraños, hermosos y floridos cánticos que acompañaban las oraciones, en un ritual distinto al que se practicaba en el norte. Claro que, como siempre, Ben

Jacob le explicó que se trataba del rito mozárabe, que tenía un ceremonial diferente al que era solemne en las zonas cristianas de donde Ermigio procedía. Se trataba del culto que se celebraba según la liturgia isidoriana, tal como fue aprobada por el papa Juan X, en 924.

El siguiente destino fue el barrio judío. Por el camino pasaron por una zona en la que algunos *hâribs* [34] y *dârib-al-mandil* [35] predecían el futuro de la clientela.

—Consultemos a este adivino sobre tu misión y el paradero de la princesa —propuso Ben Jacob, medio en serio, medio en broma.

El hombre de piernas cruzadas removió el agua de su taza y, con su gesto más misterioso, se miró en los ojos de Ermigio.

—Mucha agua te separa de aquella a la que buscas, pero llegarás a ella a través del vino...

Los amigos se miraron, perplejos, intentando encontrar sentido a aquellas palabras. El cristiano pagó y regresaron al camino. Una vez que doblaron la esquina, volvieron a mirarse y soltaron una sonora carcajada.

Seguían comentando la falta de sentido de la predicción del adivino cuando entraron en el barrio judío, atestado de gente que se movía entre los numerosos bazares, que vendían de todo en aquellas estrechas calles. Ermigio quedó admirado sobre todo por las finas sedas, por los tejidos de algodón y de lana. La visita al barrio terminó en la sinagoga, donde Ben Jacob procedió a pronunciar sus oraciones, que fueron seguidas con atención por Ermigio.

---

34. Cartománticos, echadores de cartas.
35. Adivinos que se servían de espejos o de tazas de agua para su arte.

—¿Cuándo piensas pasar a la otra orilla para encontrarte con Lucio en las minas de oro? —preguntó el judío a la salida del templo.

—Mañana mismo. A primera hora, si es posible.

—Claro. Dirígete a la Puerta de Hierro y contrata un pasaje en el barco. Es un viaje tranquilo. Espero que tengas suerte.

—Gracias. Tengo mucho que agradecerte.

—¿A mí? No tienes nada que agradecerme..., sólo quiero que me paguen lo que vendo... Como me place tu compañía, te haré un descuento en las ropas que me compraste.

«¡Judío hasta la médula! —pensó Ermigio, dejando escapar una sonrisa condescendiente—. Creía que me había puesto al corriente de ese pago con el gasto en la taberna y el *hammam*.»

—Si no alcanzas tus objetivos y deseas seguir viaje hacia el sur, que sepas que dentro de algunos días seguiré tus pasos, porque espero hacer algún negocio en la mina de oro. A pesar de que la explota el califato, siempre hay quien se queda un poco de oro para vender —dijo, demostrando así que era buen conocedor de las flaquezas de los hombres ante el vil metal—. Me dirijo a Sevilla y pasaré por las más importantes ciudades de Gharb al-Andalus. Si lo necesitas, tendré mucho gusto en seguir en tu compañía y en ayudarte en lo que pueda, como he hecho hasta ahora.

—Claro, con lo que cobras... —bromeó Ermigio, sonriente.

—Mi precio siempre es justo. Me parece que no tienes motivo de queja —respondió el agradable judío.

Siguieron entonces de buen ánimo hacia la Puerta de Hierro, donde empezaban a tomar forma los muros de lo que sería una gran construcción musulmana en el interior de la medina. Nacía allí la futura Gran Mezquita Aljama de Lisboa, precisamente en el lugar donde antes se levantaba la Basílica Mayor de los cristianos. Se utilizaban incluso, en la construcción del templo árabe, materiales que habían pertenecido al cristiano y que se encontraban amontonados a un lado. Supo Ermigio que los cristianos habían sido expulsados de aquel lugar y que entonces, empezaron a reunirse en la iglesia de Alcamí, que había visitado hacía unas horas.

El día terminó con una divina cena «ofrecida» por Ermigio, para no variar, en la taberna Asafí. En esa ocasión, hubo carnero con miel, regado con vino de la región. Una delicia para el paladar de cualquier mortal. Al anegiense le gustó; sobre todo aquella dulce y delicada miel de color claro.

—Veo que aprecias el producto del trabajo de nuestras abejas, extranjero. Pues debes saber que la miel de Lisboa, que aquí se llama *al-landarni*, es la más apreciada de todo al-Andalus, y es imprescindible en el palacio califal. Dada su blancura y delicadeza, la protegemos con finas telas para que no se ensucie, y ni siquiera mancha la tela que la protege. —Una vez más, el tabernero se mostraba orgulloso al explicar las virtudes de su gastronomía y de su región—. Y al igual que con los halcones, puedes apostar lo que quieras a que las mulas de Ben Jacob llevarán nuestra miel para que disfruten de ellas los grandes señores andalusíes.

Todos rieron con satisfacción. Después de aquel abundante banquete, los viajeros tuvieron aún la oportunidad de oír a un grupo de jóvenes estudiantes que, animados alrededor de una mesa y de varios vasos de vino, pidieron silencio para declamar unos poemas que Ermigio no comprendía, pero que Ben Jacob, como uno más de los servicios que le prestaba, traducía gustoso.

Antes de acostarse, el cristiano se despidió del judío, agradeciéndole su ayuda y las enseñanzas que le había transmitido. Los dos auguraron que volverían a verse en el futuro.

—¿Sabes, Ermigio?, los amigos nunca se despiden para siempre.

XXXII

Qurtuba, Córdoba, año 990

Una vez restablecida la normalidad en su anormal existencia, la esclava Ouroana tuvo el privilegio de poder salir a la calle por segunda vez. El sueño que había alimentado durante algún tiempo en San Acisclo se había desvanecido y, con el permanente adoctrinamiento de Zawar, a quien nunca contó los propósitos de Eulogio de devolverla a casa —para evitar problemas a los monjes mozárabes—, volvió a su ritmo de vida anterior.

Como hacía de quince en quince días, Zulaykha iba a hacerse tratamientos de belleza en uno de los *hammams* más renombrados, frecuentado sobre todo por la alta sociedad cordobesa. Así, en aquella ocasión con más tranquilidad, Ouroana pudo apreciar la magnificencia y la belleza exótica de la ciudad: sus espléndidos jardines, las numerosas viviendas y casas de comercio, los alcázares, los huertos, la mezquita Aljama, que había visto el día que llegó a Córdoba, y otras más pequeñas y de menor importancia, fortalezas, albergues, mercados, mataderos, alcaicerías y *hammams*. El preferido de Zulaykha y de sus amigas —esposas de visires, de generales, de cadíes y de otros nobles y miembros de la administración— se encontraba junto a las orillas del Guadalquivir.

La anterior ocasión en que había salido, Ouroana se sintió tan atribulada que no pudo percibir cómo era la vida urbana cordobesa. Por eso, en esos momentos, conformada con su destino, se dejó envolver por el paisaje que se abría ante sus ojos y por las nuevas vivencias que estaba a punto de experimentar.

Salieron a media mañana de la casa residencial. La patrona, con su voz de seda que delataba su estatus social, iba en su litera, y la esclava cristiana y el eunuco Zayr la seguían montados los dos en un burro. Algunos guardias personales de 'Isá caminaban a cierta distancia. Ouroana reparó en un extraño cofre que el eunuco llevaba en bandolera y que despertó su curiosidad. Sólo cuando pasaban por una zona más transitada, en la que el bullicio urbano no permitía a la señora oír su voz, preguntó tímidamente a Zayr qué contenía.

—Es una caja de marfil en la que guardo todo lo que la señora necesita para sus arreglos. Hay espejos de mano, peines y cepillos, perfumes y esencias —dijo el eunuco, divertido—. La señora ha consultado el almanaque y ha comprobado que hoy es día propicio para su higiene y para tratamientos de belleza más importantes.

La dama cordobesa quería iniciar sus baños al inicio de la tarde, pues pocas mujeres andalusíes podían frecuentar el *hammam* a aquellas horas del día. Llegaron a su destino después de pasar por la alcaicería de los lenceros, que el califa al-Hakam II había construido hacía unos veinte años a partir de la antigua *dar al-burud*, a poniente del alcázar y a la entrada del mercado mayor. Los recibió una doncella bien vestida y perfumada, con una piel y unos ojos que denotaban un especial cuidado, que los condujo a la sala *al-bayt al-maslaj*, un espacio amplio cerca de la entrada destinado a cambiarse de ropa y al descanso. Ouroana y Zayr ayudaron a Zulaykha a desnudarse hasta las prendas íntimas. A continuación, los esclavos se dirigieron hacia una de las salas de apoyo. El eunuco se movía por el local con gran familiaridad, saludando aquí y allá, de la manera correcta, a algunas señoras que pertenecían a la alta sociedad, y con más libertad a otras esclavas y esclavos. Ouroana comprobó que estos últimos eran todos eunucos, pues hablaban y se movían con el mismo amaneramiento que Zayr.

Después de bañarse en las tres salas de mármol y estuco dispuestas paralelamente, Zulaykha fue conducida a la sala de sudación, que era perpendicular a las anteriores.

Se sentó en un taburete de madera junto a una de las muchas y hermosas estatuas de mármol, acompañada por dos mujeres que Ouroana supuso que eran esclavas especializadas en las artes del baño. Transcurrido un buen lapso de tiempo, se echó sobre un banco de mármol blanco cubierto con un lienzo de algodón del color de la granada. Una de las mujeres se colocó un fino, aunque duro y rugoso, guante de lana y recogió con él arcilla de un recipiente de barro, con la que frotó con suavidad el cuerpo de la dama.

—Ya está bien. Pasa ahora al cabello. Hazlo con cuidado, porque he notado que lo tengo más frágil y se me cae.

—No os preocupéis, señora. Lo haré tan bien como sepa. Ahora os lo lavaré y, después, mientras aplicamos henna, le proporcionaremos cuidados especiales.

Después de enjabonar la cabellera y masajear el cuero cabelludo, la mujer se dedicó a los pies, que limpió y frotó con delicadeza con piedras especiales. Zulaykha pasó entonces a una especie de sala de estar, una de las que más apreciaba del *hammam*, porque allí se encontraba con las amigas, se ponía al corriente de las habladurías de la ciudad y se enteraba de algún nuevo y exótico plato. Aquel día la conversación fue especialmente animada. Las amigas hablaban de nuevos ungüentos de cualidades insuperables, unos que daban a los ojos un irresistible tono aterciopelado, otros que tenían el delicioso efecto de eliminar el vello superfluo y aun unos que tenían la facultad de hacer más firmes las carnes de las mujeres. Pero quien mayor éxito tuvo fue una mujer que anunció algo que captó de inmediato la atención de las demás.

—Es un compuesto de madreselva que sirve para limpiar el interior del cuerpo de las mujeres y, además, facilita la respiración a quien tiene problemas.

Todas tomaron nota mental de la novedad: bastaban dos dracmas de su fruto mezclados con dos cálices de vino blanco durante cuarenta días.

—Mi médico me explicó que es muy bueno también para disolver el tumor del bazo, pues expele los residuos del mismo por la orina y por las heces. Claro que las embarazadas no lo pueden tomar, porque correrían el riesgo de expulsar el feto.

Otros productos que gustaban a las mujeres eran aquellos que conseguían disminuir la menstruación. Todas escucharon con gran atención dos nuevas sugerencias que había recibido una de las presentes de una mujer de su familia de

Mértola. Se trataba de la *goma* del acebuche, el olivo silvestre, que tenía además la virtud de calmar el dolor de las caries de los dientes, y de una mezcla de orégano con vino. Las dos pociones debían tomarse con moderación.

Ouroana no entendía casi nada de lo que allí oía, pero comprobó que todas las damas salían complacidas del encuentro. El brillo en los ojos y los rostros sonrientes denunciaban la alegría y la animación que las contagiaba. Además de éste, pocos eran los momentos en que las mujeres podían reunirse y conversar con libertad.

Zulaykha pasó entonces a la sala donde se aplicaba la henna y se teñían las cabelleras con los tonos de moda. Era adepta al negro, al contrario que sus amigas: casi todas preferían el rubio color de miel. La sirvienta aplicaba siempre la henna con sumo cuidado por toda la cabellera, mechón a mechón, para evitar que salpicara el rostro o el cuello.

—Ahora pasaremos a un ungüento que hace maravillas. Es un producto nuevo que ha traído un mercader desde Siria. Tenemos poco..., así que aún no podemos darle mucha publicidad.

—¿De qué se trata? —preguntó, curiosa y ansiosa, la dama.

—Son raíces de *safad*, que se encuentran en las tierras sirias. Dice el mercader que es una raíz negra cubierta por finos filamentos, como cabellos. Tiene un sabor parecido al de las alcachofas y las hojas tienen unas espinas semejantes a las del camaleón blanco.

—¿Y estás segura de que es eficaz? —dudó Zulaykha, frunciendo el entrecejo.

—Según el mercader, las mujeres de la alta sociedad de Siria, Egipto y Antioquía la usan con mucho éxito. Sirve para que los cabellos crezcan mejor y merezcan los más grandes elogios. Lo aplicaremos en las zonas donde le cuesta crecer para así acelerar su desarrollo.

Zulaykha no cabía en sí de contento al escuchar estas palabras. Apenas podía esperar para contárselo a Zayr y escuchar su reacción. «¡Si mis amigas lo supieran, sentirían curiosidad y envidia!», pensó, entusiasmada. Si daba los resultados que aquella mujer le había prometido, sin duda la compensaría.

—Además, preservan los cabellos de todas las afecciones que puedan aparecer. También es útil para el tratamiento de la tiña en la cabeza cuando se mezcla con determinados óleos. Tendremos que esperar que vuelva el mercader para que me explique cuáles son esos óleos. Bien, ya he terminado. Pronto veremos los efectos. Pasemos ahora a la sala de depilación, donde ya os aguarda mi compañera.

Allí le esperaba una pasta a base de polvo de oro y cal que le dejó la piel suave, lisa y blanca, a la que siguió una crema fuerte compuesta por *dahab maqsûr* [36] y *hadîda* [37], que preparó la piel para perder los pelos que sobraban de brazos, cuello, axilas y, finalmente, pubis.

—No acabo de acostumbrarme al olor de esta crema —protestó Zulaykha, mientras se apretaba con los dedos la nariz.

—Dicen los entendidos que es más eficaz que el compuesto de cera o de caramelo de limón. Pero si queréis...

—¡No, no! —resolvió de inmediato. «¿Qué pensarían de mí mis amigas?», pensó.

---

36. Sulfuro de arsénico.
37. Arseniato de hierro.

A continuación, antes de pasar a la piscina, tuvo una sesión de masaje y manicura. La mujer de 'Isá mostró a Ouroana la piscina que más le gustaba, la de agua tibia, donde el cuerpo podía descansar de los fatigosos tratamientos. Procuró no mojarse la cabeza para preservar el efecto del producto que le acababan de aplicar. Cuando salió de la piscina, la muchacha le proporcionó toallas de algodón para que se secara y Zayr le ofreció fruta, golosinas y limonada para que se recuperara del hambre y la sed.

La joven esclava seguía impresionada por todo lo que había visto. No tenía tiempo de recuperarse de todas las sorpresas del día. La señora le indicó que iba a pasar al cuidado de la cara. Vio entonces cómo le masajeaban el rostro con las puntas de los dedos y, a continuación, cómo le quitaban con un hilo de seda diestramente manipulado el vello superfluo. Después, Zulaykha se sometió a un tratamiento con una especie de pasta de añil, aplicado cocido en la pintura de los ojos y, para aumentarlos, *kuhûl* de Isfahan [38], aplicado en los contornos con un pequeño bastoncillo de marfil. Le limpiaron los dientes con una mezcla de nácar, cáscara de huevo y carbón vegetal en polvo. Pasó entonces a la sección de los perfumes. Allí se encontraban los aromas más refinados y de moda en Córdoba, sobre todo orientales, dulces, cálidos y espesos, como el ámbar gris y el ámbar natural triturados, e incluso almizcle, en forma de esencia líquida o piedra blanca, o el ámbar negro y los óleos perfumados. Aquel día Zulaykha prefirió utilizar esencias.

---

38. *Itmîd* o polvo de antimonio.

—Tenemos esencias de flores, como rosa y violeta, pero también de limón y sándalo.

Después de perfumarse con esencia de sándalo y de peinarse, apareció Zayr, que ofreció a su señora cáscara de raíz de nogal para mascar. Sus labios, como por arte de magia, adquirieron un brillo exuberante y un sensual color carmín.

—Estáis admirablemente bella, señora —comentó el eunuco con voz lisonjera, mientras le colocaba el velo sobre la ropa: unos calzones de satén ajustados en los tobillos que culminaban en unas medias cortas, cosidas por encima, hasta los pies, enfundados en unas babuchas de tafilete.

Sonrió; estaba cansada, pero feliz. Preparada para uno de aquellos juegos de seducción que tanto gustaban a 'Isá y que acabarían con una intensa noche de amor. El sol amenazaba con inclinarse hacia poniente cuando se despidió apresuradamente de las mujeres de los baños y de algunas amigas y partieron todos hacia casa. Zulaykha en su litera y Zayr y Ouroana en el burro.

Fue un día de grandes emociones para la joven cristiana. Nunca hubiera imaginado que el mundo le proporcionaría todo lo que acababa de vivir.

XXXIII

Al Ma'dan, Almada, año 990

Ermigio se levantó pronto la mañana siguiente y se dirigió hacia la Puerta de Hierro. Antes de llegar al Tajo atravesó la zona baja de la ciudad, en los arrabales, animada por numerosos artesanos, comerciantes y pescadores. Pasó también junto a un grupo de alfareros, cerca del lugar donde se encontraban algunos de los hornos en los que se cocía la loza y los azulejos lisboetas, y por la embocadura del estuario, un angosto brazo del río que se extendía tierra adentro y donde se veían embarcaciones que podían conducirlo a la otra orilla. Preguntó para saber el mejor precio entre las distintas barcazas que hacían la travesía, pero no resultó una tarea fácil a causa de la lengua. Al final, un árabe, con turbante en la cabeza y aspecto distinguido, se dirigió a él en lengua cristiana, aunque no demasiado bien hablada, y lo convidó a pasar con su comitiva de cinco personas, siempre que pagara la sexta parte del viaje. No lo dudó.

Las aguas del Tajo estaban tranquilas y transparentes aquel día de la primavera de 990. Los peces serpenteaban alegremente por debajo de la embarcación. Siempre había temido las aguas de los ríos; recordaba bien los rigurosos inviernos que hacían subir las aguas del Duero y el Támega, en Entre-os-Rios, muy por encima de lo que era normal en verano. Pero después de la experiencia en el *hammam* su relación con el agua le traía mejores recuerdos.

Con el pensamiento aún fijo en las emociones de los últimos días, Ermigio dejó que su mirada reposara en las murallas de la zona sur de Lisboa, que se alejaban lentamente, y a continuación en las casas de la ciudad, entre las que despuntaban los minaretes de las mezquitas, la torre de la iglesia de Alcamí y, en lo alto, su alcazaba. Al fondo del estuario, la villa hervía alrededor de los astilleros navales, donde había algunas naves en reparación.

Durante el trayecto, el árabe del turbante lo abordó para interesarse por los motivos de su viaje por las tierras de al-Andalus. Ermigio le explicó con pocas palabras la razón por la que se encontraba allí y el mahometano se mostró bastante sensible, sobre todo con la desdicha de la joven Ouroana y con el coraje de aquel cristiano que se aventuraba en lo desconocido.

Cuando llegaron a la otra orilla, el anegiense preguntó a su compañero de viaje el camino para llegar a la zona donde se extraía el oro.

—Avanza por la derecha en dirección a aquella fortaleza que se ve a lo lejos. Es el fuerte de Almada. En las inmediaciones encontrarás el lugar donde se extraía el oro más puro que se conoce. Antes, no obstante, pasarás por otra explotación, ésta de ámbar, cuya calidad, por lo que dicen, sólo es comparable al que hay en las tierras de la India.

—Gracias por todas vuestras atenciones. —Ermigio se despidió con una pequeña venia.

—No me lo agradezcas. La existencia de todo cuanto vive es sólo prenda de la nada. El mundo que ahora nos une es el mismo que mañana nos separará. Ve en paz, con el corazón abierto y con determinación, porque después de las brumas encontrarás la rosa que buscas. Rezaré por el éxito de tu peregrinaje por al-Andalus y por el objetivo que quieres alcanzar: Ouroana.

Ermigio estaba perplejo con aquellas palabras, cuyo alcance no comprendía. Pensó que quizá fuera porque el hombre en apariencia no dominaba bien la lengua romance, pero en verdad había transformado milagrosamente su angustia en una gran serenidad. Sonrió, agradecido.

—Vete ya, no pierdas tiempo. Ah..., me llamo Ibn Darraj y voy hacia Silves. Si necesitas mi ayuda, no lo dudes, estaré a tu disposición.

El anegiense volvió a darle las gracias y reflexionó acerca de las sorpresas que el viaje le había proporcionado: primero, ayudado por un judío, y en aquel momento, por un árabe. Con estos pensamientos llegó a las puertas de la explotación aurífera, donde fue interpelado por uno de los guardias. Al creer que se trataba de un comerciante rumí y, como no comprendía su lengua, llamó a otro soldado muladí para que tradujera sus palabras.

—¿Y para qué quieres hablar con ese esclavo? —preguntó el guarda apresuradamente.

—Tengo una información importante para transmitirle y otra que recibir de él.

—Debes saber que no te preguntaré qué noticias especiales podría intercambiar un comerciante rumí con un esclavo de esta mina sólo porque hace una semana que se lo llevaron a las explotaciones de ámbar de Shantamaryyia[39]. Aquí sólo se trabaja durante el invierno, que ya terminó. Por eso no puedo serte útil.

Ermigio recibió aquella información como si le dieran un fuerte golpe en el estómago. Había estado muy cerca de su objetivo y se le había escapado una vez más, sin que nada pudiera hacer, como aquel atardecer en el Marão, cuando fue raptada su Ouroana.

---

39. Faro (de principios del siglo XI, también conocido como Shantamaryya d'al-Harum).

XXXIV

Al-Qasr, Alcázar de Sal y Shilb, Silves, año 990

El anegiense tenía que ponerse camino hacia Shantamaryyia. Y se acordó del compañero del viaje en la barcaza. Le urgía volver a encontrarlo. Seguro que lo ayudaría a llegar a esa ciudad; tal vez Silves —lugar al que decía que se dirigía— estuviera en el camino. Volvió tan deprisa como pudo junto al Tajo, donde había desembarcado hacía poco.

Su sorpresa no pudo ser mayor: allí estaba Ibn Darraj, con sus cuatro compañeros. Estaban a la sombra de un árbol, como si esperaran a alguien..., a Ermigio.

—Por la expresión de tu cara veo que vuelves sin haber encontrado tu rosa —sentenció, y cada una de sus palabras estaban impregnadas de serenidad.

—Es cierto, amigo mío... Por desgracia, aquel al que busco ya no está allí. Fue trasladado a Shantamaryyia...

—La conozco muy bien. Es el nombre que se da a la vieja ciudad de Ukhshunuba. Está situada cerca de mi tierra natal, Qastala[40]. Es un lugar de peregrinación para los cristianos de al-Andalus, donde se venera a María, la madre de Jesús.

---

40. Actual Cacela Velha (concejo de Vila Real de Santo António).

Quién sabe si allí encontrarás la orientación para el jardín que tanto ansías encontrar. Y como Silves está de camino, te invito a hacer el viaje con nosotros hasta esa hermosa ciudad.

Una vez más, la suerte estaba de parte de Ermigio. Aquel árabe había esperado en el muelle mientras él iba y volvía de la mina, y tenía mulas para todos. Tal vez presentía el fracaso de su iniciativa.

Ibn Darraj explicó que vivía en Córdoba y que realizaba un viaje, una especie de peregrinación, por algunos lugares de Gharb. Había estado en la rábida situada en el monte de los Banu Benamocer[41] y había pasado también por la situada en Sintra, de la cual acababa de regresar.

—¿Qué es una rábida? —preguntó Ermigio, a quien ya no le preocupaba la impresión que causaba su completo desconocimiento del mundo árabe.

—Bien..., no sé si conseguiré explicártelo del todo. Es una fortaleza en la que se instalan de preferencia quienes quieren hacer la *yihad*.

El anegiense frunció el entrecejo, dando a entender que la explicación no era suficiente.

—La *yihad*... es la lucha por Dios, la guerra santa. Por eso, la rábida es el lugar en el que se instalan los ascetas que quieren el combate supremo, el combate contra sí mismos.

—Entonces, ¿tú también eres un guerrero?

—Sí, en cierto modo... —Ibn Darraj se rascó la cabeza. Sus palabras no traducían todo aquello que pensaba.

—Si eres guerrero, presumo que tus enemigos son los cristianos, contra quienes los musulmanes luchan constante

---

41. Sierra de la Arrábida, entre Sesimbra y Sétubal.

mente. —Ermigio comenzaba a experimentar un poco de miedo de aquel grupo, que se ponía de manifiesto en la tensión de sus músculos. Imaginaba ya que había caído en una celada.

—No puedo negar lo que dices. Los ascetas que viven en las rábidas tienen esa misión: vigilan el horizonte, en especial el mar, en busca de señales del enemigo. Pero tienen otra aún más importante: contemplan la naturaleza y toman conciencia de su propia pequeñez frente al Creador. Pero no debes preocuparte, el combate supremo del que te hablo se llama *Jihad al-akbar*, que, como dice la Tradición del Profeta, es la guerra santa mayor, aquella que se entabla en el interior de cada cual contra las propias tentaciones y defectos, en aras de su elevación moral y espiritual.

A pesar de la explicación, el viajero aún se mantenía a la defensiva.

—Sí..., pero ¿qué ocurre si te encuentras ante un enemigo cristiano?

—Te citaré el Corán: «Combatid por la causa de Dios a quienes os combatan, pero no seáis los primeros en agredir, porque Dios no ama a los agresores»[42] —dijo, con una sonrisa desconcertante en los labios—. Por eso, te trato bien, te ayudo e intento hacer lo posible para que encuentres el jardín donde florece tu rosa. No estamos en ningún campo de batalla. En los campos de batalla, tiene lugar la guerra santa menor, mucho menos meritoria que la que se desarrolla en el interior de cada cual. En ella se combate contra los enemigos del islam, pero, en nombre de la gran

---

42. El Corán, capítulo II, versículo 190.

deza del alma, se debe tener siempre en cuenta el respeto y la admiración por el valor del adversario. Por lo demás, incluso en el campo de batalla, no son las armas las que en verdad matan.

—¿Cómo puede ser? —preguntó Ermigio, altivo e incrédulo.

—Es el destino. El Corán dice que nos ocurrirá lo que Alá nos tenga preparado... Por eso, ya ves... —concluyó el árabe; aunque el anegiense no parecía estar de acuerdo en ese punto, deseaba escuchar a su interlocutor hasta el final—. Con todo, quien hace la guerra santa mayor, la interior, se rige principalmente por valores como la magnanimidad, la rectitud, la virtud y la nobleza de corazón. Y tu causa me parece justa.

Ermigio recuperó la calma. Comenzó a admirar a aquel hombre sabio, de gestos afectuosos, corteses y generosos, así como a sus seguidores, aunque no pudiera hablar con ellos porque no comprendían su idioma norteño.

Temeroso, aún se atrevió a preguntarle:

—Puedo entender cuál es el objetivo de una guerra santa que se desarrolla en el campo de batalla, pero no consigo comprender cuál es el objetivo de estos ascetas que hacen la guerra en su interior. ¿Podrías explicármelo?

Ibn Daraj lo miró sorprendido. Aquélla era una pregunta de lo más pertinente, pero la respuesta sólo la entenderían los iniciados.

—Un día, Mahoma regresaba de una campaña contra sus enemigos exteriores y dijo: «*Rajana min al-jihad-al-asgar ilal-jihad-al-akbar*», que en tu lengua significa: «Volvamos de la pequeña guerra santa a la gran guerra santa» —comenzó a decir, recurriendo a un *hadith* (tradición) del Profeta—. El objetivo del combate espiritual es *al-Tawid*, la Unificación, que se hace en tres sentidos: de Alá con respecto a Alá; de Alá con respecto al hombre, y de éste con respecto a Alá. En esta triple relación caben todas las hipótesis que tienen que ver con el espíritu. Pero no te martirices intentando comprenderlo. Es un camino largo y sólo para algunos.

La comitiva pasaba cerca de unos bosques donde se procedía a la extracción de madera para mobiliario y construcción naval. El cristiano reflexionaba, deslumbrado con los descubrimientos materiales y espirituales que se le iban revelando. Pararon dos días en Al-Qasr[43], la Salacia Urbs Imperatoria del tiempo de los romanos, que casi cien años antes había sido reconstruida por Ma'ud Abi Danis a partir de la antigua fortaleza. En su puerto estaba anclado un numeroso grupo de navíos que integraban la poderosa flota cordobesa.

Atravesaron el Sado, en cuyas orillas aparecían molinos y aceñas, y siguieron camino por un territorio nuevo, de paisajes hasta entonces desconocidos para el cristiano, formado por interminables llanuras, donde medraban alcornoques y encinas.

Al final de un viaje de cinco días vieron la silueta de Silves, la *hardra* o capital de la *cora* de Ocsonoba. Incluso a la distancia podía distinguirse el típico trazado de las urbes musulmanas: en lo alto, la alcazaba, centro del poder político, protegida por sus propias murallas, y que se encontraba en obras; a continuación, la medina, zona esencialmente resi-

---

43. Actual Alcázar de la Sal.

dencial, y el arrabal, situado ya en la parte más baja, que también estaban protegidos por murallas.

Más allá se extendían grandes prados, tierras de pastos, campos cultivados de cereales y árboles de frondosas sombras, sobre todo pinos piñoneros y nogales. Frente a la ciudad se erguía el monte de Jabal al-Janna, rico en hierba y en fuentes de agua. El burgo se alzaba sobre las orillas del río Arade, a salvo de las mareas, pues el océano se encontraba apenas a unas leguas al sur. Por el número de embarcaciones amarradas junto al puerto, se sabía que era navegable y que tenía mucho movimiento. De hecho, parecía un puerto de mar, por sus dimensiones y por la cantidad de naves, pero sobre todo porque también había, como en Lisboa, astilleros de construcción naval.

Ibn Darraj explicó a Ermigio que se trataba de una villa rica. Y así parecía por las robustas murallas, por los relucientes palacios, las terrazas y los minaretes, así como por las cuidadas y abundantes huertas y los vergeles, que se concentraban a la entrada de la villa, donde coexistían con viñedos, higueras, almendros, azufaifos, algarrobos y naranjos.

Era de admirar cómo el curioso tejido urbano se amoldaba a la orografía del terreno. Tanto la muralla de la alcazaba como la de la medina seguían sus declives, y lo mismo sucedía con muchas de las calles, que discurrían paralelas el curso del río y acompañaban los desniveles de la colina.

Llegados a la primera muralla, entraron en la zona de los arrabales, que se prolongaban hacia oriente, hacia el sur y hacia el poniente de la medina. Fueron a dar a una amplia plaza donde se celebraba la feria. Se exponían allí los productos del campo, harinas de molino y manufacturas procedentes de herrerías, alfarerías, hornos de tejas y de cerámicas y tejidos salidos de tintorerías.

—Éste es mi destino, por ahora. Me hospedaré aquí unos días, pero te invito a que pases la noche en la *azoia* de esta ciudad. Estoy convencido de que el *shaykh*, el maestro, te acogerá de buen grado. Sólo que no encontrarás lujos en ese lugar, aunque alimento no ha de faltarte.

—¿*Azoia*? ¿Maestro? —Ermigio no paraba de sorprenderse.

—Sí..., es un lugar especial, donde son bien recibidos los peregrinos como nosotros. El maestro es un sabio que congrega alrededor de él, además de a sus familiares, a sus seguidores espirituales. Estarás bien.

El anegiense aceptó, animado. Cada vez estaba más convencido de que se encontraba en buenas manos, que aquella gente especial era paladina del bien.

La *azoia* se encontraba fuera de las puertas, en la vertiente occidental. Era un amplio edificio en el que había diversos alojamientos y almacenes. A Ermigio lo llevaron enseguida a una celda desnuda y sin luz alguna, pero no se quejó. Ibn Darraj le comunicó que habría una ceremonia al final del día en la que podría participar para comprender mejor lo que él le había estado explicando. Había conseguido convencer al maestro de que dejara participar al cristiano, diciéndole que también él se hallaba en peregrinación.

Fue otro momento único, una vivencia intensa. Un grupo de personas con túnicas blancas, en el que destacaban algunas mujeres, se dispuso en círculo en una amplia sala. Todos se sentaron en grandes sofás blancos. En medio ardía tristemente una hoguera dispuesta en un hogar.

Llegó por fin el *shaykh*. Habló de forma pausada y, a continuación, otros asistentes también lo hicieron. Comenzó después una especie de oración repetitiva, a un ritmo que todos supieron seguir. Ermigio no comprendía lo que se decía, pero le pareció que, en medio de aquella letanía, surgía varias veces la palabra Alá. A medida que avanzaba la cantilena, el grupo iba cayendo en una especie de trance. El maestro se levantó e hizo un extraño movimiento, completando varios giros sobre sí mismo. Cuando volvieron a su estado normal, Ibn Darraj tomó la palabra y habló en árabe a la asamblea. Cuando terminó, se dirigió a Ermigio en lengua romance:

—Querido peregrino, después de la danza sagrada, símbolo del movimiento del cielo, y del *dikr*, el recuerdo del nombre de Dios, se me ha permitido recitar un poema para que lo entiendas:

> *Tuve,*
> *en lugar de una vida de dulzura,*
> *la travesía de valles y montes cenagosos;*
> *en vez de noches breves bajo velos,*
> *el temor del viaje en el seno de la interminable tiniebla;*
> *en vez del agua límpida bajo las sombras,*
> *el fuego de entrañas abrasadas por la sed;*
> *en vez del perfume errante de las flores,*
> *el hálito abrasador del mediodía;*
> *en vez de la intimidad entre ama y amiga,*

> *la ruta nocturna rodeada de lobos y genios;*
> *en vez del espectáculo de un rostro agraciado,*
> *desgracias soportadas con noble constancia.*[44]

Ermigio escuchó con atención y procuró reflexionar un poco sobre el significado del poema. Sospechaba que aquél era un grupo, una cofradía, de algún tipo de orientación religiosa, y aunque no sabía que se trataba de un grupo sufí, se sentía confortado espiritualmente, pues cada vez estaba más convencido de que evocaban a su misma divinidad y de que, esencialmente, pretendían alcanzar el bien.

Todo terminó con un ágape, una comida ceremonial, en completo y profundo silencio, de modo que parecía que los alimentos servían también para mantener la sintonía mental entre los participantes.

Ermigio se quedó dormido tarde, aunque estaba más tranquilo. Los últimos días habían sido intensos en emociones. Pensaba que la vida le había permitido acceder, en poco tiempo, a un conjunto de conocimientos sobre el mundo que nunca habría imaginado que existieran. Pero, sobre todo, lo que le quitaba el sueño era comprender todo lo que había visto y escuchado desde que había conocido a Ibn Darraj al-Qastalli, cuya reputación en aquellas tierras él desconocía.

---

44. Poema de Abû 'Umar Ahmad ibn Muhammad ibn 'Así ibn Ahmad ibn Sulaiman ibn Darraj al-Qastalli, poeta nacido en 948 (se cree que en Cacela Velha, actual Algarve portugués) y fallecido en 1030, que sirvió en la corte de Almanzor y que gozó de gran reputación en al-Andalus.

XXXV

Shilb, Silves, año 990

Se despertó por la mañana sin tener una noción clara de la hora que era, porque la celda estaba en completa oscuridad. Tuvo que abrir la puerta para orientarse. Los residentes de la *azoia* esperaban a Ermigio para tomar la primera comida, y aquella cortesía lo desconcertó. Al final, Ibn Darraj lo invitó a hacer una visita a Silves antes de que siguiera su camino.

Se despidió del maestro con zalemas y se dirigieron los dos a la ciudad, a la que entraron por la Puerta de la Azoia. La urbe reflejaba una tonalidad rojiza, procedente del gres local, utilizado en muchas de sus construcciones. Se acercaron a la medina, rodeada por altas murallas, reforzadas por cuatro torres rectangulares. Se extendía por las laderas del sur, de oriente y poniente de la colina coronada por la alcazaba. Pasearon por calles que hervían de gentes que caminaban frenéticamente en todas direcciones. Había quien se detenía junto a los bazares y las tiendas que se alineaban desde las puertas hasta el centro de la ciudad. El comercio más noble y limpio se encontraba junto al mercado principal, al lado de la mezquita Alhjama. Allí se cruzaban las dos vías principales: la que, en sentido poniente-oriente, unía la Puerta de la

Azoia con la Puerta del Sol y la calle Derecha, que daba a la Puerta de la Ciudad. A lo largo de este trazado se situaban también los principales edificios públicos.

Ibn Darraj mostró a Ermigio los bazares donde se vendían hermosas piezas de marfil y delicadas joyas de los talleres de los orfebres de al-Andalus, el Magreb y Oriente Medio, y también finas cerámicas de Susa, Sirjan y Khurasan.

—Esta medina está formada por varios barrios, organizados por sectores económicos y por grupos étnicos y credos religiosos: los árabes, los bereberes, los cristianos mozárabes y los judíos tienen aquí sus espacios propios —explicó serenamente.

Ermigio se mostró encantado con la riqueza y la imponencia de la ciudad, donde sobresalían hermosos edificios y zonas residenciales, con casas de una sola planta, construidas con muros de tierra amasada y apisonada y organizadas en torno a un patio central, con cisterna y jardín. El compañero árabe le explicó que la mayoría de aquellas casas contaba con instalaciones sanitarias y con un desagüe que iba a dar a una fosa séptica o a las redes de alcantarillas, y que las cubría una azotea; que sus calles, callejuelas, veredas e incluso el mercado estaban pavimentados con mármol que se sacaba de las canteras locales, y que éstas, junto con las minas de plata, contribuían a la próspera economía de Silves.

Había gran movimiento en torno a la mezquita Aljama; estudiantes que entraban y salían de la madraza, así como ulemas, alfaquíes, hombres de negocios y otros ciudadanos que allí se reunían para tratar los más diversos asuntos.

Al igual que en Santarem, Ermigio comprobó que allí también había silos, que la gente del lugar llamaba *matmu-*

ras, destinados a almacenar cereales y frutos secos, así como pozos y cisternas para la captación y retención de agua potable dentro de la ciudad. La cisterna que más lo impresionó fue la que encontraron en las inmediaciones de la mezquita y que proporcionaba agua tanto para las numerosas abluciones del ritual islámico como para abastecer los tanques y las fuentes del patio de la mezquita. Tenía forma de paralelepípedo, estaba enlucida con una capa de masa arcillosa y contaba con tres entradas de aire en la cúpula.

—En la parte más baja de la calle Derecha, junto a la Puerta de la Ciudad, hay un *hammam*. Podemos refrescarnos allí un poco, para recuperar fuerzas después del largo viaje.

—Acepto gustoso. Tuve la ocasión de conocer uno en Lisboa.

Se trataba de un bello edificio situado a la derecha según se salía de la ciudad y que, en su construcción, se combinaban piedra arenisca de la región y ladrillos, con abundante mármol. Sus techos abovedados tenían postigos en forma de estrella, cubiertos de vidrios de distintos colores, que se abrían y cerraban y proporcionaban una iluminación tenue y acogedora. El balneario constaba de cuatro salas dentro de una planta cuadrangular, adosadas al interior de la muralla meridional. Dentro había jardines donde se disfrutaba de perfumados olores, sobre todo de las hipomeias blancas que se abrían al amanecer y se cerraban con la puesta del sol.

Ibn Darraj tenía razón: era una buena oportunidad para refrescarse un poco y combatir el intenso calor, además de cuidar la higiene después de las jornadas de los días anteriores. Ermigio ya sabía cómo funcionaba y ya había perdido la timidez. En la antecámara decidió preguntar a su compañero árabe si todos los habitantes de al-Andalus eran como él. Ibn Darraj se dirigió hacia uno de los dos quemadores que proporcionaban un humo perfumado de exóticas esencias e inspiró despacio aquel olor divino, mientras cerraba los ojos y pensaba cómo responder a tal pregunta:

—Mi querido extranjero, sólo te diré cuáles son las cualidades de un genuino andalusí: generosidad, lealtad, gusto por la belleza, elocuencia y amor por el aspecto bueno de la vida. Además de estos atributos, tal vez encuentres otros también muy apreciados y que son los que en más alta estima tengo: la cortesía y el placer por la poesía y por las cosas espirituales.

El viajero del norte quedó admirado con aquellas palabras. Haciendo honor a las modas de las tierras en las que se encontraba, procuró, en aquel momento, concentrase en seguir una de ellas: el placer de la buena vida. Y aquel *hammam* era perfecto para tal empeño. Fue un placer reconfortante. Salieron a mediodía, a tiempo para que Ermigio se sorprendiera de nuevo: en una de las salas, un barbero cuidaba con mucho tino de la barba de un cliente. La lavó, la recortó, la tiñó y la perfumó. Mientras, otro colocaba una sanguijuela sobre una pequeña incisión abierta en el brazo de otro cliente. Al comprobar el gesto de sorpresa de su compañero, Ibn Darraj lo tranquilizó:

—Le está haciendo una sangría. Es una práctica médica muy común en estas tierras.

Salieron en el preciso momento en que el almuecín llamaba a la oración a los fieles con sus cánticos.

—Los árabes rezamos cinco veces al día y un almuecín nos lo recuerda puntualmente desde lo alto de su minarete.

—¿Qué dicen en sus cánticos?

—Que no hay más Dios que Alá y que Mahoma es su profeta. Nos piden que recemos y que nos unamos alrededor de la verdadera fe.

Ermigio acompañó a su amigo a la mezquita más cercana. Desde la entrada, donde se quedó, observó el extraño cumplimiento de los oficios divinos musulmanes.

Después recorrieron juntos la calle Derecha en dirección a la Puerta de la Ciudad, orientada al sur, y entraron en el arrabal. Pasaron por una empinada calle, bordeada de casas y pequeñas huertas, que descendía hasta el río. Atravesaron el Arade, en íntimo silencio, por un precario puente de madera.

—Pienso que hay una manera más rápida de llegar a tu destino. Conozco a alguien que podría llevarte a Shantamaryyia en poco tiempo.

—Te lo agradezco. Aún no entiendo por qué soy merecedor de tus atenciones.

—No te preocupes. Sólo es algo que debes pensar con serenidad. Has tenido la oportunidad de entrar en contacto con una forma más elevada de lidiar con la vida y sus misterios. Espero que te sea útil en el futuro. Rezaré también para que encuentres a tu rosa. Pero recuerda que todas las rosas tienen espinas y es necesario saber evitarlas para que el dolor no ofusque el placer de apreciar su gracia y su delicado perfume. Y no deberás buscar muy lejos. Deberás encontrarla dentro de ti...

Mientras Ermigio paseaba la mirada por el lado de poniente de la ciudad, pensó en el sentido de las palabras de su compañero. Volvió a la realidad con el bullicio de la atarazana, el astillero naval. Ibn Darraj se dirigió al arráez de un barco que se preparaba para levar anclas. El viaje para el siguiente destino estaba asegurado.

—Antes de despedirme, explícame cuál es tu religión, tu Dios... —pidió Ermigio.

El árabe sonrió, mientras contemplaba el horizonte con los ojos casi cerrados, y sólo respondió:

—Mi religión es la de aquel que se somete voluntariamente a la ley divina. «Quien se conoce a sí mismo conoce a su Señor.»[45]

---

45. *Haddith* atribuido al profeta Mahoma.

XXXVI

Shantamaryyia, Faro, año 990

Fue un viaje tranquilo. La embarcación descendió por el río Arade hasta que alcanzó el océano, y de allí puso rumbo a Oriente. A media tarde habían llegado ya al puerto de Shantamaryyia.

Cuando salió de las instalaciones portuarias, Ermigio preguntó dónde estaban las explotaciones de ámbar.

Como había ocurrido en Almada, se interesó por la presencia del ahora esclavo Lucio haciéndose pasar por un familiar que debía darle una información importante. Todo parecía ir bien. Le dijeron que, en efecto, Lucio estaba allí y, pasado algún tiempo, le comunicaron que más tarde lo traerían a su presencia acompañado por un guardia.

Ermigio anticipaba la emoción del momento. Por fin su misión comenzaba a concretarse. El hombre que tanto había buscado, la llave del misterio que rodeaba la desaparición de Ouroana, estaba muy cerca... Mientras esperaba, dejó que su mirada se balanceara en las aguas cálidas, verde azuladas, que acariciaban suavemente la costa de Gharb al-Andalus. Su mente volvió de nuevo a su princesa. Ansiaba verla, llevársela de inmediato. Esperaba que siguiera viva...; además, no admitía que fuera de otro modo.

«Quién sabe, quizás esté cerca de aquí», pensaba, animado, pero lejos de imaginar que no era así.

Perdido en sus pensamientos, volvió de forma abrupta en sí a causa de un estrépito que se formaba cerca de donde estaba. Oyó un persistente toque a rebato en las torres de vigía situadas en los puntos altos de la ciudad que se extendían de oriente a occidente. Ermigio no comprendía la razón de tal frenesí ni de la algarabía de voces que sonaba cada vez más cerca de él. Poco después, alguien que hablaba su lengua exclamó:

—¡Todos al *ribat*! Todos dentro de las murallas, ¡nos atacan por mar! Deben de ser, de nuevo, los malditos *majus*, los infieles del norte adoradores del fuego.

En medio de la confusión que de inmediato se instaló en el lugar, el anegiense logró que alguien le tradujera la razón de la alarma. Ya había oído hablar de aquellos ataques de los pueblos de los países fríos, a quienes los árabes llamaban *majus* y que en el norte eran conocidos como normandos, *lotmanos* o vikingos. Gente alta, rubia y de aspecto feroz que asolaba las tierras de Galicia y del Condado Portucalense. No imaginaba que habían llegado también a las tierras de al-Andalus, donde parecía que todo estaba previsto, organizado, por las estructuras militares y defensivas de las ciudades y por sus poderosos ejércitos.

Comenzaron entonces a aparecer soldados, trabajadores y esclavos del interior de las palizadas de adobe que delimitaban el perímetro de la explotación de ámbar, corriendo hacia él, pero con destino a las murallas. Llevaban el miedo impreso en sus rostros. Mientras observaba cómo aquella tropa se dirigía hacia él, y en medio de aquella tensión, Ermigio, se planteaba qué hacer. ¿Correr también en dirección a la ciudad protegida? ¿Esperar para intentar localizar al bandido que había buscado obsesivamente? La elección era difícil, pero tenía poco tiempo, muy poco... Mientras meditaba su decisión, pasaron por su cabeza, a una velocidad sorprendente, numerosos momentos de su vida reciente. En ellos siempre había un personaje: Ouroana. Su nacimiento, la infancia, sus juegos de niña, su belleza de muchacha, el viaje, el rapto... Había tomado una decisión: aguardaría hasta el último de los fugitivos para localizar al rumí de la mancha megra. Si no lo viera, entraría en la explotación y lo buscaría hasta que lo encontrara.

Nadie hubiera imaginado que podrían verse soldados y esclavos corriendo, codo con codo, con un objetivo común. Cuando de salvar la piel se trata, todos los poderes se desvanecen como la flor de la hiedra cortada por el tallo, como se esfuman las desigualdades en el fuego que todo lo quema, como el acero de las espadas que pierde su brillo.

Ermigio temía no reconocer a quien estaba buscando en el fragor de las carreras. Pasaban uno a uno, como flechas, y miraban con espanto a aquel hombre con aire patético que observaba su huida. El anegiense redoblaba su vigilancia. Aunque dudó, tomó al instante una decisión. El hombre no llevaba barba, como cuando lo había conocido, pero la mancha arrugada debajo del ojo derecho lo denunciaba. «Era él. ¡Sólo podía ser él!»

Se puso nervioso, temía volver a perderlo. Pero estaba en buena forma física después del ejercicio practicado a lo largo del viaje y no le resultó difícil alcanzarlo.

—¿Te acuerdas de mí? —le preguntó, aún corriendo, cuando llegó junto a él.

Lucio lo miró de soslayo y, sin responder, aceleró su carrera, y el anegiense lo siguió sin dificultad. Comprobó que, además de no tener barba, llevaba el cabello muy corto, lo cual confería mayor protagonismo a la mancha del rostro.

—Vamos, haz un esfuerzo. Necesito que te acuerdes de mí, que me des cierta información. ¿Adónde llevaste a la hija del gobernador de Anégia? ¿Dónde está en este momento?

Lucio aminoró la marcha y miró a Ermigio a los ojos. Dejó que pasara un tiempo antes de responder, como si en aquellos momentos de tensión se detuviera a pensar.

—¡Te llevaré junto a ella! Pero... con una condición.

—¿Qué condición?

—Cómprame como esclavo, o busca a alguien que lo haga por ti, y después... devuélveme la libertad.

No podía creer lo que estaba oyendo. Aquel hombre no perdía una oportunidad para sacar beneficio, incluso en aquella situación extrema. Recordaba haberse prometido que lo mataría tan pronto como lo encontrara. Le sorprendió no sentir ese deseo, hasta entonces firme y determinado. Era extraño. Se sentía otro, y temió que tuviera que ver con la experiencia que acababa de vivir con Ibn Darraj. Por otro lado, tenía un objetivo y debía centrarse en alcanzarlo: encontrar a Ouroana y devolverla a casa sana y libre.

Con estos pensamientos en mente, llegó a la conclusión de que no tenía otra alternativa que aceptar la propuesta de Lucio, y se juró que sólo le devolvería la libertad cuando la princesa estuviera con él.

Pero Ermigio no tuvo tiempo siquiera para responder afirmativamente a la petición de Lucio. Los hombres que corrían delante de ellos hacia las murallas se detuvieron de repente. Asustados, empezaron a correr en dirección contraria. Era la anarquía total. El anegiense comprobó entonces que, fuera quien fuera quien atacaba la ciudad, había planeado una emboscada, a medio camino, y atacaba ya a los soldados que corrían delante. Como habían sido tomados por sorpresa, a los atacantes no les fue difícil hacerse con el control de la situación, porque casi nadie, a excepción de los pocos soldados que guardaban la explotación de ámbar, tenía armas. Varios defensores cayeron muertos o gravemente heridos.

Los atacantes gritaban y daban órdenes que Ermigio no comprendía. Lucio, que estaba delante de él, decidió tomar la espada de uno de los soldados caídos e inició la lucha contra los agresores. El combate duró poco. Tres de ellos lo rodearon y, en cuestión de segundos, su cabeza rodaba por el suelo, separada algunos pasos del cuerpo, que aún se agitaba con los últimos estertores. Los ojos inmóviles de Lucio, muy abiertos, aún sorprendidos por su suerte, quedaron mirando a Ermigio. El cristiano sintió que se le rompía el alma, como si le hubieran asestado un violento golpe en el estómago. Se vio perdido, solo, abatido, y unas terribles náuseas se apoderaron de él.

Los lugareños fueron dominados y controlados sin problemas. Varias voces pedían clemencia. En medio del desaliento y la confusión, Ermigio comprobó que los atacantes no eran normandos. No eran altos ni rubios, ni tenían cascos con cuernos. Exhibían una tez morena y facciones parecidas a las de muchos árabes que había visto en algunas de las urbes por las que había pasado. Tenía razón: esos hombres procedían de las tribus bereberes del norte de África, se dedicaban a la piratería y asaltaban ciudades fronterizas del sur de la Península. Habían aparecido en sus barcos y simularon un ataque a las murallas, para que soldados y ciudadanos se guardaran tras ellas. Pero su objetivo era saquear la mina de ámbar, robar todo el material que pudieran, el dinero que encontraran en el lugar, las posesiones de los muertos y las de los prisioneros que hicieran, y seleccionar además algunos de los no árabes como esclavos. Después los venderían en mercados del norte de África; el dinero que les dieran por ellos se sumaría a lo obtenido en el saqueo.

Ermigio fue hecho cautivo, no sin antes ser «aliviado» de todas sus pertenencias, sobre todo de la bolsa de monedas de oro y plata, con las que pagaba su viaje y esperaba rescatar a Ouroana. En aquel momento lo perdió todo: el dinero, la libertad y la esperanza de volver a ver a su princesa y redimir su libertad. Pensó que su misión había acabado allí.

Los asaltantes hicieron su trabajo de manera expedita en la explotación y condujeron a los nuevos esclavos a las embarcaciones que se encontraban cerca, en una ensenada.

Levaron anclas y se dirigieron, tan rápido como pudieron, hacia oriente. Pasaron de largo Tánger y Qsar al-Mayaz y atracaron en los alrededores de Ceuta. La ciudad se levantaba en una larga y estrecha península en la orilla sur del Bahr al-Zulack, el estrecho de Tarifa[46].

---

[46]. En tiempo de los romanos, se llamaba Fretum Gaditanum y, más tarde, en el siglo XV, pasaría a conocerse como estrecho de Gibraltar.

XXXVII

Qurtuba, Córdoba, año 990

Con el tiempo, Ouroana se fue acostumbrando a la vida musulmana y a comprender el papel que a cada cual le correspondía en aquella sociedad: hombres, mujeres, niños, esclavos (ya fueran turcos, negros sudaneses o rumíes), eunucos, cristianos mozárabes, judíos, muladíes, bereberes y eslavos.

Llegó incluso el momento en que percibió mejor las diferencias entre el rito religioso de los musulmanes y el suyo, al que estaba habituada en su tierra natal, el que obedecía a la religión de Cristo.

La señora de la casa, perteneciente a la clase más elevada y noble de la ciudad, era figura asidua en las oraciones del mediodía de los viernes en la mezquita Aljama, la llamada *khutba*. Nadie de la sociedad cordobesa se saltaba esta obligación, ya fuera por convicción religiosa o porque se trataba de una ocasión única de socializar. En el caso concreto de las mujeres, les permitía salir del harén, pasear por las calles y respirar un poco el aire ciudadano. En realidad, las mujeres musulmanas no tenían demasiadas oportunidades de salir del harén. Aparte de asistir a ceremonias religiosas, de las idas al *ḥammam* y de las visitas a las amigas, pocas ocasiones más disfrutaban.

Aquel viernes, Zulaykha se propuso que la acompañara, además de su eunuco, de sus hermanas y de sus hijas y Abdus, la joven Ouroana. Quería que la muchacha esclava la ayudara a llevar algunas ropas y alimentos en la visita que quería hacer antes a un hospital en cuya fundación había participado, junto con otras nobles señoras amigas de ella. Por otro lado, tenía pensado pasar por el *dar al-tiraz*, un taller donde se fabricaban ricas telas adamascadas de seda que lucían el nombre del soberano, circunstancia casi tan importante como invocarlo en la oración del viernes. En aquellos tiempos, Almanzor se había propuesto que su nombre fuera mencionado también durante aquella oración y, por consiguiente, figuraba asimismo en los *tiraz* de los cordobeses.

Salieron con las luces del alba para pasar, con tiempo, por el hospital y llegar pronto a la mezquita, puesto que la señora quería rezar por una amiga fallecida hacía poco.

Cruzaron el jardín de al-Zayyalí, donde a la sombra de palmeras, limoneros, granados y cipreses —los árboles de la alegría—, paseaban y se sentaban a conversar los ciudadanos. Siguieron a continuación por las bulliciosas calles cordobesas hasta ir a parar a una gran plaza, en cuya esquina más lejana se arremolinaba un numeroso grupo de hombres. A medida que se acercaban, Ouroana empezó a oír voces femeninas que hablaban en su lengua. Miró alrededor y vio, en una glorieta algunas jóvenes gallegas que formaban parte de un nutrido grupo de esclavos que se exhibían allí para la venta: niños, hombres negros y jóvenes eunucos, recién castrados por los mejores cirujanos judíos de Lucena, el gran centro de la ciencia judía de al-Andalus. Las esclavas cristianas estaban, en aquel momento, a punto de ser examinadas por el médico del mercado para comprobar la cualidad que pregonaban los mercaderes —en especial, su virginidad—, acompañadas por una matrona, cuya misión consistía en evitar que el galeno fuera más allá de sus estrictas funciones. Las más hermosas, las vírgenes y las mejor formadas serían las más cotizadas. Ouroana pensaba en la suerte que, a pesar de todo, había tenido por no haber pasado por aquella humillación. Álvaro tenía razón: podría haber sido comprada por cualquier loco.

Se aproximaron a la plaza, junto a la mezquita, a la hora prevista para llegar a tiempo a la *khutba*. A medida que se acercaban al lugar de culto musulmán, la anegiense se sorprendía más y más por lo que veía, tan distinto era todo al patrón de vida y la religión que, según le habían enseñado, era la única y auténtica. ¡Cuán diferentes eran aquellos templos de las recatadas, austeras y pequeñas iglesias de su tierra! ¡Y qué distinto era el uso que se les daba!

La mezquita era un edificio imponente, colosal, hermoso, rico e incluso opulento. Indescriptible e impresionante para los ojos de cualquier cristiano, habituados a minúsculos lugares de culto. Pero todo en Córdoba era así de grandioso. La mirada de Ouroana se perdía, fascinada, en el inmenso bosque de columnas y arcos en herradura que se abría frente a ella.

En las inmediaciones, e incluso junto a las puertas, se había instalado un considerable número de comerciantes que vendían de todo. Los aguadores, con sus cántaros, ofrecían agua sola o con limón. Con todo, lo que más impresionó a la joven fueron los charlatanes que aparecían de forma inesperada con sus cantilenas e intentaban vender remedios, que aseguraban eran maravillosos, y toda clase de pomadas y ungüentos.

De repente, cosa rara en la ciudad, comenzó a llover con intensidad. Todos los que se encontraban en la calle corrieron a refugiarse al interior de la mezquita. Y allí se mezcló gente de toda condición, que cohabitaba con fieles, mendigos, estudiantes, alfaquíes y los ulemas que ya se encontraban dentro.

Toda aquella gente pasó por un calor insoportable, como si se encontrara en una tienda cerrada. Hasta que, por fin, la lluvia paró y en el cielo volvió a brillar el sol, oculto aquí y allí sólo por alguna nube extraviada.

Entre aquel vocerío de una multitud inquieta, Ouroana distinguió unos ojos azules que la miraban con intensidad a escasa distancia. Su primera reacción fue apartar la mirada, pero a continuación creyó recordar que conocía aquel brillo intenso y lo buscó, de nuevo, entre la gente. Ya no lo vio. Con todo, atisbó aún la silueta de un hombre rubio, más alto que los demás. «¿Será quien creo que es? ¿Álvaro?» Alrededor de ella, los rostros empezaban a mostrar gotas de sudor. Se improvisaron abanicos para crear pequeñas brisas artificiales. La joven cautiva dio algunos pasos al frente, para poder ver mejor, pero ya no tuvo tiempo de confirmar su sospecha. Vio sólo a alguien de cabellera rubia que se confundía con la multitud, al mismo tiempo que los bedeles y los guardias de la mezquita ordenaban que todo el mundo saliera, pues era necesario proceder a limpiar el lugar. Aquel día todo tenía que estar impecable y sin altercados, incluso fuera de las puertas, pues el califa Hisham asistiría a las oraciones y, a pesar de que no era lo habitual, entraría por la puerta principal, acompañado de su madre, Subh, del *hajib* Abiamir y de otros nobles. Por lo general, cuando el califa visitaba la mezquita, entraba sin ser visto, iba directamente desde su alcázar al lugar que tenía reservado, la *macsura*, a través del *sabat*, que era el pasadizo que comunicaba con el palacio. Pero en esta ocasión se sabía que el primer ministro Abiamir pretendía hacer una aparición pública junto al califa, a fin de demostrar al pueblo de Córdoba que entre ellos había excelentes relaciones y que él estaba legitimado para continuar su personal política de gobierno. Por eso, entraría por la puerta principal, para que todos lo vieran y comentaran el hecho.

Ouroana siguió buscando entre la masa humana el rostro que creía haber visto, pero fue en vano. «Tal vez haya sido una ilusión óptica», pensó, confusa.

Por culpa de lo sucedido, Zulaykha tampoco tuvo tiempo para rezar por su amiga fallecida, pues la gente había sido desalojada para proceder a la limpieza de la mezquita.

Cuando, al fin, el almuecín hizo la primera llamada a la oración de la *khtuba*, toda actividad se detuvo, como por arte de magia, y no sólo en la mezquita y sus alrededores, sino en toda la ciudad. Al mismo tiempo se creó un gran alboroto en la plaza. Llegaba una comitiva protegida por soldados eslavos y bereberes de élite, la guardia personal de Abiamir, que apartaba a un lado a quien se pusiera delante para proteger el cortejo califal.

Al frente, codo a codo, a lomos de sus hermosas monturas, seguían el califa Hisham II y Abiamir; detrás de ellos, una litera transportaba a Subh; luego iban los visires, los camareros mayores del califa, todos ellos eunucos, y los consejeros del *hajib*. Inmediatamente después, los cadíes, entre los que destacaba el más importante, el *sahib al-mazalim*, el juez de agravios, y detrás de él, el juez de mercados. A continuación, el *sahib al-shurta*, es decir, el jefe de la policía, y el *sahib al-medina*, el prefecto o gobernador de la ciudad. Todos ellos tenían derecho a entrar en la *macsura* califal mientras duraran las oraciones. No obstante, como cualquier buen musulmán, antes de cualquier otro acto, debían dirigirse a una de las *midás*, las salas de ablución de la mezquita.

Ningún seguidor de Alá y del Profeta podía realizar la *khutba* del viernes sin encontrarse en estado de pureza, cumpliendo para ello lo prescrito en los versículos del Corán: «¡Oh, creyentes! Cuando os dispongáis a hacer la oración, lavaos el rostro y las manos hasta el codo. Enjugaos la cabeza y los pies hasta los tobillos. Purificaos después de la cohabitación con vuestras mujeres; y cuando estéis enfermos o de viaje, cuando acabéis de satisfacer vuestras necesidades naturales y cuando hayáis tenido comercio con mujer, si no halláis agua, frotaos el rostro y las manos con arena fina y pura»[47]. Había que hacer, al menos, una ablución al día. Además, se podía caer de nuevo en la impureza por distintos motivos, como, por ejemplo, al tocar a propósito los órganos genitales, al soltar gases, al tocar la orina, la sangre o las heces, si se caía en un sueño profundo o se perdía la conciencia por intoxicación.

Por mera prudencia, todos cumplían las *wudu*, las abluciones menores, que consistían en beber agua, enguajarse con ella la boca y escupirla tres veces, lavarse las manos, el

---

47. El Corán, capítulo V, versículo 6.

rostro, las orejas, la nariz, los antebrazos hasta el codo y los pies hasta los tobillos. Por esa razón, la mezquita contaba con sus *midás*, dos de las cuales, una en el lado oriental y otra en el occidental, habían sido construidas por el anterior califa, al-Hakam II, durante la ampliación del templo. A tal efecto, ordenó que se tendiera una canalización especial de piedra, con tubos de plomo, para llevar agua desde la sierra de Córdoba.

Una vez dentro el cortejo califal, entraron los demás creyentes, que llenaron por completo la mezquita, cuyas naves estaban iluminadas por lamparillas, cirios y candiles. No todos consiguieron entrar y muchos fieles se quedaron a las puertas. El almuecín hizo la segunda llamada, lo cual indicaba que la oración estaba a punto de empezar.

A Ouroana le extrañó que las mujeres tuvieran que entrar por una puerta distinta a la de los hombres y, por ello, preguntó a Abdus la razón de que así fuera. Él sonrió, divertido, le guiñó el ojo y explicó:

—Según la tradición, el profeta Mahoma dijo: «¡Apartad la respiración de los hombres de la de las mujeres!» Así que las mujeres se sitúan siempre aparte de los hombres en la mezquita, en un lugar especial, protegidas de sus miradas por rejas de madera que, terminada la oración, sirve para la enseñanza y el retiro espiritual.

Los lugares destinados a las mujeres correspondían a espacios situados en las galerías del patio, o en las naves exteriores de la sala de oración. Hacia allí se dirigieron Zulaykha y su comitiva. Ouroana se acercó a Abdus, que aún podía acompañar a su madre a la zona femenina. Así, junto a su joven amigo, se sentía protegida y arropada.

De repente, algo la sobrecogió. Alguien había empezado las oraciones en voz alta y medio cantada. Era el imán, que se encontraba junto al púlpito de la mezquita, frente al *mihrab*[48]. Junto a él, había un ejemplar del Corán sagrado y un gran candelabro con un cirio. Los fieles repetían sus letanías, que acompañaban con algunos movimientos que, según explicó Abdus a Ouroana, se llamaban *rakas*.

Al lado de las puertas del edificio, otros hombres repetían lo que el imán decía, así como sus gestos, lo que también la dejó perpleja. Y una vez más Abdus se lo explicó en voz baja:

—Hay mucha gente en los patios y en el exterior, y es necesario que todos sepan lo que dice el imán y recen al mismo tiempo que él.

Ouroana le respondió con una sonrisa y le devolvió el guiño. Estaba deslumbrada con el exotismo y la pompa de aquella celebración. Nunca lo hubiera imaginado. Era muy diferente a lo que se hacía en su tierra natal, donde asistía a misa el domingo en la pequeña y fría iglesia local, con muy poca gente en comparación con la multitud que allí se congregaba.

La princesa anegiense se veía pequeña y completamente fuera de lugar, fuera de su realidad. La verdad era que se acostumbraba ya a su nueva vida, sobre todo porque empezaba a experimentar nuevos afectos por algunas de las personas con las que convivía, por Zawar, ante todo, y también por Abdus, por quien cada vez más sentía una intensa empatía. De esta manera, sin ni siquiera darse cuenta de que lo hacía,

---

[48]. Nicho situado en el interior de una mezquita que indica la dirección de La Meca.

la mano de Ouroana asió discretamente la del muchacho, y así permanecieron mientras duró el sermón del orante.

La joven cristiana no oía ni una sola palabra de lo que allí se decía. Su pensamiento corría, veloz, por montes y valles, ríos y riberas, volaba con los pájaros y nadaba con los peces, conocía nuevos mundos y volvía, cuando quería, junto a sus queridos padres y hermanos. En estos fantásticos viajes la seguía, siempre a su lado, alegre y sonriente, un compañero: Abdus...

XXXVIII

Sabta, Ceuta, año 990

Llevaron a los esclavos a un extremo de la Península y después les hicieron subir al monte Jalai Almina. Allí se llevaban a cabo las obras de construcción de una nueva ciudad. Se pretendía trasladar el espacio urbano a lo alto de aquel monte, proyecto ideado por Almanzor que, no obstante, no llegaría a buen fin a causa de la muerte del caudillo, algunos años más tarde.

El negocio de venta de esclavos se realizaba en una mansión rural, con un mercader local, a distancia segura de las murallas. Los exhibían vestidos y desnudos, y se fijaban los precios según las cualidades físicas de cada cual. Algún tiempo después, Ermigio y los demás cautivos —entre los que había cristianos, eslavos y negros— entraron en Ceuta, después de recorrer caminos de difícil tránsito a causa de la orografía del terreno. Por la naturaleza abrupta del lugar, no se veían explotaciones agrícolas o de ganado, y la urbe estaba completamente volcada al mar.

Sus murallas parecían de reciente construcción. La puerta de la ciudad se encontraba en la vertiente occidental, justo en la torre central de las nueve que flanqueaban la muralla.

Frente a la principal había una pared bastante más baja, pero con altura suficiente para proteger a un hombre. Ante ella había un foso grande y profundo. La comitiva lo atravesó por un puente de madera, delante del cual se veía un cementerio, así como un jardín donde asomaban hermosas palmeras, flores y algunos pozos, y por donde pululaban pavos, palomas domesticadas, patos y cisnes.

El nuevo señor de Ermigio atravesó la ciudad y se dirigió con su séquito al norte, al palacio del cadí, al que entró por la puerta situada en la torre de Sabec. Todos los esclavos pernoctaron en un edificio aledaño a la noble residencia.

Al día siguiente la alborada llegó pronto. La comitiva pasó frente a la mezquita mayor, que tenía una fuente que se abastecía, por medio de un acueducto, de un riachuelo llamado Awiyat, después de recorrer el contorno formado por el mar. A Ermigio, no obstante, le extrañó ver que varios hombres recogían agua del mar para transportarla dentro del tejido urbano, básicamente para sus *hammams*, lo que demostraba las dificultades que allí existían para abastecerse del vital líquido.

Salieron por fin de la ciudad por la puerta por la que habían entrado el día anterior y se adentraron en el desierto. El destino era Fez. Ermigio vivía su segundo día como propiedad del gobernador del Magreb, Hasan as-Salami, fiel servidor de Almanzor, como mano de obra para todas las tareas que se le encomendaran.

XXXIX

Fes, Fez, año 991

Menos de cien años después de que Idris la fundara, y tras constantes convulsiones en el Magreb, Fez era una especie de metrópoli, en medio del desierto, donde convivían varias razas, desde blancos europeos a negros mauritanos, desde esclavos y eunucos eslavos a morenos magrebíes. Eran frecuentes las oleadas migratorias procedentes de al-Andalus y de Ifriqiya[49], de Oriente y del Sur, hacia aquella ciudad, lo que la convertía en un punto de encuentro de civilizaciones, un caldo de culturas. También los gobernadores del Magreb la escogían como residencia, lo que acentuaba su importancia.

El espacio urbano lo formaban dos aglomeraciones separadas por el río llamado tanto *wadi* Fes como *wadi* al-Gawahir. En la margen izquierda, se situaba la zona denominada al-Qarawiyyin y, en la derecha, la ciudad de los andalusíes. Cada zona estaba dotada de los equipamientos urbanos necesarios para responder a las necesidades de sus habitantes: la mezquita de los viernes, los mercados, las murallas y las respectivas puertas, pero sobre todo sus maravi-

---

49. Actual Túnez y Argelia occidental.

llosas *al-qaysariyyas*, o alcaicerías, almacenes de propiedad real destinados a guardar o vender productos de lujo o de importación. Se trataba de un hermoso conjunto de edificios en forma de claustro, donde coexistían tiendas, bazares, oficinas, almacenes e incluso alojamientos.

Así, en Fez se vivía un frenesí más intenso que en las ciudades de al-Andalus que Ermigio había conocido. Las calles eran aún más estrechas y había una mayor concentración de casas. En el espacio público se mezclaban hombres y animales; de los bazares llegaban exóticos olores y parecía que se comerciaba con todo en aquella ciudad.

Para Ermigio lo peor fue el viaje. No estaba habituado al calor insoportable del desierto, que iba en aumento a medida que se internaba con la comitiva de su nuevo señor en dirección al sur. Por fortuna, hicieron el camino a lomos de camellos, animales que no conocía, pero que demostraron ser muy dóciles y útiles en aquellas tierras inhóspitas y arenosas. Pasaron por Hadjar al-Nars, donde descansaron, y entraron en Fez por la puerta denominada Bab es-Sba. Desde allí, accedieron a la calle principal de la ciudad de los andalusíes que, a su izquierda, albergaba el arrabal denominado Rabad al-Musara y, a la derecha, la Madina al-Bayda. Al final de la calle se erguía, imponente, la alcazaba, la fortaleza donde se encontraba el palacio residencial del gobernador.

A pesar de que el amo de Ermigio fuera el más alto dignatario de la región, razón por la cual debía pasar buena parte de su tiempo en el palacio, tenía también una residencia en la medina, que pasó a ser el nuevo hogar del esclavo al-Armij, el nuevo nombre árabe del anegiense. Era un amplio conjunto de construcciones que se extendía desde la calle hasta las huertas de la parte posterior, con varios patios, salones, salas y cuartos para la familia, entre los que había los destinados al harén y habitaciones especiales para los criados y los esclavos, además de caballerizas, palomares, gallineros y jaulas para pájaros y animales exóticos.

Lo que más sorprendió al esclavo al-Armij fue precisamente un pájaro que hablaba con desenvoltura, ya fuera el árabe, ya el tamazigt, la lengua de los bereberes, que se llamaban a sí mismos *imagizen*. Pero también un toro y algunos gatos almizcleños, un antílope lamt y un tigre de corpulenta constitución al cual debía alimentar cada día con grandes cantidades de carne.

XL

Qurtuba, Córdoba, año 992

—¡Mañana será el primer día de mi formación como alfaquí!
Abdus estaba sentado en un banco del jardín de su residencia, bajo un gracioso y frondoso olmo. Podía oírse el murmullo del agua que caía continuamente en un estanque y ayudaba a refrescar el ambiente. En él había geranios y nenúfares, cual luminosas estrellas flotantes multicolores. Rojo, rosa, salmón..., pero los nenúfares más hermosos eran los de color amarillo melocotón, que se abrían por la mañana y, cuando se cerraban, por la noche, adquirían un color cobrizo. La nariz de quien frecuentaba aquel jardín no podía evitar el suave aroma de estos nenúfares y de las rosas trepadoras carmesíes. Junto al joven candidato a alfaquí, se encontraba Ouroana, sentada al otro lado del banco.

—Ya verás cómo todo irá bien. Eres un chico... inteligente. Tienes una maravillosa carrera por delante.

—Mmm..., gracias.

Un suave rubor se le subió a la cara. Los dos tenían ahora dieciséis años de edad. En Córdoba, Ouroana se había convertido en una mujer extraordinariamente bella y gentil. Su cabellera dorada le cubría la espalda en hermosos tirabuzones. Su armonioso rostro, algo ovalado, era blanco y delicado, y en él lucían unos brillantes e hipnóticos ojos azul verdosos que perturbaban al hombre que se dejara capturar por ellos. Bajo su ropaje, despuntaban unos senos redondeados y turgentes.

—No hay nada que agradecer. Te he estado observando y he oído lo que se dice de ti.

Ouroana, sin ser demasiado consciente, se dejaba encantar por el hijo de su amo. Abdus era un muchacho elegante, de suaves maneras, cara almendrada —tanto en la forma como por el color—, con bonitos y curiosos ojos negros. Empezó a sentir la impaciencia de pasar un día sin verlo. Sentía una presión en el pecho y se angustiaba hasta el punto de que no realizaba las tareas domésticas como debía.

Zawar ya había notado, hacía algún tiempo, los cambios de comportamiento de Ouroana y le había dicho, preocupada: «Hija mía, ten cuidado con los impulsos de tu corazón. Aquí, la función de la mujer no es la misma que en nuestra tierra. Y, como sabes, Abdus ya está prometido a su prima, la hija del hermano de 'Isá». Pero, pasados unos días, y en vista de que la nostalgia de la joven esclava iba en aumento, Zawar se sintió obligada a intervenir de nuevo: «Hija, procura rehacerte. Es fácil que estos hombres ricos tengan varias esposas o concubinas en su harén, y repudian incluso a sus propias mujeres».

Ouroana lo sabía, pero no sabía cómo reprimir los sentimientos, aún confusos, que albergaba en su corazón.

—¡Mira qué hermosa flor! ¡Toma! Para ti...

El joven sostenía una hermosa rosa rojo carmesí que acababa de cortar. La esclava, que observaba su reflejo en la limpia agua del estanque, se giró hacia su amigo y sonrió, emocionada. Los dos sonrieron, sumidos en la complicidad, Ouroana extendió la mano para recoger la flor. Los dos se aferraron al tallo. Y así permanecieron durante un tiempo, en un silencio tenso, alborozado, bullicioso. Les pareció una eternidad. En aquel evanescente momento, mientras sus corazones insistían en mostrar su descompensada presencia, una ligera brisa recorrió el jardín, las hojas se agitaron y el sol quedó cubierto por una nube peregrina que pasó por allí para ser testigo del momento. La muchacha cogió al fin la rosa, la olió con delicadeza, miró con ternura al sonriente Abdus y se la llevó al pecho.

—La guardaré en mi habitación, para siempre. Me recordará este momento mágico y la maravillosa persona que eres... No quiero que se marchite, como no quiero que termine este instante. Pero aunque se marchite, guardaré sus pétalos, testigos de tu estima y delicadeza.

Se levantaron y pasearon por el jardín. Se dirigieron hacia un rincón donde había una pérgola cargada de enhiestas rosas color rosado coral con una tenue tonalidad plateada —que les confería un agradable brillo, ya fuera de día o de noche— y que emanaban un perfumado olor a especias.

—Qué hermosa es tu mirada. Me conduce al cielo, me conduce al mar... Son tan bellos y delicados tus ojos que los míos quieren siempre disolverse en ellos...

—Pareces un poeta... ¿Has visto el mar? —su voz sonaba embargada de emoción.

—Lo vi... Vi una vez el mar de Algeciras, con mi padre..., verde como tus ojos... Y puesto que dices que parezco un poeta, tendré que dedicarte unos versos.

Embriagado por el momento, y sintiéndose a salvo de miradas indiscretas, Abdus cogió la mano izquierda de la joven y, después de caminar en silencio un poco más, se acercó a ella y la rodeó con sus brazos. Sus miradas se cruzaron y, automáticamente, trasladaron del uno al otro unas emociones que los labios intentaron plasmar en un beso de pasión. Pero...

—¡Ouroana! ¡Ouroana! ¿Dónde estás?

—Es Zawar... ¡Me tengo que ir!

Se soltó de las manos de Abdus, sonrió, lo besó en la cara y salió corriendo hacia el interior de la casa, sin mirar hacia atrás.

XLI

Fes, Fez, año 992

Los días seguían, uno tras otro, en la gran ciudad del desierto. Ermigio, alias al-Armij, comprendía que su vida dependía en esos momentos de la correcta interpretación de sus funciones como esclavo. En realidad, lo que hacía para su señor no le costaba demasiado, pues estaba acostumbrado a una vida mucho más dura. Por otro lado, aprovechaba para aprender lo esencial de la lengua árabe, así como para apreciar la belleza de aquellas construcciones, de estilo tan diferente a las de su región, los tonos anaranjados de la puesta de sol en aquellos parajes y las palmeras alineadas fuera de la muralla y a orillas de ríos y riachuelos que cruzaban la zona urbana más baja.

Había pasado ya casi dos años de su vida en Fez. Obedecía a su señor, que lo respetaba, y rezaba a Dios a escondidas de los demás. Desde el principio se interesó por conocer la religión de los señores de aquellas tierras. Cada día que pasaba era más consciente de que, a pesar de que las manifestaciones externas fueran muy diferentes de las de la creencia que él profesaba, en lo más íntimo, aquel pueblo buscaba, en vida, una relación con su Dios que le permitiese alcanzar la gracia divina en el otro mundo. En el fondo, lo mismo que buscaban los cristianos. Creía, en aquel momento, que los principios por los que se regían los árabes coincidían en lo esencial con los que él profesaba.

Aunque se sentía más integrado, de vez en cuando su misión aún asaltaba su mente. Raro era el día en que no dirigía preces al Altísimo para que protegiera a Ouroana y la devolviera a la casa paterna. El hecho de que no hubiera conseguido localizarla, de que ni siquiera supiera cuál había sido su suerte, si estaba viva o muerta, libre o cautiva, lo sumía en una persistente angustia. Era como un cuchillo que viviera en su interior y que, de vez en cuando, se le hincara en el corazón y le atormentaba la conciencia, como un aviso de que no había alcanzado aún su objetivo. Creía que aquella herida abierta era la voz de su niña que lo llamaba desde donde se encontrara. ¿Dónde estaría? ¿Cómo podría dar con ella para volver los dos a casa, como había prometido a Munio Viegas, a sí mismo y al mundo?

Ocurrieron muchas cosas después de que él llegara a Fez. La paz y la sumisión del Magreb a la prédica de los Banu Marwan y, de esa forma, a Almanzor, conseguidas por el gobernador al-'Abd Wadud al-Sulami, fueron cuestionadas por un caudillo de las tribus bereberes, Yaddu ibn Ya'la, jefe de los Banu Yfran. Éste se enfrentó al gobernador en una batalla que tuvo lugar el 18 de *muharram* de 381 de la hégira, es decir, el 6 de abril de 991, poco tiempo después de que Ermigio, también llamado al-Armij, llegara a Fez. Yaddu ibn Ya'la ganó la contienda, y Sulami, su señor, murió a consecuencia de las heridas sufridas en la cabeza durante la lucha. Almanzor otorgó entonces el cargo de *wali* al visir Ziri 'Atiyya. Sin saber cómo, el esclavo al-Armij pasó a ser propiedad del nuevo hombre fuerte del Magreb que, durante el año 381 de la hégira (entre el 20 de marzo de 991 y el 8 de marzo de 992), derrotó a Yaddu Ya'la y a otros disidentes, como Halluf Abi Bakr, y así impuso su poder a favor de la causa de los Banu Marwan, que gobernaban en Córdoba.

Ajeno a los enfrentamientos políticos y militares del Magreb, Ermigio, pieza invisible de aquel engranaje, se fue habituando al ritmo religioso de aquella sociedad. La fiesta del *mawlud nabawí*, que conmemoraba el nacimiento del Profeta, fue extraordinaria. Era un gran momento en la vida social de Fez que ofrecía su señor. Hubo comida en abundancia y al gusto de los invitados, todos sus familiares e, incluso, jefes de tribus bereberes, políticos y altos dignatarios de la ciudad que el anfitrión gobernaba. Como plato principal, se sirvió cordero con dátiles, pero también había hojaldres rellenos de carne de palomo, cordero estofado y aromatizado con refinadas especias, además de panecillos y pasteles de miel, de queso y caña de azúcar (éstos empapados de agua de rosas), aceitunas, nueces, almendras, dátiles, granadas, naranjas y otras frutas y dulces. Para beber, se sirvió agua aromatizada con esencias de rosa y de azahar, y también tisanas de manzana, membrillo, granada y limón. Con todo, lo que más sorprendió a al-Armij fue lo que llegó después del banquete. Entró en la sala un grupo de músicos con laúdes, tamboriles y panderos y, a continuación, otros con cítaras y flautas. De estos instrumentos salían deliciosas notas musicales, que encantaron a los convidados a la fiesta. Poco después entró en escena una corpulenta cantante con una voz y unos temas, de músicas lánguidas, que extasiaron a los asistentes.

Huye el día y la luna muestra ya la mitad de su disco. El sol que se oculta parece un rostro humano y las brumas que se acercan, el pelo que la cubre; el cristal de las tazas, agua helada, y el vino, fuego líquido. Mis miradas me hicieron cometer pecados que nada puede disculpar. ¡Ay, gente de mi familia! Amo a un joven que no está al alcance de mi amor, aunque se encuentre cerca de mí. ¡Ah, si pudiera lanzarme a sus brazos y apretarlo contra mi corazón!

Al escuchar cómo la canción salía tan armoniosamente de los labios de aquella cantante, el pensamiento de Ermigio, sin saber la razón, se dirigió a Ouroana.

«¿Qué estará haciendo mi princesa ahora?», pensó, distante.

Para finalizar, un grupo de bailarinas ejecutó la danza del vientre, enardeciendo a todos los presentes, moviendo las caderas al ritmo de la música, con gestos sensuales y arrebatadores. Desde su rincón, Ermigio se dejó deleitar con aquellos movimientos. Los cuerpos bien delineados de las jóvenes bailarinas se mecían ahora con lentitud, ahora con frenesí. Las caderas dibujaban en el aire medias lunas y subían y bajaban en movimientos circulares. De puntillas, con un pie un poco más avanzado que el otro para tener más estabilidad, hacían descender sus cuerpos con un exuberante y sincronizado movimiento pélvico, para volver a erguirse a continuación. Las pupilas de Ermigio se dilataban ante la sensualidad que emanaba la sala. Los abdómenes desnudos y ligeramente sudados de las bailarinas se mecían en cadencias alternas, aumentando el calor entre los asistentes. Todos los hombres seguían en sagrado y tenso silencio aquel momento mágico. Las manos de las bailarinas se movían con ritmos desconocidos para el anegiense, ahora se ondulaban y luego se cruzaban, produciendo un efecto parecido al de los peces al nadar; ahora se alzaban por encima de la cabeza, formando una especie de tienda, con las palmas al encuentro la una de la otra, y luego se separaban como si moldearan una vasija, con brazos y manos que se ondulaban como serpientes. Al mismo tiempo, sus cabezas se movían también de formas impensables para el pobre cristiano. Colocaban las manos a lado y lado de la cabeza, con las palmas vueltas hacia las orejas, y la inclinaban como si quisieran apoyarla en ellas, proyectando cada oreja hacia el lado correspondiente, y a continuación la movían en círculos. También vio los sensuales movimientos de sus bustos, los golpes de cadera, los movimientos en el suelo, normalmente de rodillas, y sobre todo el temblor o la agitación de rodillas y vientres.

Ermigio se fue a dormir aquella noche con la intensidad de esas imágenes en la cabeza, y se despertó con ellas al día siguiente. Su señor le había ordenado que fuera a comprar al mercado y a la alcaicería para reabastecer su despensa, después del dispendio de la noche anterior, sobre todo de carne ahumada, aceite, harina, vinagre, miel, conservas y frutos secos. Por lo general, el esclavo anegiense iba al mercado una vez a la semana, siempre acompañado por dos esclavas, salvo en casos especiales, como aquél, en el que la despensa quedaba desabastecida y se necesitaba reponer lo consumido.

Había aceptado su nueva vida en Fez con la paciencia del cazador, la sabiduría del anciano y la determinación del peregrino. En algún momento encontraría, de una u otra forma, una señal para su camino. La chispa de la esperanza no dejaba de brillar en su interior. Las enseñanzas y la convivencia con Ibn Darraj, aunque breves, dieron una nueva dimensión a su existencia, y las que le proporcionó su amigo judío lo preparaban para lidiar mejor con la sociedad islámica.

Con todo, a pesar de la brillantez, la sensualidad y el exotismo que caracterizaban las fiestas a las que asistía, nada le sugería que aquel día algo más sorprendente le iba a suceder. ¿Se estaba volviendo loco o alguien le llamaba por su auténtico nombre en medio de la algarabía de aquel lugar? «¡Ermigio!» ¿Cómo podía ser, si allí nadie lo conocía? Sólo podían ser imaginaciones suyas, o una confusión de la maraña de palabras árabes y bereberes que se dejaba oír por todas partes en voz alta. Pero... no..., le parecía que era su nombre correctamente pronunciado.

—¡Ermigio! ¡Ermigio! Mi buen amigo. Estoy aquí, a tu derecha.

No podía creerlo. Era ni más ni menos que aquel judío bonachón, de aspecto impecable y eterna sonrisa bailando en su boca.

—Ben... Jacob.

Era demasiada emoción para el pobre cristiano, aun tratándose de un hombre acostumbrado a tantas contrariedades a lo largo de su vida. Las lágrimas afloraron en sus ojos antes de que tuviera tiempo de controlarlas. Abrazó al judío con tanta fuerza que hizo que soltara las piezas de la seda de Damasco más fina que llevaba para mostrar a sus potenciales clientes.

—Mi buen Ermigio, cuánta alegría llena en este momento mi corazón por poder volver a verte.

—Pero... ¿qué haces aquí?

—Espera un momento, deja sólo que cierre el negocio con estos beduinos y nos ponemos a charlar tranquilamente.

No sabía qué pensar. Vivía una mezcla de alegría, ansiedad, indefinición, de plenitud y vacío. Volvía a su recuerdo toda su historia personal: el rapto de Ouroana, el viaje por las ciudades y caminos de al-Andalus, las personas, las tierras, los paisajes, los olores y sabores que había conocido... Ben Jacob... ¡Ay, Ben Jacob! ¡Qué añoranza de aquel hombre de espíritu universal y generoso con quien había conectado desde el primer momento y con quien había vivido días de felicidad en los que había conocido más el mundo! ¡Qué bueno era volver a verlo!

—Vamos allí, al barrio judío... Conozco una taberna fantástica. Es el lugar adecuado para ponernos al día en nuestras charlas.

—No puedo..., a mi señor no le gustaría —una sombra cubrió el rostro del cristiano.

—¿Tu señor? ¿Quién es tu señor? ¿Acaso estás aquí como cautivo?

—Así es... Soy esclavo del... gobernador del Magreb.

—Mmmm... Nunca me lo hubiera imaginado... Pero no te aflijas. Conozco bien a Ziri 'Atiyya... Déjalo en mis manos.

Una vez más, Ermigio se dejó llevar por aquel simpático judío. Pidió a las dos esclavas que lo acompañaban que lo esperasen frente a la Gran Mezquita de Fas al-Jadid y, aunque un poco temeroso, acompañó a Ben Jacob.

Sin duda, aquel hombre mundano conocía las mejores tabernas de las ciudades por donde pasaba. Lo llevó a un lugar, obviamente propiedad de un amigo judío, donde se deleitó con los mejores manjares magrebíes. Comieron hígado y corazón de cordero con mantequilla, acompañado con panecillos de miel, aceitunas, dátiles y leche de camella. Allí no pudieron regarlo con vino, como en la memorable taberna Asafí de Lisboa, puesto que al ser los preceptos religiosos más rígidos, o porque ese néctar no llegaba, no se vendía en aquel establecimiento.

—Bien, cuéntame entonces cómo llegaste a esta fabulosa tierra y adquiriste la condición de esclavo. Mira que te queda bien esta túnica blanca...

Ermigio describió todo lo que le había sucedido desde que se fue de Lisboa: el fracaso del viaje a las explotaciones de oro de Almada, su paso por Al-Qasr, por la magnífica ciudad de Silves, su captura en Shantamaryyia, la muerte de Lucio, el viaje a Ceuta y, finalmente, a Fez.

—Pensé que ya estarías disfrutando de la compañía de tu princesa y de los tuyos, bajo el cielo cristiano.

—Ya me gustaría, ya..., pero me he visto obligado a acostumbrarme a mi condición de esclavo del gobernador... Es decir, de los gobernadores, porque también fui posesión de 'Abd al-Wadud al-Sulami, el predecesor de mi actual señor.

—Mmmm..., conozco a tu señor... Es un hombre pragmático, pero me debe algunos favores. Fiel al califa Hisham, pero incapaz de reconocer la autoridad delegada de Almanzor. Por eso, el poderoso *hajib* lo respeta y teme. Le preguntaré cuál es tu precio. Tengo algunas informaciones importantes sobre determinada conspiración que Abu'l-Bahar, tío de Halluf ibn Abi Bakr, está cavilando contra el gobernador y que ciertamente apreciará.

—Que Dios te lo pague... Que Yahvé te lo pague...

—En fin, este asunto no tiene nada que ver con tu Dios ni con Yahvé —y soltó una de sus habituales risotadas—. Si llego a un acuerdo con tu señor, con seguridad encontraremos la mejor forma de que me pagues... Obviamente será un precio justo... Bueno para mí y bueno para ti.

—El caso es que los ladrones me lo robaron todo, mis bienes y mi dinero.

—No te preocupes, siempre hay formas justas de pago. Con intereses, claro —y, una vez más, Ben Jacob se echó a reír con alegría. Había encontrado a alguien que le gustaba y, además, necesitaba un par de brazos para su caravana.

Al inicio de la noche, Ermigio ya era un hombre libre de la situación jurídica que lo ligaba al gobernador del Magreb y estaba cenando con Ben Jacob en casa del rabino de Fez, donde pernoctó. En teoría, había adquirido la condición de esclavo de Ben Jacob. En la práctica, éste no haría en el futuro ninguna alusión a esa condición, y lo trataría siempre como un hombre libre. Nunca supo Ermigio de qué argumentos se había valido el judío ni cuánto había pagado —si es que lo hizo— para obtener su manumisión. Pero en aquel momento eso no importaba. Confiaba en el comerciante y no podía estarle más agradecido. Su vida y su futuro habían estado y seguían estando en manos del bendito judío. ¿Sería un enviado de Dios para orientarlo? ¿Un judío? En verdad, sólo le cabía obedecerlo, cumplir lo que él hallara justo en pago de su libertad y aguardar a que el futuro lo llevara por el camino correcto.

La estancia en Fez duró una semana más. Ben Jacob tenía aún negocios en cartera por muchos de sus barrios, visitas que hacer a varios altos funcionarios de la administración y también a algunas familias importantes de la comunidad judía de la ciudad.

Cuando dejaron la ciudad que lo había acogido durante los dos últimos años, Ermigio percibió con más intensidad el aroma de sus perfumes, de las especias, de las refinadas y apetitosas comidas, pero también el olor a orines, a aguas negras, a excrementos de animales y a pequeños animales muertos. La contemplaba ahora con otros ojos, los de la despedida. Descubría de nuevo sus estrechas calles, las mezquitas, las fuentes, los comercios, las altisonantes voces de sus habitantes, los transeúntes que llenaban calles y callejuelas, los vendedores que transportaban sus mercancías sobre la cabeza, los estudiantes y residentes extranjeros, los compradores con prisa y los apacibles paseantes, los artesanos que trabajaban en sus oficios, los mendigos —verdaderos y falsos—, los ciegos con sus respectivos acompañantes y los enfermos que pedían ayuda, los soldados, los pregoneros y los comerciantes en los mercados, en las carnicerías y en las alcaicerías, los encantadores de serpientes, los faquires, los saltimbanquis y equilibristas. Reparó incluso en el refrescante ruido del agua al caer en la fuente, en los almuecines que llamaban a los fieles a la oración, en los niños, en el ladrido de los perros, en el ruido de los cascos de burros y caballos en la calzada, en la gente que comía, que bebía o que se arreglaba los cabellos o la barba, o que entraba en los *hammams* para cumplir con las abluciones, en las ropas y los colores de las personas que circulaban por el tejido urbano, desde los harapos a los finos ropajes de los nobles y los más altos representantes de la ciudad y de la región, con sus bellas y decoradas túnicas, capas de fieltro y fina seda, turbantes de finísimo algodón típicos del norte de África —en Córdoba sólo los usaban los alfaquíes y los ulemas—, espadas con protecciones de plata y babuchas de hermosa piel de gacela... A pesar de todo lo que había pasado y de la trascendencia de su misión, Ermigio no podía evitar una nube de nostalgia al abandonar Fez. Con este sentimiento vio cómo su comitiva se cruzaba con las caravanas de camellos que recorrían la arena en dirección al *bilad as-Sudan*, el país de los negros. Tomaban el camino del sur, para cruzar el desierto de Saha, hasta llegar al África Oriental. El nudo en su corazón sólo se deshizo cuando, de vuelta a Ceuta, atravesaron en barco el estrecho de Tarifa y atracaron en el puerto de Algeciras, en cuya medina entraron por la Puerta del Mar. Ésta se abría en el flanco norte de la muralla, sobre un farallón al que se accedía por una rampa doble dispuesta en zigzag. Después de atravesar el pasadizo de madera abierto en medio de la torre donde se situaba aquella entrada, dieron de bruces con un símbolo más de las ciudades islámicas: una mezquita en una pequeña plaza. Los viajeros aprovecharon para descansar un poco.

—Bienvenido a Sefarad, querido amigo.
—¿Sefarad?

XLII

Qurtuba, Córdoba, año 992

Como ocurría en la gran mayoría de familias ilustres, al cumplir Abdus los dieciséis años de edad 'Isá lo inscribió en la madraza de la mezquita Aljama de Córdoba para que aprendiera las disciplinas relacionadas con la interpretación del texto coránico, con la tradición profética y con la aplicación de la ley islámica. Eran ciencias básicas que permitían a quien detentara tales conocimientos alcanzar la condición de alfaquí o de ulema. No había gran diferencia entre lo uno y lo otro. Los alfaquíes eran los sabios conocedores de la jurisprudencia, especialistas en casuística y en controversia, mientras que los ulemas eran los conocedores y transmisores de las ciencias islámicas en sentido más amplio, de los fundamentos religiosos de la cultura musulmana. En el fondo, una élite religiosa depositaria de la tradición y un ejemplo de conducta cotidiana. Los primeros, más preocupados por la práctica, y los segundos, más volcados hacia la especulación teológica.

La formación completa de alfaquí debía proporcionar a Abdus, durante cerca de cuatro años, conocimientos profundos, pero también lo llevaría a buscar a los mejores maestros, que tanto podrían hallarse en Córdoba como en cualquier otra ciudad del islam. Por eso ya se había mentalizado para, si surgía la oportunidad, viajar a otros lugares como Egipto, Ifriqiya, La Meca, Bagdad, Medina o Jerusalén, para ahondar en el conocimiento del mensaje del Profeta y de otras ramas del saber, como la historia, las ciencias racionales y la filosofía. Con Abdus, entraron en la madraza otros compañeros. Pretendían convertirse en médicos, matemáticos, ingenieros, jueces, astrónomos o botánicos. Todos los estudios tenían una base común: el aprendizaje de las disciplinas de la jurisprudencia, de la crítica de las tradiciones proféticas y de la interpretación legal de las escuelas jurídicas.

—Vamos allá, jóvenes. Si estáis aquí es porque queréis obtener el conocimiento que os permita ser grandes en el futuro, honrando este país y la ley de Alá, fuente de toda sabiduría. No olvidéis nunca el *hadith* del Profeta: «Dedicar más tiempo a instruirse es mejor que pasar más tiempo rezando». O este otro: «El saber es la propiedad perdida del musulmán; aquel que lo encuentre será su dueño». Y nada mejor que empezar precisamente en Córdoba, hacia donde se dirigen todas las fuentes de conocimiento de la actualidad.

Era Abu 'Ali al-Bagdadi, uno de los maestros de gramática más apreciados y buscados, quien hablaba al grupo de jóvenes de piernas cruzadas sobre la alfombra. Pero, sin ser consciente de ello, Abdus había dejado de escuchar. Su pensamiento volaba hacia su jardín, hacia aquel banco bajo el frondoso árbol y hacia aquella pérgola de reluciente y perfumadas rosas. Bajó la mirada, para dirigirla a su mano derecha, la que había sido tocada por el calor de la mano de la esclava Ouroana el día anterior. Se la llevó a la cara, justo al lugar en el que había recibido el beso que lo había desconcertado. No se había lavado la mano ni la cara desde el día anterior. Recordó entonces que si no hubiera sido por la intempestiva llamada de Zawar habría besado los labios de Ouroana. ¡Cómo lo deseaba! ¿Qué le estaba pasando? ¿Qué efecto tenía aquella esclava en él?

De repente, sus compañeros se echaron a reír por una broma del maestro y la conciencia de Abdus volvió de nuevo a aquella sala de la madraza de la mezquita Aljama de Córdoba.

—Aprenderéis a escribir sobre pergamino, papiro e incluso sobre papel, que ahora está muy de moda.

Como alfaquí, Abdus podría aspirar a ser un buen juez, orientador de la oración comunitaria o especialista en jurisprudencia, aunque en el corazón del joven árabe planeaban dudas en cuanto a su vocación de juez, pues temía que su alma se corrompería si no conseguía ser justo.

—Y no olvidéis que es indispensable que redactéis, a lo largo de vuestro aprendizaje, el *Masayha*, es decir, el libro de los maestros, en el que tendréis que anotar el nombre de todos los maestros que visitéis, las disciplinas que os impartan, el lugar en el que las estudiasteis, el tiempo que habéis dedicado a vuestro aprendizaje y el título, el autor, la fecha, el copista y el índice de todos los libros de los que hayáis aprendido. Este libro, aunque sólo sea descriptivo, será fundamental para que podáis demostrar todos los conocimientos que vayáis adquiriendo.

Abdus ya había oído hablar de ese libro y también del *Barnamig*, al que al-Bagdadi se refirió a continuación.

—Pero tampoco podéis descuidar la redacción del *Barnamig*, es decir, el libro en el que recogeréis las materias estudiadas y el nombre de los maestros con las que las aprendisteis y las obras leídas. No olvidéis mencionar cualquier detalle importante que dé credibilidad a vuestros conocimientos. Será la base sobre la que aprenderéis.

El joven estudiante había seleccionado ya algunos de los maestros que quería que lo acompañaran durante sus estudios, así como otros cuyas obras le gustaría leer, como era el caso de Abu Bakr ibn al-Qutyya e Ibn al-Bagunis. Pero también al maestro que tenía frente a él, Abu 'Ali al-Bagdadi, para lengua e interpretación, e incluso Abu Bakr ibn Mu'awia al-Qurasi, para las tradiciones proféticas. Tenía en mente conocer la obra *Ta'rij fuqaha Qurtuba*, de Abu 'Abd al-Malik Ahmad ibn 'Abd al-Barr, y *Los jueces de Córdoba*, de Ibn Harit al-Jusani. Más adelante, soñaba con adquirir algunos conocimientos de medicina con el físico del palacio, Abulcasis, de quien se decía que era el mayor médico que el mundo árabe había conocido, y aprender también algunas de las enseñanzas del anterior médico judío de la corte califal y también visir Hasday ibn Shaprut, fallecido hacía poco.

Terminada la clase, salió apresuradamente del aula y entró en la galería cubierta del edificio con un único pensamiento en mente: llegar cuanto antes a casa. Había sido un día muy intenso. Su ego estaba muy satisfecho, pues había alcanzado la condición que tanto había deseado durante los últimos años: ser estudiante en la madraza. Significaba que se acercaba a la edad adulta. Pero algo había, aquel día de alegría, que seguía oprimiéndole el corazón. Claro..., la esclava Ouroana. No podía quitársela de la cabeza. Tan pronto como llegara a casa, le contaría hasta el último detalle de aquel día maravilloso. Seguro que se pondría muy contenta.

XLIII

Al-Jazira al-Khadra', Algeciras, año 992

Ben Jacob se echó un poco atrás sobre el muro que bordeaba la plaza de la mezquita de Algeciras, mientras el resto de la comitiva también descansaba y buscaba agua fresca para apaciguar la sed provocada por el viaje marítimo. El judío sonreía ante la sorpresa que había suscitado en Ermigio por darle la bienvenida a Sefarad.

—¡Muy bien! Mientras descansamos un poco, y antes de que vivas nuevas emociones, voy a enseñarte algo que ciertamente no conoces de este territorio. Creo que durante nuestro viaje hacia Lisboa te prometí que te hablaría de Sefarad. Yahvé sabía que sobre mí pendía una promesa por cumplir y, por eso, ha vuelto a unirnos.

Procuró disimular su sonrisa de gozo. La verdad era que durante el último viaje olvidó cumplir lo prometido. Se había dicho que ése sería un buen motivo para visitar a Ermigio en Anégia tan pronto como esa empresa fuera viable, cuando tuviera ocasión de viajar al norte. Recompuso entonces el gesto para adquirir un tono grave y solemne al hablar de una tierra conocida como Iberia, Hispania e incluso Hesperia, pero que para aquellos orgullosos judíos era su querida Sefarad.

—¡Vamos, Ben Jacob! Apuesto a que será un tiempo bien empleado. Cuenta lo que sepas, sobre todo por qué te refieres a esta región con ese extraño nombre —lo instó, curioso, Ermigio, que sólo recordaba de forma vaga aquella promesa de su amigo.

—Bien... Pues a pesar de lo que puedas creer, hace muchos siglos y milenios que los judíos habitan esta península, pues llegaron aquí en tres periodos diferentes. Y se identifican de tal manera con ella que le dieron el nombre de la Sefarad de las Sagradas Escrituras y se denominaron a sí mismos sefardíes. A los que se establecieron en el norte de Europa se les conoce como asquenazíes.

—¿Y cuál es la diferencia entre ellos, quiero decir... entre vosotros? Imagino que tú eres sefardí.

—¡Claro que sí! Los sefardíes son originarios del reino de Judá, mientras que los asquenazíes tienen por patria el reino de Israel.

—Explícame entonces vuestra saga por estas tierras y por qué es tan importante para vosotros, un pueblo repartido por todo el mundo.

—Como ya te he explicado, mi buen Ermigio, dicen nuestros sabios (y conocerás a uno de ellos en Córdoba) que los judíos llegaron a este suelo en tres épocas distintas. En primer lugar, llegaron en compañía de sus vecinos fenicios, los primeros que construyeron barcos de gran calado y que se aventuraron en alta mar; un pueblo que se dedicaba al intercambio comercial, e incluso a la piratería, y que fundó centros comerciales y ciudades. Muchos de estos judíos ya no volvieron a casa porque se enamoraron de inmediato de estas tierras.

Ben Jacob hablaba con gran satisfacción y emoción. Relataba la historia de su pueblo tal como la había oído contar por otros judíos, por los más sabios de su comunidad. Explicó que, cuando Salomón murió, su reino se dividió en dos: el de Judá, al sur de Palestina, gobernado por su hijo Roboam, y el de Israel, gobernado por el general rebelde Jeroboam, que constaba de diez tribus. Explicó que las tribus fueron diezmadas por el rey asirio Salmanazar y que los supervivientes se dispersaron por varias regiones, por lo que, desde entonces, se las conoció como «las diez tribus perdidas», entre las que estaban los asquenazíes. A continuación explicó qué sucedió con los sefardíes de la tribu de Judá.

—La segunda gran migración de judíos, hacia aquí, tuvo lugar en tiempos del rey caldeo Nabucodonosor II, mucho después de la aniquilación del reino de Israel por parte de Salmanazar. El rey caldeo atacó el reino de Judá y arrasó Jerusalén. Al hacerlo, no sólo destruyó el Templo, sino que tomó cautiva a casi toda la población, a la que se llevó a Babilonia. Muchos de esos judíos fueron incorporados después, por la fuerza, al ejército, que haría una expedición de guerra a esta tierra. Desembarcó junto a unas montañas llamadas Pirineos y devastó toda la costa mediterránea hasta Cádiz. Regresó entonces a Babilonia con sus barcos cargados de oro y plata, pero sin muchos de los judíos que lo acompañaban. Una vez más, éstos se quedaron rendidos ante los encantos de la región y no volvieron, pues decidieron establecerse en estas tierras y, en especial, en mi ciudad natal, Toledo, que, como ya te expliqué, en hebreo significa «familias ilustres».

—Veo que estas tierras os han atraído siempre.

—Bien dices, Ermigio. Algunos de nuestros sabios afirman incluso que Sefarad es nuestra segunda tierra prometida, y que nos trajimos aquí elementos litúrgicos y libros sagrados que se salvaron milagrosamente del Templo de Jerusalén.

—¿Y la tercera oleada de migración judía?

—Fue ya en tiempo de los romanos, después de que Jesucristo naciera y muriera, en época del emperador Tito Flavio Vespasiano. Éste, aunque enamorado de la judía Berenice, ordenó la segunda destrucción de Jerusalén. ¡Adivina, mi buen Ermigio, hacia dónde se dirigieron una vez más los judíos cuando tuvieron que huir de la Tierra Prometida!

El anegiense sabía la respuesta. Se limitó a sonreír como estaba haciendo su amigo. Ahora comprendía por qué se decía que el judío era un pueblo errante, sin patria.

—Por esta razón, nosotros, los judíos de esta tierra, no somos israelitas, pues éstos fueron obligados brutalmente a dispersarse por el rey asirio Salmanazar, sino judíos o hebreos de Judá; es decir, sefardíes, judíos del Libro.

Ben Jacob exhibía una sonrisa de oreja a oreja, una vez más satisfecho por el efecto que sus explicaciones provocaban en su interlocutor. Por su parte, Ermigio estaba maravillado, admirado, con todo el saber del que hacía gala su amigo de raza y credo diferentes. De pronto pasaron por su mente inquieta nuevas preguntas.

—Pero, mi querido amigo, si resulta que llegasteis a este suelo hace tanto tiempo, ¿cómo es que nunca os impusisteis? ¿Por qué seguís conviviendo con pueblos más fuertes, sean cristianos o árabes?

—Es una buena pregunta. Nosotros no imponemos a nuestro Dios. Se convierte en judío quien desea serlo. No conocemos la guerra contra el infiel. Nuestro pueblo no está hecho precisamente para la guerra y el dominio. Por eso procuramos adaptarnos siempre a las tierras y las culturas adonde vamos a parar, y evitamos interferir de manera directa en sus formas de vida y sus creencias. La armonía sólo se rompe cuando las cuestiones religiosas se imponen a la buena convivencia entre razas y credos.

—¿Me lo explicas mejor?

—Cuando los visigodos llegaron a la Península ya encontraron aquí a muchos judíos. Al principio la convivencia fue pacífica. Lo peor fue cuando el rey Recaredo se convirtió al cristianismo y, con él, todo su pueblo. Empezaron a acusarnos de haber crucificado a Jesucristo y, aferrándose a este argumento, nos persiguieron de todas las maneras posibles. Convocaron incluso concilio tras concilio para aprobar medidas contra nosotros. Cada nuevo rey que subía al trono miraba de aumentar la aplicación de esas decisiones. El rey Recaredo prohibió a los judíos que se casaran con cristianas, que tuvieran esclavos cristianos o que ostentaran cargos que les permitieran tener mando sobre cristianos; el rey Sisenando obligó a los hebreos a bautizarse, les quitó a sus hijos y los entregó a familias cristianas, anuló matrimonios mixtos y los despojó de sus empleos; el rey Ervigio puso a los judíos bajo la autoridad especial de los obispos, para que su fe religiosa fuera debidamente fiscalizada, y los sobrecargó aún más de impuestos.

—La verdad, Ben Jacob, es que vuestra vida no ha sido fácil. Pero ¿qué opinas tú sobre la acusación de que fueron los judíos quienes mataron a Jesucristo?

—Vaya, también tú, amigo mío... ¿No pretenderás por ventura acusarnos?

Por primera vez, Ermigio vio cómo su amigo cambiaba completamente de expresión, desaparecía su permanente sonrisa y surgían en su rostro líneas más duras que demostraban que apretaba con fuerza las mandíbulas.

—No, no..., cálmate. No me entiendes. Lo que digo es que estoy seguro de que vosotros tendréis una explicación. Y querría oírla de ti.

Ben Jacob se relajó un poco.

—Bien, Ermigio, creía que eras un poco más perspicaz, pero supongo que los maestros y padres de tu religión nunca han mostrado interés en revelaros la verdad. Piensa un poco conmigo: ¿no está en la esencia de tu doctrina la crucifixión del Maestro? ¿En qué se basaría tu religión si no hubiera habido esa crucifixión? ¿No crees que es injusto que si Jesús pretendía venir al mundo y dejarse asesinar para cumplir las Escrituras y poder así redimiros de vuestros pecados, ahora que estáis redimidos, echéis las culpas a los judíos y, en especial, a Judas Iscariote, que lo único que hizo fue cumplir el plan cósmico, según vuestra creencia?

Al cristiano lo aturdían las preguntas que le planteaba su amigo, dardos acerados que le llegaban a la conciencia, al raciocinio.

—Veo que no tienes respuestas, amigo. Pero tal vez seas capaz de responderme a esto: si Dios pretendía perdonar nuestros pecados, ¿por qué razón no los redimió con simplicidad, sin que su amado Hijo fuera torturado como moneda de cambio y sin que las futuras generaciones de judíos tuvieran que ser perseguidas, masacradas y acusadas de asesinas de Dios?

—Bien, en el momento de la crucifixión, las palabras de Cristo fueron una petición de perdón al Padre para aquellos que instigaron su martirio... —se defendió Ermigio, y defendió su religión.

—Ésa es una verdad que no negamos... Pero ¿es Cristo crucificado el único cristiano capaz de perdonar? ¿O el propio Dios?

Ben Jacob hablaba con exaltación y gravedad, completamente persuadido de su razonamiento.

—Pero hay más, Ermigio. El destinatario de esa petición de perdón no eran los mismos judíos, sino el poder de Roma, el principal responsable del martirio, aunque, claro, Roma ya no existe para perseguirla, ¿verdad?

—Sí, es cierto. Pero no podemos olvidar la culpa del sanedrín.

—Caes en el mismo error. Por supuesto, nadie puede olvidar la complicidad activa del sanedrín. Pero ten en cuenta que, sin martirio, no habría religión cristiana y tú no estarías aquí con tu fe. Por otro lado, te pregunto, Ermigio, si puedes responderme, ¿por qué la Iglesia insiste en exhibir y recordar a los fieles la imagen de Cristo clavado en la cruz, sin caer en la cuenta de que la verdadera génesis de vuestra religión es la resurrección gloriosa de un Salvador?

Ermigio frunció el entrecejo, pues no conseguía argumentar nada en ese instante.

—Bien, está claro que los cristianos ponen el énfasis en el martirio de Jesús, en la doctrina de la expiación, como fundamento de su religión. Así que dejad en paz a los judíos, porque ellos sólo fueron actores circunstanciales para que esa doctrina pudiera existir.

—Ahora entiendo por qué me dijiste, cuando viajábamos de Santarem a Lisboa, que vuestro pueblo se entendía mejor con los árabes que con los cristianos. No me extrañaría nada que les tendierais una mano para que entraran en la Península y la conquistaran a continuación.

—Si quieres que te diga la verdad, nosotros también pecamos de exagerados. En uno de nuestros libros más sagrados puede leerse: «Los pueblos gentiles son el prepucio del género humano, que es necesario circuncidar. Así como el estiércol es una mezcla de excrementos y carne podrida de animales, donde se encuentran canes y burros, también así son los cementerios donde se entierran los descendientes de Esaú e Ismael, los seguidores de Jesús y de Mahoma, pues ellos también son canes muertos...»

—¡Vaya!

—Y más: consideramos que cualquier cristiano que no sea de nuestra raza es un *goy*, un gentil, por no utilizar la expresión salvaje. Es una idea sugerida por el propio Talmud que la enuncia en el tratado Baba Mezia: «Vosotros, israelitas, sois llamados hombres, mientras que las naciones del mundo no merecen el nombre de hombres, sino el de bestias».

—¿Y eso es lo que piensas, Ben Jacob?

—No te preocupes. Ya te dije que no desciendo de ninguna de las tribus israelitas, soy sefardí —respondió, mientras sonreía y le guiñaba un ojo, divertido. Y continuó—: Como ves, las religiones, a través de sus textos sagrados, atizan muchas veces los odios y las tensiones entre los pueblos. No obstante, por lo general esto tiene que ver con el momento histórico en que esos textos fueron escritos. Así que no puedes criticarnos por haber ayudado o, al menos, por sentirnos íntimamente satisfechos por el hecho de que los árabes se hayan establecido en Sefarad, en esta península, procedentes del Magreb, y hayan empujado a los cristianos hacia las montañas del norte. Eso supuso el fin de las constantes vejaciones a que estábamos sometidos. En aquel tiempo, los invasores árabes, a pesar de lo que piensan los cristianos, no fueron bárbaros, pues prometieron respetar la religión y buena parte de las propiedades de los vencidos, asegurándoles la libertad de usos y costumbres. Y tampoco creas que sólo fueron los judíos quienes ayudaron a los árabes a entrar en la Península, en Sefarad. Las clases populares ansiaban que terminara aquel periodo de sumisión y deterioro de sus condiciones de vida. No olvides tampoco la traición de una facción cristiano-visigoda en Guadalete, partidaria de Agila, hijo de Vitiza, que nunca aceptó que lo depusieran ni que eligieran rey a Rodrigo, duque de la Bética. Al igual que el conde Julián, gobernador cristiano de Tánger, que abrió las puertas de Ceuta a Muza mediante un ventajoso acuerdo, lo animó a entrar en la Península y facilitó incluso los barcos para la primera expedición, que partió en 710 bajo el mando de Abu Zara Tarif. Y para terminar, no te sorprendas si te digo que algunos eclesiásticos se pusieron también, y de forma activa, del lado de los invasores, como Oppas, arzobispo de Sevilla y tío de Agila, que se confabuló con el tal conde Julián.

Ermigio quedó atónito ante aquellas revelaciones.

—Pero como nada perdura para siempre, parece que hoy los tiempos ya no son como los de la conquista. Por lo menos, ese Almanzor ha empezado a dar muestras de cierta intolerancia.

—Son los nuevos tiempos. Los judíos ya estamos habituados y, llegado el caso, encontraremos de nuevo un lugar para vivir.

Ben Jacob dio instrucciones para que la comitiva se reorganizara y prosiguiera el viaje. Pronto llegaron a la zona sudoeste de la muralla de Algeciras, donde se encontraba la Puerta de Tarifa. Allí se iniciaba el camino que los llevaría al lugar en el que el judío esperaba hacer negocios antes de entrar en Córdoba. Sería también en esa ciudad donde Ben Jacob haría la revelación más importante de los últimos tiempos al pobre Ermigio.

XLIV

Inter Ambulus Ribulos, Entre-os-Rios,
Anégia, año 992

Las noticias de Ermigio no llegaban a Anégia, para desesperación de quienes deseaban saber de Ouroana. Habían transcurrido casi tres años desde su desaparición y más de dos desde la marcha del capataz de Munio. En el pazo del conde de Anégia, no había día que no se rezara por la joven princesa. Por sugerencia de Vivilde, nunca se utilizaba el lugar que ocupaba en la mesa ni en el que dormía. Argumentaba que sería un mal presagio hacerlo de otro modo y que facilitaría el olvido de la desaparecida. Todos aguardaban, así, con nostalgia, el regreso de Ouroana al hogar. Pero el paso del tiempo, la ausencia de noticias y las convulsas relaciones entre cristianos y musulmanes en toda la Península Ibérica iban minando, poco a poco, la confianza de la familia en un desenlace feliz. Lo que más temía Munio, con todo, era la gran afición de los árabes por aparearse con las distintas mujeres que mantenían en sus harenes, muchas de ellas apetecibles cristianas del norte. Nunca lo había comentado en casa, pero cada vez que caía en la cuenta de esa posibilidad, blasfemaba y cubría de improperios a los árabes, independientemente del lugar en el que se encontrara o de quien lo acompañara.

A pesar de ello, y aunque resultara invisible y la familia no supiera nada, quien más se dedicaba a Ouroana era la inevitable Vivilde.

La vieja ama realizaba las labores de la casa con la permanente devoción de quien sabe que cumple la más suprema misión del mundo. Era siempre la primera en levantarse, antes que cualquier otro criado, antes que los señores o sus hijos. Cuando éstos salían de sus aposentos, todo estaba preparado para que el día transcurriera sin percances. Una vez terminada la primera comida de la mañana, llevaba a cabo las numerosas tareas de mantenimiento del hogar. Por la tarde, salía varias veces sola, y ni siquiera Valida Trustesendes sabía por dónde andaba la criada.

Aquel día, la primera visita fue al cenobio del lugar. La pequeña y maciza iglesia, con el ábside orientado hacia oriente, se encontraba en las inmediaciones y estaba desierta. Entró por la puerta lateral y escogió un lugar protegido por la sombra, donde se recogió, se arrodilló y se inclinó hacia delante. De aquella manera invocaba a la Señora del Mundo, la Señora de la Naturaleza, la Señora del Tiempo. Por aquellos días, Vivilde estaba a punto de revelar a sus hijas sus secretos, para que continuaran las tradiciones transmitidas, siempre por vía materna, a lo largo de innumerables generaciones. Informó a la Señora de que un día llevaría allí a sus descendientes para presentárselas. Salió del monasterio en dirección a un lugar secreto, en un bosque de los alrededores, donde mantenía, disimuladamente, una plantación de especias que sólo ella conocía. Necesitaba algunas plantas para enseñar a sus hijas a preparar la poción que ayudaba a las mujeres estériles a concebir. Recogió cizaña, melisa, mejorana, albahaca y hierbabuena. Había que mezclarlas en distintas proporciones con otros productos, como mástique[50] y otras resinas y productos de origen animal —vulva de liebre, leche de burra, testículo derecho de comadreja y asta de venado, entre otros— y de origen mineral, como el alumbre.

En aquella ocasión, sus salidas no quedaron allí. Las primeras noches en que la luna llena se aparecía al mundo para abrazarlo con su luz plateada, el astro orbicular era el único testigo de las andanzas de una mujer vestida de negro que, audaz, penetraba en la sombra nocturna. De ella sólo se veía el rostro, donde centelleaban dos ojos oscuros en los cuales se concentraba y reflejaba la luz lunar. Su destino era siempre el mismo: la antigua fuente donde la hija de Munio y Valida fue iniciada y ofrecida al nacer. Allí invocaba a sus hadas acuáticas, las tejedoras de la vida que había convocado hacía casi dieciséis años, para proteger a la recién nacida. La destinataria de las preces e invocaciones era sobre todo Láquesis, la urdidora de la vida.

En esta fuente primordial de vida, en este manantial
  de eternidad,
que une la tierra y los cielos, la humanidad y la suprema
  divinidad,
en un eterno renacimiento, protegido por la Señora
  de las Tinieblas,
os convoco, ninfas de la vida, tejedoras del destino.
Cloto, te agradezco los favores del nacimiento
de aquella que acogiste en tu regazo
en singular protección.

---

50. También conocido como almáciga; resina de lentisco.

Láquesis,
oh, ninfa poderosa,
urdidora de todas las telas,
conduce el destino de tu protegida.
Haz que coincida con el de aquel que la busca.
Haz que beba del cáliz de la vida durante muchos
*   y buenos años*
y no permitas que el reloj de arena de su existencia
*   la conduzca a*
Átropos antes de que conozca los misterios
*   que han de serle revelados.*

Aquella noche algo extraño y único sucedió. El constante rumor del follaje de los árboles circundantes alcanzó una intensidad inusual. Una brisa invisible movía el aire alrededor del claro donde se encontraba la fuente expuesta a la mágica luz de la luna. Desde el suelo se elevaba algo de polvo y algunos animales se arrastraban y huían hacia el interior del bosque. Sólo cuatro no lo hicieron. Eran los amigos del astro, que brillaba aún con más intensidad, sus epifanías: un caracol, una rana, una araña y una serpiente, que ocupaban el mismo secreto lugar en el que Vivilde los vislumbrara hacía dieciséis años, durante la iniciación de Ouroana. Sintió que una fuerte conmoción se apoderaba de ella. Presintió que era una señal, un augurio extremadamente favorable a los designios que la movían.

De repente, algo misterioso pasó en el reino de los cielos. Como por arte de magia, la luz de la eterna luna desapareció y volvió a aparecer, y así sucedió varias veces seguidas. Vivilde procuró leer el firmamento y percibir lo que ocurría. Observó la esfera lunar y se sorprendió. Danzaba en el cielo, como un irreverente pomo plateado, saltando alegremente en medio de una mancha oscura. Aún perpleja, trastornada, bajó los ojos hacia la fuente y vio que de las aguas subterráneas emergía la resplandeciente silueta de una hermosa señora vestida de blanco que sonreía.

Embriagada, respondió con otra deliciosa sonrisa, mientras su corazón se henchía de una desbordante alegría. «¡Qué hermosa es Láquesis!», pensó, orgullosa y feliz.

Volvió a casa con una certeza en su pensamiento. Y no podría compartirla con nadie.

XLV

Charizat Tarif, Tarifa, año 992

La comitiva llegó a Tarifa a media tarde de un viernes. Desde esa puesta de sol hasta el día siguiente sería el sabbat, un periodo de descanso obligatorio para los judíos, en el que tenían prohibido seguir el camino, así como realizar cualquier clase de trabajo, tocar dinero, hacer fuego e incluso cocinar o tocar heridas. Por eso, Ben Jacob y su comitiva se dirigieron a casa de una familia judía amiga, donde pernoctaron. Cuando llegaron allí, ya se preparaba la *adafina*, o *hamin*, un guiso especial que se conservaba sobre brasas para consumirlo durante el sabbat.

En aquellos momentos de descanso, Ermigio intentó poner en claro algunas de las cuestiones que le rondaban por la cabeza desde el día anterior y, como siempre, recordó el objetivo que le había llevado a aquellas lejanas tierras. A pesar del cansancio del viaje y de las emociones de los últimos días, el sueño no lo convidaba a dormir. Se acercó a la ventana para refrescarse un poco con la brisa nocturna y recordó la conversación con Ben Jacob y los conocimientos que, una vez más, le había proporcionado aquel inefable judío. Cuando se disponía a volver a su lecho, creyó ver que la luna hacía extrañas piruetas en el cielo. Sonrió mientras pensaba: «Debe de ser cosa del sueño... o las nubes que se divierten en el cielo. Venga, a dormir, Ermigio».

El descanso fue reparador y, a pesar de despertarse en una imprevisible mañana de lluvia, se levantó alegre, de buen humor y con ganas de volver a hablar con su amigo.

—Querido Ben Jacob, he pasado la noche pensando en todo lo que me dijiste de tu religión y de tu pueblo. Ciertamente hay cosas que nos separan, pero también hay algo que tenemos en común. Te hablo de los libros sagrados de los dos pueblos.

—Es verdad, Ermigio. Nuestra ley judía es la revelada por Dios a Moisés y está recogida en la Torá, que no es más que el Pentateuco de la Biblia, aunque también se le añaden todos los libros sagrados, los libros de los profetas y los de los hagiógrafos. Es, en el fondo, nuestra ley escrita. Pero tenemos nuestra ley oral, compilada hace ocho siglos, que llamamos Misná. Los comentarios que se le han añadido reciben el nombre de Guemará. Juntos, Guemará y Misná, forman el Talmud.

En ese momento, un criado de la casa les comunicó que la *adafina* sabática aún no estaba lista, por lo que Ben Jacob decidió exponer una cuestión que se había callado hasta aquel momento.

—Dejemos por ahora las diferencias religiosas. He esperado este momento para comentarte algo que será de tu interés. Sólo lo hago porque estoy finalmente seguro de tu determinación para proseguir con tu misión. Conozco a muchos cristianos que, una vez acostumbrados a la vida de los árabes, prefieren seguir como esclavos, porque, aun siéndolo, muchos llevan una buena vida, y si son hombres libres, prefieren mantenerse como cristianos mozárabes, pagando sus impuestos, pero beneficiándose de la cultura y la riqueza de las ciudades árabes. Y luego, además de aquellos que abrazan la religión del islam por convicción, hay otros que lo hacen para huir de los impuestos o para evitar el ostracismo en tiempos de mayores tensiones, y se convierten en muladíes. Pero he comprobado que no es tu caso, porque persigues con decisión tu objetivo.

El corazón de Ermigio comenzó a latir a un ritmo más rápido y descompensado. ¿Qué pretendía decirle su amigo? ¿Qué importante revelación estaba a punto de hacerle?

—Me consta que Almanzor ha contratado a un excelente cantero cristiano que se ha integrado hace poco a la comunidad mozárabe de la ciudad. Dicen mis fuentes que se trata de un antiguo componente del grupo del bandido Lucio, pero que está redimido y que, además de ser un ejemplo de virtudes en la comunidad cristiana de Córdoba, es un picapedrero de gran reputación.

—¿Y para qué lo contrató Abiamir Almanzor?

—Parece que tiene a su cargo a algunos equipos de otros picapedreros que se ocupan de las obras de ampliación de la mezquita Aljama de la ciudad.

—Si eso fuera verdad, tal vez ese hombre sea la clave de este misterio que hace tanto tiempo intento desvelar: el paradero de Ouroana —dijo Ermigio con el corazón alborozado.

—Dentro de dos semanas estaremos en Córdoba. Puedes contar con mi ayuda. Claro que, entretanto, tengo muchos negocios pendientes y cuento con tu colaboración en todo lo que sea necesario. Tienes que ir saldando la deuda contraída conmigo —y, una vez más, Ben Jacob soltó una de sus sonoras carcajadas.

El anegiense también esbozó una vacilante sonrisa. Pero a partir de ese instante su espíritu no volvió a ser el mismo. Tenía que encontrar a aquel cantero cuanto antes. Aquella ansia le quitaba el hambre, el sosiego e incluso el sueño.

XLVI

Qurtuba, Córdoba, año 992

—Zawar, ¿dónde está Ouroana?

—No lo sé, Abdus. ¿Quieres que le dé algún recado?

—Sí... No. Sólo era para preguntarle si había visto la pluma de ganso que me regaló mi padre, pues la necesito para escribir en mis clases de alfaquí. Ve a buscarla.

El joven recorrió los pasillos y dependencias de la casa. Cuando llegó al cuarto de su madre, oyó ruido y se dirigió hacia la puerta, que encontró entreabierta. Ouroana estaba de espaldas, vuelta hacia una ventana que daba al jardín. Vista así parecía un cuadro, en el que la hermosa esclava se exhibía adornada de ramilletes de anémonas, jacintos, tulipanes y lotos, sobresaliendo del verde del césped. La muchacha se estaba probando algunos vestidos. Aunque desde donde estaba no podía verla, había un espejo en una de las paredes en el que veía su reflejo. El joven comprobó que aquellos vestidos pertenecían a su madre, que los debió de entregar a la esclava rumí para que los limpiara y cuidara de ellos. De un pequeño cofre de marfil, la sierva había retirado también un bello collar de la señora de la casa, con unas perlas pequeñas conocidas como aljófares. Se lo puso en el cuello y

Abdus quedó deslumbrado por el aire de distinción que le confería. De un tocador, tomó uno de los muchos frascos que había. Y al hacerlo tiró sin querer al suelo un cepillo y un peine de marfil. Se asustó y se dio la vuelta, recelosa de que alguien hubiera sido testigo de su imprudencia. Abdus, que había previsto la reacción de la joven, se escondió, echándose a un lado. Ouroana recogió entonces los objetos caídos y los colocó junto a un recipiente que contenía alheña[51] para pintar las uñas. Se puso después en el cuello un poco de la loción que se encontraba en el frasco. Se espolvoreó en las mejillas un polvo rojizo y se aplicó un poco de kohl, que proporcionó más densidad a las dos brillantes esmeraldas de sus ojos. El muchacho asimilaba con intensidad creciente el sensual olor de la *galya*[52]. Los sentidos del joven árabe comenzaron a funcionar entonces al mismo tiempo. Sus ojos se maravillaban con la mujer cuya belleza más admiraba; a su nariz llegaba la dulce fragancia que se acababa de poner; en su boca aumentaba la saliva, que de inmediato era tragada; sus oídos percibían el silencio de aquella habitación, apenas entrecortado por los movimientos de Ouroana, y las manos le sudaban, y deseaban tocar aquel cuerpo que se encontraba a tan corta distancia.

Vio que la joven se ponía a mascar una goma perfumada pensada para aromatizar el aliento y se planteó entrar en aquel momento, simulando que pasaba por allí. Pero cuando se disponía a hacerlo, la chica empezó a quitarse lentamente el vestido. Abdus se sentía desorientado: ¿quedarse, salir de

---

51. Planta de cuyas hojas se obtiene una sustancia de color anaranjado que se emplea como tinte.
52. Mezcla, en proporciones iguales, de almizcle, alcanfor, cebollino y arrayán.

aquel lugar, llamar a la puerta, cerrarla...? Mientras se debatía con sus pensamientos, aquel cuerpo insinuante y curvilíneo de bailarina iba quedando desnudo. Los hombros al descubierto y algunos movimientos de la joven, al revelar unos senos bien formados, con sus rosados pezones dirigidos al cielo, lo dejaron sin aire. Un torbellino de sensaciones, intrépido y desordenado, le recorrió el cuerpo. Su pensamiento era incapaz de organizarse, de mostrarle cómo reaccionar. Y se quedó inmóvil, con la boca abierta, el corazón latiendo con frenesí, las mejillas enrojecidas, calientes, y, entre las piernas, una virilidad que alcanzaba todo el esplendor de la juventud cual Apolo renacido. El aire, que hasta poco antes le parecía suficiente, ahora le faltaba y le llegaba con dificultad a los pulmones. El cuerpo de Ouroana era al mismo tiempo delicado, terso y bien proporcionado...; en fin, una de aquellas sensuales estatuas romanas de mármol que había visto en algún lugar. Sus cabellos dorados se deslizaban a lo largo de la espalda y se movían ligeramente con la brisa que entraba por la ventana.

Ouroana cogió entonces otro conjunto que había sobre la cama y comenzó a ponérselo con lentitud y una vibrante sensualidad. La joven fantaseaba que lucía los vestidos de su señora, unos vestidos que no usaría en su vida. Era la forma en que su pensamiento viajaba a un tiempo de fantasía, donde llevaba aquellos vestidos para satisfacer a su príncipe encantado.

Aquellos días estaba más sensible. Se arrepentía de aquel beso que le dio a Abdus..., al hijo de su señor. «¡Ay, si alguien lo supiera! ¿Qué ocurriría? Tengo que controlarme.» Pero había sido un impulso que no pudo reprimir. Decidió que le pediría disculpas y le explicaría que sólo era una manifestación de cariño y amistad.

Ouroana estaba de nuevo vestida. A Abdus le resultaba imposible decir si la esclava estaba más bella vestida o desnuda. De cualquiera de las dos maneras era encantadora.

El joven volvió de repente a la realidad. No podía quedarse allí parado. «Si alguien me descubre, ¿qué dirá? ¿Y si Ouroana se da cuenta?» Decidió que lo mejor era retirarse con discreción, y se fue a su habitación. Todas las conexiones nerviosas capaces de transmitir placer permanecieron activas durante un tiempo. Su pensamiento saboreó, entonces, la chispeante belleza de la joven a tragos más lentos. Sin saber cómo, dio con la manera de manipular su miembro, y lo hizo de manera frenética e incontrolada. Las imágenes de la bella esclava mientras se desvestía, mientras lo besaba y se volvía a vestir se sucedían en su mente y sirvieron de detonante para la explosión que tuvo lugar a continuación. Abdus permaneció echado en su cama durante algunos minutos, hasta que el latir de su corazón volvió a la normalidad. Sólo después cayó en la cuenta de que tenía que resolver un problema: ¿cómo justificar aquellas manchas húmedas en su ropa y en las sábanas?

XLVII

Qurtuba, Córdoba, año 992

Cada vez que viajaba a Córdoba, Ben Jacob entraba en la medina por la misma puerta, la situada en la parte septentrional, aquella que los judíos locales llamaban la Bab al-Huda, que quiere decir Puerta de la Recta Dirección. Pero, para gran irritación de esta comunidad, los árabes simplificaban y la llamaban sólo Bab al-Yahud, Puerta de los Judíos. Daba acceso directo al barrio judío cordobés, donde residían los primos y demás miembros de su comunidad.

No obstante, antes de dirigirse a la residencia del rabí Maimon, un familiar lejano, Ben Jacob cumplía siempre el mismo ritual. Acudía a los dos cementerios que había fuera de la medina, cerca de la citada puerta: el cementerio judío Qutah Raso, situado en la zona oriental, donde visitaba el túmulo de su tío, y el cementerio árabe Umm Salama, situado al otro lado, en el lugar que había ocupado una antigua necrópolis romana, donde se encontraban las tumbas de algunos viejos amigos árabes ya fallecidos. Explicó a Ermigio que el cementerio debía su nombre a una princesa, nieta del emir al-Hakam I y esposa del emir Muhamed I, quien también dio nombre a una mezquita situada cerca de allí. A la entrada, una inscripción recordaba a los musulmanes: «Aquí todos los cuerpos de los creyentes esperan el día del juicio, en que se reunirán en el valle de Arafat de La Meca para entrar en el espacio celestial del Paraíso».

Después de este ritual, entraron en la medina y se dirigieron a la judería, situada en el barrio de la mezquita Sawab. Dos templos de credos distintos convivían cerca el uno del otro: la mezquita, que estaba en la calle principal que se adentraba en la medina a partir de la Puerta de los Judíos, y la sinagoga, que quedaba junto al cementerio, pero en el interior de las murallas.

La judería se mostraba a los viajeros al final de calles rectas y empedradas. A lo largo del camino hasta la casa del rabí Maimon, Ermigio fue haciéndose con el pulso vital de aquella bulliciosa urbe. Aquellos olores, los sonidos y los colores le daban un aire especial. La gente circulaba a ritmos diferentes: unos, sin prisa por llegar a destino; otros, con paso más acelerado, como era el caso de los esclavos turcos, sudaneses y eslavos. Durante todo aquel recorrido los viajeros fueron absorbiendo cada pedazo de ciudad; oían el delicado sonido del cincel de los orífices, apreciaban las finas telas de seda, de lana, de algodón y de lino y aun las hermosas alfombras; se deleitaban con los olores de las tiendas de los perfumistas y los jaboneros que aromatizaban el espacio público... Con la atención puesta en las difusas voces de mujeres y niños en el interior de las casas, en ese o ese otro animal doméstico o en las bestias de carga que pasaban por la calzada, Ermigio se sorprendió al pasar por un mercado y ver la abundancia de productos cuya existencia había conocido con motivo de su viaje y por las explicaciones de su inefable compañero.

Se trataba del arroz, de la caña de azúcar, de las granadas, los berros y los dátiles, y también de plantas aromáticas e industriales, como el azafrán, el algodón o la morera, para los gusanos de seda.

Embriagados por la magia del lugar, Ermigio y Ben Jacob llegaron a la casa del rabí de Córdoba, quien, además de encargarse de la dirección religiosa de la comunidad judía, era también su juez, instructor e inspector de la vida civil cotidiana. Descansaron los ojos en el patio de su residencia, donde florecían exuberantes jazmines, arrayanes, algunos cipreses y pinos albares y dos hermosas palmeras. Toda aquella vegetación bien organizada se dejaba acariciar por la brisa que allí soplaba y por el rumor musical del agua en el interior de la fuente.

—*Adonai elohenu!*[53] Benditos los ojos, mi buen Ben Jacob.

—Yahvé te bendiga, mi viejo amigo. Viejo... ¡no! ¡Veo que no te tomas la molestia de envejecer!

Los dos judíos intercambiaron afectuosos saludos, sonrisas y abrazos. Se veía que los unía una gran amistad.

—Éste es un compañero de viaje y amigo, Ermigio, cristiano del norte. Seguro que tu inmenso corazón lo acogerá también algún tiempo en tu casa.

—Dices bien. En mi casa son bienvenidos todos los que llegan en paz. Siempre hay lugar y pan para uno más.

El rabí de los judíos cordobeses era un hombre bajo, pero fuerte, con el vientre ligeramente prominente, barba cuadrada y bien cuidada, debajo de una nariz algo curvada, y densas

---

53. «¡El Señor es nuestro Dios!», en hebreo.

cejas. Llevaba un solideo y vestía un caftán bien cepillado y limpio. Hizo pasar a los viajeros a una sala de entrada. Allí se encontraba la *mezuzah*, un estuche de madera donde guardaba el pergamino que recordaba a su Dios, siempre presente y pendiente de todos los actos de los hombres.

La comunidad judía celebraba entonces su Pascua y, por ello, Maimon, cuya familia hacía ya algún tiempo que desempeñaba funciones rabínicas en la ciudad, invitó a los visitantes al *seder*, el banquete especial que abría las solemnidades.

No era una cena frugal. Hacía mucho que el estómago de Ermigio se había acostumbrado a tomar alimentos poco comunes para él, en especial la comida árabe. Por eso, acompañó con naturalidad a aquella familia judía en un banquete en el que había pan ácimo, cordero, huevos duros, hierbas amargas y vino. Durante la cena, la conversación derivó hacia la situación política en Córdoba.

—Como ya sabrás, las cosas están cambiando. El gobierno de este primer ministro, que sustituye las funciones del califa Hisham, no es como el del anterior califa, al-Hakam. Al inicio de su consulado a Almanzor no le preocupaba la presencia de judíos y cristianos en Córdoba, pero desde hace poco está cambiando de actitud. Se dice que sólo es una cuestión de política. Puesto que no cuenta con el apoyo de la nobleza ni de las élites de la ciudad, que no lo quieren reconocer como principal gobernante, ha dirigido toda su diplomacia hacia los ulemas y alfaquíes. Sobre todo hacia los primeros, que se muestran como los más férreos y fundamentalistas defensores del islam, con lo que pretende que, en el nombre de Alá, legitimen sus actos. Por eso está gastando una cantidad desmesurada de dinero en la ampliación de la mezquita Aljama y también en la adaptación de la mezquita Mayor de la ciudad palatina, donde reside, cerca de Córdoba, Medina Zahira, aunque en este caso prácticamente ha forzado a los alfaquíes a aceptar su construcción.

—¿Cómo es eso? —la preocupación de Ben Jacob era evidente.

—Hace cerca de cuatro años Almanzor convocó la *shura*, el consejo de alfaquíes, para que diera su parecer sobre la elevación de rango de la mezquita de Medina Zahira al de gran mezquita. Sólo así podrían celebrase allí los ritos del viernes y de los días festivos. Pero la cuestión era compleja, porque según el derecho árabe sólo puede haber una mezquita Mayor en cada ciudad. Y la pretensión de Almanzor equivalía al reconocimiento implícito de que su ciudad era independiente de Córdoba. El consejo de alfaquíes, liderado por Ibn Zarb, fue claro y consideró que el complejo urbano Córdoba-Zahira constituía una única ciudad y, por ello, sólo podía haber una mezquita Mayor, la que existía en Córdoba. Pero hace cosa de un año murió el alfaquí Ibn Zarb y Almanzor volvió a plantear la cuestión, no sin antes mandar al exilio y ordenar detener, en sus propias casas, a dos de los principales opositores a su deseo. En esta ocasión, claro, el consejo de alfaquíes decretó otra *fatwa*, con la decisión que ya os he comentado, fundamentándola en el hecho de que la distancia entre las dos ciudades era de una *parassanga* y que resultaba inconveniente para sus habitantes ir a orar a la mezquita cordobesa. De esta forma Almanzor alcanzó, a su manera, el objetivo de la independencia formal de Medina Zahira, aunque los alfaquíes la mantengan bajo la soberanía nominal del califa.

—¿Y por qué construyó esa nueva ciudad si había ya una magnífica Medina Zahara, construida por 'Abd al-Rahman II, abuelo del actual califa?

—Almanzor temía que lo mataran los *saqaliba*, los eunucos esclavos del anterior califa, o incluso sus archienemigos de la élite cordobesa, cada vez que se dirigiera al palacio califal. Por otro lado, temía también que el joven Hisham, de quien las malas lenguas dicen que es un muchacho con problemas mentales y dificultades motrices y de expresión, se dejara influir por sus enemigos, sobre todo por los *saqaliba*. La verdad es que éstos nunca le perdonaron que consiguiera la tutela del actual califa cuando era niño, con la intervención de Subh, su madre, con quien se dice mantiene una relación amorosa. Pero yo creo que hay otra razón: Almanzor tiene un ego muy grande y estoy seguro de que quiso construir una nueva ciudad porque existe la tradición musulmana de que todos los nuevos califas lo hacen, y él pretende equipararse a un califa e imponer su nueva ideología, su propia dictadura.

—Extraños tiempos éstos... —comentó, aprensivo, Ben Jacob.

—¡A mí me lo vas a decir...! En estos tiempos, aunque parece que es eficaz la lucha contra los enemigos del califato, ya sean del norte o del Magreb, el gobierno *amirie* de Almanzor se muestra, cada vez más, trágicamente intolerante en lo cultural, lo político y lo moral.

—¿Ha habido persecuciones de judíos y de cristianos?

—Sí, algunas..., claro. Últimamente se nos obliga a todos a vestirnos de manera que sea fácil identificarnos como no árabes. Se ha prohibido incluso que las campanas de las iglesias católicas sean metálicas, y se ha obligado a que fueran de madera, para no herir los oídos de los musulmanes más sensibles, y es preciso andar con mucho cuidado cuando se va a la ciudad. Se está excitando a las masas, sobre todo contra los cristianos, a causa de las guerras del norte que Almanzor justifica como misión religiosa, la *yihad*, que apoyan los ulemas y alfaquíes más radicales. Parece que se ha vuelto, de repente, un ferviente adepto al Corán y exhibe públicamente su reciente religiosidad, con la intención de legitimar la guerra santa y, de este modo, encubrir la ilegalidad de su poder. Es obvio que, al mismo tiempo, pretende aumentar aún más las arcas estatales con el botín de guerra. De este modo se gana al pueblo, siempre sediento de ilusiones y de alguien que los guíe, aunque sea hacia un fanatismo oportunista. Imagínate que se han dado casos de niños que apedrean a cristianos y judíos.

—Ya había oído hablar de eso..., pero parece que las cosas están peor aquí, en Córdoba, que en otras ciudades de al-Andalus.

—Así es..., e imagina que, para contentar a los ulemas más radicales, Abiamir mandó quemar libros de ciencia que el califa al-Hakam reunió con pasión y amor a lo largo de su vida. Sabiduría milenaria destruida en tan poco tiempo: arduo trabajo de autores y pensadores, de copistas, calígrafos, iluminadores y traductores. Fue un gran golpe para la humanidad, una herida que tardará en curar.

Todos movieron la cabeza en un gesto de asentimiento.

—Os digo también que su obsesión lo ha llevado a acentuar la práctica de exhibir en las almenas de las murallas de Córdoba y de otras ciudades de al-Andalus los cráneos de los cristianos del norte que mata en sus razias. Las tropas musulmanas decapitan a los enemigos muertos, heridos o prisioneros y transportan sus cabezas en carretas para repartirlas por las ciudades por donde pasan como trofeos de la victoria. Por no hablar de los propios árabes de los que tiene una ligera sospecha de que conspiran contra él o pueden hacerle sombra. Todos mueren, incluso su propio hijo, Abd Alláh, que residía en Zaragoza, de quien sospechó que conspiraba. Mandó que le cortaran la cabeza y la envío al califa Hisham como señal de victoria. De este modo ha conseguido que aumente el miedo que ya inspiraba en el pueblo, y todos los corazones tiemblan en su presencia.

—¿Y no han reaccionado las comunidades cristiana y judía?

—Bien, la verdad es que yo mismo y nuestra autoridad civil, el *nasi'* Abu Yusuf ibn Shaprut, hemos hablado en secreto con los líderes de la comunidad cristiana mozárabe de Córdoba, con su jefe máximo, el conde Mu'awiya ibn Lope, su juez, Asbag ibn 'Abd Alláh ibn Nadil, y su obispo, 'Isá ibn Mansur, para ponernos de acuerdo en la mejor manera de manejar la situación. Decidimos, no obstante, ser cautelosos, con la esperanza de que esta oleada de fanatismo pase. En otros tiempos ya fue así, y rezamos todos los días para que todo esto sea pasajero. Pero no será fácil. Todos añoramos los tiempos del califa al-Hakam y tememos que el suyo sea un caso excepcional de tolerancia y de sana convivencia entre los credos.

Todos guardaron silencio, meditando sobre los nuevos tiempos que se vivían en la capital del califato y sobre las precauciones que había que tomar, hasta que Ben Jacob decidió llevar la conversación a cuestiones más prosaicas de la vida familiar de aquel a quien sus pares llamaban príncipe de la judería de Córdoba.

—Veo que Yehuda, tu hijo primogénito, ha crecido.

El rabino sonrió, orgulloso, mientras cambiaba de lugar la *menorah*, el candelabro de siete brazos típico de los lugares judíos.

—Acaba de cumplir catorce años. Hace poco fue introducido en nuestra élite, pasó a ser *bar mitzvah*, sometido a los preceptos, a través de la ceremonia solemne que marca su entrada en la comunidad religiosa, en presencia del consejo de sabios. Y, como todo joven judío, frecuenta la *yeshiva*. Ha empezado su preparación para sucederme, cuando llegue la hora, en las funciones que ahora me están encomendadas de orientación de nuestra comunidad. Es el destino de nuestra familia y de cada uno de sus primogénitos.

—¡Es bueno que así sea! En materia de educación, nosotros, los judíos, vamos por delante. Llevamos a nuestros hijos a la escuela, más aun que los árabes, mientras que los cristianos sólo tienen acceso a las letras si ingresan en algún monasterio.

Ermigio no pegó ojo esa noche. A pesar de que era sencilla, aquella había sido la cena más nutrida que había tomado últimamente, incluso cuando había hecho algunos excesos, tanto tiempo pasaron a la mesa. Con todo, la razón de su falta de sueño era otra. Era el motivo por el que recorría el mundo, desde hacía algunos años, por el que iba de ciudad en ciudad, por el que le hicieron prisionero y esclavo y por el que estaba en la capital de la nación árabe más occidental. Y ese motivo era Ouroana, cuyo paradero tal vez conociera la mañana siguiente.

Por eso fue el primero en levantarse y en disponerse a salir con su amigo. La primera visita fue a la sinagoga, donde el judío quería rezar. Era un edificio poco significativo por fuera, pero ya dentro Ermigio comprobó la riqueza de la decoración.

—Ésta es la sala de oración y reunión, donde se encuentra el *bimah*, el púlpito. Allí, al fondo, en el muro orientado hacia Jerusalén, está el *hekkal*, que es el arca que contiene los rollos de la Torá. Los primeros bancos están reservados a los miembros más destacados de la comunidad, y el resto de los fieles varones se van situando detrás de ellos.

—¿Y para qué sirve aquel espacio?

—Es la zona destinada a las mujeres. Da a la sala central, de modo que ellas puedan seguir el culto. Allí hay una serie de dependencias que albergan algunas habitaciones y el *mikwe*, el baño ritual.

Ermigio tomó entre sus manos un cuerno y lo miró con expresión curiosa. Ben Jacob sonrió divertido, comprendiendo la sorpresa del cristiano.

—Es el *shofar*, un instrumento hecho con el cuerno de un carnero que se utiliza en la Rosh-Hoshana, la fiesta de año nuevo, para invocar el arrepentimiento.

El judío oró durante algún tiempo en la sinagoga. Ermigio, aunque al principio se sintió extraño, rezó también en aquel templo, por él, por su amigo y por Ouroana. Visitaron después la escuela donde se enseñaba el Talmud y otras obras de la literatura rabínica, y luego salieron para alcanzar el objetivo que a los dos animaba.

Deambularon por las calles de Córdoba, ya bulliciosas en aquel momento del día. Los almuecines llamaron a los fieles a la oración de la mañana. A medida que se dirigían hacia la mezquita Aljama, supieron que se acercaban a la zona del mercado por el ruidoso regateo que se oía desde lejos. Los comerciantes ocupaban pequeños espacios de venta, muchos de ellos sentados entre las babuchas o los libros, atendiendo a los clientes sin levantarse. Había allí herbolarios, cambistas, sastres, herreros, peleteros, talabarteros, aceiteros, orífices, tintoreros e incluso vendedores de trigo, carne y pescado.

Llegaron por fin a la mezquita principal. Se descalzaron a la entrada. Ermigio quedó deslumbrado ante la magnificencia de la construcción, y por un momento se olvidó de por qué estaba allí. Ben Jacob se dio cuenta de la fascinación de su amigo y dejó que disfrutara, tranquilamente, del momento.

Volvió a la realidad cuando se dirigieron al lado de oriente y se encontraron con las obras que allí se realizaban. Se trataba de una ampliación que consistía en aumentar en ocho naves la sala de oración, en toda su longitud, y en agrandar en la misma proporción el patio, para lo cual debían demoler las casas que había en el lugar. Eran obras de gran envergadura, tal vez la mayor ampliación que había visto aquella mezquita desde su construcción, iniciada por el califa 'Abd Al-Rahman I y ampliada por 'Abd Al-Rahman II y al-Hakam II. Estaba destinada no sólo a atender a un número cada vez mayor de habitantes de Córdoba, sino también a contentar a los ulemas y alfaquíes de la ciudad, que Almanzor quería tener de su parte para sus propósitos de gobierno. Pero, a pesar de las grandes dimensiones, técnicamente se trataba de una repetición de las formas constructivas anteriores. Las nuevas arcadas no tenían ningún detalle preciosista ni metal noble que las diferenciase, como sí ocurría en tiempos de al-Hakam II. La monumentalidad de estas obras de ampliación consistía en siete magníficas portadas, donde se concentraba el mayor número de trabajadores en aquel momento.

Se dirigieron a un hombre que parecía el responsable de los equipos de trabajo y el judío le preguntó si había allí canteros cristianos y mozárabes.

—¡Claro que sí! Son grandes trabajadores y el mismo *hajib* se propuso contratarlos.

—¿Y quiénes son?

El capataz eslavo, que dijo ser jefe de la policía, era uno de los supervisores nombrados por el director de la obra, el *sahib al-shurta* de Córdoba, 'Abd Alláh Batri. Quiso conocer la razón de las preguntas.

—Nada de especial. Este amigo mío busca a uno de ellos para transmitirle un mensaje de la familia.

—¿Sabe su nombre?

Aquello no se lo esperaban.

—Bien..., lo que ocurre es que mi amigo ha tenido un problema de memoria y olvidó el nombre... Sólo si le ve la cara lo identificará.

—De acuerdo, si es así, lo mejor será que preguntéis por ahí... No los conozco a todos. Les doy permiso para que lo hagan, siempre y cuando no molesten y no tarden demasiado.

Les dieron las gracias y prometieron ser breves. Fueron pasando entre un buen número de trabajadores para que Ermigio intentara reconocer, entre la suciedad que mostraban, a alguno de los miembros de la banda de Lucio.

En aquel momento los obreros musulmanes se dedicaban a colocar ladrillos, que alternaban con piedras trabajadas con motivos vegetales, así como con inscripciones coránicas y decoraciones geométricas, utilizando preciosas celosías y distintos tipos de arcos.

Preguntaron a los obreros mozárabes, rumíes o recientes muladíes. Pero no era tarea fácil reconocer a los secuestradores de Ouroana. Aquel fatídico día en la sierra de Marão, Ermigio no pudo observar con detenimiento los rostros de los asaltantes a causa de la tensión por la que pasaba, sin tener en cuenta el tiempo transcurrido desde aquel trágico acontecimiento. Por eso, además de intentar reconocer el rostro, tuvo que hacer algunas preguntas acerca de la procedencia de los obreros y si conocían a Lucio.

¡Nada! Ninguna de aquellas caras se parecía a las que él recordaba difusamente y nadie le proporcionaba informaciones útiles. Además, pocos dejaban de trabajar para responder a sus preguntas, pues sabían que el supervisor no les quitaba el ojo de encima y, a través de él, Abiamir Almanzor.

Salieron desanimados de la Aljama y vagaron en silencio entre la multitud que se movía frenéticamente en todas direcciones. Se dirigieron hacia el mercado de la ciudad, pasando por calles taponadas por las tiendas de vendedores de cirios, velas y perfumes, en las zonas más cercanas a la mezquita y, más adelante, por los puestos de los campesinos bereberes llegados de los montes para vender productos frescos, como lechugas, higos, uvas para secar, granadas y dátiles. Llegaron entonces a la zona central del mercado, donde se vendía de todo. A un lado, al oeste del alcázar, se erguía el edificio de la alcaicería, donde el movimiento era asimismo intenso. En la zona de alimentación se encontraban los establecimientos destinados a la preparación del pescado frito, buñuelos, salchichas, *harisa*, queso, leche y condimentos. En la sección textil, destacaban los hilanderos, tejedores, tintoreros, curtidores, sastres y zapateros. Los viajeros siguieron hacia la zona de la construcción civil, repleta de picapedreros, carpinteros, yeseros, fabricantes de ladrillos, ebanistas y vendedores de madera. Pasaron también por el lugar donde se vendían piezas de cerámica, donde había distintas clases de vasijas y cántaros, y de allí fueron a la zona de artículos de lujo y de los vendedores de agua. A la salida descubrieron el lugar donde se podían encontrar médicos, profesores e incluso barberos. Entre toda aquella miscelánea de comerciantes y maestros de oficios y de la multitud que iba en todas direcciones, se distinguían también faquires, encantadores de serpientes, ciegos con sus lazarillos, mendigos, equilibristas, narradores que leían en voz alta extractos de la gesta profética o recitaban cuentos maravillosos e historias obscenas, además de astrólogos, quirománticos y prestidigitadores. De repente, en medio de toda aquella algarabía, unas voces subieron de tono más de lo normal. Un comerciante de perfumes y un cliente se insultaban mutuamente. Aquél había vendido un ungüento de tercera categoría como si fuera una cotizada esencia. Pronto una multitud de curiosos se acercó al lugar de la contienda, y llegaba el jefe de la policía con orden de dispersión. Ermigio vio a lo lejos una taberna... y él y Ben Jacob entraron, casi instintivamente. Pidieron vino de Málaga, y se dedicaron a él con fruición, hasta que poco después, embriagados, empezaron a reír y a llorar, al tiempo que repasaban los detalles de su infortunio.

Al fondo, un ruidoso grupo de jóvenes comentaba, en alta voz, el éxito de las regatas en el Guadalquivir y sus conquistas durante la fiesta del último *Mahrayan*, también llamada de *'Ansara*, que, el 24 de junio, celebraba el solsticio de verano. En aquella fiesta, que coincidía con la celebración cristiana del nacimiento de san Juan, introducida en la Península siglos antes por los alanos, participaban también los mozárabes, que habían confraternizado con los musulmanes, con intercambio de presentes, e incluso, a pesar de la reprobación de algunos alfaquíes radicales, se sabía de árabes que hacían otro tanto con las celebraciones cristianas. Tales festividades hacían las delicias de los cordobeses, pues se reunían familiares y amigos, se cocinaban platos típicos, bebían los mejores vinos de la región y se hacían desfiles de caballería. Durante el día, la ciudad se llenaba de gente y, una vez llegada la noche, muchos salían a la calle disfrazados, mientras en los campos se saltaban las hogueras. En algunos patios, la fiesta se hacía con palmas y cañas en la mano, con bailes y música de gaitas, flautas, tambores y panderos. El pueblo se vestía preferentemente de blanco durante los tres meses que seguían a la fiesta.

Los dos amigos no pudieron dejar de sonreír al oír las hazañas que contaban aquellos jóvenes acerca de sus artes al cortejar a las doncellas cordobesas, sin duda exageradas por la fuerza del vino consumido.

Salieron de la taberna cuando el sol ya menguaba en el horizonte sobre los tejados y los minaretes de las mezquitas. En aquel momento no sabían que les estaba siguiendo a cierta distancia un individuo desconocido. Sólo se dieron cuenta cuando llegaron a la calle de los libreros, pues andaban despacio, tropezando aquí y allá, lo que les llevó a detenerse y a reírse del aspecto que tenían.

—Alguien nos está siguiendo... —comentó Ermigio, poco después de que reiniciaran la marcha.

—Pues... parece que sí.

—Si nos sigue, será mejor saber qué quiere ese hombre... Ciertamente no nos hará daño aquí, en medio de la calle —insinuó el cristiano, osado.

—¡Buena idea! —asintió el judío de inmediato.

Se dirigieron al hombre que los estaba siguiendo y le preguntaron qué quería. Éste, que se encontraba frente a la tienda del famoso librero Ibn Abbas, quedó un poco confundido y les pidió que lo acompañaran a una callejuela menos concurrida y más oscura. Temerosos, los dos amigos lo siguieron.

—Creo que sé a quién buscáis...

—¿Y cómo sabes que buscamos a alguien?

—Trabajo en la mezquita y os he oído. Y sé dónde está el hombre rubio, alto y de ojos azules que buscáis... y que pertenecía a la banda de Lucio.

—¡Adelante, desembucha! ¿A quién buscamos y dónde se encuentra?

—Estaré encantado de ayudaros... Comprenderéis que desee que esta información rinda algún beneficio a mi humilde persona. ¿Sabéis? Tengo mujer y cinco hijos y... y... los salarios no son gran cosa. Tal vez treinta dinares puedan...

—¡Ah, charlatán! Has visto la oportunidad de enriquecerte a costa del problema de un hombre sencillo y pobre! —vociferó Ben Jacob, animado por la embriaguez del buen vino de Málaga que acababa de tomar y escandalizado por el excesivo número de monedas, que seguramente querría que fuesen de oro, que aquel desgraciado pedía—. ¡Por Yahvé!, ponte a andar antes de que llame a la policía o informe a tu patrón de tu actitud.

—Eso no, por favor... Tal vez lleguemos a un acuerdo por menos.

—¡Desaparece de mi vista! No ganas más de cinco o seis dinares al año y te atreves a pedirme esta cantidad, ladrón.

El hombre desapareció de inmediato entre los transeúntes de la calle principal a la que iba a dar el callejón en el que se habían metido.

Ben Jacob y Ermigio se dirigieron a casa, comentando los acontecimientos del día y soltando un gran número de improperios cada vez que se referían al atrevido trabajador que los había molestado en la calle.

Se echaron sin comer, aún afectados por el vino que habían tomado al final de la tarde y que les había provocado una soñolienta torpeza, reforzada por el hecho de que habían calmado el mal humor despertado por el encuentro en el callejón.

A media noche Ermigio soñaba una vez más: corría por las calles de Córdoba detrás de Ouroana, que era arrastrada por el hombre que los había abordado. La policía, detrás de él, le ordenaba que parara de inmediato. Él intentaba huir, pero las piernas no lo obedecían. No comprendía por qué le fallaban las fuerzas. De repente, sintió que alguien lo agarraba y lo sacudía con fuerza. Creyó que era su fin.

—Ermigio, Ermigio..., despierta, despierta. ¡Despierta ya, hombre!

—¡Yo no he hecho nada! Por favor, no me llevéis... ¡No he hecho nada! Pero..., Ben Jacob, ¿qué pasa? ¿Por qué me sacudes? ¿Por qué me despiertas a estas horas de la noche? ¿Qué ocurre?

—Tranquilízate, hombre, tranquilízate.

El cristiano se sentó entonces sobre la cama, se alisó los cabellos desgreñados y, aún soñoliento, se frotó los ojos. De algún modo le agradecía a su amigo que lo hubiese arrancado de aquel momento de su sueño..., pero necesitaba oír la razón de tanta urgencia.

—Disculpa que te haya despertado de esta manera. No conseguía dormir. Mi insomnio tenía que ver con las palabras del hombre que nos abordó hoy en la calle, no podía quitármelas de la cabeza. Y ha sido ahora cuando lo he visto claro.

—¿El qué? —preguntó el aturdido anegiense.

—¿Recuerdas que dijo que sabía dónde se encontraba el hombre alto, rubio y de ojos azules que buscábamos?

—Sí, ¿y qué?

—¡Es él! Cuando me dieron la información en Sevilla de que Abiamir había contratado a alguien que había pertenecido a la banda de Lucio me lo describieron como un hombre alto, rubio y de ojos azules... Sólo puede ser él... No hay muchos así por aquí...

—Ahora que lo dices..., recuerdo vagamente a un gigante rubio que se movía discretamente en el grupo de Lucio en el momento del secuestro. Pero no recuerdo el color de sus ojos.

Los dos hombres ya no durmieron más. Se vistieron, se dirigieron a la cocina y comieron los restos de la cena de la noche anterior, que habían rechazado porque habían pasado antes por la taberna.

Antes de que el sol naciera, estaban plantados a las puertas de la mezquita Aljama, intentando reconocer no ya al miembro de la banda de Lucio, sino al hombrecillo que, el día antes, los había abordado.

XLVIII

Qurtuba, Córdoba, año 992

Sentados junto a un muro de la plaza de la mezquita, los dos amigos asistieron al nacimiento del sol en Córdoba y al renacimiento de la vida de la ciudad más importante de Occidente. A los primeros tonos dorados siguieron rayos de luz que serpenteaban entre las cúpulas y minaretes de la metrópolis andalusí. Algunos perros vagabundeaban por allí y con el hocico olfateaban los rincones en busca de la primera comida del día, pero pronto dieron prioridad a otra cuestión: una perra en celo se pavoneaba con su propia rehala y los perros que se encontraban en la plaza engrosaron rápidamente el grupo de seguidores de la hembra.

Judío y cristiano sonrieron divertidos con la escena. En ese instante empezaron a aparecer los comerciantes, que ocuparon sus lugares habituales para otro día de ajetreado trabajo. A medida que el sol tomaba posición en el horizonte, alzándose con el transcurso del tiempo, los ciudadanos de la urbe califal fueron llenando la ciudad de vida. Algunos campesinos detuvieron sus carretas y descargaron hortalizas frescas frente a los dos hombres que esperaban en la plaza. Saludaron a los dos amigos y les preguntaron si molestaban. Después de devolver el saludo, se movieron un poco hacia la izquierda, para no perder de vista a quienes llegaban, e invitaron a los campesinos a que ocuparan el lugar que desearan.

—Las ciudades andalusíes son, de hecho, un mundo aparte. La gente tiene aquí todo lo que necesita para su vida cotidiana, y lo que le falta, llega puntual a los mercados.

—Así es, Ermigio. La civilización de estas tierras es como las clepsidras de Toledo. ¿Lo recuerdas? Siempre sincronizadas —respondió el judío, medio en serio, medio en broma.

Para corroborar lo que acababa de señalar, se dejaron oír en el momento oportuno los cánticos del almuecín de la mezquita Aljama, que se fundieron, melodiosos, con el aire ya cálido de aquella mañana. Llegados de todas las calles y callejuelas, los cordobeses acudieron de inmediato a la plaza, como si hubieran estado escondidos cerca, aguardando sólo la señal cantada.

La plaza se llenó de una algarabía confusa que, con la misma rapidez, se dirigió y fue engullida por la mezquita. Ante aquella muchedumbre, Ermigio comentó en voz baja, para sí:

—¡Cuánta gente pasa por aquí ajena a nuestras preocupaciones, a nuestro objetivo y al drama de mi Ouroana!

El judío, que había oído el murmullo, reaccionó con el mismo tono de voz:

—Quién sabe si alguien de por aquí conoce el paradero de tu princesa... Es una lástima que lo único que podamos hacer es aguardar para ver en qué acaba este presentimiento mío.

Los dos se quedaron en silencio, escuchando el cántico de las oraciones a través de las puertas abiertas de la mezquita.

Cuando terminaron, y los fieles volvieron a sus casas y sus ocupaciones, surgió finalmente ante sus ojos el hombre que buscaban, formando parte de la comitiva de trabajadores que se presentaba para una jornada más de trabajo.

Se acercaron a él tan pronto como comprobaron que estaba solo. Al verlos, se asustó.

—Por favor, no le digan nada a mi supervisor, ¡por amor de Alá, el Misericordioso!

—¡De acuerdo! ¡No diremos nada! Pero hemos estado pensando esta noche acerca de lo que nos dijiste y tenemos algo que proponerte. Te daremos diez dirhams por la información. Y si es cierta, es decir, si el hombre que buscamos es este del que hablas, recibirás otros cinco.

El sujeto no se lo pensó: incluso así, la cantidad era apetecible. Aceptó, agradecido. La persona que buscaban era un picapedrero que se llamaba Álvaro y que, después de ejercer de maestro cantero en la mezquita Aljama, había sido contratado por Abiamir para las obras que se realizaban en la mezquita de Medina Zahira, su ciudad fortaleza. Y allí se dirigieron. Cuando dejaron al informador, Ermigio comentó:

—Ni con éste has perdido la oportunidad de ganar, quiero decir, de ahorrarte algún dinero.

—Te equivocas, mi buen amigo. Eres tú quien se acaba de ahorrar algún dinero, porque sólo pagarás lo que yo he negociado. En cuanto a mis servicios como negociador, te los ofrezco gratuitamente y de buen grado.

Los dos se echaron a reír.

XLIX

Madinatu Zahira, Medina Zahira, año 992

El 9 de agosto de 978, Abiamir empezó a construir la Ciudad Brillante —Medina Zahira—, que se terminó en 981. El 7 de julio de ese año Abiamir tomó el nombre de Almanzor, con el que sería conocido en el futuro. Aquella bella ciudad pasó también a ser el lugar donde el *hajib* aisló completamente al califa Hisham II con el fin de ejercer con más tranquilidad su gobierno absoluto. Más aún cuando descubrió que algunos alfaquíes y notables de Córdoba conspiraban de nuevo, con la intención de deponer al joven califa y sustituirlo por otro miembro adulto de la familia califal de los omeyas.

La nueva y exuberante ciudad fortaleza se erigía a orillas del Guadalquivir, el río que la protegía por varios lados, sobre un viejo asentamiento romano, a oriente de Córdoba, en un pequeño monte que dominaba el territorio circundante. Por las calles de la capital se decía que aquel lugar lo había escogido personalmente Almanzor, después de escuchar presagios de que la ciudad que allí se construyera se convertiría en el centro de todo el poder.

Se tardó apenas dos años en levantar el núcleo central. Primero, las murallas y, a continuación, los bellísimos y fastuosos palacios destinados a acoger a familiares y, también, las instalaciones para los servidores, soldados y guardia personal, ministerios, dependencias de la administración estatal, almacenes y cuadras para los animales.

Pero ni a los notables del régimen se les permitía habitar dentro de la nueva ciudad: allí sólo trabajarían. La única excepción era el juez Ahmad Dakwan. Por eso, ministros, secretarios, generales y altos miembros de la administración tuvieron que edificar sus lujosas residencias en terrenos cedidos por el *hajib* en la Janib al-Sariq, la Axarquía, zona inmediatamente exterior a las murallas. Precisamente allí vivía 'Isá al-Yahsubi. El terreno restante lo ocupaban huertos y jardines.

Ben Jacob y Ermigio salieron de las murallas de Córdoba por oriente, por la Bab al-Sikal, la Puerta de las Trabas, y se dirigieron hacia la Ciudad Brillante. A lo largo del camino pasaron junto a varias casas, recientemente construidas o en construcción, entre Córdoba y la ciudad fortaleza. En poco tiempo ambas urbes serían, en la práctica, una estructura urbana continua.

Para llegar a la única puerta de la ciudad, denominada Bab al-Fatah o Puerta de la Victoria, situada en la parte oriental, tuvieron que rodear la mitad del perímetro amurallado. Se decía que Almanzor quería colocar la puerta lo más lejos posible de Córdoba, para prevenirse de sus recurrentes tumultos, sobre todo en su ausencia. Había ya varias comitivas aguardando. Se trataba de mercaderes y visitantes que, por la forma de vestir, debían de ser gente de los reinos cristianos del norte de la península hispánica, del norte de África e incluso de los reinos orientales. Todos esperaban permiso para ser recibidos por el *hajib* o por algún alto funcionario del régimen.

Después de dos horas de espera, los dos amigos consiguieron que los atendiera el guardia que se ocupaba de los motivos y la seguridad de cada una de las personas que querían entrar en la ciudad. Ben Jacob fue quien habló.

—Estamos aquí para hablar con un maestro cantero cristiano que trabaja en la construcción de la mezquita Aljama. Nos gustaría discutir con él sus servicios.

—Entrada denegada. Podréis hablar con él a la puesta del sol, cuando termine su turno y cruce las murallas.

No valía la pena insistir. El guardia se disponía a inspeccionar el salvoconducto de un visitante ilustre, con el que el trato fue muy distinto. Aguardaron todo el día por allí. Pasearon por la Axarquía, admiraron los fastuosos palacetes y almunias construidos en aquella zona, pasaron cerca de un puesto de policía y de algunos servicios públicos que Almanzor no quería en el interior de la ciudad. Vieron la zona residencial del personal de servicio y el campamento de la mayor parte del temible ejército cordobés. Finalmente se dirigieron hacia las frondosas orillas del Guadalquivir, donde trabajaban varios esbeltos molinos, construidos hacía poco y destinados a triturar aceitunas, a prensar uvas y moler grano, todo para el abastecimiento de la nueva ciudad. Ermigio quedó admirado con aquellas construcciones que el ingenio humano había sido capaz de concebir. Los movía la corriente y constaban de una rueda vertical, semejante a la de las norias, unida a otra horizontal, que hacía girar las dos ruedas de piedra que trituraban la materia prima. En el aire flotaba un dulce perfume a especias producido por elegantes gordolobos, abundantes por allí.

Por fin llegó la hora de la puesta del sol. Los operarios que trabajaban en la ciudad comenzaron a salir y dirigirse hacia los campamentos provisionales construidos fuera de las murallas. A los dos amigos no les costó localizar al hombre que buscaban. Su estatura y su apariencia lo denunciaban: era alto, rubio, la piel de la cara notablemente clara y unos vibrantes ojos azules, con barba rala que apenas cubría las mejillas. Lo siguieron y comprobaron que se dirigía, acompañado por un puñado de hombres, hacia instalaciones distintas a las tiendas destinadas a la mayoría de obreros, lo que les decía que disfrutaba de otro tratamiento.

—¡Álvaro, Álvaro! ¿Puedes atendernos un momento?

Al oír su nombre pronunciado en su lengua con tanta perfección, el rubio volvió el rostro hacia los dos hombres que lo llamaban. Después de algunos segundos de duda, se acercó a ellos.

—¿Quiénes sois y cómo conocéis mi nombre? —el hombre se puso a la defensiva.

—Bien..., soy un cristiano del norte y este de aquí es mi amigo, judío toledano... Sólo queríamos tener una conversación amistosa contigo.

—Pues bien, mi casa está a vuestra disposición.

Los tres entraron en la residencia en la que se acomodaba Álvaro. Los invitó a sentarse alrededor de una mesa, en la sala principal, donde colocó un plato con pan, algo de fruta y un jarro de limonada, y les dio unos tazones.

Mientras los llenaba, y antes incluso de preguntar qué asunto los traía allí, Álvaro empezó a hablar.

—Imagino por qué estáis aquí. Te reconozco perfectamente —soltó, mirando a los ojos a Ermigio—. Lo supe esta misma mañana cuando me avisaron de que unos extranjeros me buscaban en la mezquita Aljama de Córdoba. He rezado mucho para que este día llegara.

Contó entonces su historia: las condiciones en las que Ouroana fue raptada, el viaje hasta que la entregaron a una familia árabe y los problemas de conciencia que aquella situación le había provocado.

—Cargo con este peso desde entonces. Por eso, siempre que puedo procuro enterarme de la situación de la joven esclava. Pero la verdad es que no he conseguido saber mucho, tan sólo la he visto con semblante triste alguna que otra vez cuando salía de casa con sus amos. La última oportunidad que tuve de observarla fue en la mezquita Mayor de Córdoba.

Álvaro hizo una pausa, mientras recordaba el día de lluvia en la Aljama, cuando sus ojos se encontraron con los de Ouroana y, angustiado, desapareció entre la multitud.

—Incluso el pasado cuatro de noviembre, durante la fiesta de traslado del cuerpo de san Zoilo de su sepulcro a aquella basílica, recé mucho para que Dios me ayudara a encontrar la manera de dar la vuelta a la situación y devolver a la muchacha al lugar de donde nunca debió salir. Cada vez que paso por el barrio de los pergamineros, entro en la basílica de san Acisclo y rezo por Ouroana.

Álvaro intentaba controlar su emoción. Todos guardaron un prudente y cómplice silencio. Aprovecharon para beber un poco de la limonada que tenían ante ellos.

—Por fortuna, conseguí un excelente trabajo en estas tierras de los árabes. Poco tiempo después del episodio del secuestro de Ouroana, Lucio empezó a mostrarse intratable y, como ya tenía algunos ahorros, decidí abandonar el grupo. Supe entonces que los árabes buscaban buenos canteros para obras en Sevilla. Como ésa fue siempre mi profesión, las cosas me fueron bien y pronto me adapté a las técnicas de construcción andalusíes. Me convertí en *alarife*, maestro de obras, y me hice cargo de equipos de trabajo, hasta que Almanzor acabó por oír hablar de mis capacidades y me contrató para mandar algunas brigadas de obreros en la ampliación de la Gran Mezquita de Córdoba. Después, el *hajib* quiso hacer algunas reformas en la mezquita de Medina Zahira y me mandó aquí con la misión de acelerar la intervención. Si lo consigo dentro del plazo que me ha marcado, recibiré una generosa recompensa. Parece que Almanzor pretende que todos los notables del régimen frecuenten su mezquita.

—¿Y dónde está ahora Ouroana? —preguntó Ermigio, que quería llegar ya al final de aquellas explicaciones, al encuentro de su princesa.

—¡Muy cerca de aquí! En una de las almunias de las cercanías de la muralla de esta ciudad de Zahira. Pertenece a una de las personas más allegadas al mismísimo Almanzor, su secretario personal. Él mismo me da las órdenes y hace los pagos. Se llama 'Isá ibn Sa'id al-Yahsubi. Ouroana pertenece a su harén, es esclava al servicio de su esposa. No será nada fácil sacarla de allí.

Mientras Álvaro daba estas explicaciones, Ermigio empezó a sentir que le faltaba el aire. Un escalofrío recorrió su cuerpo y sintió náuseas. Se levantó despacio y se dirigió hacia una ventana para respirar aire fresco. Las primeras noticias de Ouroana viva y tan cerca afectaba el cuerpo y la mente del pobre cristiano que tanto había sufrido ya para localizarla y llevarla de vuelta a su casa.

Con las primeras penumbras de la noche, Álvaro encendió un brasero para mantener la temperatura. Un silencio denso flotaba con el humo entre los tres hombres. Ben Jacob se levantó, se acercó a su amigo y le dio un afectuoso abrazo.

—Comprendo tu emoción. Ahora que pareces más tranquilo, volvamos a la mesa y escuchemos con atención lo que tiene que decirnos este hombre.

Ermigio obedeció en silencio.

—Bien, Álvaro, por lo que nos cuentas, sólo hay dos formas: o la raptamos de nuevo o la compramos a su amo —era el judío quien hablaba, decidido—. ¿Estás dispuesto a ayudarnos?

El *alarife* frunció el entrecejo y refrescó sus ideas y la garganta con la limonada.

—Ayudaré en la medida en que pueda. Tenemos que encontrar la manera de evitar que alguien salga perjudicado. Si yo fuera descubierto en algún acto subversivo, Almanzor no dudaría en cortarme la cabeza y exhibirla a las puertas de la ciudad, como ejemplo para los demás. Dejad que piense cómo actuar. Lo mejor será que volvamos a hablar de aquí a una semana, en mi casa, para que vuestra visita no suscite preguntas ni levante sospechas. Si alguien se interesa por nuestros encuentros, decid lo que afirmasteis al guarda, que queréis contar con mis servicios.

El penetrante olor de la madera de sándalo quemada en el brasero volvió a unir a los tres hombres desasosegados, que terminaron la jornada con un reconfortante té de menta.

L

Qurtuba, Córdoba, año 992

Durante aquella última semana, las idas a la madraza de la mezquita de Córdoba para recibir su cuidada formación como alfaquí habían impedido que Abdus se encontrara a solas con Ouroana. A decir verdad, los dos procuraban evitarlo: ella no sabía cómo abordar la cuestión del beso y, por su parte, el joven no conseguía recuperarse de la emoción que se apoderó de él tras lo ocurrido a las puertas de la habitación de su madre y, a continuación, en su propia habitación. Pero eso se traducía, también, en mucho sufrimiento, pues los dos deseaban ardientemente seguir siendo cómplices el uno del otro.

La tarde de aquel día la señora de la casa recibiría la visita de sus amigas. Por eso, la esclava acompañaba al castrado Zawar mientras repartía almohadones por los divanes y llenaba los quemadores de granos de incienso, polvo de ámbar ceniciento y bastoncillos de áloe. A continuación esparcieron pétalos de rosa y ramilletes de jazmín por las alfombras de la sala dónde tendría lugar el encuentro.

—Pon también pétalos y jazmín en el estanque —le ordenó el eunuco.

Abdus pasaba por allí en aquel momento, oyó la orden y, después de fingir que iba a una estancia del harén, se acercó al jardín. Ouroana terminaba ya su tarea. La invitó a sentarse en el mismo banco donde, algunos días antes, intercambiaron una rosa por un beso.

—¡Cómo está el tiempo!

—Sí..., la brisa se agradece estos días de calor..., incluso a primeras horas del día.

—Dímelo a mí, que tengo que ir a la madraza. Cuando hace mucho calor, te cuesta concentrarte.

—Veo que estás entusiasmado con tus estudios... Como ya te dije, sabía que te encantarían. Llegarás muy lejos en el futuro.

—Así sea, hechicera... ¿Aprendiste estas dotes de profecía en tu tierra?

Los dos rieron con ganas.

—¿Sabes?, la verdad es que mi ama Vivilde es una excelente adivinadora. Para ella, la naturaleza y el futuro no tienen secretos.

—Tal vez te haya dejado la semilla de sus dotes.

—Abdus, tengo que decirte una cosa...

—¿Sí?

—¿Te acuerdas de aquel día, aquí mismo, que me regalaste una rosa?

—Claro que me acuerdo... Te la ofrecí con cariño.

—Y te doy las gracias. Aún la guardo.

La tensión entre los dos jóvenes fue en aumento. Tras la aparente inocencia inicial, Ouroana se preparaba para sacar a colación algo más serio, lo cual se deducía de su pose y su voz grave.

—No quería hablarte precisamente de la rosa..., sino de lo que siguió..., del beso que te di... No quiero que me interpretes mal... Sé cuál es mi papel en esta casa... y que se supone que no debo ir por ahí besando al hijo de mi señor. Fue un acto de cariño en retribución a la ofrenda que me diste en aquel momento... y que tanto me gustó.

—Ouroana...

—Déjame terminar. Por eso quiero pedirte disculpas por lo sucedido y decirte que no volverá a ocurrir. Procuraré mantenerme en mi lugar... Además, ahora, nada debe interponerse en tus estudios...

Mientras hablaba, la mirada de la muchacha se iba apartando de la de Abdus. Parecía que una lágrima traicionera iba a desprenderse en cualquier momento. Pero lo último que deseaba en aquel instante era llorar, sobre todo ante su amigo.

—Bueno, no volví a pensar en aquello... Lo entendí... No te preocupes... Además, si no hubiera aparecido Zawar, probablemente hubiera sido yo quien te hubiera besado... —dijo, con una mueca en el lado derecho de los labios.

—Menos mal que lo hemos aclarado. Me voy ahora a arreglar la ropa de tu madre.

La esclava empezó a moverse en dirección al harén de la casa.

—¡Ouroana!

Cogió la mano de la joven al tiempo que pronunciaba su nombre. Cuando ella se volvió hacia Abdus, él le ciñó la cintura con la mano izquierda, colocó la derecha en la nuca y la besó con ansiedad e intensidad.

Ouroana no se resistió.

Cuando volvió a su alcoba, corrió hacia la esquina en la que solía rezar todas las noches. Su interior era un mar agitado de emociones. Se sentía extraña, distinta, y no conseguía comprender ni aceptar lo que le estaba ocurriendo. La atracción por Abdus era algo contra lo cual luchaba su razón, pero que el corazón insistía en resistir. ¿Cómo podía ocurrirle algo así a ella, a Ouroana, tan temerosa de Dios y fiel a sus costumbres? En ese instante descubrió dentro de sí sentimientos contradictorios que su condición humana aún no le había revelado: la felicidad y el remordimiento. La felicidad de descubrirse acariciada por la suerte de haber encontrado a alguien en quien proyectar toda su esencia femenina y con quien conectaba, de sentir su latente proximidad y encontrar en aquel beso un inquietante consuelo. Y el remordimiento. Pesaban su religión y sus raíces. ¿Cómo era posible que ella, Ouroana, no recordara ya todos los días a su familia, su tierra, sus ríos, el aire frío de Anégia? ¿Cómo era posible acostumbrarse a gente enemiga de su religión, con quien alimentaba una cada vez más cercana relación? Le estaba ocurriendo algo anormal y eso la afligía mucho. Aquel día lloró copiosamente, porque se sentía perdida e indefensa. Un difuso sentimiento de pertenencia y no pertenencia a los lugares del mundo que conocía, a las personas que iba conociendo a medida que pasaba el tiempo, se agitaba vertiginosamente en su interior. Por primera vez en su vida, no estaba segura de cuál era su lugar o su papel en el mundo. Rezó, entonces, para pedir a Dios que la ayudara, que le mostrase el camino, que le diese una señal en la que amparar su existencia.

LI

Madinatu Zahira, Medina Zahira, año 992

Una semana después del encuentro con Álvaro, Ermigio y Ben Jacob volvieron a la casa del maestro cantero, que los recibió con la misma cortesía. Pero la conversación no fue muy productiva.

—He estado pensado en lo que hablamos, pero aún no he dado con una buena solución. Negociar un rescate tal vez no sea factible, pues se trata de la esclava de un alto funcionario muy cercano a Almanzor que podría sentirse insultado si se le propone comprar a uno de sus siervos. Raptarla, además de peligroso, es casi imposible, pues sólo muy de vez en cuando, y sin que sea posible saber cuándo, la joven sale a la calle, y siempre lo hace acompañada.

—Ciertamente tiene que haber un modo, aunque tenga que ir yo mismo a la casa de su amo y deba quedarme junto a la puerta hasta que la vea salir —insistió Ermigio, desesperado.

—Dos horas bastarían para que la policía te interrogara para saber cuáles son tus intenciones y te expulsara de la ciudad, si es que no acababas en prisión.

El cristiano y el judío se miraron, sin dudar de lo que decía Álvaro. Pero este último volvió a cortar el silencio.

—Con todo, me gustaría contaros una cosa. Tal vez sea una oportunidad.

—Di, di...

—Conozco a una persona, amiga de la señora de la casa. Le he hecho algunos favores, lo que para el caso no interesa. Creo que si hablara con ella estaría dispuesta a ayudarnos. Pienso sugerirle que sea ella misma quien adquiera a la esclava Ouroana alegando que necesita a alguien que la ayude en su oficio. Está claro que si la venta se lleva a cabo la joven tendrá que pasar algún tiempo con ella y que deberéis asegurar que le pagaréis lo que haya costado. Después ya veremos cómo nos las arreglamos para simular un secuestro de la muchacha, o si buscamos cualquier otra solución.

—¿Y qué oficio tiene esa señora?

—Es comadrona. Una de las parteras más conocidas de la ciudad, que asistió al nacimiento de los hijos de 'Isá ibn Sa'id al-Yahsubi.

—Disculpa la pregunta. Pero ¿cómo conoces tú a una comadrona en Córdoba? ¿Ya has tenido hijos por aquí? —preguntó, sin pensárselo, Ermigio.

El rubio se ruborizó.

—Bien..., como ya os he dicho, esta cuestión no os interesa. Os aseguro que confío plenamente en ella.

Sólo entonces Ermigio comprendió hasta qué punto había sido indiscreto. Estaba claro que Álvaro tenía una relación con la comadrona. Ésa era la verdad. Se trataba de la matrona Fátima, cuya casa frecuentaba algunas noches, en citas concertadas de una noche a otra, normalmente los jueves. En realidad, la situación no le proporcionaba un especial consuelo: Fátima era más vieja y su aspecto físico no era lo que se dice seductor. Era cariñosa y, aunque en absoluto sigilo, le gustaba él y lo llenaba de regalos. También lo había ayudado y protegido, en momentos de apuro. Y nunca sabría si en el futuro podría volver a necesitar de ella, como parecía que era el caso en aquel momento.

—¿Y cuándo se lo plantearás?

—Mañana mismo. Una semana más tarde nos encontraremos de nuevo, pero esta vez en Córdoba. Entonces os comunicaré el resultado.

Así fue. El día acordado, al inicio de la noche, en una de las calles próximas a la mezquita Mayor de Córdoba, Álvaro se acercó a los dos amigos para comunicarles cómo habían concluido sus gestiones.

—¡No hay nada que hacer! —dijo con aire triste—. No quieren deshacerse de la muchacha, sea cual sea el precio. Dicen que pronto asumirán con ella compromisos que no quieren revelar.

El silencio y la tristeza volvieron a imperar en el seno del grupo. Deambularon entonces, meditabundos, por calles y callejuelas de la ciudad. En una de ellas vieron a dos perros que olfateaban el aire con sus hocicos, tal vez porque buscaban su casa.

—Felices los perros, que por el olor encontrarán a sus dueños —exclamó Ermigio a media voz, sin plantearse si hablaba para sí o para sus amigos.

Fueron a entrar a una de las más celebradas tabernas del momento. Pidieron vino, para animarse un poco, y lo tomaron en un silencio circunspecto. En la mesa vecina, un grupo de hombres de mediana edad discutía de forma acalorada sobre los recientes éxitos de un poeta andalusí. Según entendieron, acababa de entrar por la puerta grande en el limbo de los poetas oficiales y se había convertido en redactor en el *diwan al-'insa*, en la corte *amirie* que coexistía con la omeya del anulado califa. Algunos de los contertulios decían que se trataba de un plagiario, de tan perfecto que era, mientras otros lo defendían afirmando que había salido airoso ante el tribunal que Almanzor ordenó constituir con poetas, literatos y eruditos.

—Dicen que frecuenta las hermandades sufíes..., que es seguidor de Ibn Masarra y de Abdul Qasim al-Qusayri —recordó uno de ellos.

—Simplemente fue brillante aquella descripción improvisada de una fuente de manzanas rodeada de junquillos, por no hablar de su defensa, en estrofas sublimes, contra las acusaciones de plagio pregonadas por los poetas de palacio. ¡Qué orgulloso estoy de al-Qastalli! Como sabéis, lo conocí de niño, en mi Tavira natal, en Gharb al-Andalus. Él vivía cerca de allí, en Cancela Velha —opinaba otro de los convidados, orgulloso.

Mientras el tabernero dejaba otra jarra de vino sobre la mesa, Ermigio, intrigado por aquella conversación, preguntaba a su amigo de quién hablaba, tan animadamente, aquel grupo.

El sefardí se disponía a responder, pero se calló de inmediato. Acababa de entrar en la taberna un ruidoso grupo de árabes que discutían con acritud. Todas las miradas se dirigieron hacia ellos, pues parecía que en cualquier momento iban a llegar a las manos. De repente, uno de los más exaltados agarró por el cuello a otro, lo que de inmediato motivó que los demás se precipitaran hacia ellos y se generara un gran alboroto. Casi todos los clientes también se levantaron y fueron hacia aquella zona de la taberna, pidiendo calma e intentando separar a los contendientes.

Ermigio siguió sentado en su sitio. Desvió la mirada a un lado y vio, por casualidad y sólo un instante, que uno de los feligreses, que como él permanecía ajeno a la riña, intentaba ocultar entre sus ropas un largo cuchillo y se dirigía hacia otro joven cliente que se encontraba solo en uno los rincones más oscuros del salón. Desde su posición no podía ver que aquel hombre se le acercaba por detrás. El feligrés del cuchillo echó una ojeada para comprobar que nadie lo observaba, sacó el arma de debajo de las ropas y se preparó para asestar una estocada al desprevenido cliente.

Ermigio gritó y dio un salto hacia aquella dirección. El atacante dudó un momento, el tiempo suficiente para que el anegiense lo alcanzara. Y en el último instante consiguió desviar la trayectoria del cuchillo, aunque no pudo evitar que el filo le rasgara la piel del antebrazo, que quedó de inmediato inundado de sangre. A pesar de estar herido, el cristiano consiguió inmovilizar al agresor por la fuerza. Sólo entonces la supuesta víctima tomó conciencia del grave peligro que había corrido.

El alboroto de la entrada terminó al instante y las miradas se dirigieron hacia Ermigio, hacia el agresor y hacia el joven de mirada estupefacta. Entretanto, por arte de magia, casi todos los que habían participado en la pelea desaparecieron por las oscuras callejas de la ciudad, tenuemente iluminadas por algún que otro candil. Todos los ojos miraban ahora al hombre que sangraba y que mantenía inmovilizado al atacante, al cuchillo que yacía en el suelo de la taberna y al cliente que casi había sido su víctima. Los amigos de éste, que habían acompañado a este último y que lo habían dejado al empezar el altercado, lo condujeron rápidamente a una sala vecina.

Al poco rato llegó la policía y detuvo al agresor, tras exigir un breve relato de lo ocurrido. Ermigio, después de atender su herida y con la ayuda de Ben Jacob, contó lo que había visto y cómo había intervenido para salvar al joven, e informó de quién era y dónde se hospedaba.

La policía cerró de inmediato la taberna y los tres amigos se dirigieron a la casa del rabí Maimon. Aquella noche habría un huésped más, Álvaro, el maestro cantero, que no trabajaba el día siguiente por tratarse de un viernes.

Todos se recogieron en sus habitaciones, pero ninguno de los tres amigos pegó ojo. A la mañana siguiente se levantaron al alba. Mientras tomaban la primera comida de la mañana para recuperar fuerzas, los criados les avisaron de que la guardia personal de Almanzor se encontraba en la puerta. Según dijeron, el mismísimo *hajib* en persona requería que Ermigio los acompañara a Medina Zahira. Le informaron de que no debía temer nada, pues sólo tenía que informar al detentador del sultanato de Córdoba de todos los detalles del día anterior, en la taberna. Aunque nadie sabía de cierto qué se podía de esperar de Almanzor.

LII

Qurtuba, Córdoba, año 992

Por la tarde le dijeron a Ouroana que esa noche el señor de la casa daría una fiesta a unos amigos de la élite cordobesa. Tendría que hacer gala de sus dotes declamatorias y también cantar las suaves melodías que había aprendido tiempo atrás.

—Tienes que mostrarte especialmente atenta, querida. —La voz de Zawar había adquirido una extraña tonalidad—. Hoy vas a usar delicados perfumes y vestir ricos y elegantes vestidos, prestados por tu señora.

—¿Sí? ¿Y por qué tanta preocupación? Las otras veces que canté en las fiestas de la casa no fue así.

Las siervas más jóvenes y bellas del harén de 'Isá animaban siempre las noches masculinas de los amigos que el señor, periódicamente, invitaba para las recepciones. A su casa acudía la flor y nata de la ciudad y se sabía que de vez en cuando iba incluso Almanzor. La belleza de Ouroana era cada vez más evidente; se sabía que era virgen y, por ello, varios nobles acudían al padre de Abdus con la esperanza de que los invitara. Siempre que alguno de ellos sondeaba la posibilidad de que la vendiera, 'Isá procuraba desviar la conversación con diplomacia. No estaba interesado en deshacerse de aquella esclava. Era la estrella de sus fiestas y empezaba a pensar en convertirla, en breve, en su propia concubina. Se estaba transformando en una mujer muy deseable.

—Hoy es una fiesta especial. Habrá convidados muy importantes y el señor los quiere impresionar. Tienes que estar mejor que nunca, deslumbrante...

Zawar ocultaba a la hermosa cautiva que el motivo principal de aquella fiesta era la presencia de un rico noble del Magreb que había estado en la recepción de la semana anterior. Pretendía llevársela para su harén de Fez, de donde era gobernador, como su concubina o, incluso, para casarse con ella. Transmitió su pretensión a Almanzor a través de sus espías, que para complacerlo y comprar su lealtad ya le había ofrecido varios presentes, como ricos ropajes, elegante calzado y animales exóticos, que él había aceptado aunque no eran especialmente de su agrado. Como Almanzor sabía del interés del gobernador de Fez por la esclava de su secretario, le había pedido a 'Isá que organizara una nueva fiesta y lo invitara, con la intención de que aumentara su deseo por ella y, entonces, ofrecérsela como un presente. Almanzor sabía por sus espías que Ziri se mantenía fiel a los omeyas, en concreto al califa Hisham, por lo que se resistía a aceptar todo el poder delegado del *hajib*. Por eso, porque lo necesitaba para pacificar el Magreb, procuraba contentarlo como fuera para atraerlo a su causa. Después de ofrecerle la esclava que lo deslumbraba, le pediría que eliminara a algunos de los enemigos que conspiraban contra él en Fez, para poner a prueba su lealtad. A 'Isá le desagradaba la petición de su señor, e incluso intentó objetarla, pero fue en vano. No conseguía esgrimir ningún argumento de peso. Almanzor le había respondido, con una amable sonrisa, que escogiera lo que quisiera, las esclavas o las joyas que deseara, porque el califato lo compensaría con creces por su contribución a la seguridad del Estado.

Ziri 'Atiyya, el gobernador del Magreb, quedó encantado con la invitación de 'Isá. Ya había oído decir que al anfitrión le disgustaba que le hablaran de su esclava preferida, pero tal vez tuviera la oportunidad de abordar la cuestión sin ofender al dueño de la casa, un personaje muy cercano al gran señor de al-Andalus.

La noche no podía ir mejor. Distintas clases de comida, pero sobre todo las libaciones, liberaron las mentes de los convidados. Estaban encantados en especial con los melocotones de Armenia, las manzanas de Siria, la pulpa de coco fresco y el caviar de Ispahán que el anfitrión había mandado comprar a un mercader cuyo barco acababa de atracar en Córdoba. El cálido sonido que salía del laúd punteado por Ouroana ganaba un brillo especial por el acompañamiento de los panderos y tamboriles de otras esclavas del harén de la casa.

Después de cenar todos pasaron al salón, que brillaba con las lámparas allí colocadas y los pétalos de rosa diseminados por el suelo. Los hombres yacían a lo largo de varios divanes y almohadones. Ziri buscaba siempre el ángulo desde el que pudiera ver a Ouroana que, en aquellos momentos, era acompañada por tocadores de arpa y oboe. Con la autorización de 'Isá, se acercó discretamente a ella y aspiró el perfume que Zawar había escogido para la ocasión. Era dulce, cálido y misterioso, al refinado gusto oriental.

—¡Qué agradable aroma a ámbar gris! La dueña de este perfume es la más bella flor de este jardín.

La anegiense esbozó una educada sonrisa e hizo una venia, pero no abrió la boca. Siendo propiedad del dueño de la casa, las buenas maneras la obligaban a no dirigir la palabra a las visitas y a mostrarse amable y delicada en las maneras. Por otro lado, no estaba interesada en lo más mínimo en hablar con ninguno de aquellos hombres extraños a su vida y completamente desfasados para su edad. Su corazón estaba ocupado por otra persona y su cabeza pensaba ya en el siguiente encuentro en el jardín.

—Tu dueño me ha autorizado a pedirte que recites un poema de mi poeta preferido, el sirio al-Mutanabbi, el más grande de todos los poetas.

Con voz sensual, en árabe clásico, la esclava hizo callar a toda la sala, arrebatada. Comprobó que era el centro de atención y se ruborizó un poco, pero mantuvo el gesto seráfico.

Al final, todos aplaudieron, encantados y conmovidos, y alabaron sus cualidades. Ziri quiso alardear en voz alta de que había sido él quien había escogido el poema. Se acercó de nuevo a la joven y le agradeció el recital:

—Cómo me gustaría tenerte en mi jardín —soltó entre dientes.

Ouroana hizo una nueva inclinación, con una sonrisa de indiferencia. En su interior se sentía horrorizada con la idea de convertirse en una hembra más del harén de aquel hombre barbudo, feo y decrépito.

Recordó el enigmático tono de voz de Zawar aquella tarde. ¿Sabía ella algo más? ¿Habrían llegado a algún acuerdo con aquel hombre que no paraba de pavonearse alrededor de ella?

—Muchos encantos tiene vuestra esclava, noble 'Isá —empezó a decir Ziri, mientras aspiraba el humo del incienso liberado por el quemador.

—¡Decís verdad, señor! Tuve mucha suerte al encontrarla. E incluso sabe leer y escribir en romance. Es ciertamente una cautiva muy preciada... y virgen aún —la ensalzaba el contrariado 'Isá.

El magrebí se mostraba cada vez más fascinado. Una mujer como aquélla sería muy cotizada en cualquier mercado de esclavos, pues no era fácil encontrar a alguna que reuniera sus encantadoras cualidades. Por otro lado, su satisfacción aumentaba al conocer que su dueño no la había tomado como concubina. «Tengo que buscar la manera de conseguirla para mí», pensó, llevado por la lujuria.

Después de la representación y mientras los eunucos ofrecían agua de rosas que los hombres pasaban por sus barbas calmadamente, las esclavas se retiraron, para dejar que el anfitrión y sus invitados siguieran la fiesta hasta altas horas de la madrugada, cada vez más animados por los vapores etílicos que llenaban constantemente vasos y jarras: el vino que 'Isá había escogido para aquella ocasión era, de hecho, el mejor de la región. Tenía que impresionar al gobernador del Magreb, como le había pedido el gran señor, y eso hizo, aunque a disgusto, hecho ya a la idea de que perdería a Ouroana.

Llegaron entonces bailarinas y músicos gitanos que 'Isá había contratado para impresionar aún más a sus invitados. Eran descendientes de pueblos oriundos de Cachemira que habían llegado hacía algunos siglos a los países islámicos, en especial a al-Andalus. Individualmente o en grupo, los hombres danzaban vestidos con blusas de seda ceñidas a la cintura y con gorros de astracán a la manera cosaca, mientras las mujeres llevaban amplias faldas de gasas multicolores. Pero a pesar de la belleza de la música y de la danza, que embriagaban a los hombres de aquella sala cordobesa, en el pensamiento de Ziri sólo tenía cabida otra cuestión: la esclava Ouroana.

LIII

Qurtuba, Córdoba, año 992

Ermigio estaba perplejo y aun receloso. ¿La guardia personal de Almanzor? ¿Tal vez querían involucrarlo en lo sucedido la víspera? Fuera cual fuera la razón, no podía rechazar aquella orden. Pidió tan sólo que lo acompañara alguien de su confianza, pues aún no dominaba lo suficiente el idioma árabe y podía cometer alguna grave imprudencia lingüística. Los guardias no se opusieron. Álvaro le pidió que no fuera él quien lo acompañara, para evitar que le preguntaran acerca de su presencia en la taberna y su relación con los dos extranjeros. De modo que sería Ben Jacob quien lo asistiría.

Poco tiempo después Ermigio y su amigo se encontraban junto a las altas murallas de la Ciudad Resplandeciente. Atravesaron con la escolta la Puerta de la Victoria. En esa ocasión el guardia no se atrevió a detenerlos. Los miró de soslayo, pero no se percató de que eran las mismas personas que ya habían pasado por allí en busca de un albañil cristiano. Ya cruzada la puerta de inmediato se encontraron con la majestuosa mezquita Mayor, donde Álvaro trabajaba. Pero, como era viernes, los obreros descansaban. Los dos amigos pudieron ver a continuación los hermosos jardines y palacios que iban surgiendo a medida que avanzaban por la calle principal. Ermigio admiraba en especial las columnas y los bancos que iba viendo, y pensaba: «¡Qué hermosas columnas! ¡Tan transparentes como el caudal de agua del Támega! ¡Tan esbeltas como el cuello de finas doncellas! ¡Qué escabeles, blancos y relucientes como perfumados alcanforeros!» Frente a los palacios, había estanques, adornados con leones de cuya boca brotaba agua con hermosos efectos.

Tuvieron incluso la oportunidad de maravillarse con algunas jaulas con criaturas que Ermigio nunca había visto y que se encontraban a lo largo de la vereda de un fabuloso jardín.

—¿Estás mirando a aquel animal amarillento y con manchas y un pescuezo muy largo?

El anegiense miraba fijamente a aquel extraño ser.

—Se llama *az-zarafa*[54]. Es un animal muy apreciado en al-Andalus. Aquellos de allí son camellos de raza mahará, corredores muy veloces.

Pero había otros ejemplares que Ermigio ya conocía de Fez: papagayos, antílopes lamts, tigres, leones e incluso un imponente elefante.

Más adelante, pasaron junto a una noria, detrás de la cual se erguía un edificio del que uno de los guardias dijo que se llamaba Salón de los Reyes. Después había otra noria. Alcanzaron entonces la parte más alta de la ciudad, donde se encontraba la residencia oficial de Almanzor, la Munyat al-Lu'lu'a, la Almunia de la Perla.

—¡Dios mío, es Ibn Darraj! —soltó Ermigio, con los ojos bien abiertos, rompiendo el silencio de la comitiva.

---
54. Jirafa.

En una de las calles laterales, circulaba despacio, en sentido contrario, un grupo de media docena de hombres que alzaban los brazos con gestos amplios y tranquilos, en dirección al horizonte y ahora reían, ahora se volvían más serios.

—Ermigio, ¿cómo conoces a Ibn Darraj al-Qastalli? Ayer mismo me preguntabas en la taberna quién era, cuando el grupo de la mesa vecina comentaba sus últimas azañas, y ahora hablas como si lo conocieras. ¡No me digas que un esclavo de Fez tiene acceso a la flor y nata de la sociedad cordobesa!

Ben Jacob estaba realmente sorprendido con el tono familiar con el que Ermigio se refería al poeta, que hacía poco había entrado en la corte de Almanzor, y cuyo grupo dejaron de ver cuando doblaron una esquina.

—Lo conocí durante el viaje entre Lisboa y Silves, pero nunca imaginé que me lo encontraría aquí, y mucho menos que fuera alguien importante. Me gustaría mucho saludarlo y contarle mis peripecias. Últimamente me he acordado mucho de él. Me dijo que encontraría muchas espinas antes de alcanzar mi rosa... ¿Será un buen augurio verlo aquí? Qué bueno sería escuchar su sabio consejo en este momento...

—Me temo que eso no será posible. En realidad, ahora no puedes hacer nada.

La comitiva había llegado ya a Munyat al-Surur, la almunia de la Alegría, su destino. Ermigio admiró sus magníficas terrazas, sus bellas fuentes y sus fabulosas columnas de fino mármol. Entraron y fueron conducidos a al-Majlis al-Sami, el Salón Alto.

Un funcionario de palacio les informó de que serían recibidos por Almanzor en persona, y fueron instruidos para que sólo hablaran cuando les dirigiera una pregunta directa, para que sólo levantaran los ojos del suelo cuando él comenzase a hablar y para que en ningún caso le dieran la espalda, pues era grave señal de falta de respeto.

Los dos viajeros aguardaron algún tiempo, de pie, a la entrada del Salón Alto, hasta que les ordenaron que se arrodillaran para recibir al señor del palacio. Mientras el tiempo pasaba, se dedicaron a admirar la belleza de las alfombras, los almohadones, las cortinas y las columnas. Había nubes en el cielo, y eso oscurecía el ambiente. Por eso estaban encendidas las lámparas de bronce, con candeleros, y los altos candelabros de cobre colgados del techo que proporcionaban una intensa luz al lugar. Ben Jacob apreció, admirado, aquel magnífico techo.

—Este salón brilla como si el sol y la luna se encontraran en su cenit, como una hermosa y luminosa corona —decía en voz baja a Ermigio.

El anegiense, que no ocultaba lo nervioso que estaba, se puso a pensar en las palabras de su amigo, mientras dirigía la mirada hacia unos bellos paneles de la pared del salón. Había representados árboles de tronco delgado y copa compuesta de zonas concéntricas, de contorno almendrado en el interior. En el núcleo, había corazones invertidos cuyos márgenes envolvían dos perlas. Dos coronas de follaje circunscribían esa zona central: una interior, de hojas agudas, y otra con cálices, de centro casi anular. Perdido entre los pensamientos y la visión, se asustó cuando, de forma súbita, un criado anunció la llegada de Almanzor. De inmediato, como les habían ordenado, dirigieron la mirada al suelo. Por el rabillo del ojo, el cristiano vio a tres personas por la parte de atrás del salón.

—¿Quién de vosotros evitó el ataque de ayer por la noche en la taberna de Córdoba?

Entonces levantaron tímidamente la mirada. En el sillón principal se acomodaba el hombre que suponían era Almanzor. Vestía un lujoso albornoz y cubría la cabeza con un gorro cónico de terciopelo, adornado con piedras preciosas. El cabello y la barba mostraban una tonalidad anaranjada, sin duda teñidos con alheña. A lado y lado, se sentaban dos jóvenes que, como él, se exhibían ricamente vestidos. Uno de ellos, el de más edad, aparentaba tener entre diecisiete y dieciocho años, y el otro, entre ocho y diez. Una decena de guardias completaba el número de ocupantes del inmenso salón.

La sangre cristiana se heló. El joven que se sentaba a la derecha —precisamente el mayor— era, ni más ni menos, el mismo al que, el día anterior, él había salvado de la cuchillada en la taberna de Córdoba. Entonces iba vestido de forma normal, muy distinta de como iba en ese momento. Nunca lo hubiera imaginado sentado junto al gran Almanzor.

El gran señor cordobés, de porte altivo, sostenía una mirada negra que se adivinaba inteligente e inquisitiva, y que alternaba entre los dos amigos. Su actitud demostraba que estaba acostumbrado a obtener la verdad sin tibiezas.

—Yo, mi señor. Y me acompañaba éste mi amigo.

—Sé que sois extranjeros y que estáis de viaje. ¿Qué hacéis por estas tierras? —El dueño del palacio hablaba con voz suave, aunque grave, que acompañaba con gestos amplios y majestuosos. Era, por lo demás, la forma en que solía ejercer su autoridad.

Ben Jacob tomó la palabra, para evitar cualquier situación embarazosa o una explicación deficiente por parte de Ermigio.

—Mi señor, soy un mercader en tierras de al-Andalus. Soy judío de Toledo. Pero consagro mi vida a ayudar a ésta nuestra patria andalusí que vos, sabia y excelsamente, dirigís para que prospere a través del comercio. Mi amigo es un rumí que me apoya en mis negocios. Gracias a él, a su destreza, su fuerza y su atención, se evitó el ataque de ayer y una muerte casi segura.

—Eso he oído. Y por eso mismo te mandé llamar a mi palacio. La persona que salvaste es mi hijo Abd al-Malik, que se encuentra aquí, a mi derecha.

El joven se ruborizó, avergonzado porque su padre lo ponía en evidencia. En realidad, Almanzor quería que su hijo asistiera a aquel acto para darle también una lección, pues se había aventurado por las calles de Córdoba disfrazado de persona común, por la noche y sin protección, para divertirse con los amigos, aun sabiendo de la sed de venganza que albergaban varios grupos de la ciudad hacia los *amiries*, es decir, hacia Almanzor y su familia. La policía secreta ya le había informado de que se trataba de un ataque premeditado al hijo, minuciosamente preparado por un grupo contrario a su gobierno cuando se supo la intención de Almanzor de transmitir a Abd al-Malik el título de *hajib*. El grupo había fingido el altercado a las puertas de la taberna con la intención de eliminar al hijo, pero haciendo que pareciera que se había tratado de un incidente en una trifulca entre borrachos.

—Ahora levantaos. Por este gran acto de valentía que salvó la vida de mi hijo, quiero concederos aquello que me pidáis. Podéis pedir lo que queráis, pero con dos condiciones: que sea adecuado al acto que protagonizasteis, es decir, sin oportunismos, y, por otro lado, que abandonéis de inmediato Córdoba, para que nadie sepa que la víctima de la tentativa de asesinato era mi hijo y para que no seáis vosotros blanco de sus atacantes. ¿Qué pedís?

Ermigio y Ben Jacob se irguieron sin prisa y se miraron el uno al otro, sin saber qué responder.

—Vamos, hablad... Sabéis que hay muchas cosas a mi alcance: oro, plata, honores... Siempre que vuestra petición cumpla las condiciones...

Ermigio susurró a Ben Jacob.

—¡Pídele a Ouroana!

—Bien, mi señor..., te agradecemos tan gran magnanimidad de quien es inmensamente generoso. Pero aquello que más nos satisfaría no es oro, plata ni honores.

—¿No? —preguntó Almanzor, perplejo—. Entonces, ¿qué es?

—Una esclava... Vuestra alteza, nos haríais muy felices si nos concedierais la propiedad de una simple cautiva cristiana.

—¿Una esclava? Bien, eso no parece un gran problema. ¿Por qué queréis una esclava?

—Se trata de un familiar de mi amigo que sabemos que está en Córdoba. El único problemas es que, al parecer, su señor es..., es... 'Isá ibn Sa'id al-Yahsubi, vuestro visir.

—Vaya, vaya... Si es criada de 'Isá vuestro deseo está inmediatamente concedido. Le regalaré a mi visir tantas esclavas como tu amigo quiera a cambio. Pero esperad... ¿Cómo es esa esclava? —Una sospecha fulminó la mente de Almanzor.

Los dos viajeros la describieron. El gran señor percibió pronto que se trataba de la misma que pretendía ofrecer a Ziri 'Atiyya. Había un problema. Después de una breve reflexión, cayó en la cuenta de que el magrebí aún no conocía su intención, de modo que no faltaría a la palabra dada a quienes habían salvado la vida a su hijo preferido. Tendría que encontrar otra manera de contentar al gobernador del Magreb y conseguir sus propósitos.

—Muy bien, la palabra de un árabe celoso de su fe está dada. ¿Hacia dónde pretendéis dirigiros a continuación?

No podían creer lo que estaban oyendo. Por fin se llevarían a Ouroana sin ningún problema. Ermigio se quedó boquiabierto y temió que el corazón le saliera por la boca.

—A cualquier ciudad de Gharb al-Andalus, lo más al norte posible —anunció Ben Jacob, tan sereno como pudo.

Almanzor mandó llamar a uno de sus funcionarios, con quien habló en voz baja durante algún tiempo. Después, con aire de satisfacción, se dirigió a sus dos interlocutores.

—Partiréis a primera hora de la mañana hacia Lisboa, en una de las embarcaciones militares que hacia allí se dirigen. La esclava que pedís irá con vosotros. Llevaréis una carta personal mía que deberéis entregar, a vuestra llegada, al gobernador de la *cora*. Tendréis así protección hasta el lugar que, más al norte, disponga de guarnición musulmana. A partir de entonces, iréis por vuestra cuenta, pero ya sea que viajéis a Burtuqal[55] o a cualquier otro lugar de al-Harb[56], estaréis seguros hasta al-Qulumriyya[57], o incluso hasta Viseu. Y, por su

---

55. Portucale, Condado Portucalense.
56. Tierra de los infieles.
57. Coímbra (también conocida, aunque raramente, como Kuwimbra).

puesto, hasta la hora de vuestra partida estaréis siempre acompañados por mi guardia personal, y si llegara a mi conocimiento que habláis más de la cuenta sobre el caso de la taberna, o sobre este encuentro conmigo en Medina Zahira, vuestras cabezas adornarán de inmediato las puertas de la ciudad.

Los dos salieron radiantes de la recepción con el *hajib*. Atravesaron las murallas de la ciudad fortaleza y pidieron a los guardias pasar por la residencia del amigo que se encontraba con ellos, pues querían despedirse.

Mientras recorrían la distancia que separaba la Puerta de la Victoria de su destino, Ermigio se sorprendió.

—Espera, conozco a aquellos hombres. Fueron esclavos en la casa de Fez en la que pasé tanto tiempo.

—Vamos, olvida eso ahora, no es importante. —El judío estaba preocupado.

—Y en aquel carruaje va el gobernador Ziri 'Atiyya. Me gustaría saludarlo. A fin de cuentas ahora soy un liberto y no puedo quejarme del trato que me dispensó. ¿Qué estará haciendo por aquí?

También Ben Jacob reconoció a su amigo Ziri, pero pensaba que aquél era el momento menos oportuno para saludarlo.

Ermigio incluso hizo ademán de dirigirse hacia la comitiva, que pasaba cerca de allí, pero los guardias de Almanzor que lo acompañaban se lo impidieron de inmediato.

—Tenemos indicaciones expresas de no permitiros que alteréis el recorrido establecido ni habléis con extraños. Admitimos que os despidáis de ese cristiano rubio porque lo vimos con vosotros cuando os fuimos a buscar, pero no habrá más excepciones.

Para Ermigio era mejor así. 'Atiyya seguía decidido a transmitirle al *hajib* que recibiría con mucho agrado a la esclava Ouroana en su palacio de Fez.

Álvaro ya se encontraba en casa, aprehensivo ante los acontecimientos. Pero la noticia que le dieron era la mejor posible. Contaron sólo lo suficiente para evitar perder sus cabezas, pero ello bastó para que la conciencia del cantero ganara, finalmente, más paz y sosiego. Le preguntaron si los quería acompañar a Anégia, pero el *alarife* rechazó la propuesta con delicadeza:

—¡Algún día volveré! Pero aún no es el momento. No tengo razones para abandonar la tierra que paga mi trabajo honrado y donde no tengo grandes preocupaciones...

Se despidieron con afectuosos abrazos, y le pidieron al maestro cantero que le diera cinco dirhams de su parte al trabajador que les había proporcionado la información sobre su paradero. Se dirigieron a continuación a casa de Maimon, a quien comunicaron que se irían de allí al día siguiente. El rabí notó el aire satisfecho de ambos, pero, como siempre, evitó preguntarles aquello que presentía que ellos no querían contarle. Parecían felices, y eso era lo importante. La cena fue amena, pero la noche que se avecinaba sería, una vez más, una de insomnio para Ermigio.

Antes de que el sol naciera ya se encontraban camino de la puerta de la ciudad, acompañados por la guardia de Almanzor, que había sido relevada durante la noche en las inmediaciones de la casa de Maimon. Allí estaban Ermigio, Ben Jacob y su comitiva de mulas, mercancías y ayudantes, que se habían hospedado en una de las posadas más modestas.

En aquel mismo momento, en otra calle de Córdoba, echaba a andar otra comitiva con seis soldados que acompañaban una litera con la hermosa joven de cabellos dorados, a la que no había dado tiempo a arreglarse, tapada por velos de color anaranjado.

Ambas comitivas atravesaron el casco urbano en dirección al puerto. A las puertas de la ciudad aparecía un espectáculo macabro: colgadas en la muralla, siete cabezas humanas miraban pasmadas hacia ninguna parte, con la sangre aún goteando por el cuello seccionado. Los dos amigos reconocieron al grupo que había creado los disturbios en la taberna. Guardaron un sepulcral silencio. En su litera, también ante aquellas miradas vítreas que parecían fijarse en ella, Ouroana sintió náuseas y dirigió su atención a otro lado. Nunca hubiera imaginado que el hombre al que pertenecía, y por razones tejidas por el destino, haría posible aquel imprevisto viaje de regreso, por fin, junto a los suyos.

Más allá de las puertas, Ermigio dejó que sus ojos pasearan por el entorno. A aquella hora comenzaban ya a trabajar los artesanos que tenían sus talleres fuera de las murallas por cuestiones de salubridad. Una vez más, volvía a su corazón la nostalgia por abandonar el lugar que lo había acogido los últimos años. Por el camino oyó la sinfonía de los artesanos: al fuelle de la forja le seguía el golpe del martillo en el caldero de cobre, la lima del barrilero, el hierro de los cascos de los animales de carga y, entre los brillantes reflejos de las gemas, el cincel de los orífices y de los joyeros. El aire caliente que salía del horno del vidriero abrasaba a quien se acercara, mientras el intenso olor de las tintorerías y de las pieles del curtido removía los estómagos más fuertes. Pero la manufactura de los más delicados tejidos, de los azulejos y del barro del alfarero deleitaba la vista. La verdad era que, por causa de los humos y del riesgo de incendio, los ciudadanos de Córdoba ya no querían hornos en el casco urbano. Pasaron aún por una pequeña industria de elaboración de papel, pergamino y papiro, instalada en aquella zona hacía poco. A lo lejos, en la margen derecha del Guadalquivir, convenientemente separada de la zona habitada, se veía la leprosería. Eran imágenes, olores y paisajes que Ermigio sabía que, dentro de poco tiempo, no volvería a tener. Aquel día, con todo, iba a proporcionarle muchas más emociones.

La primera persona que Ouroana vio cuando salió del carruaje fue al cristiano viajero. Atónita, se detuvo. No podía creer lo que veía: ¡era Ermigio quien allí se encontraba! Su amigo, de quien tantas veces se había acordado durante su cautiverio. La brisa matinal le envolvía el rostro, encendido por la sorpresa. Intentaba entender la razón por la que todo acontecía tan de repente, pero no era capaz de pensar con coherencia. Los dos permanecieron así, a distancia, mirándose y obligando a los demás a estar pendientes de aquel momento sublime. Las palmeras que bordeaban el puerto mecían con suavidad su ramaje, como si desearan abrazar a aquellos dos seres que tanto se apreciaban y amparar la intensa conmoción que vivían. Cerca, una rana croaba alegremente, aunque nadie la oía. Los guardias, arrebatados, sonreían con ternura, mientras la tripulación de la embarcación que debía llevarlos a Lisboa interrumpía su actividad, adhiriéndose a aquella emoción. Ben Jacob ocultaba su cara con la mano derecha: no era capaz de contener las lágrimas que recorrían sus mejillas. En la línea del horizonte, la luna, en cuarto creciente, se difuminaba y un brillante sol aparecía al oriente de la ciudad. Ambos astros iluminaban, al mismo tiempo, a aquellos dos seres: Ermigio, cuyo aspecto no había cambiado desde que Ouroana lo había visto por última vez, y la joven princesa, cuya gracia y hermosura lo sorprendieron y lo llenaron de orgullo.

Ella dio un paso al frente y, bañada en lágrimas, saltó hacia sus brazos. Los dos lloraron durante mucho tiempo, sin que se oyera ninguna palabra. Incluso la rana se recogió en un punzante silencio. Fue Ermigio quien deshizo el instante:

—¡Por fin...! ¡Por fin...! Aún no me creo que haya sido posible... por fin...

LIV

Qurtuba, Córdoba, año 992

Ya en pleno viaje fluvial, el patrón de la embarcación entregó a Ermigio una pequeña arca.

—Almanzor te manda sus saludos y me ordena que te entregue personalmente este presente con la recomendación de que no olvides lo prometido. Veo que debéis ser gente importante.

En aquel momento Ermigio estaba solo. Ben Jacob y Ouroana paseaban por el barco, mientras él descansaba un poco de las noches de insomnio de los últimos días, de las últimas emociones. El anegiense no pudo resistirse y abrió el arca de inmediato. Sus ojos se encontraron ante varias piezas de oro y plata y también monedas doradas acuñadas por algunos de los califas de al-Andalus.

Almanzor había querido ser aún más generoso. «Al final, por muy duro que se muestre un hombre, siempre tiene una lado más humano y sensible —pensó el viajero—. Sobre todo cuando se trata de la vida de un hijo.» Más aún si ese hijo era a quien Almanzor esperaba entregar, algún día, el gobierno, el *sultan* del califato de Córdoba, para que lo dirigiera como si fuera el propio califa, como de hecho sucedería diez años más tarde.

Algún tiempo después Ben Jacob y Ouroana se acercaron a él.

—Mi buen amigo, como bien sabes, me has ayudado mucho en los caminos de al-Andalus. Sin ti, nunca habría alcanzado mi tesoro, sobre todo después de que me despojaran de todos mis bienes y de mi propia libertad. Me ofreciste tu hombro en mis horas de aflicción, fuiste mi luz cuando me vi perdido, me diste de comer cuando tuve hambre, me vestiste como si fuera tu hermano, entregaste tus bienes en prenda por mí y me diste la fuerza, la energía necesaria para creer que era posible. Y lo conseguí... Aquí está mi princesa conmigo, camino de casa.

Ouroana esbozaba una sonrisa nostálgica. Ciertamente aún no había entrado en la nueva realidad que vivía.

La noche anterior había oído decir a su señor: «¡No comprendo tan súbito interés por esta esclava! Primero, el *hajib* me avisa de que tendré que ofrecerla al gobernador del Magreb; después aparece Fátima, la comadrona, que quiere comprarla; ahora, el mismo *hajib* se desdice de lo dicho y me ordena que la entregue a su guardia para devolverla a los suyos. ¡Tantas esclavas que hay por ahí y todo el mundo se ha de interesar por ésta, en cuya educación tanto nos esmeramos! ¿Qué mal le habrá hecho 'Atiyya? Bien, si Almanzor lo ordena, sus razones tendrá, y eso no se puede discutir». Ouroana sólo tuvo tiempo para recoger sus pertenencias en un baúl que le diera Zawar y, asustada y confusa, despedirse de quienes más quería. De la señora de la casa, de sus hijas, del eunuco Zayr, de algunas de las criadas. Zawar, que procuró confortarla y serenarla acerca de su destino, aún la vería por última vez de madrugada, pues 'Isá había ordenado que entregaran a la muchacha a los guardias de palacio, que se la llevarían de allí en una litera. Faltaba, claro, Abdus. Nadie encontraba al estudiante. Pero Ouroana sabía dónde hallarlo. Se dirigió al jardín, al rincón junto a la fuente donde tantas horas habían pasado juntos. Sollozaba en silencio apoyado en el borde de la fuente. Ella lo abrazó. Los dos lloraron, envueltos el uno en el otro, durante mucho tiempo, hasta que Zawar los encontró en aquel estado. «Vamos, vamos, ésas no son maneras», titubeó, también ella con los ojos húmedos y la voz embargada. Sabía muy bien que entre aquellos jóvenes había nacido un afecto tan fuerte que sobrepasaba las barreras de la simple amistad o los juegos juveniles. Era como una bella flor que se abría a partir de un tallo fuerte arraigado en un suelo fértil y con agua suficiente para no secarse. Y parecía que surgía alguien para cortar aquella flor, colocarla en un jarrón y llevarla a una mesa alejada del jardín donde había nacido y florecido, exuberante. Aquel tallo perdía, a partir de entonces, su significado, privado de ese modo de su gentil flor...

Por eso, las emociones de Ouroana iban de una inmensa alegría a una profunda tristeza... Intuía que estaba ganando algo durante mucho tiempo anhelado, y que perdía lo que tanto deseaba. Recordaba lo que había pensado, días antes, en su alcoba, después del beso de Abdus, y la invadió de nuevo aquella impresión de mujer que no pertenecía a ningún lugar y pertenecía a todos, de mujer que creía que su espacio era aquel donde no estaba en el momento en que quería estar... Pero ¿no había pedido a Dios que le diera una señal? ¿Sería esa señal la aparición imprevista de Ermigio?

Perdida en estos pensamientos, paseaba con Ben Jacob por la cubierta de la embarcación que los conducía hacia el puerto de Lisboa, observando las márgenes del Guadalquivir y despidiéndose, en su interior, de la ciudad y de los recuerdos que allí dejaba. Oía, en ese momento, aquella conversación sentida de Ermigio. Por todo ello sonreía. Era la mejor manera de defenderse de todas las emociones que podrían desencadenar, en cualquier momento, un llanto incontrolable.

—Mi buen Ermigio..., sabes el aprecio que te tengo. Eres una excelente compañía y un hombre de buenos principios. Te ayudé sobre todo con mi corazón. A pesar de que te lo he dicho muchas veces, no entiendas que estás en deuda conmigo. Es cierto que, si un día Dios te permite pagar los gastos que tuve contigo, no lo desdeñaré. A fin de cuentas, el vil metal mueve mi vida. Pero de llegar el caso, Yahvé ya se encargará de que nuestros caminos se encuentren.

Ben Jacob esbozó su mejor sonrisa, dejando que surgiera su habitual aspecto simpático y bonachón.

—Yahvé..., quiero decir Dios, ha querido que esta cuestión quedara resuelta de inmediato.

Ermigio abrió el arca y, con gestos ceremoniosos, exhibió el contenido ante un incrédulo Ben Jacob.

—Toma de aquí tanto como consideres adecuado para resarcirte de los gastos que te he ocasionado. Por supuesto, con los intereses que cobras habitualmente.

—Pero... ¿cómo es posible? ¿Cómo has conseguido este arcón si nunca te separaste de mí y te encontré sin bien alguno, a excepción de la ropa que vestías y que me propuse cambiar de inmediato?

—Como tú dices, ¡Dios tiene misterios insondables! Y, además de darme en bandeja de plata a mi querida princesa, me entregó también este baúl. No podemos rechazar un regalo tan generoso. Ciertamente tendrá que ver con nuestras buenas acciones y nuestro buen corazón.

Ermigio se divertía jugando con las palabras. Pensaba en los acontecimientos ocurridos en la taberna de Córdoba y que habían motivado que Almanzor les ofreciera aquel presente, pero hacía creer a Ben Jacob que todo era fruto de la Divina Providencia.

—Y, como decías, no debes desdeñar esta oportunidad. Si la Divina Providencia así lo ha determinado ahora, es porque tal vez no haya una nueva oportunidad.

Ben Jacob no quiso perder más tiempo en explicaciones.

—Bien..., aquí hay un pequeño tesoro. Yahvé ha sido generoso contigo. Pero sólo sacaré lo que considere justo... con intereses, como tú mismo dices. A fin de cuentas, en este momento estás en condiciones de liquidar tu deuda. Como ves, Yahvé sigue ayudándome en mis negocios. Siempre hay una buena oportunidad para hacer un buen negocio. Aunque sea ayudando a un pobre cristiano en medio del desierto que no tiene dónde caerse muerto... —y rió ruidosamente.

El mercader judío retiró entonces la cantidad que consideró justa para resarcir la deuda y devolvió el resto a Ermigio.

Éste, a su vez, tomó lo que quedaba y lo dividió en tres partes iguales. Entregó una de ellas al judío y otra a Ouroana.

Esta parte es tuya, Ben Jacob. Es el quiñón que mereces de este premio caído del cielo por todo lo que hiciste para que este día llegara. Esta otra es para ti, Ouroana. Es mi contribución para compensar todo lo que has pasado en estas tierras como esclava. Acéptala como redención de mi conciencia, por haberte fallado cuando estabas bajo mi protección. En cuanto a la parte sobrante, me quedaré con ella. Tengo algunas cuentas pendientes con don Munio.

El resto del viaje hasta Lisboa transcurrió en calma. Cuando llegaron, pasearon por algunas de las calles que Ermigio había conocido años antes. De repente se encontraron con el mismo adivino que habían consultado durante el anterior viaje y, en la mente de los dos amigos, finalmente cobró sentido el anuncio del cual tanto se rieron en la primavera del 990.

Mientras miraban a la perpleja Ouroana, recordaron las palabras de aquel hombre: «Mucha agua te separa de aquella a la que buscas, pero llegarás a ella a través del vino...» El agua del Mediterráneo, el vino de la taberna de Córdoba.

Ermigio se dirigió al adivino y le entregó algunas monedas. El hombre las recogió tranquilamente mientras miraba al grupo con la mano sobre las cejas para evitar la luz del sol y con una indescifrable sonrisa.

—¡Maldito sol que mata! —murmuró, y se deshizo a continuación en reverencias y cortesías, sin que ninguno de los presentes supiera si hablaba para sí o para aquel trío de amigos. Sólo Ouroana se quedó, desasosegada, con el comentario susurrado del adivino. De nuevo el sol de Vivilde le quemaba el horizonte.

En Lisboa, Ermigio y Ouroana se despidieron de Ben Jacob en medio de lágrimas y abrazos. El judío les comunicó que quería comprar casa en aquella ciudad que tanto le gustaba y que se establecería en el bazar local. De aquella forma tendría que hacer menos viajes, de modo que apreciaría las visitas de sus amigos siempre que lo necesitaran.

—Me estoy haciendo viejo para recorrer tantos caminos y sufrir tantas emociones con los amigos que encuentro en mis viajes —se justificó, mientras abrazaba al emocionado Ermigio.

Enseguida se dirigió a Ouroana, señalando el hilo y el amuleto que la muchacha llevaba con ella. Ya había reparado en aquellos ornamentos, cuando subió a la embarcación. Se lo había comentado a Ermigio y éste le había respondido que siempre se los había visto y que tenían que ver con el momento de su nacimiento. «Cosas de Vivilde», recordaba que así terminó la conversación. Con la mano derecha en el hombro izquierdo de la joven dijo con su tono de voz más grave:

—He visto el hilo tricolor y el amuleto que llevas al cuello: una espiral, símbolo de la luna. Quien te lo haya puesto sabe que, al contrario que el sol, que permanece siempre igual, la luna es una astro que crece, decrece y desaparece, un astro cuya vida está sometida a la ley universal del eterno retorno, del nacimiento y de la muerte. Al igual que los hombres, su decrepitud termina en la muerte. La luna muere durante tres días, pero a continuación renace como luna nueva. Así, su desaparición nunca es definitiva. Por eso, hija mía, cuando mires este amuleto recuerda que tu vida es también un eterno volver a empezar. Es lo que te está ocurriendo ahora. Vas a comenzar de nuevo.

Ouroana se quedó atónita con aquellas palabras. Una vez más, se mostraban la luna y el sol, ahora por boca de Ben Jacob, en otra encrucijada de su vida.

—Esta lección también se aplica a nosotros, mi querido Ermigio. Como te dije en otras despedidas, los amigos nunca parten para siempre.

· · ·

El gobernador árabe, después de haber leído la misiva de Almanzor, destacó una escolta para que acompañara a Ermigio y Ouroana hasta Coímbra y, de allí, a Viseu. A partir de ese momento, seguirían solos por montes y valles, siempre lejos de caminos y poblaciones, hasta llegar al Duero.

Munio supo, por un caballero procedente de Viseu, que Ermigio y su hija se dirigían hacia casa y, por eso, salió a su encuentro con su hermano, el monje Sisenando, y una guarnición de soldados. Sabiendo que ya debían de haber atravesado el Duero y que seguían un camino que los llevaría a cruzar el Támega cerca de Vez-de-Avis, en las inmediaciones del monte Áspero, el conde de Anégia siguió en esa dirección. Atravesó el río por un vado que allí había. El encuentro tuvo lugar poco después, en la zona de Valboa. Munio espoleó el caballo hasta llegar junto a su hija. Los dos desmontaron rápidamente, se abrazaron en un punzante silencio y se besaron en las mejillas saladas.

Hombres y animales respetaron el mágico momento hasta que padre e hija se separaron. Munio reculó un paso y recorrió con la mirada la figura de Ouroana, de la cabeza a los pies, con la mirada húmeda, pero admirado y satisfecho. Estaba distinta. Se había convertido en una mujer, con formas ya definidas, ya no mostraba aquel rostro de niña crecida, sino el de una joven adulta. Los ojos eran los mismos: arrebatadores e intensos. Los cabellos le habían crecido y formaban una nube rubia sobre su cabeza que caía en mechones por los lados.

—¡Qué hermosa estás, mi princesa! ¡Te hemos echado tanto de menos...!

—Padre, sabía que no me dejarías sola. Por fin he vuelto junto a mi querida familia. ¿Cómo está mi madre?

—¡Ansiosa por verte! Tuve que imponerme para que aguardara en casa tu llegada.

En aquel momento se acercó Ermigio.

—Mi señor, me presento de nuevo a vuestro servicio —dijo con gesto solemne y los ojos empañados.

Padre e hija sonrieron, aún emocionados, mirando al fiel amigo.

—Ermigio, mi viejo..., dame un abrazo. Nunca dudé que lo conseguirías. Pero has tardado un poco más de lo que suponía. —Munio no decía toda la verdad. Hacía ya algún tiempo que temía haber perdido a la hija y a su lugarteniente.

—Ah, mi señor.... ¡Tengo mucho que contaros!

Se abrazaron con fuerza y emoción. Alrededor de ellos algunos sonreían, otros intentaban controlar alguna lágrima inoportuna de alegría.

El júbilo fue tan grande que el conde prometió a los presentes que, en aquel mismo lugar, mandaría construir una iglesia y un monasterio para conmemorar la buena nueva que aquel día le había traído[58].

---

58. Referencia al monasterio de Vila Boa do Bispo (concejo de Marco de Canaveses), donde se encuentra, en la actualidad, el túmulo de Munio Viegas, de su hermano Sisenando y de sus hijos Egas y Gomes.

Quinta parte

CUARTO MENGUANTE

LV

*Inter Ambulos Ribulos, Entre-os-Rios,
Anégia, años 992 a 994*

—¡Madre...! ¡He vuelto!

El encuentro de madre e hija tuvo lugar a las puertas del pazo de Anégia. Desde el momento en que conoció la feliz noticia, Valida se vio inundada de una nerviosa conmoción. El tiempo de espera hasta que la comitiva que traía de vuelta a la única y primogénita hija se convirtió en un penoso martirio. No aguantaba permanecer dentro de la casa y por eso salió de los aposentos de la construcción de piedra y vagó por las inmediaciones de la entrada con los ojos fijos en el horizonte. Vivilde permaneció sentada a la sombra de un pino, acompañando con una calma sólo aparente el deambular de la señora.

—¡Ouroana, hija mía!

Era demasiada emoción para aquella mujer. El corazón materno nunca había perdido del todo la esperanza de encontrar a su hija, pero había pasado mucho tiempo desde su desaparición y desde que Ermigio saliera a su encuentro sin tener noticias de su paradero. Comenzaba a desesperar y rezó incluso a la Señora de O para que, al menos, protegiera a la niña allí donde se encontrara. Los últimos meses llegó incluso a visitar en secreto la fuente a la que llevó a Ouroana tras su nacimiento para solicitar la ayuda de las hadas subterráneas, sus protectoras. Un misterioso consuelo la embargaba cada vez que volvía, al igual que la primera vez. No se atrevió a comentar con Vivilde su iniciativa, pero no era necesario: ella siempre estaba atenta, lo sabía todo.

Por eso el reencuentro fue intenso y emocionante. Un prolongado abrazo, lleno de lágrimas, y pocas palabras que expresaran la intensidad del momento. Hablaron las manos, que recorrieron los cabellos y los cuerpos, los ojos empapados, pero luminosos y tiernos, y los corazones llenos de amor y afecto. La excitación de Valida Trutesendes fue tal que no pudo hablar durante un día entero. Encendió las dos velas a la Señora de O y prometió visitar a las damas secretas tan pronto como tuviera una oportunidad. Aquel día fue de catarsis familiar. Ni los criados fueron capaces de contener las lágrimas, emocionados con la intensidad del reencuentro.

Vivilde, por su parte, tampoco cabía en sí de satisfacción por el retorno de su niña, como, además, había augurado. Exultaba una misteriosa y solitaria satisfacción interior. Recordaba la visita que había hecho a la fuente y a sus damas. Rememoró la escena final de la danza de la luna y de la señora resplandeciente que había percibido que emergía de las aguas. Rezó una oración de agradecimiento a Láquesis, el hada que sabía que acudiría a su llamada, y le prometió que volvería al claro con generosas ofrendas. Pero esperó, con serenidad, su momento con Ouroana.

—Sabía que volverías, princesa... —una enigmática sonrisa la protegía de la emoción.

—He rezado mucho a Dios para que esto ocurriera. Y muchas veces pensé en ti, Vivilde. Algo en mi interior me decía que tú, o alguien enviado por ti, intercedería por mí...

—Es cierto, hija mía, hice lo que pude, lo que debía hacer.

Vivilde se acercó a la recién llegada y tomó con delicadeza entre sus dedos el collar. Murmuró una especie de cantilena que Ouroana no entendió y añadió:

—Tu hilo tricolor y el amuleto que te di..., aún los conservas —le dirigió una misteriosa mirada—. La luna, el eterno reinicio... Mientras los conserves, ellos te lo garantizarán. Siempre tendrás que ser capaz de volver a empezar, y de renacer fuera y dentro de ti.

—¿Qué quieres decir, Vivilde?

—Precisamente lo que acabo de decir... Lo demás, el tiempo te lo revelará.

—Ouroana, ven aquí, queremos saber cómo son las muchachas árabes —le pidieron sus hermanos menores, ya crecidos y casi irreconocibles en la memoria que de ellos guardaba. También demostraron su alegría con el regreso de la única hermana, cuya atención se disputaban constantemente. Ella se vio, así, forzada a dejar la conversación con Vivilde y acercarse a ellos.

—Las hay muy bonitas y menos bonitas, como aquí. Pero se cuidan mucho: se bañan con frecuencia, se perfuman con exóticas fragancias, se visten con los más finos y delicados vestidos; en fin..., todo ello las hace muy hermosas.

—¡Ah...! Tendremos que ir a robar algunas. ¿Nos muestras el camino?

Todos los muchachos reían con ganas. Pero sobre todo se burlaban de la pronunciación de la hermana, con un acento extraño a sus oídos. Le pidieron que contara historias de su viaje, que les hablara en árabe y les informara de si los andalusíes eran tan malos como se decía. La joven repartió afectos y atenciones a todos, y les prometió que les contaría más cosas los días siguientes.

Munio, más contenido, pero no menos feliz después del encuentro y del regreso a casa, se refugió en un introspectivo silencio. Más tarde, se acercó a Ermigio y le pidió que le relatara todas sus aventuras y cómo había conseguido descubrir y llevar a casa a su princesa. Durante la última colación del día, pidió también a la hija que le contase sus hazañas y cómo consiguió sobrevivir en tierras de los árabes. Ouroana narró algunas de sus peripecias, que a todos asombraron, en especial a los hermanos menores, ávidos de aventuras.

—¡Santiago nos valga! ¿Y cómo es posible que hayas pasado por tanto sin tenernos a tu lado?

—¡Fui bendecida por Dios y protegida por la luna! —respondió, guiñando el ojo a Vivilde, sentada en un rincón de la sala al calor de un fuego.

—¿Por la luna? —preguntó Munio, sorprendido y confundido.

—Sí, padre, ¿no sabes que la luna es mi protectora desde que nací?

—No lo sabía... —reconoció, mientras miraba alrededor y veía las sonrisas cómplices de las mujeres—. Pero si así es, mandaré esculpir tu figura sujetando el disco lunar en una de las peñas que hay junto a nuestro castillo. Servirá para demostrar mi felicidad y para homenajear a tu protectora...[59]

Por la noche, antes de acostarse, los ojos de Ouroana abrazaron el plateado astro. Un débil menguante. No comentó nada con nadie, pero sentía una ligera contrición en el corazón. Sólo ella sabía por qué.

La joven volvió al hogar con la plenitud de la belleza de los dieciséis años. Rápidamente su fama atravesó las fronteras de Anégia y del Condado Portucale y se extendió a Galicia e incluso a León.

Después de los festejos que su padre organizó durante una semana para celebrar el retorno de la amada hija a casa, Ouroana, con el pasar de los meses, empezó a mostrar insatisfacción con la vida que llevaba y, no en pocas ocasiones, paseaba su nostalgia por los jardines del pazo, mirando, pensativa, el río y soñando con el sur.

Acudían a su recuerdo la forma de vida, los colores, los olores y sabores de la ciudad donde había vivido, la abundancia en la casa, la familia que la había acogido, los amigos, el cálido y templado al-Andalus. Pero, sobre todo, la añoranza que se había apoderado de su corazón se debía a la ausencia de quien no abandonaba su pensamiento: Abdus.

El recuerdo del joven árabe pasó a ser su íntima y diaria compañía. Todo era motivo para acordarse de él: el jardín, la habitación, una flor, un olor, un momento del día, una pala-

---

59. Aunque se desconozca el origen, existe aún hoy, junto a las ruinas del castillo de Penafiel, una figura humana sujetando un disco esculpida en un roquedo granítico.

bra... Tenía la sensación de que su espíritu flotaba en los lugares y los instantes de su vida.

Fue entonces consciente de que en su corazón nacía un sentimiento que la hacía soñar y sufrir, y que al tiempo que le proporcionaba alegría la sumía en una inmensa tristeza, algo que no esperaba que fuera a sentir por nadie. Cada día que pasaba aumentaba el desánimo de la pasión, del amor que sentía por el lejano andalusí. Ahora entendía mejor aquel sentimiento que la había atormentado antes: el cuerpo y el corazón temían no vivir juntos. En Córdoba, su corazón sufría por el norte cristiano; ahora, allí, vagaba por la ciudad de las cuatro maravillas[60].

No estaba preparada para tales emociones. Desde niña le habían enseñado que su papel —como el de cualquier mujer noble— estaba destinado a garantizar un matrimonio con alguien que se mostrara conveniente desde el punto de vista familiar, económico o político. Los matrimonios servían para esas alianzas, y ella sabía que ése era su sino. Que te gustara o no el futuro cónyuge, casarse con un joven, con un viejo o, como solía ocurrir, incluso con algún familiar eran circunstancias ante las que debía prepararse. Lo que interesaba era asegurar un acuerdo diplomático o mantener el linaje. Y, obviamente, dar lugar a una prole, la mayor posible y con muchos varones.

Por eso, aquellas emociones subvertían las bases de su sociedad y ponían en cuestión lo que se suponía que debía creer. Amaba a un hombre de una religión y una civilización

---

60. Según los autores árabes, la extraordinaria mezquita Aljama, el puente romano sobre el Guadalquivir, sus madrazas y los fabulosos alcázares de Madinatu al-Zahra.

distintas, que vivía muy lejos de su tierra y contra quien los suyos se mantenían en permanente conflicto. Es decir, jamás volvería a encontrar a aquel a quien tanto deseaba. ¡Qué difícil le resultaba soportar su existencia!

Cierto día, ya con dieciocho años, su madre la llamó a su habitación.

—Hija, tengo una novedad que, ciertamente, te hará feliz. Tu padre ha llegado por fin a un acuerdo para tu matrimonio. Como sabes, muchos nobles del reino se disputan tu mano.

La joven guardaba silencio. Aquellas noticias —al contrario de lo que suponía su madre— le eran indiferentes. Sólo oía.

—Se trata de don Ero Soares, un hombre rico e influyente, el último hijo de Soeiro Gondesendes, fundador del monasterio de Sever. Es nieto de Gondesendo Eriz, quien en tiempos fundó los monasterios de Azevedo, Sanguedo y Santa Marinha, situados entre el Duero y el Vouga, y el de Dides, en Galicia. Tu padre está muy satisfecho. Don Ero es viudo, tiene ya cierta edad, pero te garantizará un buen vivir.

Ouroana se acercó a la ventana. Su mirada insistía en dirigirse hacia el otro lado del río, hacia el sur. El sol se ponía en aquel momento y el cielo se teñía de escarlata.

«¿Qué estará haciendo en este momento Abdus?» Su pensamiento volaba por los cálidos paisajes de al-Andalus.

A partir de entonces la vida en la casa giraba en torno al matrimonio de Ouroana. El padre se propuso invitar a todos los altos dignatarios de León con quienes mantenía buenas relaciones. Se decía incluso que se esperaba que el propio rey asistiera a la ceremonia.

Pero, a pesar de lo que se había acordado en un principio, el matrimonio no podría celebrarse aquel año de 994, pues Ero Soares cayó gravemente enfermo. El enlace se pospuso hasta el final de la primavera o el inicio del verano del año siguiente.

LVI

Anégia, año 995

A una semana del día de la boda de Ouroana hubo una gran agitación en el pazo de Anégia. La joven despertó con los gritos de Ermigio y pensando que estaba ocurriendo algo grave. Pronto se enteró de cuál era el problema.

—Vamos..., todos en pie, ¡rápido! Están cerca, tenemos que refugiarnos de inmediato en el castillo.

En poco tiempo, Ouroana, su madre, algunos de los hermanos que se encontraban en la casa, los criados y gente del pueblo que residía en las inmediaciones formaron una comitiva que trataba de llegar lo antes posible al castillo de Canas.

Los que estaban cerca eran los árabes. Se acercaban a la región llegados del sur y a las órdenes del temible Almanzor.

El pánico se había instalado entre los cristianos. Todos conocían la fama del caudillo cordobés. Su nombre era sinónimo de destrucción y muerte, y oírlo provocaba un escalofrío en aquellas tierras.

Ermigio lo conocía personalmente. Había salvado a su hijo. Pero nunca se atrevería a invocar esa circunstancia para contener un eventual ataque. Sabía que sería aniquilado de inmediato y que su cabeza engalanaría una de las varas que los ejércitos de Almanzor exhibían para imponer el terror. Y lo había dejado muy claro cuando le informó de que nunca más quería volver a verlo ni recordar aquel episodio. Por eso, sólo había una solución: huir al castillo, donde se encontraban ya Munio y su pequeño ejército, y rezar para que resultara infranqueable.

Llegaron a la fortaleza al mismo tiempo que otros que buscaban allí protección. Se trataba sobre todo de gente del campo y de algunos clérigos de los monasterios de Paço de Sousa y de Lardosa. En el interior de la estructura defensiva, los soldados estaban ya en sus puestos, entre ellos los infantes que habían respondido al apellido[61] lanzado por el gobernador. Ouroana vio a su padre y al mayor de sus hermanos en la parte más alta del castillo, con la mirada puesta al sur mientras conversaban. Se dirigió hacia ellos y abrazó a su progenitor.

—No temas, hija mía. Este castillo fue construido a prueba de árabes y estamos mejor aquí que en el *oppidum* de Anégia, más fácil de conquistar.

El ejército moro llegó al día siguiente por la vía romana que daba acceso al norte. La lucha fue feroz. El *naqqab*, el cuerpo especial del ejército andalusí, intentó por todos los medios abrir brechas en las murallas, quemando las vigas que las apuntalaban. También embistieron violentamente las puertas dobles con arietes, mientras los arqueros disparaban flechas incendiarias al interior de las murallas. Incluso probaron a lanzar escalas a los muros, pero los anegienses arrojaron voluminosas piedras redondeadas desde el adarve, que rodaban

---

61. Llamamiento a las armas lanzado para la defensa de los muros de los castillos y las poblaciones cuando se detectaba una incursión enemiga.

muralla abajo y, después de alcanzar el talud modelado por la morfología del terreno y que bordeaba el foso, lo superaba a gran velocidad, en dirección a los atacantes, anulando el efecto de su maquinaria de guerra. Al mismo tiempo, a través de las troneras existentes a diferentes alturas de las murallas, se disparaban flechas sobre los invasores. Dosis generosas de agua hirviendo, lanzadas también desde el adarve, era otra defensa siempre eficaz para desmotivar a los agarenos.

Después de dos días de asedio, los árabes se resignaron a la estrategia montada en aquella fortaleza y desistieron, para gran sorpresa y alivio de los cristianos, que estaban preparados para algún tiempo más de combate, pues contaban con víveres y con medios defensivos. Aunque sabían que el plazo no era muy largo. Para los sarracenos, el reducto se mostraba infranqueable dado el tiempo de que disponían y los objetivos previamente establecidos. Por eso no quisieron demorarse más en aquellas tierras. Estaba previsto que su campaña durara cerca de un mes y tenían metas más importantes en otras ciudades. Había lugares menos defendidos que saquear, otros objetivos a destruir. Así pues, el ejército árabe siguió en dirección al castillo más cercano, en Aguiar do Sousa, aún en territorio anegiense y bajo dominio de Munio, que había dejado allí a un noble para que lo defendiera con su respectiva guarnición. La fortaleza fue sitiada y, al día diguiente, la puerta no resistió la embestida de los arietes cordobeses. Superaron las murallas y dejaron el castillo en ruinas. Los pobladores de los alrededores habían corrido a guarecerse tras las murallas, con la creencia de que allí encontrarían protección. Los que lo consiguieron se apiñaban en el patio central, rezando desesperados por su suerte. Muchos que se quedaron en el exterior fueron perseguidos por los árabes en los montes circundantes, y hubo una gran mortandad y un gran número de cautivos. De Aguiar do Sousa, el ejército de Almanzor siguió camino hacia Galicia, el objetivo más importante de la campaña, donde dejaría la marca más profunda de su maquinaria de destrucción.

Una semana más tarde llegó la noticia de que el ejército árabe se encontraba ya muy lejos de Anégia. El peligro había pasado. Munio visitó el castillo de Aguiar para interesarse por su suerte. Desolado por la destrucción y la muerte, tomó providencias para la sepultura de los cuerpos abandonados y para la reconstrucción de la fortaleza. Al volver al castillo de Canas, mandó celebrar una misa de agradecimiento a Dios por la protección y el éxito de la batalla que allí tuvo lugar. Al final tomó la palabra, dirigiéndose a los presentes:

—Estamos aquí en acción de gracias a Dios por habernos concedido la merced de librarnos del ataque de los infieles. Como habéis visto, nuestro castillo, en lo alto de esta peña, ha sido capaz de hacer frente a sus embestidas, y se ha mantenido fiel a las huestes de Nuestro Señor Jesucristo. Así que, de ahora en adelante, dejará de llamarse castillo de Canas para ser el castillo de Penafiel.

A aquella misma hora, las tropas de Almanzor se batían en campo abierto con el ejército cristiano de Bermudo en el valle del río Esla. Por arte del destino, un caballero cristiano logró acercarse al caudillo árabe, cuyo caballo había caído, herido, y se preparaba para asestarle un golpe potencialmente mortal, cuando, en el último instante, un jinete musulmán, testigo de la maniobra, cargó contra el cristiano. Éste, sorprendido por la repentina aparición, quedó cegado por un instante por la luz del sol, lo que le resultaría fatal. Murió de forma inmediata.

—Gracias, Abdus, Alá te ha enviado... Te debo una merced... Cuando lo creas oportuno, puedes pedirme lo que quieras a cambio.

Sus ojos se cruzaron durante algún tiempo. El jinete levantó la espada, inclinó ligeramente la cabeza y continuó el combate.

La noticia de la muerte de Ero Soares —el caballero cristiano muerto a manos de Abdus— llegaría dos semanas más tarde al castillo de Penafiel.

LVII

Inter Ambulus Rios, Entre-os-Rios, Anégia, año 996

Ouroana no se sintió especialmente triste cuando conoció la noticia de la desaparición de su prometido, lo que contrastaba con el pesar que se instaló en el pazo de la *civitas* Anégia, donde siguió residiendo con su familia, en el lugar en el que se encontraban los dos ríos de su imaginario de niña, el Támega y el Duero, en Entre-os-Ríos. Aquellos dos cursos de agua siempre le provocaron una mezcla de fascinación y miedo, sobre todo en los rigurosos inviernos en los que, llegada de no sabía demasiado bien dónde, el agua se acumulaba de tal forma que acababa desbordándose y destruyendo lo que se le ponía por delante: las frágiles casas de madera, situadas cerca de las orillas, los molinos y las norias, y los cultivos y árboles frutales que allí crecían, pero sobre todo las frágiles embarcaciones de pescadores que, en tiempo de paz, y más allá del pequeño puerto, capturaban lampreas, barbos y truchas, y comerciaban también con otras localidades ribereñas.

Ouroana pasó el final de aquella vagarosa mañana primaveral —demasiado cálida para la época— refrescándose en las tristes aguas del Támega, algunos pasos antes de que se fundieran en las del Duero, junto a una zona que se había formado allí a lo largo de los últimos inviernos.

Poco después, ya más fresca, se retiró junto a un naranjal que bordeaba el río, lleno de apetitosos frutos. Cogió una docena de naranjas y se sentó a la sombra de uno de estos árboles, dejando que su mirada se deslizara a la otra orilla del Támega, hacia la imagen del monasterio de San Salvador de Inter Ambulus Ribulos.

Inició entonces un ritual con el que solía entretenerse. Pelaba pausadamente la fruta, la abría en dos, quitaba los gajos y los saboreaba con especial fruición. Uno a la vez, hasta sentirse satisfecha. En esta ocasión, tan absorta estaba que no se dio cuenta de que había comido, una a una, gajo a gajo, todas las naranjas que había recogido. Sólo lo advirtió más tarde, cuando el vientre hinchado le provocó cierto mareo y algo de soñolencia. Así que decidió echarse, aprovechando la sombra.

No era nada nuevo que descansara y que incluso se quedara dormida bajo un naranjo. Allí gozaba de la protección de las tierras de su padre, siempre vigiladas por los criados y los guardias. Pero aquel día, con el estómago lleno, el intempestivo mareo y la soñolencia hicieron que se quedara profundamente dormida.

Fue entonces cuando el sol, en su eterno movimiento, despojó a Ouroana de la sombra protectora del naranjo y envolvió su cuerpo con sus cálidos rayos, en especial su pálida y hermosa cara. El calor del sol, poco a poco y sin que ella fuera consciente, le fue pasando al interior del cuerpo.

De repente, la bella doncella se vio frente a un hombre esbelto y atractivo, con una pequeña barba y expresivos ojos claros, vestido con una túnica blanca. El hombre la tomó de la mano y la condujo a lo largo de un camino bordeado de flores azules y doradas, las más hermosas que Ouroana había visto nunca. El paseo terminaba en una especie de terraza desde la que era posible contemplar un inmenso territorio. La joven, siempre de la mano del hombre vestido de blanco, vio numerosas flores, unas conocidas, otras jamás vistas en su vida, lirios y rosas de perfume embriagador, árboles con frutos que no conocía, muchos naranjos cargados de hermosa fruta, un manto de hierba muy verde en el que aparecían coronas de piedras preciosas y de oro, incontables velos de seda, un conjunto de riachuelos de aguas cristalinas en los que nadaban peces de todos los colores y se bañaban elegantes gansos blancos. Todo rodeado por una atmósfera en la que flotaba una ligera brisa de frescas fragancias. El orden y el equilibrio convivían en perfecta simbiosis.

Ouroana se giró de nuevo hacia aquel que se encontraba junto a ella y que le parecía cada vez más resplandeciente. Más incluso que el sol. Tan blanco como la nieve. Vio que sonreía y le decía:

—*Sígueme, hija mía. Aún queda mucho por contemplar.*

La muchacha lo siguió obediente, siempre de su mano. Aunque no sabía adónde la llevaba, se sentía confortada, en paz de espíritu. Confiaba en él, pues le mostraba maravillas de las que ya había oído hablar, pero que sólo eran accesibles en otros lugares, no en la tierra habitada por seres como ella y por quienes a lo largo de su vida había conocido. Fieles o infieles.

Pasaron bajo un arco hecho de plantas trepadoras en flor, con los colores del arco iris, y entraron en un claro con varios naranjos cargados de fruto, debajo de los cuales había algunas mesas. Allí se organizaba un banquete preparado por bellos niños, de cabellos dorados, custodiados por ángeles estratégicamente distribuidos por todo el lugar, que garantizaban que todo fuera perfecto. Llegó entonces un grupo de hombres y mujeres, que se fueron sentando en sillas para el banquete, también ellos con mantos blancos y un aura en la cabeza: eran los santos.

En ese momento comprendió dónde se encontraba. Estaba en el paraíso. Aquel hombre de blanco que le sostenía la mano con candidez era ni más ni menos que Jesús. Extasiada con aquel descubrimiento, dio dos pasos atrás e intentó coger una de las flores que envolvían el arco de la entrada. Pero, extrañamente, su mano no fue capaz de alcanzarla. Quedó triste, hasta que oyó la voz de Jesús, que se encontraba junto a ella.

—*No temas, hija mía. Te he traído al paraíso no porque ya lo hayas ganado a lo largo de tu vida, sino porque aún puedes alcanzarlo. Para que así sea, tendrás que completar esta visita y sólo después lo comprenderás.*

Ouroana lo siguió de nuevo, convencida de que sería capaz de acompañarlo a cualquier lugar. Entraron por otra vereda en la que, poco a poco, parecía que el aire se enrarecía y donde costaba respirar cada vez más. Empezó a andar más despacio al comprobar que, a la belleza inicial de los caminos, le seguía una senda agreste, sin ninguna planta en los márgenes, con sólo algunos troncos de árboles secos. Al llegar a lo más alto, Ouroana vio un pozo, cuyo fondo, por mucho que lo intentó, no pudo vislumbrar. El hombre de blanco le dijo:

—Estás a punto de iniciar un nuevo viaje. Cuando llegues al fondo, si te sientes perdida, haz la señal de la cruz para reencontrar el camino de vuelta.

La joven sintió que la invadía un miedo terrible, por la oscuridad y la profundidad. Pero al mismo tiempo se veía impelida a obedecer. Inició entonces el camino de descenso en forma de espiral por el interior del pozo.

Cuando la oscuridad era ya intensa, vio, de repente, a su derecha, una galería. Al fondo, ardía un fuego intenso y de allí surgió una voz que le susurró:

—¡Sigue tu camino!

Ouroana continuó descendiendo. Más abajo, vislumbró otra caverna. Vio entonces un guerrero que, por sus suntuosos ropajes, parecía el jefe de un ejército árabe y que le dijo:

—¡Sigue descendiendo!

Más abajo aún, encontró lo que parecía el fondo del pozo. Fue allí, en las últimas cavernas, donde surgió un ser horrendo, frente a un escenario de fuego y llamas. Tenía la piel azul y vestía de negro, con los ojos rojizos, uñas muy afiladas, nariz aguileña y una sarcástica sonrisa. Cargaba con cadenas atadas a las manos, en cuyos extremos había animales con aspecto feroz y apariencia horrible, como nunca habría osado imaginar.

—Cinco años exactos se completarán hasta que el sol y la luna se encuentren para el combate final. —Las palabras salían como rocas, ásperas, de las entrañas de aquel ser siniestro—. *En ese momento tu nombre será invocado..., una víctima más inmolada por la ceguera de los hombres que, por no amar como es debido al Dios verdadero, se entregarán dócilmente a mis brazos...* —y rió

de tal forma que un eco sibilino reverberó por toda la caverna.

El corazón de Ouroana se encogió, frenético, en su pecho. Había descendido a la profundidad de los infiernos y se encontraba frente al demonio. Recordó entonces lo que el hombre que la acompañaba le había dicho e hizo de inmediato la señal de la cruz.

Como por arte de magia, al instante volvió al lugar donde se encontraban los dos caminos por los que había pasado: el del paraíso y el del infierno. Allí la esperaba el hombre de blanco, que, sonriendo con bonhomía, le dijo:

—*Todavía no se te ha concedido la gracia del paraíso, pero has tenido el privilegio de conocer los dos caminos por los que puedes seguir. Está en tus manos recorrer el del paraíso. Pero sólo lo conseguirás cuando, llegada la hora, derrotes al demonio y mantengas la necesaria capacidad de discernimiento. Vigila, aguarda y busca el camino de la perfección.*

—¡Ouroana! ¡Ouroana! ¡Ouroana! ¡Despierta, te estás poniendo muy roja!

No era la voz del hombre de blanco. Miró alrededor y ya no lo vio. Sólo las ramas del naranjo llenas de frutos que ya no la ocultaban del sol. Había desaparecido aquel ambiente resplandeciente que acababa de experimentar. El dorado intenso la había ofuscado y quemado su delicada piel. A contraluz distinguió a su madre, en cuyos ojos percibió un aire cargado de preocupación.

A media tarde Ouroana se dirigió a la iglesia de Santa María, donde se quedó hasta que empezó a hacerse oscuro. Aquella noche, durante la cena, comunicó la decisión que había tomado: hablar urgentemente con su tío Sisenando, en el monasterio de San Pedro de Lardosa. Su padre le proporcionó escolta el día siguiente.

LVIII

*Monasterio de San Pedro de Lardosa,
Rans, Anégia, año 996*

—¡Válgame Dios! ¡Qué honor que me visite mi sobrina preferida! En las próximas oraciones no me olvidaré de dar las gracias a Dios por este regalo que ya me ha alegrado el día.

—Vamos, tío. No hacen falta tantos encomios. Quien te oiga dirá que no nos vemos desde hace una eternidad.

—Eso es cierto..., pero después de haber pasado tanto tiempo en casa de los infieles, verte así, tan hermosa y radiante, es siempre motivo de júbilo para mi pobre espíritu.

—Eres un bromista.

El tío Sisenando también era natural de la Gascuña. Había llegado a aquellas tierras con su padre, y vestía ya el hábito de monje. Después de pasar por otros monasterios, volvió al de San Pedro de Lardosa, donde había estado tiempo atrás. Ouroana recordaba haberlo visitado cuando aún era niña. Le gustaba aquel hombre siempre de buen humor y a punto para una broma o una gracia. Además, su fama de hombre bueno y culto era de sobra conocida. Se decía incluso que estaba a punto de ocupar altos cargos de responsabilidad de la Iglesia.

—Algún día aún te he de ver como obispo de Portucale...

—Hija mía, como sabes, los designios de Dios son insondables. Pronto veremos cuáles son sus intenciones —y sonrió guiñando el ojo—. De momento tenemos a don Nónego, un excelente obispo que trajimos con nosotros de la Gascuña y nos ayudó en muchas luchas. Pero explícame qué te trae por aquí. ¿Acaso quieres vestir también un hábito de monja? Has estado un poco rara últimamente...

La joven le contó el sueño que había tenido a orillas de la confluencia del Támega con el Duero. Aquel hombre vestido de blanco —que sólo podía ser Jesucristo— y su viaje al paraíso y al infierno. Y, al final, aquellas enigmáticas palabras: que transcurrirían cinco años hasta que hubiera una lucha entre el sol y la luna, y que tendría que derrotar al demonio para alcanzar el camino de la perfección.

—Tío, eres un hombre culto y conoces los misterios de este mundo y del otro. Eres la persona adecuada para ayudarme a descifrar este sueño.

Sisenando sonrió con agrado al oír aquellas palabras que, de alguna manera, lo envanecían. Su pensamiento vagó entonces lejos de allí, procurando comprender el significado de lo que acababa de oír y, sobre todo, saber qué habría de decir a su sobrina.

—Bien, hija mía, al contrario de muchas mujeres de nuestro tiempo, tú eres culta y tienes un espíritu interesado en comprender mejor el mundo que te rodea. A este respecto, tenemos que reconocer que estos moros te educaron de forma muy distinta a la nuestra. Aquí a las damas se las prepara ante todo para el matrimonio, como sabes.

Ouroana escuchaba con atención a su tío, mientras dejaba escapar una leve sonrisa y su interior se llenaba de recuerdos del tiempo pasado en Córdoba. El corazón le latió con un poco más de fuerza cuando recordó a Abdus, al que, a pesar de todo, no olvidaba y que le templaba la existencia.

—Es cierto que he dedicado parte de mi vida a comprender mejor algunos fenómenos misteriosos, como los sueños. Por eso, para poder ayudarte a comprender tu experiencia onírica, tendré que explicarte las cosas que aprendí y las conclusiones a las que llegué después de haber leído numerosos textos y de haber hecho mis propias reflexiones. ¿Estás dispuesta a escucharme un buen rato?

—¡Claro! ¡Para eso he venido!

Los dos se dirigieron a los claustros que pertenecían al monasterio dúplice, donde coexistían el ala de los monjes y el de las monjas. Sisenando hablaba a medida que caminaban, lentamente, en movimientos que describían un cuadrado. Mediada la mañana, un sol indolente inundaba de luz uno de los lados del claustro que, a aquella hora del día, estaba poco concurrido. Los moradores del monasterio se ocupaban en las tareas del campo y en otras en las dependencias interiores.

—La interpretación de los sueños ya era conocida en tiempo de los griegos y los romanos, que desconfiaban relativamente de su veracidad. Hesíodo hizo de ellos hijos de la noche tenebrosa y hermanos de la odiosa muerte. Por parte de los filósofos, los campos estaban más divididos. Pitágoras, Demócrito y Platón creían en los sueños, mientras que Diógenes y Epicuro manifestaban su completa incredulidad. Aristóteles escribió tres tratados para intentar explicarlos a través de la razón. Creía que, por lo general, eran engañosos, aunque también los había verdaderos. En el campo de la medicina, Hipócrates y Galeno desconfiaban también de los sueños, y los relacionaban con el estado físico, con los males del cuerpo y las enfermedades.

—Mucho sabes de este tema, tío. Vivilde ya me había prevenido.

—Ah..., Vivilde, esa profunda conocedora de la naturaleza. —Sisenando conocía la fama que tenía esa mujer por sus remedios, infusiones y letanías, pero nunca le molestó, e incluso simpatizaba con su forma de alcanzar la sabiduría y algunas curas providenciales—. Pero continuemos. Hubo otros pensadores que se dedicaron al estudio de los sueños y a su caracterización, como fue el caso de Macrobio. En los albores del siglo V después del nacimiento de Cristo, Macrobio escribió *Comentario sobre el sueño de Escipión*, donde elaboró una teoría sobre la tipología de los sueños, dividiéndolos en cinco categorías. Dos de ellas, según él, sin ninguna utilidad, pues se trataban de sueños falsos. La primera es el *insomnium*, que puede tener origen en el alma, en el cuerpo o en la casualidad, y la segunda, el *visium*, que llega a quien duerme el primer sueño y que consiste en formas ilusorias y vagabundas. Macrobio añadió aún a esta segunda categoría la *pesadilla*. Los tres tipos restantes corresponden a los sueños verdaderos o premonitorios. Son los *oraculum*, en los que parientes, personas santas o la misma divinidad nos muestran con claridad un acontecimiento futuro, la *visio*, que nos revela una imagen del futuro tal como la veremos, y el *somnium*, que anuncia el futuro de una forma velada.

—Entonces, tío, según esta lógica, yo tuve un *somnium*, una especie de sueño en el que hay algún mensaje oculto sobre el futuro que yo no consigo entender...

—Vas por el buen camino, hija. Veo que eres inteligente y perspicaz.

—Pero... sólo me has hablado de las explicaciones de pensadores paganos. ¿Y qué dicen los sabios cristianos y los santos sobre este asunto? ¿Y qué dices tú?

—Bien, ésa es otra cuestión. Te voy a dar algunas pistas de lo que piensan los grandes filósofos del cristianismo. Tal vez te ayude a descifrar el enigma. El primer gran teórico cristiano que se ocupó del tema fue Tertuliano, que vivió entre los siglos II y III. Para él, los sueños eran una vía privilegiada y directa para acceder a Dios. Decía que podrían tener tres orígenes: Dios (que enviaba sueños proféticos), los demonios (los buenos, que enviaban sueños verdaderos, y los malos, que mandaban los falsos) y el alma humana. Más tarde añadió los relacionados con el éxtasis. Después de este pensador, sólo sé que san Gregorio Magno y san Isidoro de Sevilla se dedicaron al tema, pero no te voy cansar con más explicaciones.

La pareja formada por tío y sobrina había completado ya innumerables vueltas al claustro. Habían pasado diez veces frente a los accesos a la biblioteca, el refectorio y la sala capitular, pero Ouroana no mostraba señal de cansancio. Estaba ansiosa por saber más, para así conseguir desvelar el significado real del misterioso sueño. Sisenando sí daba alguna muestra de fatiga. Por eso cruzó por debajo de uno de los arcos dispuestos sobre columnas de escasa altura, cuyas bases descansaban sobre un pedestal gastado, e invitó a su sobrina a sentarse en el banco que había en un lugar ajardinado, alrededor del cual se organizaban, simétricamente, las galerías de los claustros.

—¿Me preguntas mi opinión? Bien, para mí la diferencia entre las distintas clases de sueños reside en su origen. Si proceden de Dios, del demonio o del propio hombre. Cuando tienen su origen en el hombre, o es a causa del cuerpo, como resultado de malos hábitos alimentarios, de enfermedad o de la propia constitución de la persona, o del alma, es decir, de la memoria, la pureza o la impureza y, en casos límite, del éxtasis.

—Tío, recuerdo que el mío llegó después de una indigestión de naranjas... Tal vez ése sea su origen...

—Puede que haya contribuido. Pero no hay duda de que contiene detalles muy claros sobre el paraíso y el infierno. Todo indica que tuviste contacto con Dios, a través de Jesús. Su clave no es descifrable, porque se remite al futuro. En cuanto a los cinco años, nada podemos saber, pues desconocemos el momento en que se inicia la cuenta de ese periodo, ni aun si ya ha transcurrido. Él te ordena que vigiles, te avisa de que podrás escoger el camino de la perfección y del paraíso cuando derrotes a Satanás en el momento en que se te aparezca.

—¿Y cómo debo aguardar ese momento?

—Has sido tocada, escogida por Dios. Tu lugar ahora es la vida religiosa, en este monasterio, donde cuidaré de que nada te falte. Si quieres, harás aquí el noviciado mientras yo esté, y después ingresarás en la comunidad del monasterio del Paço de Sousa, donde tendrás más comodidades y recibirás nuevas enseñanzas, porque para entonces yo ya no estaré por aquí.

LIX

*Monasterio de San Pedro de Lardosa,
Rans, Anégia, año 996*

En esta casa debemos ser sumisos al abad, a la regla y a la disciplina. Aquí impera el silencio, el trabajo y, sobre todo, la búsqueda permanente del camino más excelso, el del amor. En una palabra, progresar en todo esto, día tras día, perseverando así hasta el final de la vida.

Con estas palabras, Ilduara, responsable del ala femenina del monasterio de San Pedro de Lardosa, inició el paseo por las galerías del claustro, después de la primera refacción de la mañana del día siguiente al de la entrada de la novicia.

La había tomado en el refectorio con las demás devotas, sentadas en bancos gastados, en sepulcral silencio, mientras una de ellas rezaba con tono monocorde en el púlpito de piedra. Al final, Ilduara pasó su brazo por el de la joven y juntas fueron por un pequeño corredor con bóveda circular, junto a la cocina que servía de lavadero, y volvieron a los claustros, hechos con la mejor piedra azul de los montes circundantes. Ouroana conocía ya el recorrido cuadrangular por haberlo paseado numerosas veces con su tío Sisenando cuando fue allí para que la ayudara a interpretar su sueño.

—En este patio podrás encontrarte cada día contigo misma y con Dios, a través de la meditación y de la *Lectio divina*, una de las tareas más arduas en la vida de una monja. Deberás reflexionar con atención sobre un texto de la Biblia y cumplir también con las oraciones las siete horas previstas en los cánones.

Ilduara marcaba el ritmo con paso seguro, aunque lento, con la seguridad de las enseñanzas que prestaba a aquella joven y, simultáneamente, convencida de que dominaba todo el tiempo de los días del lado femenino de aquel monasterio, donde había horas para todo y donde las que pasaba en los claustros la llevaban siempre al mismo lugar del cuadrado que recorría.

—Aquí seguimos la regla del monasterio, nuestro *Codex regularam*, inspirado en las costumbres religiosas más antiguas de esta región y, sobre todo, en las reglas de san Fructuoso y en la vieja *Regula communis*. Pero cuenta también con otra inspiración, de acuerdo con las propuestas de san Isidoro y san Lorenzo, como quisieron nuestros fundadores, Musara y Zamora.

Ouroana escuchaba con atención, pero no se preocupaba en absorber todo lo que se le enseñaba. Tendría tiempo para aprender quiénes eran todos aquellos santos y cuáles sus doctrinas.

—Por eso hay tres reglas fundamentales: la primera, obedecer al pacto de profesión religiosa establecido con el abad; la segunda, reconocer la *congregatio* surgida de la asamblea sinodal de los abades de los monasterios afiliados con el nuestro, sean acisterios masculinos, femeninos o dúplices, como este de Lardosa, y la tercera, reconocer a nuestro *episcupus sub regula*, el superior de esta comunidad, con funciones de dirección espiritual, escolar y penal.

Parecía que la monja no quería olvidar nada el primer día de Ouroana en el monasterio de Lardosa.

—Pero aquí no sólo se vive de oraciones. *Ora et labora.* Éste es un monasterio autosuficiente. Para comer debes trabajar. Forma parte también de la ascesis de sus habitantes. Aquí todos cumplen con sus tareas: las monjas, los monjes y todos aquellos que, sin haber sido ordenados, sean novicios o sólo legos, viven aquí. Verás que muchos de los legos mandan equipos de trabajo.

A pesar de ser dúplice, el monasterio lo dirigía un abad, su máxima autoridad. Además, ni el obispo interfería en la vida interna de la comunidad. Ilduara continuaba con el mismo tono, al mismo ritmo:

—El monasterio es mixto y por ello, como pudiste constatar anoche, si una de las alas se destina a las monjas, la otra es para los monjes. Y en la iglesia, en misa y en las demás oraciones colectivas, los hombres se colocan delante y las mujeres detrás.

Así, la responsable del ala femenina iba poniendo al corriente a Ouroana de lo que creía más importante de la vivencia de la regla monástica, hasta que la novicia mostró curiosidad por saber a quién pertenecían las dos tumbas ricamente ornadas que se encontraban en el ala norte de la iglesia.

—El lugar para la construcción de este monasterio fue elegido por sus fundadores y donantes, los mozárabes Musara y Zamora, porque se trataba de un terreno extremadamente húmedo y sufría las inundaciones invernales, razón por la cual nadie lo quería. La verdad es que nadie hasta entonces había mostrado interés en cultivar estas tierras. Por un lado, aquí no se conocían las técnicas adecuadas para hacerlo y, por otro, los cultivos corrían siempre el riesgo de quedar destruidos por la fuerza incontrolable de las aguas del río Cavalum, que, desde su nacimiento en Pedrantil, en el noreste, descienden hacia aquí.

Al oír hablar de los mozárabes, el pecho de Ouroana se estremeció. Volvía a su mente al-Andalus. Pero mayor fue la agitación cuando en su pensamiento afloró el recuerdo de Abdus, el joven estudiante que había dejado en Córdoba, a pesar del tiempo transcurrido, de la distancia, de las vicisitudes y de las opciones de su vida. Observó el infinito azul y, a continuación, el luminoso astro. Por un instante se vio encadenada. Dirigió de nuevo la mirada al frente y entrevió, proyectada en la pared, una figura humana en blanco y negro, como si fuera un negativo de la imagen real de una persona. Era un hombre..., era Abdus... El corazón se le aceleró aún más. ¿Qué hacía aquella imagen allí? ¿Pretendía tentarla? Pero... ¡qué agradable y, al mismo tiempo, qué perturbador era ver la imagen de Abdus recortada en la pared que tenía delante!

Ouroana se alejó tanto de lo que estaba haciendo que ya no oía las explicaciones de la compañera en su recorrido alrededor del claustro, que seguía con su tono monocorde.

—... la verdad, la principal razón es el miedo terrible que cualquier ser humano siente de las inclemencias del tiempo y el temor a morir ahogado en época de inundación, sobre todo por la fragilidad de los materiales con que se construían muchas casas.

La joven monja respiró hondo, suspiró y procuró concentrarse en las palabras de Ilduara acerca de la historia de Musara y Zamora, dos ricos mozárabes que habían sido comerciantes de seda en Gharb al-Andalus, en concreto en la ciudad de Myrtilis, junto al Guadiana. Al acercarse el fin de sus días, como cristianos ricos que eran —pero ante todo porque temían que cambiaran las reglas de convivencia entre musulmanes y mozárabes, como a veces ocurría—, buscaron la manera de asegurarse un lugar adecuado para el descanso de sus cuerpos y sus almas. Y más importante aún, pretendían garantizar que, en la hora de la partida, los monjes del monasterio rezaran oraciones especiales por sus almas que los ayudaran a llegar al paraíso y no desaparecer totalmente después de la muerte, cosa que nunca lograrían en la región donde vivían.

—Y por esta razón, como ya te he dicho, esta mañana, en las oraciones de la primera hora del día, se rezó por el alma de Musara y Zamora. Así lo instituyeron ellos, en el acto de fundación, y tal obligación debe perdurar mientras exista el monasterio.

Era cierto: aquellos ricos hombres que vivieron la mayor parte de su vida en Gharb al-Andalus tomaron la decisión de dejar la próspera y hermosa ciudad donde vivían, dirigirse a los territorios cristianos del norte y convertirse en presores, colonos, de estas fértiles tierras, situadas entre los citados ríos y en las laderas del boscoso monte de Peroselo.

Además del dinero necesario para la construcción del monasterio, trajeron también consigo técnicas desconocidas para someter las aguas ingobernables del Cavalum, sobre todo en invierno. El regadío se hizo más eficaz en verano, básicamente gracias a la construcción de diques, acequias y norias. Trajeron también nuevas semillas, plantas y árboles frutales. Los acompañaron otros mozárabes que ya trabajaban para ellos y que habían manifestado su voluntad de volver a tierras cristianas para trabajar a sus órdenes. Y ello resultó providencial, pues fueron ellos quienes se dedicaron a coordinar los trabajos agrícolas y participaron en la construcción del monasterio.

Para el sustento de los hermanos y las hermanas dejaron, por medio del documento fundacional, la misma *villa lauridosa*, con los fueros y derechos, e incluso aperos agrícolas y objetos litúrgicos.

El encuentro con Ilduara terminó con una visita a la iglesia, orientada en dirección a Jerusalén y a Tierra Santa, que se señalaba con una amplia torre crucera. Ouroana se detuvo algún tiempo a admirar el nártex[62] y sólo después entró en la zona de oración propiamente dicha, en cuya entrada esperaba una monja. Era un templo sencillo de planta en cruz latina, con una nave longitudinal que terminaba en una cabecera rectangular. Perpendicular a la nave, se encontraba el transepto, con una pequeña capilla en cada uno de los extremos. El cambio del exterior soleado al interior oscuro de la iglesia obligó a Ouroana a cerrar un poco los ojos para ver mejor. La poca luz que había entraba por pequeñas ventanas enmarcadas en ajimeces. Adelantó el paso en dirección a una triple arcada en herradura que dividía a los fieles del espacio sagrado —el iconostasio—, donde, al alzar la vista, reparó en los capiteles simples, en bajorrelieve, decorados con elementos

---

62. Atrio cuadrado que antecede a la puerta y la nave principal, destinado a los penitentes y catecúmenos (no bautizados).

vegetales, como hojas de acanto y vides. El altar, en forma de mesa, era también de piedra, sostenido por columnas. A aquella hora del día, el sol daba directamente encima, y se veían las partículas de polvo bailando, sin orden alguno, dentro del haz de luz que entraba por una de las ventanas.

Con esta imagen ante ella, Ouroana reflexionaba sobre el inicio de su nueva vida. Pensaba en los cambios por los que había pasado a lo largo del tiempo que le había sido concedido vivir, en cuántos inicios y rupturas había habido en su aún breve existencia, en cómo su corazón todavía insistía en recordar a Abdus. Pero si aquél era su sino, tenía que seguir adelante. En ese momento tenía algo nuevo, misterioso, una misión que cumplir y que podría llevarla al paraíso. ¿Qué misión sería? Bastaría con que estuviera atenta y siguiera el camino correcto, y así, de buen seguro, la descubriría. Pues, ¿a quién en este mundo no le gustaría alcanzar el paraíso al final de su existencia?

Lo que la joven novicia no sabía en aquel momento era que, en muy breve plazo, su vida cambiaría radicalmente otra vez. De nuevo, volver a empezar.

Sexta parte

SOL INVICTO

LX

*De Qurtuba/Córdoba a Shant Yakub/
Santiago de Compostela, año 997*

Aquel año de 997 sería dramático e inolvidable para la cristiandad. El día 3 de julio, Almanzor salió de Córdoba al frente de su ejército. El objetivo era Santiago de Compostela. Pasó por Coria en dirección a su primer destino, Viseu, donde lo aguardaban varios condes cristianos de la región que se habían declarado sus vasallos: Froila Gonçalves, gobernador del castillo de Montemor y patrón —por haberse apoderado de él— del monasterio de San Andrés del Vouga, y Veila Gonçalves, conde-gobernador de la Tierra de Santa María, ambos hijos de Gonçalo Moniz, quien en 965 envenenó al rey de León Sancho el Gordo, e incluso Galindo Gonçalves, Osório Dias de Saldanha, Rodrigo Velázquez, Luna, Gordónio y algunos Velas de Álava.

El siguiente destino era Portucale, ciudad en la que se uniría la infantería, transportada en barcos de la armada de Gharb, que había zarpado del puerto de Alcácer do Sal, con provisiones e impedimenta.

Después de sitiar Lamego, conquistaron el burgo a la fuerza, a pesar de la resistencia de la guarnición local. Para alcanzar la ciudad donde el Duero se ahoga en el mar, el ejército cordobés debía pasar por territorio anegiense. Cruzaron el río por Entre-os-Rios, en cuyas inmediaciones fue atacado y saqueado el *oppidum* de Anégia, el monasterio de San Salvador de *Inter Ambulus Ribulos* y el monasterio de Alpendurada, cuya biblioteca destruyeron sin piedad.

A continuación el ejército se dirigió hacia el norte, en dirección al castillo de Penafiel. Munio y Ermigio no se encontraban en Anégia, puesto que los había convocado con urgencia Gonçalo Mendes a fin de establecer un plan de contingencia para hacer frente a la incursión musulmana. Pero el ejército agareno llegó demasiado pronto. Sin vigías activos y sin su conde, el territorio anegiense fue tomado por sorpresa. Pocos fueron los que consiguieron refugiarse dentro de las murallas de la fortaleza: algunos soldados, familias nobles de la región, monjes y monjas del monasterio de San Pedro de Lardosa —situado en las laderas del monte en cuya cima se alzaba el altanero castillo— y campesinos. Los restantes habitantes no sabían lo que ocurría, tuvieron que refugiarse en los montes circundantes y aguardar la suerte de la incursión.

El enfrentamiento entre los árabes y los cristianos atrincherados en la fortaleza de Penafiel fue breve: comenzó con el crepúsculo matinal y terminó cuando aún el sol se encontraba en su máximo esplendor. Una vez más, los árabes no consiguieron penetrar las murallas construidas por Munio, que se mantuvieron irremediablemente fieles a los anegienses. Por fortuna para los cristianos, el caudillo árabe tenía otro objetivo bien definido. En esta fase, más que saquear pequeños castillos, su primer propósito era humillar, una vez más, al rey de León y a los cristianos, destruyendo el santuario de Santiago y arrasando la ciudad de Compostela. Sólo destruiría lo que le fuera fácil y no retrasara la consecución de su principal objetivo.

Almanzor dejó sólo una parte de su ejército para atacar el castillo, mientras que la otra seguía en dirección a los monasterios vecinos de San Pedro de Lardosa y de Paço de Sousa. En el primero de ellos, donde Ouroana inició su vida monacal, dio órdenes de que fuera saqueado, incendiado y destruido para siempre, como castigo por no haber podido entrar en el castillo, y partió de inmediato al de Paço de Sousa. Los primeros rayos de sol acariciaban las ricas y productivas tierras del valle del río Sousa cuando la primera línea del ejército árabe entró en el monasterio. Al contrario que los habitantes de San Pedro de Lardosa, que aún tuvieron tiempo de protegerse en la cercana fortaleza, los de Paço de Sousa fueron tomados por sorpresa.

La destrucción del lugar que acogía a Ouroana fue total. Allí se hicieron los primeros prisioneros de la expedición, después de que el monasterio donde se encontraba fuera pasto de las llamas. En efecto, una vez terminado el noviciado, y como había previsto su tío Sisenando, la joven se trasladó al monasterio dúplice de Paço de Sousa, donde algún tiempo después debía tomar sus votos como monja. Su vida iba a tomar, así, un nuevo rumbo. De nuevo, la realidad chocaba con su sueño junto al lugar en el que el Támega se unía al Duero. Aquel mismo día sería víctima de una tentativa de violación por parte de un soldado árabe y salvada, *in extremis*, por un caballero. ¿Era humano o un ángel? Aún no lo sabía. El corazón le dio un vuelco cuando fue salvada. Pudo ver de reojo el rostro de aquel caballero y le pareció familiar, de alguien que nunca olvidaría. Otros jinetes llegaron a orillas del río y la monja ya no volvió a ver aquella cara que la confundía. Llegó a la conclusión de que se trataba de una ilusión.

Tras este incidente junto al río Sousa, la procesión de cautivos en la que se encontraba Ouroana siguió al ejército cordobés. Después de pasar por Baltar, llegó a la ciudad de Portucale, donde a ojos vista se engrosó el ejército con la armada llegada de Gharb, que había partido del puerto de al-Qsar, y siguió dirección al Miño.

El ejército fue recortando territorio como la quilla de un navío en aguas calmas. Antes de salir de Oporto, una agrupación de moros y cristianos se dirigió a Aguas Santas, donde se hallaba el castillo de Maia, para tomarlo. La empresa no resultó difícil. Veila Gonçalves, el conde rebelde, gobernador de la Tierra de Santa María, y al servicio de Almanzor, se había confabulado previamente con Eirigo Gonçalves, que tenía a su cargo la defensa del castillo. De ahí que se rindiera de inmediato. Siguieron la asolación y el pillaje de todo el territorio entre el Duero y el Ave.

El ejército musulmán llegó con rapidez a Braga, cuya destrucción fue inmediata y letal. Allí se encontraba el conde mayor del territorio portucalense, Gonçalo Mendes, que murió a manos del ejército árabe mientras defendía con gallardía la plaza. Munio y Ermigio se batieron como pudieron en la defensa de la ciudad, pero tuvieron que huir para salvar sus vidas cuando comprendieron que no había nada que hacer. Poco podían imaginar los dos anegienses que en el cortejo de cautivos del ejército musulmán se encontraba aquella a la que tanto amaban: Ouroana.

La sierra del Gerés fue difícil de cruzar, pero Almanzor mandó abrir una vereda por donde el ejército pudo pasar. Vadearon el Miño junto al pueblo de Valadares, aún lejos de la desembocadura. De allí, la poderosa maquinaria bélica musulmana viró hacia el oeste, entrando en la zona de las sinuosas rías de la costa gallega, que fue contorneando, paciente y ordenadamente, en dirección a Compostela. Por el camino no se saltaron lo que se les ponía por delante, ya fueran aldeas, pueblos, monasterios o estructuras defensivas. Éstos eran los blancos preferidos, como fue el caso de Tui, cuyos muros fueron derruidos y la población arrasada, pero también del castillo de San Pelayo y los monasterios de San Cosme y San Damián. El ejército andalusí tuvo tiempo incluso de asolar una isla no muy distante de la costa, donde se habían refugiado muchos habitantes de la región, convencidos de que allí estarían a salvo. Todos fueron hechos prisioneros.

En el camino, un pequeño grupo de cristianos, liderado por un falso leñador, se infiltró en el ejército árabe para recabar información sobre sus maniobras a las fuerzas leonesas. Por desgracia, su labor de espionaje fue descubierta y los decapitaron sumariamente frente a todo el contingente de cautivos. Ouroana se tapó los ojos con las manos. Pero el corazón casi se la salió del pecho cuando vio, poco después, las cabezas de aquellos desdichados clavadas en pértigas y transportadas por el ejército como trofeos de guerra.

Entretanto, a lo lejos pudo verse otro grupo de cristianos, probablemente amigos de los degollados que esperaban sus informaciones. Almanzor se lanzó en su persecución hasta la península de Morrazo, pero los perdió de vista. El ejército atravesó, a continuación, la ría, junto a Lourizan, y vadeó el río Ulla. Cruzó entonces los campos cultivados de Vilanova y Cortegada, alcanzó y destruyó el monasterio de Santa María y llegó a la ciudad de Iria[63], que saqueó con furia, consiguiendo un elevado número de prisioneros.

Aquel miércoles, segundo día del mes de *shaban*, que coincidió con el 10 de agosto, Almanzor, su ejército y los cautivos llegaron a las colinas desde cuya cima se alcanzaba a ver ya Compostela. Allí estaba la ciudad de calles y plazas laberínticas, pacíficos jardines y arboledas, imponentes murallas, con sus torreones, templos, hermosos edificios y los fértiles campos regados por los ríos Sar y Sarela. La entrada en la capital religiosa de la cristiandad norteña fue triunfal, pero un sepulcral silencio acogió a los árabes. ¡No había nadie para recibirlos!

---

63. Iria Flavia, actual Padrón, en Galicia.

LXI

Shant Yakub, Santiago de Compostela, año 997

Según la creencia local, alrededor del año 820, gobernando Alfonso II el Casto, en las cercanías de la iglesia de San Félix de Lovio, el ermitaño Payo vio sorprendido unos resplandores nocturnos sobre un bosque. A Payo no le cupo la menor duda de que después de las fantásticas luces surgieron en el mismo lugar ángeles, en apasionada adoración. Rápidamente, otros fieles dieron testimonio de las visiones del ermitaño, hecho que no tardó en llegar a conocimiento de Teodomiro, obispo de la diócesis de Iria, que detentaba la jurisdicción sobre la zona de las luminosas apariciones. Después de hablar personalmente con Payo, tomó la firme decisión de intervenir para desvelar el misterio, no sin antes ayunar durante tres días. Penetró entonces en las profundidades del bosque y en la zona más densa descubrió un pequeño oratorio. Conocedor de las convicciones de san Jerónimo, ni por un instante dudó en identificarlo como el túmulo del apóstol Yago, evangelizador de Hispania.

Teodomiro contempló aquella construcción, que formaba un cuadrado irregular con cerca de cuatro pasos de lado y estaba rodeada por una columnata, y ordenó de inmediato que los restos del apóstol fueran trasladados a un lugar llamado Campo de la Estrella, lo que dio origen a la futura ciudad de Compostela. Alfonso II no tardó en derramar honores y privilegios sobre la modesta iglesia que se levantó de inmediato en el lugar del túmulo, y Alfonso III el Grande, en 899, mandó transformarla en una rica basílica. Con el paso de los años, el templo consiguió aumentar exponencialmente su capacidad de atracción. Junto al sepulcro se construyó el monasterio de Antealtares, donde una comunidad de monjes aseguraba el oficio divino. A aquel lugar acudía un gran número de peregrinos llegados de toda la cristiandad occidental e, incluso, de al-Andalus. Y otro tanto ocurría con pueblos de otras culturas, atraídos tanto por las riquezas como por la confrontación política y religiosa. Entre esos pueblos se encontraban los normandos, que sentían especial inclinación por desembarcar en la Iakobsland para saquear la región, y los árabes, que la llamaban Shant Yakub. Por esa razón Almanzor y todo su ejército se encontraban ante aquella venerable basílica.

—¡Que no quede piedra sobre piedra! Esos *kafar*[64] han de aprender de una vez por todas quién manda en la tierra y quién manda en los cielos. Derribad este edificio, sede espiritual de los infieles del Crucificado. A continuación podréis saquear la ciudad a vuestro placer.

Entre vivas y aclamaciones, el ejército *amirie* se dedicó a la meticulosa demolición de la basílica compostelana. Almanzor y su séquito más cercano se quedaron en los alrede

---

64. Infieles.

dores para observar la labor de las tropas. Desde donde se encontraba, Ouroana podía ver al caudillo árabe. Percibía en sus ojos complacencia por lo que había ordenado. Junto a él, los oficiales lo seguían todo con atención. De repente, su corazón sufrió un vuelco.

—No..., no... ¡No puede ser! Es Abdus quien se encuentra junto a Almanzor.

No se equivocaba. Por la proximidad física a Almanzor, parecía que Abdus, aquel adolescente que había conocido en Córdoba, se había convertido en un esbelto hombre y ocupaba un lugar destacado en el ejército agareno.

—Fue él... Fue él quien me salvó. Mis ojos y mi corazón no me engañaron. ¿Por qué no me ha dicho nada todavía? ¿Se ha vuelto insensible? Abdus...

Asolada y desconcertada por aquella revelación, Ouroana fue obligada a seguir con los religiosos cautivos, súbitamente separados del resto de esclavos, detrás de algunos soldados.

Se apoderó de ella un torbellino de pensamientos y sentimientos. Les ordenaron que entrasen en la basílica para que presenciaran la destrucción de su interior, y obedecieron sin rechistar. Pero lo que ocurrió a continuación la obligó a volver a la dura realidad. Con un atroz dolor de corazón, asistió al pillaje de altares, santos, mobiliario, vidrieras y elementos litúrgicos... Todo lo que allí había.

De repente oyó un pequeño bullicio junto a uno de los altares. Ouroana prestó atención y pronto comprendió lo que pasaba: un habitante de Compostela no había abandonado la ciudad. Era un sacerdote cristiano que se encontraba junto al túmulo del Apóstol. Explicaba a los hombres de Almanzor que se había quedado allí para defenderlo. En respuesta, los soldados rieron ruidosamente y se dispusieron a ajusticiarlo.

—¡Altooooooooo! ¡Parad de inmediato! —gritó Ouroana en árabe.

Sorprendidos, aquellos hombres miraron con ojos perplejos a la monja cristiana que les hablaba en su idioma. Los que habían levantado la espada hacia el guardián del sepulcro quedaron en suspenso. Nadie comprendía lo que estaba ocurriendo.

—Pero ¿quién eres tú para darnos esa orden? ¿Quién eres que hablas la lengua del Profeta? —respondió el que los mandaba, con los ojos semicerrados.

—¡Llamad inmediatamente a Abdus al-Yahsubi! Él os indicará lo que tenéis que hacer.

Los soldados dudaron ante la actitud de aquella hermosa y perturbadora mujer. A pesar de que aquella situación no tenía ningún sentido, el jefe decidió, por cautela, llamar a Abdus. Lo peor que podía ocurrir era que, en lugar de una, rodaran dos cabezas, aunque le parecía una pena tener que decapitar a aquella bella muchacha, que sería una cotizada esclava en los mercados de Córdoba.

El joven árabe se acercó rápidamente a Ouroana y los dos se dirigieron a un rincón, lejos de oídos ajenos.

—Abdus, soy yo, Ouroana... ¿Te acuerdas de mí? En tu casa..., tu esclava...

El guerrero no mostraba ninguna emoción. Sus ojos castaños, casi negros, penetraban los de la cautiva. Se quitó la *bayda* de la cabeza para aprovechar el aire fresco de aquel rincón y dejó a la vista sus cabellos oscuros bien cortados. Pasó su mano por la barba negra y simuló su mejor tono neutro:

—¿Y por qué me has mandado llamar?

—Abdus, tú tienes buen corazón... No puedes dejar que destruyan el túmulo de Santiago... Acabad con todo, pero no profanéis este sepulcro..., es el alma de mi pueblo lo que está en juego, ¡y eso no lo aprobaría Alá!

—¿Qué sabes tú de estas cosas? ¿Y no ves que quedaré en evidencia antes estos soldados?

—Mátame antes a mí en lugar de destruir el sepulcro, porque si lo profanáis yo misma moriré con él...

Los ojos oscuros de Abdus traicionaron la vacilación de su corazón. Respiró hondo. Miró durante algún tiempo los dos hipnotizadores puntos de un azul luminoso que tenía delante y frunció el entrecejo. Ouroana dejó su mirada presa en la del árabe. Mucha información y demasiadas emociones reprimidas circulaban en el pequeño espacio que mediaba entre ellos. Por fin, el guerrero decidió volver junto a Almanzor.

Los soldados aguardaban órdenes sin saber qué estaba ocurriendo. No se oía ningún sonido en el interior de la basílica. Se respiraba una tensión colectiva, una ansiedad general por saber cómo iba a terminar aquel episodio imprevisto.

Nadie supo qué le dijo Abdus a Almanzor, pero las órdenes fueron muy claras: el sepulcro de Santiago y el clérigo que lo protegía —Ouroana supo más tarde que se trataba del obispo Pedro de Mezonzo— no debían ser molestados por nadie. A partir de ese momento, también una pequeña guarnición de soldados protegió a la joven cautiva hasta el final del viaje.

«Ahora comprendo, Señor, el sueño que me concediste. Ahora entiendo la misión que me encomendaste a través de aquel viaje entre el paraíso y el infierno, entre el verdadero

Dios y el diablo. Me siento feliz por ser tu sierva, por haber salvado el túmulo de tu apóstol», pensó la monja anegiense, recordando también, aunque vagamente, las palabras del padre Eulogio, años atrás, en la basílica de San Acisclo, en Córdoba, cuando le vaticinara la posibilidad de convertirse en una peregrina de salvación, en Compostela. Sintió que la invadía una gran alegría interior al constatar que, a pesar de las desgracias sucesivas de las que había sido testigo, todo adquiría una lógica bajo la perspectiva de su misión.

LXII

Shant Yakub, Santiago de Compostela, año 997

Bajo el marcial sol del verano de 997, la destrucción llegó a ser total, la basílica de Santiago quedó arrasada. Aquel 10 de agosto quedaría marcado así en la historia como una de las jornadas más significativas en la lucha entre el islam y el cristianismo. En nombre de Dios, una parte creía que había dado un paso importante en dirección al paraíso, mientras otra pensaba que los autores de la destrucción acababan de ganar las más duras penalidades del infierno.

En verdad, de aquel templo sólo quedaron las piedras caídas desordenadamente en el suelo. El pillaje siguió en las calles. Durante una semana las estructuras urbanas y las viviendas sufrieron la devastación. Compostela vio cómo las paredes de piedra con las que había sido construida daban paso a un escenario de llamas y humo. Mientras esto ocurría, algunas de las tropas más ligeras del ejército asolaron la región más al norte, saqueando y demoliendo todo lo que encontraban, hasta la ciudad de La Coruña. Por toda la costa gallega flotaba un rastro de miseria y desolación.

Creció así el número de cautivos que se unieron a los primeros, los moradores religiosos del Paço de Sousa. Los nuevos esclavos fueron capturados durante las correrías de las tropas ligeras hasta el norte de la Península y en las incursiones por los montes de las inmediaciones de la capital de la cristiandad, donde muchos de los desdichados compostelanos se habían escondido y habían sufrido la escasez y los rigores del tiempo.

De este modo, la caravana de regreso a Córdoba la integraban algunos millares de esclavos. Los hombres más fuertes tuvieron una misión especial: se les obligó a cargar los símbolos de la destruida basílica, los candelabros y las puertas del templo, así como las de la ciudad. Almanzor tenía un destino para ellas: serían utilizadas para fabricar las lámparas y las armaduras del techo de las nuevas naves de la mezquita Aljama de Córdoba, que se encontraba en obras. En cuanto a los cautivos, casi todos ellos se destinaron a alimentar el competitivo mercado de esclavos de la capital. Y, para mayor humillación, en el extremo de numerosas varas seguían las cabezas de cristianos que serían expuestas en las murallas cordobesas, para gloria de Almanzor y del califato.

Lo que más le costó a Ouroana fue volver a recorrer su territorio. El dolor que sentía era similar al de una flecha clavada en sus carnes. El olor de la tierra, el verde paisaje de sus memorias, los ríos que empezaba a reconocer y cruzar, pero sobre todo saber que cerca de allí se encontraban sus familiares. Valida, la querida madre, que estaría inconsolable con su nueva pérdida; Munio, el padre, que clamaría venganza por un ultraje más al buen nombre de la familia; los hermanos que había vuelto a perder; Ermigio, que cargaba en silencio con su amargura, y Vivilde, la pobre Vivilde, que sufría siempre con anticipación. ¡Pero nada podía hacer! Nadie era capaz de hacer frente a aquel poderío bélico. Los lugares por donde pasaba eran la imagen de la destrucción, el escenario del horror, su mundo transfigurado por el saqueo, la violencia y la devastación, algo que nunca hubiera imaginado que vería. Después, día tras día, poco a poco, el paisaje fue cambiando, y Ouroana percibió que regresaba al mundo musulmán, mientras una maraña de contradicciones llegaba a su corazón.

Su intervención ante Abdus había servido para preservar el túmulo de Santiago. Desde entonces viajaba en unas condiciones y con una protección especiales. Pero el jinete había sido muy claro cuando le dijo que no podría volver a hablar con ella durante la campaña militar, y que no podía contrariar las órdenes de Almanzor. Tendría que seguir como cautiva hasta Córdoba, y una vez allí, decidiría cuál sería su suerte.

El primer destino fue Lamego, donde Almanzor quiso detenerse para descansar y despedirse de los condes cristianos que lo habían apoyado en aquella razia. Allí se encontraba ya Veila Gonçalves, quien, después de tomar el castillo de la Maia, había regresado a su Tierra de Santa María, siendo el único de los condes cristianos reunidos en Viseu que no acompañó a las tropas musulmanas a Compostela. Además del botín, Almanzor ofreció a los condes, sus vasallos, ricas vestiduras y muchos presentes, que los dejaron satisfechos y más vinculados aún al mayordomo de Córdoba, el hombre más poderoso de la Península.

Séptima parte

LUZ EVANESCENTE

LXIII

Qurtuba, Córdoba, año 997

Ouroana nunca imaginó que volvería a al-Andalus y a su capital. Salió de allí con dieciséis años, convencida de que sería para siempre, pero de nuevo la vida le jugaba una mala pasada. Ahora, mayor, y de vuelta por segunda vez, la princesa novicia comprendía mejor la diferencia entre las civilizaciones asentadas en los dos territorios separados por el río Duero.

A lo largo de los siglos de dominio musulmán en la Península, las pequeñas comunidades rurales visigodas del sur habían dado lugar a una economía de sofisticado sistema agrario que abastecía y sustentaba las ciudades protagonistas de un creciente desarrollo urbano, reforzado por una floreciente economía monetaria. En efecto, el ingenio árabe facilitó un sistema de regadíos en las ricas tierras de aluvión de la costa mediterránea, de los valles del Guadalquivir y de su mayor afluente, el Genil. Con este sistema y con la introducción de nuevos cultivos, los campos pasaron a tener una rotación de tres o cuatro cosechas, mientras antes no pasaban de una. Los propios colonos mejoraron sus condiciones de vida y entragaban una parte de la cosecha a los nuevos propietarios musulmanes.

Así, de una reducida producción de algunos cereales, aceitunas y uvas que se daba antes de la llegada de los árabes, los campos andalusíes pasaron, con los nuevos cultivos, a producir intensamente arroz, trigo, caña de azúcar y toda clase de árboles frutales, sobre todo naranjos, almendros, manzanos, granados e higueras, muchos de ellos llegados de Persia y del Extremo Oriente.

La manufactura textil también vivió avances considerables, apoyada en el cultivo del cáñamo, del lino de Granada, del algodón de Sevilla y de Guadix, del esparto de Murcia y de la morera de Baza y la Alpujarra. Surgió de este modo la industria de los tejidos de lana, de alfombras, de paños de lino, algodón, seda y ricos brocados. La protección califal a la industria del cuero le dio también un fuerte impulso, así como a la cerámica, a las industrias del vidrio, de la madera labrada y del marfil.

También la extracción minera, continuadora de la explotación romana, trajo riqueza, como el oro de Lérida y aun de Almada, el mercurio de Almadén, el cobre de Baza, Toledo y Río Tinto, el plomo de Elvira y Baza y el hierro de Constantina y Sevilla. Todo ello permitió el desarrollo de las industrias de la orfebrería y la metalurgia y que los nuevos productos inundaran los mercados urbanos de las cada vez más pobladas ciudades islámicas.

La mejora de la red viaria romana hizo posible que se intensificaran las relaciones comerciales con el centro de Europa, básicamente el tráfico de esclavos, y crecieron también los intercambios con el Magreb, Egipto, Khusarán e Irak, lo que reforzó la importación de las modas de Bagdad a la corte omeya de Córdoba, iniciada por el célebre Ziryab. Éste, en el siglo IX, enseñó a los cordobeses el grácil arte de la depilación y la peluquería, usando cabelleras cortas y redondeadas y liberando las cejas, la nuca y las orejas.

En el campo de las artes, las letras y las ciencias, el universo islámico andalusí, con Córdoba a la cabeza, se tomaba como centro del mundo, por lo menos del occidental. Sobre todo en tiempos de al-Hakam II y de su padre Abd Al-Rahman III, convergió allí una pléyade de poetas, filósofos y científicos que facilitaron un frenético intercambio de conocimientos. De este modo, los musulmanes andalusíes asimilaron el saber clásico, que desarrollaron mediante las contribuciones de persas, chinos e indios. Esta herencia se transmitiría al resto de Europa.

Las matemáticas y la medicina recibieron un fuerte impulso, esta última sobre todo en la cura de fiebres y en la cirugía, así como la astronomía, ciencia que servía para orientar las mezquitas y elaborar los calendarios. Los historiadores y geógrafos tenían también un papel destacado, al igual que los alarifes, escultores y maestros canteros, especialistas en el arte de labrar la piedra con que se adornaban los palacios y mezquitas.

No obstante, de vez en cuando, sobre todo en tiempos de mayor fundamentalismo religioso, las luces del saber y del conocimiento bajaban de intensidad. Era el caso de la época que le tocó vivir a Ouroana ahora que volvía a Córdoba. Almanzor, preocupado por conseguir el apoyo de los alfaquíes ortodoxos, que en principio desconfiaban de sus capacidades e intenciones, pero interesado ante todo en disfrazar el hecho de que no detentaba con legitimad el *sultan*, agitaba desde hacía algunos años a la comunidad para una *yihad*, lo que impedía el avance de las letras y las ciencias, a las cuales los religiosos islámicos, los más radicales entre ellos, eran contrarios. Así fue como los libros de ciencia de la biblioteca califal, que al-Hakam II había organizado con tanto ahínco a lo largo de su vida, ardieron por orden de Almanzor, para regocijo de buena parte de la comunidad religiosa, desapareciendo, en humo y para siempre, mucho del conocimiento de la humanidad, hasta entonces celosamente guardado allí.

Con todo, el mundo musulmán al cual Ouroana volvía era muy distinto a aquel otro del que ella procedía. Se diría que se trataba de distintas épocas de la evolución de la humanidad. La Península era una región de contrastes. En el norte cristiano, predominaba todavía la economía agraria y ganadera de supervivencia, aunque con algunas señales de evolución en el tratamiento del suelo. Era así sólo en algunas comunidades que vivían en el entorno de los monasterios o de aldeas dotadas de alguna organización, o gracias a pequeños y grandes propietarios colonos en las nuevas tierras o en las concesiones otorgadas por los reyes. Era el caso recurrente de los mozárabes que habían huido de al-Andalus, sobre todo en los momentos más críticos de intolerancia religiosa, y que aplicaban en el norte las innovadoras técnicas agrícolas importadas del sur. Por eso, no era de extrañar que incluso las más importantes ciudades cristianas tuvieran problemas para hacer sombra a las urbes andalusíes, por modestas que éstas fueran.

Todas estas características del brillante al-Andalus, en especial de Córdoba, alcanzaban el espíritu de Ouroana mientras seguía en la comitiva árabe. Sus sentimientos eran, pues, una mezcla de tristeza, angustia, alegría y perturbación. Estaba convencida de que todos aquellos acontecimientos eran la confirmación de lo previsto en su sueño premonitorio, a pesar de que aún no sabía si aquello que debía hacer para llevar a cabo su misión estaba ya cumplido o no, si Jesucristo volvería para rescatarla y cuánto tiempo pasaría hasta que eso sucediera. Qué bizarro augurio había sido proferido por aquel cavernoso ser de fealdad azul.

A pesar de tales inquietudes, algo más la perturbaba con intensidad cada vez mayor. Había iniciado la vida monacal en circunstancias especiales, aunque no había llegado a profesar, y no podía negar que la fuente de su mayor agitación andaba cerca de allí: el hombre que había conocido algunos años antes, de cuya familia fue esclava, de quien se había enamorado y con quien había intercambiado su primer beso; aquel que durante tanto tiempo había sembrado de nostalgia su corazón y que ahora lo alborozaba al tenerlo cerca; aquel cuya imagen no había abandonado su pensamiento durante todo el viaje y que la hacía vivir en permanente ansiedad por verlo, aunque sólo fuera en un furtivo intercambio de miradas. La causa de su desasosiego tenía nombre: Abdus.

LXIV

Qurtuba, Córdoba, años 997 a 999

Ahí estaba Ouroana, de nuevo esclava en Córdoba! En esta ocasión en casa de un viejo tío de Abdus, cuya edad ya no le permitía aumentar el número de esposas o de concubinas. De alguna manera, la cautiva cristiana tenía razones para no reconocerse totalmente desgraciada, pues las circunstancias le permitían, por segunda vez en su vida, evitar el mercado de esclavos, al contrario que los cautivos que la acompañaban. Supuso que así había sido por intervención directa del propio Abdus, ¡y no podía ser más cierto!

La había vigilado durante todo el viaje, asegurándose de que nada le faltara, ni agua ni víveres, y alguna comodidad para dormir. El joven jinete había visto a Ouroana por primera vez durante la destrucción del monasterio del Paço de Sousa. Su corazón casi saltó de su pecho. Aquella mujer, de quien estaba enamorado, a la que nunca había olvidado, se le aparecía de nuevo como una dádiva del Creador. La miraba de lejos, magnetizado por su encanto. Podía hacer algo por ella. Su poder le permitía apoderarse de ella y liberarla discretamente de aquella situación. Pero el curso de los acontecimientos no dejó que lo hiciera. Almanzor se hizo cargo del asunto y dio órdenes concretas para que se la capturara junto con los demás clérigos. Sería una imprudencia por su parte poner en cuestión tal decisión. Por otro lado, su corazón estallaba de felicidad ante la posibilidad de verla volver a Córdoba. Por eso decidió protegerla a distancia y sólo darse a conocer después de que la incursión terminara, para conquistarla mediante el sentimiento y no en medio de una guerra.

Su plan casi se fue al traste cuando aquel imprudente soldado la intentó violar junto al río Sousa. Para evitar la consumación del acto no dudó en eliminarlo e, in extremis, desaparecer de su vista para que no lo reconociera; entonces dio instrucciones a sus soldados para que garantizaran su protección. Lo que ya no fue posible en Santiago: Ouroana lo había descubierto y la situación fue bastante embarazosa. En ese momento, con ella debidamente instalada en Córdoba, estaba decidido a seguir con su plan de aproximación. Para ello le buscó acomodo en casa del viejo tío que sabía que le dispensaría una vida tranquila.

Las primeras semanas fueron de gran desorientación para la anegiense. Intentaba interpretar la suerte de su vida. La primera vez fue raptada en la flor de su juventud y conducida a Córdoba; allí conoció a Abdus, al que nunca olvidó y por quien su corazón, en silencio, siempre suspiró; estuvo a punto de casarse con un cristiano a quien no amaba, pero que murió en la guerra, en vísperas del casamiento; tuvo una perturbadora visión que parecía el anuncio de una misión especial; inició una vida monacal y casi tomó los votos de monja, y de nuevo fue raptada y conducida a Córdoba, bajo la protección de Abdus.

Toda aquella indefinición acentuaba una nostalgia depresiva. Abdus, aún ocupado en sus tareas profesionales relacionadas con la llegada del ejército, visitaba siempre que podía la casa del tío para interesarse discretamente por el estado de la joven. Pero pronto tuvo que cumplir algunas misiones en distintas ciudades de al-Andalus que llegaron a durar algunos meses. Cuando volvía, el corazón de Ouroana se alegraba un poco más. Todos sabían que la esclava había pasado parte de la adolescencia en casa de sus padres. Por eso comprendían sus largas conversaciones a solas y no desconfiaban de los mágicos sentimientos que silenciosamente se renovaban entre ellos, aunque Ouroana pensara que una relación marital entre los dos sería imposible en el futuro a causa de la diferencia racial y religiosa que los separaba, además de la posición social de Abdus.

Con el tiempo, llegó a saberlo todo de su amigo. Terminó el curso de alfaquí con resultados brillantes, viajó por varias ciudades andalusíes, del Magreb y de Oriente Medio. Conoció a Alhacén —llamado Abu Ali Hasan Ibn al-Haithan—, una de las más importantes figuras del mundo árabe, matemático, físico y astrónomo de gran categoría. Le explicó que quería escribir un libro de óptica, sobre los colores de la puesta de sol, y también sobre fenómenos de la naturaleza, como las sombras, los eclipses y el arco iris. Tuvo contactos también con Ibn Sahl, otro gran matemático y óptico.

Volvió a Córdoba bajo los buenos auspicios del régimen. Almanzor no olvidaba lo que le había prometido, en el momento de su nacimiento, a 'Isá al-Yahsubi, su padre, y lo invitó a integrarse en su ejército personal. En poco tiempo, Abdus demostró excelentes cualidades de liderazgo estratégico. Con toda naturalidad, fue ascendiendo en la carrera militar cordobesa hasta convertirse en uno de los oficiales de Almanzor.

Su amigo le confesó también que le había costado mucho superar la ausencia de Ouroana cuando ella volvió a su tierra. Comprendió entonces que su presencia le era necesaria. Le reveló que había estado prometido a su prima, hija de aquel tío, pero le explicó que no se quería casar tan pronto y rompió amistosamente el compromiso, y decidió no unirse a ninguna otra mujer, pues algo le decía que sería mucho más feliz con otra persona. El tiempo fue pasando, y hubo algunas mujeres en su vida, pero no se decidió a adquirir ningún compromiso. Había decidido, cargando con la incomprensión de la familia, no casarse de momento. Decía que aún tenía mucho tiempo.

Por su parte, Ouroana puso al corriente a Abdus de las vueltas que había dado su vida. Le habló de la nostalgia que se apoderó de ella tras la separación de su amigo, y de la gran alegría, sin embargo, de volver con los suyos. Le contó que en su tierra para establecer relaciones familiares raramente se tenían en cuenta los sentimientos de amor o de pasión, y que por ello su familia le había preparado un matrimonio de conveniencia, aunque no llegó a consumarse debido a la súbita muerte de su novio en una batalla contra los árabes. Le contó también lo que a partir de ese momento pasó en su vida, el sueño que había tenido y su entrada en los monasterios de San Pedro de Lardosa y de Paço de Sousa, hasta que fue de nuevo raptada, en términos que Abdus ya conocía.

—Fue Alá quien te salvó, por mi mediación... —le comentó él, guiñándole el ojo.

—Bueno, bueno... Alá, Dios, ya no sé qué pensar. Cada uno de nosotros cree que su Dios es el verdadero, que su Dios es quien nos inspira, que su Dios debe aniquilar al Dios del enemigo, que se debe matar y castigar en nombre de su Dios..., que Jesús y Mahoma proclamaron estas doctrinas... y que las guerras que se hacen en su nombre son santas...

—¡Alguna razón tienes, Ouroana! —intervino Abdus, pensativo.

—¿Alguna? Piénsalo bien y me darás toda la razón...

—¡Calma! Deja que te diga que, por algún motivo, nuestra civilización florece a ojos vista, tiene el dominio militar y científico en el mundo y procura en su esencia respetar, a pesar de todo, las demás religiones reveladas, como la de Jesucristo, quien para nosotros es un profeta, así como la de los judíos. Es lo que conocemos como el *ahl-al-Kitab*, las gentes del Libro, hermanos todos en la revelación del Dios único.

—¿Sí? Entonces, ¿por qué la guerra permanente contra los que llamas «gente del Libro»?

—Bien..., cuando están en juego cuestiones militares y de Estado... Y cuando las religiosas se transforman en cuestiones militares y de Estado... —respondió el árabe, procurando percibir el efecto que causaba en Ouroana.

Ella dio algunos pasos en dirección a la puerta y posó la mirada en el jardín. El surtidor mantenía su eterno y refrescante rumor lanzando una lluvia de perlas irisadas. Volvió y suavizó el tono de su respuesta, que le salió suspirada:

—Sí, lo sé... Cada parte tiene sus razones para hacer la guerra. Ambos bandos creemos que hacemos una guerra justa. Nosotros, los cristianos del norte, pretendemos recuperar la tierra que fue de nuestros antepasados. Algunos de ellos fueron incluso bárbaros, pero se convirtieron al cristianismo. Y está claro que todos piensan que los infieles sois vosotros y que, de perseverar en vuestra fe, camináis hacia una perdición más que segura.

Abdus hizo un gesto de desagrado.

—¡No pongas esa cara! Te lo diré de otra manera: cada uno de nosotros cree que nuestra religión es la verdadera, la que lleva a la salvación. De modo que llegamos a la conclusión de que el Dios de cada bando ha dictado una misión: convertir a los infieles por medio de la fuerza, o aniquilarlos. Y así se dispone de un buen motivo para una buena guerra... Ambos bandos tenemos a Dios como coartada...

El joven respondió con el silencio, el refugio que encontró ante la fuerza interior de Ouroana.

—Pero, querido Abdus, justa o injusta la violencia no puede generar fe, imponer un Dios.

De repente, su memoria liberó el recuerdo difuso de las predicciones satánicas de su sueño. De que por no amar como debían al verdadero Dios, los hombres se entregaban dócilmente a los brazos del demonio, al infierno... Y empezó a encontrarle un intrigante sentido. Por eso fue incapaz de contener un escalofrío al recordar que aquellas proféticas palabras estaban asociadas a un periodo concreto de tiempo: cinco años. Rezó a Dios para que, fuera cual fuera la fecha, no acarreara nada grave ni para sí ni para la humanidad, o que se tratara de un tiempo pasado o muy alejado en el futuro.

Las cuestiones religiosas y las diferencias culturales eran normalmente tema de discusión y enfrentamiento entre ellos. Pero con el tiempo Ouroana fue mostrando un espíritu cada vez más crítico con relación a los fundamentalismos de cualquier parte. Y era así sobre todo porque, al conocer los dos lados de la barricada, comprendía que era absurdo que ambos bandos se hicieran la guerra en nombre de valores casi idénticos. ¿Y cómo podía ser Dios motivo y fundamento de una guerra? ¿Cómo era posible invocar su santo nombre antes de matar al enemigo? ¿Con qué razón se usaba la espada para convencer al adversario para que renegara de su fe a cambio de la vida? El mundo se le mostraba cada vez más bizarro.

Con todo, al pasar el tiempo, y como no veía señal o sentido espacial para su existencia, a Ouroana le dio por pensar en el significado real de su sueño. ¿Tendría alguna carga premonitoria o se trataba tan sólo de una alucinación debida al calor, al sueño y a tantas naranjas comidas aquel día, junto al Támega y al Duero? Visto con la distancia que daban el tiempo y otra civilización, empezaba a dudar de que realmente le hubiera sido asignada una misión divina. A fin de cuentas, ya había evitado la destrucción del túmulo de Santiago, ¡como creía que debía hacer en relación con cualquier otro ser humano! Y, por otro lado, pasaban los días, los meses y los años sin que hubiera ningún indicio de que fueran a rescatarla de nuevo de aquella tierra, ni creía que, por su condición de esclava, fuera a tener la posibilidad de ninguna otra intervención a favor del Dios de los cristianos.

Al pensar en el momento de la inminente profanación del sepulcro de Santiago, Ouroana se planteó una pregunta que hacía mucho tiempo que le quemaba los labios.

—¿Qué le dijiste a Almanzor para que prohibiera profanar el túmulo de Santiago y evitara la muerte del obispo que la guardaba?

Abdus respiró hondo y sonrió, mientras rememoraba aquellos acontecimientos.

—Es un secreto que quedara entre él y yo. Sólo puedo decirte que tiene que ver con una promesa que él me hizo, hace cerca de dos años, en medio de una batalla contra las tropas de vuestro rey Bermudo, en el valle del río Esla. Pero debes saber que yo también respeto a Santiago, porque al ser hijo de José el carpintero, esposo de María, es hermano de Jesús, el profeta del amor, para nosotros los musulmanes.

Ouroana quedó doblemente confusa con aquella inesperada explicación de Abdus. No sabía, no obstante, ni nunca en su vida llegaría a saberlo, que su amigo se refería al momento en que salvó a Almanzor de la espada de Ero Soares, el noble con quien ella estuvo a punto de casarse, y que al hacerlo acabó con la vida de ese caballero y con el matrimonio de conveniencia al que estaba destinada Ouroana. Si Vivilde conociera esta coincidencia, con certeza la atribuiría a la labor de Láquesis.

Los meses fueron pasando y los encuentros menudearon siempre que el joven se encontraba en la ciudad y disponía de tiempo, que dedicaba con avidez a Ouroana. Uno de esos días la invitó a pasear por el jardín.

—¿Te acuerdas de los paseos que dábamos en el jardín de la casa de mis padres? Echo mucho de menos esos tiempos. Nadie tenía grandes preocupaciones y el mundo parecía un lugar mucho mejor para vivir —empezó a decir Abdus, en un tono nostálgico.

Ella lo miró y después dirigió la mirada al horizonte. Le llegaban a la memoria recuerdos de la adolescencia, en los que su corazón descubría nuevas emociones para las cuales aún no estaba preparada. Sintió el sabor de aquel momento pasado, le llegaron los olores, las sensaciones que experimentó entonces. Al final, esbozó una breve sonrisa, reflejo de su pensamiento, e hizo un gesto de asentimiento a Abdus, quien se sintió animado a proseguir:

—Fue cuando mi corazón despertó por primera vez al amor. Además, y en verdad, nunca más volví a sufrir, por nadie, aquellas angustias, el dolor en el corazón, la ausencia de hambre, la nostalgia de no haber vivido intensamente una pasión, aquella... Pero, de alguna manera, durante los últimos años viví con el presentimiento de que te volvería a encontrar.

Ouroana escuchaba en silencio, procurando adivinar el tono y el sentido de aquella conversación. No lo consiguió. Se sentó aprovechando la sombra dejada por una pérgola florida. Cerró los ojos y se dejó acariciar por la brisa y el delicado perfume de las rosas. Abdus no se sentó. Daba pequeños y nerviosos pasos de un lado a otro, frente a la hermosa cautiva.

—Hoy estás aquí conmigo, aunque en calidad de esclava. Después de todo el tiempo que llevas en Córdoba por segunda vez, después de conocer tu lado más maduro y de haber constatado tu inmensa y creciente belleza, es mi deseo desposarte. Eso..., eso..., eso era lo que quería pedirte.

Ella se quedó sin palabras. De repente respiraba con dificultad y el corazón le latía a un ritmo descompasado.

Desconcertada, se levantó y miró a Abdus a los ojos, y se perdió en ellos. En su tierra las cosas se hacían de otra manera. Pero si había alguien en el mundo a quien había deseado oírle pedirla en matrimonio y a quien había soñado con decirle que aceptaba, era el hombre que se encontraba ante ella.

El hombre a quien nunca había olvidado, aunque había perdido las esperanzas de que algo así fuera a ocurrir, dado el abismo cultural y religioso que los separaba.

Con todo, y a pesar de sus conjeturas, ¡era cierto! Allí estaba aquel al que amaba, con una sonrisa ansiosa, aguardando una respuesta. Y era tan fácil la que le mostraba su corazón... «¡Sí, acepto!»

Entonces, ¿por qué no pronunciaba aquellas sencillas palabras? ¿Qué la perturbaba en aquel momento?, ¿qué ensombrecía aquel radiante día cuando tenía a su alcance la fórmula para conseguir la felicidad?

«¡Ah! ¡Sólo puede ser... aquel sueño! ¿Será eso? ¿Está Dios poniéndome a prueba? Si es así, se trata de la prueba más difícil de mi vida. ¿Es ésta la encrucijada y debo rechazar el matrimonio con un árabe, un infiel, para sumir en plenitud el camino de la redención, el camino del paraíso?» Cómo sufría su pobre corazón en aquel momento.

—Entonces, Ouroana, ¿qué me respondes? Aceptas mi propuesta. Sabes que sólo puedes salir ganando si lo haces. Dejarás de ser esclava, pasarás a ser señora de nuestra propia casa, recibirás una dote según nuestras costumbres, tendrás una vida de princesa, lo que tú ya eres, en mi harén y, claro, hijos para alegrar nuestro hogar.

La joven seguía con la voz embargada por su corazón, por el torbellino de pensamientos. ¡Claro que Abdus tenía razón! ¿Qué esclava no aceptaría de inmediato una propuesta semejante?

—¡Tenemos tiempo! El sol ya se pone en el horizonte, pero puedo esperar hasta la luna de la madrugada tu respuesta —bromeó Abdus.

Allí estaban de nuevo, el sol y la luna en otra encrucijada de su vida. El sol se ponía, menguaba, y acompañaba el sufrimiento de Ouroana. Recordó la imagen de Vivilde y de sus augurios, pero también las palabras del demonio que hablaba de un enigmático combate entre el sol y la luna.

—Tendrás que pensar en tu conversión. Ya sabes que sólo se me permite casarme contigo si te haces musulmana. Como se lee en el Corán: «Aquel de vosotros que no pueda casarse con las mujeres recatadas, creyentes, que se case con las esclavas jóvenes, creyentes. Casaos con ellas con el permiso de sus señores, dadles sus donativos como está establecido con las recatadas»[65].

Ouroana escuchaba a su amado. Pero en su cerebro el discurso de Abdus turbaba sus ideas. Aún lo oyó decir:

—... y como también se lee en otro versículo: «Las mujeres recatadas, creyentes o aquellas a las que se les dio el Libro antes que a ti te son lícitas, cuando les des sus donativos como esposo. Quien desprecia la fe pierde sus obras y, en la otra vida, estará entre los perdidos»[66].

«¡Eso es! ¡Sólo puede ser...! Abdus encarna, ciertamente, al diablo del sueño e intenta que abandone mi religión, la del verdadero Dios. Que reniegue de Cristo y opte por el camino del infierno después de una vida agitada en la tierra —reflexionó, pidiendo en su interior la ayuda divina—. Dios mío, ¿cómo puedo decírselo? Ayúdame en este momento en que tanto necesito de ti...»

Su corazón le indicaba un camino: aceptar de inmediato la propuesta de matrimonio de Abdus. Pero su cabeza le decía

---

65. Corán, capítulo IV, versículo 25.
66. Corán, capítulo V, versículo 5.

que no, que no cediera a la tentación de Satanás, que se mantuviera incólume en el camino de la perfección y del paraíso.

—Abdus, no puedo..., no debo... ¡No me casaré contigo! —consiguió articular, angustiada, afectada.

Huyó de inmediato de aquel lugar hacia su alcoba, donde estalló en un convulso llanto. Cayó enferma y permaneció en la cama durante varios días, sin que nadie supiera a ciencia cierta qué mal sufría.

LXV

Qurtuba, Córdoba, año 1000

Abdus también sufrió por el rechazo de Ouroana. Su respuesta le pareció incomprensible. Cualquier esclava lo daría todo para recibir una propuesta como aquélla. Por otro lado, no le costaría demasiado comprarla a su tío y convertirla en concubina forzada. Era algo normal en aquellas tierras. Pero no la quería en aquellas condiciones: la amaba más que a nada y quería su amor y su consentimiento para casarse con él. Le había demostrado una indefectible dedicación desde que volvió a Córdoba y no estaba preparado para el rechazo. Por eso la reacción de la cautiva no figuraba en sus previsiones. Todo le indicaba que Ouroana respondería a su petición con gran alegría. Pero no...

«Si así lo quiere, así será...», pensó, orgulloso y decidido.

Con una herida abierta en su corazón, decidió seguir el rumbo que la vida le indicara en el futuro. Renunciaría a Ouroana, como mandaba su orgullo herido. Por eso, a petición propia, Almanzor lo envió en una comisión de servicio al Magreb por un periodo de un año.

A la princesa de Anégia aquella ruptura que nunca imaginó que llegaría a suceder la mortificaba. Amaba a Abdus, pero sus convicciones y su cultura no la dejaban superar las diferencias que los separaban. Y, con todo, no concebía que el amado la dejara. Lo quería cerca. Tenía necesidad de hablar con él, de explicarle sus razones, de... verlo, de tenerlo a su lado, de saborear su olor, de contemplar aquellos ojos negros, de amarlo, aunque fuera en un silencio forzado y sepulcral, cautiva de sus convicciones.

Así, los días empezaron a ser más y más duros, taciturnos y difíciles de pasar. Al final del tercer día ansiaba ya que Abdus volviera de nuevo, como hacía regularmente todas las semanas. Pero él no volvió aquella semana, como era su costumbre. Ni la siguiente. Ni en mucho tiempo. Más tarde le llegaría la triste noticia de que se encontraba de servicio en el norte de África.

Ouroana empezó a cumplir con las tareas que se le encomendaban de manera ausente y distante. El tiempo pasaba sin una sonrisa o un asomo de alegría. A cada día y a cada mes que pasaban, aumentaban las preguntas y la incertidumbre. La joven no alcanzaba a entender la razón de su existencia. A menudo se hacía preguntas para las que no tenía respuestas. ¿Por qué razón corría el tiempo sin señal alguna para su vida? ¿La había abandonado Dios? ¿Sería su misión tan sencilla como evitar que los árabes profanaran el túmulo de Santiago? Y, después de completado ese encargo divino, ¿ya no la necesitaba Dios y se olvidaba de ella, la dejaba entre los musulmanes hasta el final de sus días? ¿O habría algo más sublime que cumplir? ¿Por qué ingresó en un monasterio para prepararse para la vida de monja y luego fue trasladada a Córdoba por el hombre que nunca olvidaría? ¿Estaba pagando una penitencia por dejar que su corazón vacilara por Abdus? Se sentía tomada por una angustiosa confusión. Quería tener el sol y la luna al mismo tiempo..., y estaba convencida de que eso era imposible...

Buscó explicación para sus inquietudes en la oración y en la lectura de la Biblia. Un día, mucho tiempo después de que Abdus partiera, la abrió casualmente y sus ojos se fijaron en los versículos 5, 6 y 7 del capítulo I del Cantar de los Cantares:

> *Morena soy, pero hermosa,*
> *¡oh, hijas de Jerusalén!*
> *Como las tiendas de Quedar,*
> *cual los pabellones de Salomón.*
>
> *No reparéis en que soy morena,*
> *pues me tostó el sol.*
> *Los hijos de mi madre*
> *se indignaron contra mí,*
> *pusiéronme de guardesa de las viñas;*
> *la propia viña mía no guardé.*
>
> *Indícame tú a quién ama mi alma,*
> *dónde apacientas tu rebaño,*
> *dónde sesteas al mediodía,*
> *para que no ande yo errabunda*
> *entre los hatos de tus compañeros.*

Su pensamiento se aferró a aquellos versículos. ¿Por qué habría abierto la Biblia precisamente en aquellas estrofas? ¿Qué quería decirle Dios? ¿Que estaba morena, es decir, desgastada y triste, por no haber seguido su corazón y guardado su viña, su amado, en vez de ser guardiana de los valores que le enseñaron, la viña de *los hijos de su madre*? ¿Que debería ir en busca de su amado y unirse a él? ¿Y era el sol el causante de todo ello? ¿El sol..., el lado lógico y racional de su existencia?

Reflexionó entonces sobre la verdadera esencia de las religiones que conducían su vida. Pronto llegó a la conclusión de que eran ellas las que movían al odio y a la guerra, aunque en su esencia ninguna de ellas propugnara la guerra o el odio, antes bien el amor, la concordia y la paz.

«Así, mi Dios, el Dios de los musulmanes, nuestro Dios, sólo puede ser el mismo. Llámese Alá, Dios o incluso Yahvé, sea que su mensaje llegue a los hombres por Jesús, Moisés o Mahoma», murmuraba para sí misma.

Se sentía llamada a continuar la reflexión. Bebió un poco de limonada, para refrescar la garganta, mientras su pensamiento se iluminaba: «Todos profesamos la misma fe. Sólo nos servimos de diferentes modos de manifestarla. A un lado y otro de la frontera que nos divide, viven creyentes en Dios, a pesar de que profesen diferentes religiones».

Sintió que con esta certeza se le volvía a iluminar el corazón, que se llenaba de una alegría rebosante y una reparadora paz de espíritu. El mundo parecía más hermoso. Era como una revelación, una iluminación, un mensaje divino, la esencia de su misión. En aquel momento su pensamiento voló hacia Abdus. Se apoderaba de ella un deseo incontrolable de tenerlo junto a ella. Descubría el sentido de su vida y necesitaba compartirlo con urgencia.

Dejó el vaso y corrió hacia la ventana. Miró al horizonte, en dirección al sur, y experimentó un amor intenso por la vida y por el hombre que había cruzado el mar para huir de ella.

El reencuentro tuvo lugar por casualidad, poco tiempo después, en una calle de Córdoba, cuando acompañaba a su señora al *hammam*. Abdus acababa de tomar su baño. Sus miradas no pudieron evitarse. Sorprendida, Ouroana dejó escapar una tenue sonrisa. Él respondió con un gesto de asentimiento con la cabeza. Los dos corazones se alborozaron.

—¡Buenas noticias me trae Alá, el Misericordioso! ¡Cuánto hace que no te veo, sobrino!

—Bien, tía, como ya sabréis, he estado ocupado en la administración del califato en el Magreb...

—Sí, claro que lo sé. ¡Eres el orgullo de la familia! Por eso tu presencia siempre es bienvenida en nuestra casa. Tu tío ya ha preguntado por qué no apareces por allí. Quiere saber si has sufrido algún agravio.

—Nooo, claro que no...

—Ven, hijo mío. Nos gusta verte en nuestra casa.

Así, en pleno año 1000, Abdus volvió, finalmente, a visitar la casa del tío. No tardó mucho en quedarse *casualmente* a solas con Ouroana, en el jardín de costumbre.

—¿Cómo estás? —tomó la iniciativa, procurando mantener un aire lo más neutro posible.

—Como siempre, estoy... cumpliendo las funciones de esclava lo mejor que sé.

—Ya veo...

—Y tú, ¿por qué no volviste? Tenía tantísimas cosas que explicarte... que no quisiste oír... He estado tan triste, tanto....

—¿Y qué querías que hiciera? ¿No te diste cuenta de lo humillado y avergonzado que me sentí por lo ocurrido? —la respuesta de Abdus parecía sincera.

—Comprendo... Pero me has preguntado cómo estaba yo... y confieso que estoy muy triste con mi destino..., triste por estar aquí, sin afectos, sin nadie, sin ti, que no volviste a aparecer...

—Sinceramente, no te entiendo —respondió él con una nota de amargura.

—Abdus, he pensado mucho en mi vida. Quiero decirte..., y te lo digo ahora porque es la primera vez que nos vemos después de aquel día, que mi corazón te respondió que sí..., que deseaba ardientemente casarme contigo, vivir contigo, tener hijos tuyos... Estar contigo el resto de mi vida...

—Creo que no te entiendo. —Él, aún herido en su orgullo y temiendo rememorar el momento de la negativa a su petición de matrimonio, procuraba entender con cautela las palabras de la esclava.

—Bien sé que ésa no fue mi respuesta. ¿Recuerdas lo que te conté de mi sueño? En aquel momento, creía que tu propuesta era el desafío del diablo y que tenía que estar preparada para rechazarlo. Lo tenía todo muy presente en mi cabeza...

—Ahora comienzo a comprenderte un poco más..., pero si quieres que te diga la verdad, eso no me consuela. Te dije que te amaba, no que fuera el diablo en persona, ni que quisiera llevarte al infierno...

—Comprendo tu resentimiento. Pero, por favor, ayúdame y procura entender mi punto de vista. Ponte en mi lugar, trata de comprender mi cultura, mi mentalidad, mi religión...

Se hizo un silencio pesado, apenas interrumpido por los criados que pasaban de vez en cuando cumpliendo sus tareas domésticas.

—Pero quiero decirte que hoy mi respuesta sería la que mi corazón me mostraba.

—¿Por qué lo dices?

—He estado pensando en ello. Sobre todo en las diferencias de nuestras religiones.

Ouroana explicó a Abdus la revelación que había tenido hacía poco. De cómo se sentía otra persona, más madura y con la conciencia de su existencia tranquila, más vibrante, con nuevos sentidos en el horizonte.

Aquello tomó por sorpresa a Abdus. Aún amaba a Ouroana, pero durante aquel tiempo hizo todo lo posible para evitar el recuerdo de aquella que, a sus ojos, era la mujer más bella y fascinante de la tierra.

—¿Y renegarías a tu religión para adoptar la mía?

—Veo que aún no percibes íntegramente el modo como veo la realidad. No tendría que renegar de mi fe..., ni siquiera de mi Dios. Si Dios es único, seguiría amándolo con mi corazón, independientemente de cómo exteriorizara ese amor. Además, he llegado a la conclusión de que todas las religiones pretenden lo mismo: adorar a Dios y procurar que todos los hombres vivan bien en la tierra y lleguen a su lado.

El joven estaba pasmado, no sabía qué decir o qué hacer.

—¿Sabes, Abdus?, he estado consultando vuestro Corán sobre estas cuestiones. Conocerás mejor que yo el versículo que dice: «En verdad, los que creen, aquellos que practican el judaísmo, los sabeos y los cristianos, los que creen en Dios, en el último día y practican el bien no deben temer, pues no serán afligidos»⁶⁷.

Por supuesto, el joven árabe conocía ese versículo, que declaraba, desde su punto de vista, la tolerancia y la no coerción de su religión en relación con otras también reveladas.

—Y, por otro lado, el Corán reconoce la importancia de Jesús, el Mesías, cuando dice: «Jesús, hijo de María, recuerda los beneficios que he difundido sobre ti y sobre tu madre, cuando te he fortificado con el espíritu de santidad, a fin de que hablases a los hombres, de niño, en la cuna, y siendo un hombre maduro»⁶⁸. Pero también cuando dice: «Oh, María, Dios te ha escogido, te ha dejado exenta de toda mancha, te ha elegido entre todas las mujeres del universo»⁶⁹, y aún: «Recuerda cuando los ángeles dijeron a María: Dios te anuncia su Verbo. Se llamará el Mesías, Jesús, hijo de María, ilustre en este mundo y en el otro, y uno de los familiares de Dios»⁷⁰. Si bien es cierto que no le reconoce la condición divina, lo equipara a Mahoma como enviado, mensajero divino. Dice que Mahoma es el último y que Jesús es el penúltimo de los enviados. Es decir, trino o uno, Dios o Alá existen y son el mismo, porque no podría haber dos dioses en el mismo mundo, para el mismo pueblo.

Abdus estaba sorprendido por los conocimientos de Ouroana sobre temas religiosos, por su análisis y las conclusiones a las que había llegado. Ella seguía hablando con un entusiasmo contagioso, la mirada abandonada hacia el cielo

---

67. Corán, capítulo V, versículo 69.
68. Corán, capítulo V, versículo 110.
69. Corán, capítulo III, versículo 42.
70. Corán, capítulo III, versículo 45.

azul que aquel día presentaba un luminoso reflejo sobre la tierra. El árabe, con su ropaje guerrero —pues aquel día había estado de maniobras con sus soldados—, seguía atentamente a la anegiense, vestida con su color preferido, el naranja, un paso atrás entre los caminos del jardín.

—Además, la interpretación que hago hoy de aquel sueño es muy distinta. Si Dios es único y es amor, no deseará que los hombres sufran. Por eso, el camino del paraíso consiste en llevar una vida recta y justa en la tierra, en obedecer sus mandamientos y en procurar ser feliz. En mi país, nos enseñan que nuestra vida está hecha de pruebas. Que tenemos que rechazar los placeres terrenales si queremos aspirar al paraíso. Que debemos casarnos con quien nuestros padres nos digan, con preferencia miembros de la familia, para mantener la pureza del linaje o los equilibrios políticos y económicos. Pero si Dios es amor...

Abdus no la dejó terminar. La sujetó con los dos brazos por detrás, obligándola a volverse hacia él. Mientras sorbía con los suyos los ojos de ella, centelleantes como el verde mar al sol, terminó lo que hacía años había interrumpido. La besó en los labios, con ansiedad primero, con más delicadeza después.

Los dos experimentaron un júbilo que hacía vibrar con concupiscencia sus cuerpos, sumergiendo en un rebosante fulgor sus corazones, al tiempo que en lo más íntimo les alcanzaba una eterna serenidad.

Todo quedaba en el lugar debido. La historia de los dos acababa de reconciliarse.

LXVI

Qurtuba, Córdoba, año 1000

—¿De dónde vienes, mi príncipe? —Ouroana se asió al cuello de su amado mientras le besaba el rostro—. Has tardado más de lo que esperaba.

—Es cierto, mi flor de azahar, vengo de un lugar especial. Vamos al jardín y te lo cuento.

La ligera brisa que corría traía consigo voces difusas procedentes de otras habitaciones de la casa, y también de la calle. Pero los dos jóvenes, al acercarse al jardín, se dejaron embriagar por el trinar de los pájaros que volaban alegremente entre las ramas de los árboles. El sol centelleaba sobre un intenso azul, como brillaba siempre en las límpidas tardes de Córdoba.

—Nos casaremos durante la fiesta del *Neiruz* [71]...

El joven andalusí tomó la mano derecha de Ouroana y se situó frente a ella. En respuesta, recibió una sonrisa abierta y un apretado abrazo. Después de separarse, ella le dio la espalda y echó a andar hacia una palmera, por cuyo tronco trepaba una vigorosa hiedra que la cubría de sombra. En sus labios se dibujó una enigmática sonrisa:

---

71. Fiesta del año nuevo, que empieza el primer día del *muharram*.

—Explícame, mi noble amado, por qué te has decidido por esta fecha. ¿No querías casarte más tarde?

Abdus carraspeó y se aclaró la voz antes de responder, ya sonrojado.

—Bueno, la verdad es que he llegado más tarde porque fui a ver a un *munachchin*, un astrólogo profesional.

—Sí..., ¿y qué tiene que ver ese *munachchin* con nuestra boda, mi amado?

Ouroana se divertía al ver el embarazo de Abdus.

—Mi princesa del norte, quiero que nuestra boda se celebre en el día más propicio y por eso le pedí que consultara el horóscopo... Cualquier hombre prudente lo hace en estas tierras...

La joven conocía esa tradición y sabía de antemano que Abdus no renunciaría a ella. Por eso, después de simular su disconformidad, estalló en una risotada que llenó de alegría sus corazones aquel día.

Los preparativos se iniciaron de inmediato. Abdus pretendía hacer de la boda una celebración que marcara un hito tanto en su vida como en la de ella, y por eso cumplió con los usos típicos andalusíes. Antes que nada, pagó el precio de su compra, como esclava, a fin de liberarla del vínculo que la unía a su dueño, acordando que sólo iría a su casa después de las nupcias. Dado que la novia no tenía en tierras de al-Andalus ni bienes ni medios económicos, el joven árabe asumió todos los gastos. Durante el tiempo que medió hasta el día de la celebración, Ouroana organizó sus escasas pertenencias, aumentadas con el ajuar comprado con el dinero dejado por Abdus. La antevíspera de la ceremonia —la víspera se dedicaba al reposo— la llevaron al *hammam*, donde la sometieron a toda clase de cuidados higiénicos. Purificaron su cuerpo, lo lavaron y lo depilaron, le aplicaron ungüentos exóticos y fragantes perfumes. Recibió la atención de la peluquera, que perfumó sus cabellos con ámbar y almizcle. Su rostro recibió delicadas pinturas, le retocaron las cejas, le alargaron los ojos con kohl y le tiñeron uñas y cabello con *henna*. La boda duró cerca de una semana; se inició en casa de la novia, donde hubo una gran agitación. La vistieron con ricos ropajes y la adornaron con nuevos y elegantes peinados y con pinturas en la cara. Recibió las felicitaciones de los amigos, de los esclavos y de los habitantes de la casa donde residía.

Pero el momento que marcó el feliz corazón de aquella novia fue el día que llegó a la casa de Abdus. La sorpresa comenzó tan pronto como salió a la calle. La esperaba una litera tirada por dos mulas ricamente engalanada con flores, que ya cargaba con dos cofres que contenían sus bienes y el ajuar.

—¡Vaya, cuántos preparativos!

—Tienes suerte. Abdus es un gran caballero y ha querido honrarte con un cortejo alegre y vistoso. Siempre he soñado con algo así para mí, amiga mía, bendigo tu suerte... —murmuró la esclava Aixa, que no escondía la felicidad del momento y aun algo de envidia inconsciente.

Cuando se sentó en la litera, Ouroana cerró los ojos y, por un momento, revivió su vida de encuentros y desencuentros. Recordó a sus padres y hermanos y sintió una gran nostalgia. Le extrañaba no haber recibido noticias de ellos hasta aquel momento. Temiendo que algo malo les hubiera ocurrido, rezó a Dios por su salud. En varias ocasiones se sintió tentada de pedir ayuda a Abdus para poder salir de Córdoba e ir junto a los suyos. Cada vez que eso ocurría sentía una extraña llamada en su corazón que le decía que se quedara un poco más. Como si su felicidad necesitara de más tiempo. Ahora sabía que su corazón llevaba razón. Pero en cuanto tuviera la oportunidad, ahora que sería una mujer libre, trataría de obtener noticias de su familia, así como de comunicarles a ellos las nuevas de su vida.

Las sacudidas de la litera cuando empezó la marcha la obligaron a abrir los ojos. Era una mujer bella, bien pintada y peinada, cubierta de seda, oro y aljófares, presentes todos ellos de Abdus. Iniciada la marcha, un grupo de músicos tocó y cantó varias melodías de loor a los novios. El *zifaf* [72] de Ouroana simbolizaba el fin definitivo de su condición de esclava, el comienzo de una nueva vida, a pesar de que en la sociedad andalusí la mujer casada tuviera deberes especiales que sabía que tendría que cumplir. No podría mostrar el rostro descubierto, salvo al marido y a los parientes próximos, y pasaría mucho tiempo en el interior de su casa.

El recorrido por las calzadas cordobesas fue lento. Por donde pasaba el cortejo, toda actividad se detenía para escuchar la música e intentar ver a la novia. Las bocas se abrían cuando veían cómo iba adornada y se intercambiaban murmullos, en especial las mujeres, que se preguntaban de quién se trataba. Pero Ouroana seguía indiferente estas evoluciones; deseaba, con el corazón palpitante, que terminaran pronto los largos festejos a los que estaban habituados los andalusíes, las nupcias según su rito, para volver a la placidez de sus días a solas con Abdus.

---

72. Cortejo nupcial.

Cuando llegó a su destino, fue de inmediato conducida a un pabellón nupcial colocado en medio de un jardín, tan verde y florido que parecía que la primavera nunca lo abandonaría. En aquel edificio de mármol debería permanecer bajo la custodia de amables esclavas durante el resto del día y la noche que siguió.

Siempre que podía miraba fuera, con la vana esperanza de ver al novio. Pero no podía encontrarlo, pues Abdus había salido para ir al *hammam* y pasar por la mezquita Aljama, donde rezó y repartió limosnas entre los pedigüeños. Mientras, Ouroana se acercó al centro del aposento, donde brotaba agua de una fuente de alabastro, como un manantial que se derramara en una gruta. Se refrescó un poco, pues el calor aquel día se dejaba sentir en Córdoba.

Llegada finalmente la noche, el jardín adquirió una belleza extraordinaria; aparecieron mil antorchas y candelas que lo iluminaron, creando un misterioso juego de luz y sombras entre la vegetación, que se reflejaba, con la ayuda de la luna, curiosa, activa en el festejo, en las cristalinas aguas que reposaban en los estanques, emergían en los surtidores y caían en las fuentes y cascadas. Dentro del pabellón, algunas lámparas conferían una especial belleza a las elegantes columnas en forma de palmera, rematadas en sutiles y caprichosos arcos, tocados con un ligero ramaje, que sostenían una alta cúpula, que se abría, entre los arcos, en ajimeces cubiertos de celosías.

Las celebraciones se prolongaron durante toda la noche. Abdus ya estaba en casa, pero no se acercó a Ouroana. Celebraba con sus amigos y parientes el ansiado día, comiendo y bebiendo en otras dependencias de la casa. En los jardines, para que todos las oyeran, sonaban músicas y los poetas y las *alimas* [73] entonaban deliciosos cánticos de elogio a los novios que llenaban aquel momento de una suave magia.

A medianoche, perdida entre las luces y las sombras que se formaban en el interior del pabellón, Ouroana, cansada, se dejó vencer por un sueño intranquilo. Despertó con los cantos del almuecín que llamaba a la primera oración de la mañana. Las esclavas que la protegían le proporcionaron de inmediato todos los cuidados de belleza y la adornaron con un collar de perlas, pendientes, brazaletes, pulseras en los tobillos y pectorales fabricados en oro y plata con piedras preciosas engastadas. Cuando salió del pabellón, la esperaba un sonriente Abdus, vestido también como si fuera un príncipe.

—Sé bienvenida a esta casa, mi dulce Ouroana.

—Me gusta verte así, tan ufano, mi Abdus.

Novios, parientes e invitados se dirigieron a continuación a la mezquita Aljama, donde se celebró el enlace matrimonial según los ritos que la religión musulmana dicta para los novios.

Siguió un nuevo banquete, donde el cordero fue el plato principal, siempre animado por músicas y danzas que, en realidad, ya cansaban a la feliz esposa.

El hogar definitivo de la dichosa pareja fue una nueva almunia situada en las inmediaciones de Medina Zahira. Los días de ambos fueron de pura felicidad, que comenzó ya la primera noche que durmieron juntos...

---

73. Mujeres que, entre los árabes, ejercían la profesión de tocar, cantar y danzar en las bodas y las fiestas.

Octava parte

ECLIPSE DE SOL

LXVII

Qurtuba, Córdoba, año 1002

La carrera de Abdus seguía adelante, cada vez más cerca de Almanzor. Lo había designado *'arid al-chaish,* cuya misión consistía en establecer el vínculo entre el ejército y la administración *amirie,* además de tener que encargarse de pagar la soldada a las tropas musulmanas. Por esa razón se ausentaba numerosas veces al cabo del año, para viajar al Magreb, a otras ciudades andalusíes o incluso a las campañas de verano contra los cristianos.

Estas circunstancias no le permitían pasar tanto tiempo como quería en su almunia, disfrutando de los pequeños placeres caseros y de su hermosa esposa. Por otro lado, a Ouroana no le gustaba el trabajo de su marido, sobre todo por lo que tenía que ver con la guerra, en especial contra los de su religión. Por eso, a lo largo de un año, se dedicó con perseverancia y paciencia a persuadir a Abdus para que abandonara su carrera militar y se dedicara a otra, lejos de la capital del califato, preferentemente en la región de Gharb, de cuya belleza ya le habían hablado y que ella aún no conocía.

Por fin su insistencia tuvo recompensa. Mediada la primavera de 1002, Abdus tomó finalmente la decisión. Así, aquel día, volvió a casa más pronto para dar a conocer a Ouroana sus propósitos.

No había ningún criado en la almunia, porque el padre los había solicitado para que ayudaran en algunos cambios que realizaba en su casa. Por eso, aquella tarde soleada, Ouroana recibió a su joven marido en el zaguán iluminado por varios candiles de aceite. Se besaron demoradamente y, unidos aún por los labios, siguieron hasta el jardín, hacia una pérgola de rosas rojas. El rumor del agua que caía de un canalón era el único sonido que acompañaba los besos de la enamorada pareja. Deambularon hasta una zona de hierba, con cuadrículas separadas por hileras de boj cuidadosamente ordenadas. Rodaron unidos y aplastaron un grupo de narcisos, iris, alhelíes y violetas. Se detuvieron, ya algo separados, bajo la sombra de un plátano.

—Ven, amada mía. Siéntate, hoy te traigo algunas sorpresas...

Ouroana recompuso su marlota[74] de damasco verde bordada de oro y volvió a unirse a Abdus.

—¿Sorpresas? Me encantan las sorpresas... Vamos, cuéntame.

—Para empezar, te he escrito unos versos..., y espero que sean de tu agrado... Recuerdo que cuando éramos novios te ofrecí un poema...

Las mejillas de Ouroana se llenaron con una sonrisa de satisfacción. Conocía las habilidades de su marido, pero aún no la del poeta, aunque tal circunstancia no la sorprendía, puesto que muchos ilustres de Córdoba practicaban el arte de

---

74. Vestido bordado de mujer.

la poesía, que era promovida por el poder político. Recordaba vagamente, durante su primera estancia en Córdoba, que Abdus le había prometido que algún día le dedicaría uno de sus versos.

—Muy bien, estoy dispuesta...

Él llenó dos vasos con limonada fresca, ofreció uno a su esposa y bebió del suyo. Carraspeó para aclararse la voz. Miró alrededor, para comprobar que no había nadie cerca —lo cual era imposible, pues el jardín quedaba protegido de la calle por todos lados— y fijó sus ojos en los de Ouroana, del color del mar, mientras adoptaba una pose solemne que a ella divertía:

Tú eres quien me llama, tu amor es mi dueño.
Provocaste mi miedo, tu distancia me aflige.
¡Oh, Señor!, llévame junto al laúd,
¡acerca sus melodías a mis oídos!
Las fragancias de este jardín
me llenan de emoción y pasión.
Me siento perdido con sólo ver tu sombra,
pero también orgulloso y armonioso por pertenecerme.
¡Oh, Señor!, ¡cómo has creado tanta belleza!
¡Oh, brisa de la mañana! Si pasas por el camino
*   de Ouroana, ¡salúdala!*
Mantén tus ojos color del cielo y del mar vueltos hacia mí,
pues tu perfume me hace revivir y la saudade
*   por ti me entristece.*

—Es muy hermoso... No sabía que tuvieras esta habilidad.
—Aún no he terminado, tengo otro.

—Vamos, no pierdas tiempo, porque te está saliendo muy bien... Cualquier mujer se enamoraría de ti sólo con oír tus versos.

—¡Pero sólo a ti quiero agradar!

Mis ojos no ven más que hermosura,
nadie más puede existir en mi pensamiento.
Si hablo, es sólo de tu belleza,
si enmudezco, es porque pienso en ti.
Pedí calma a mi corazón,
pero él me respondió que no podía ser paciente.
Mi pasión por ti es sincera,
nada puede alterar este sentir.
No puedo ser paciente, necesito verte...
Por tu pasión, yo muero y vuelvo a resucitar.

Abdus tiró de Ouroana hacia sí y empezó a acariciarle los cabellos de luz. Sus labios buscaron el cuello de la esposa, y besó suavemente su piel clara y perfumada. Se estremecieron con los escalofríos que aquella incursión les provocó. Los mismos labios subieron hasta las orejas, demorándose en besos y pequeños mordiscos en los delicados lóbulos. Con palabras sosegadas, como si quisiera parar el tiempo en aquellos versos, susurró:

A quien el vino embriaga,
¡qué agradables efectos produce!
Se estremece de alegría,
como el ramaje de un árbol que se agita
    vertiginosamente al viento.

Así también mi cuerpo quiere embriagarse con el tuyo.
Estremecerse por cada pedazo de placer conquistado.
Mira cómo todo se agita en mí,
buscando...

Ya no quiso oír más la poesía susurrante de Abdus. Su cuerpo se agitaba con la mezcla de palabras y la presión de la mano derecha de su esposo sobre sus endurecidos senos redondos, como manzanas a punto de ser recogidas. Las ropas empezaron entonces a abandonar su cuerpo. Él se desvestía también, dejando a la vista partes de su cuerpo moreno.

—¡Aquí no! Vamos dentro, estaremos mejor.

Cogió a la joven esposa por el cuello, mientras su mano izquierda se deslizaba hasta alcanzar las nalgas, después de encajarla entre las piernas. Apretó los muslos y sonrió maliciosamente al sentir la humedad que le anunciaba un placer inminente.

Los dos cayeron sobre uno de los almohadones de la habitación. Abdus quitó sin prisa las ropas que le quedaban a Ouroana. Dejó que la luz del día le mostrara a aquella mujer de cintura fina y piernas rectas. Siguió con los delicados y elegantes hombros y el bien moldeado y largo cuello. Más abajo se erguían, imperiales, dos túrgidos senos, sedosos, cuyos pezones rosados sobre una pequeña areola Abdus besó y mordisqueó con fruición.

Tomó uno de los senos con la mano, lo presionó con suavidad y lo acarició delicadamente. Lo besó con voluptuosidad y deslizó la lengua por el valle formado entre sus pechos.

Levantó los ojos hacia los de su esposa y, detenidos en el tiempo, permanecieron fundidos por la mirada, entrando uno en el otro por las ventanas del alma. Entre ellos no había impedimentos, miedos ni secretos. Sólo había certezas. La certeza de un amor que cruzaba montañas, atravesaba ríos, rompía dogmas y prejuicios religiosos, y barreras culturales; una flor cuyo tallo surgía de cada uno de los palpitantes corazones. Mientras los dos disfrutaban del magnetismo de aquel momento, la mano izquierda de Abdus se desplazó por todo el cuerpo de Ouroana, perdiéndose y reencontrándose en todos los rincones, hasta alcanzar la zona húmeda entre sus bien torneados muslos, de donde surgía un delicado y perturbador perfume. Ella suspiró con un placer que se redobló cuando los dedos de su amado navegaron por las dobleces internas de los labios, ya abiertos como una flor, y los acariciaron con delicadeza, pero con firmeza suficiente para hacer que se contorneara con las vibraciones que le recorrían el cuerpo. Se echó hacia atrás, gimiendo y suspirando con deleite, mientras la boca de Abdus, escoltada por una lengua irreverente, dejaba los pezones y subía por el cuello hasta encontrarse con la boca de ella, para morderla y besarla con voracidad. Se susurraron palabras al oído que sólo ellos escuchaban y comprendían, y que mucho los excitaban.

Los cuerpos siguieron así en la magia de aquella tarde primaveral, acompañados sólo por los rayos de sol que entraban por la ventana abierta de la alcoba y los acariciaban en cálida promiscuidad. Los dos se encontraban en un estado de máxima excitación, pero no tenían ninguna prisa por terminar y siguieron intercambiando miradas, palabras, besos y caricias en una espiral de sensaciones que parecía no tener fin.

Entonces Abdus colocó a Ouroana boca abajo y, con la lengua y los labios, recorrió su columna vertebral con movimientos lentos, mordisqueando también los hombros. Descubrió con gozo el sabor de la canela en el aceite con que su esposa había templado su cuerpo. Le recordó otros olores y sabores que lo complacían. Tomó entonces un pequeño recipiente y empezó a distribuir el contenido en la espalda de su amada y la masajeó despacio. Era un aceite de alcanfor, jazmín y rosas que un amigo le había recomendado por sus propiedades afrodisiacas.

Pidió a Ouroana que le aplicase igualmente el mismo aceite por el cuerpo. Ella recorrió su espalda y, a continuación, el pecho, el abdomen, los muslos, hasta que asió el miembro viril de Abdus con su mano derecha impregnada de aceite, lo presionó un poco y lo sometió a movimientos intermitentes. Él apretó los dientes y echó la cabeza atrás, en una placentera desesperación.

Volvió a colocarla boca abajo y, en esa posición, los cuerpos se fundieron, sin prisa, con movimientos regulares y controlados, vibrantes ciclos regeneradores de vida. En uno de sus viajes, Abdus había aprendido con un sabio conocedor de las artes amatorias que para poder prolongar al máximo la unión sexual debía practicar la llamada *al imsak an al-shabaq*, la retención del orgasmo, que sólo se conseguía a través de la relajación muscular, como hacían los babuinos. Así podría controlar el momento adecuado para alcanzar el clímax y coordinarlo con el de su compañera, bastando, para que así ocurriera, provocar alguna tensión muscular y actuar con mayor frenesí. Por eso, para mayor disfrute de su amada, que descubrió en Abdus a un amante perfecto, capaz de proporcionar placeres indescriptibles, inimaginables, el joven prolongó aquel momento durante un largo periodo. Se entregaron el uno al otro, a través de varios y ondulantes movimientos y posiciones, que terminaron en un contagioso y demorado clímax simultáneo, durante el cual él alzó las manos hacia el techo y tensó el cuerpo al sentir que llegaban varios espasmos de placer. Mientras, la joven, con las mejillas sonrosadas, suspiraba el deleite y respiraba profundamente. El sol aún cubría y acariciaba los dos cuerpos desnudos con sus rayos primaverales, participando, de esta forma, y sin ser convidado, del inmenso placer que experimentaban los dos seres aislados del mundo en aquella almunia de la Axarquía de Medina Zahira.

Siguieron momentos de distensión y descanso, poblados de besos más lánguidos, cosquillas y mutuos halagos. Abdus aprovechó entonces para comunicar a Ouroana la decisión que había tomado:

—Tengo otra sorpresa para ti...

—¿Otra? Este día está siendo muy especial... —respondió, pegada a su cuerpo desnudo.

—Sí..., le voy a pedir a Almanzor que me conceda el cargo de gobernador de Silves, como era tu deseo. Dicen que es una ciudad maravillosa.

—¡Ay, qué felicidad, esposo mío! Sabes cuánto he esperado este momento...

Se abrazaron con ternura. Abdus, satisfecho con su decisión, pero más aún con la alegría que le había dado a su esposa. Ouroana, porque conseguía, así, alejar a su marido de los peligros de la guerra, sobre todo con los cristianos, y porque ahora podría dedicarse a una vida regalada. Pero otro sueño secreto le cruzaba desde hacía tiempo por la cabeza: aquélla era la mejor manera de ponerse en contacto con su familia para hacerles saber que se encontraba viva, que no era esclava y que se había casado con un árabe al que quería mucho. Sabía que difícilmente la comprenderían, que incluso podría verse rechazada, pero se sentía en la obligación de, al menos, apartar la preocupación de los corazones de su padre, de su madre y de sus hermanos.

Pero... ¿serían imaginaciones suyas o se oía a lo lejos el ruido de alguien que llamaba a la puerta? A disgusto, Abdus se vistió y fue a comprobarlo. ¡Era cierto! Almanzor mandaba a un emisario para que se presentara en Medina Zahira ese mismo día.

LXVIII

Qurtuba, Córdoba, año 1002

Aquella primavera Almanzor presentía que su vida llegaría a su fin en cualquier momento. En los últimos tiempos, y ya con sesenta y cinco años de edad, como si no bastaran las secuelas de la gota que lo perseguían, tenía que soportar achaques en el vientre y los intestinos cada vez más intensos. Se sentía complacido por haber alcanzado toda la gloria posible en el mundo. Había conseguido el poder absoluto, estudiado el Corán y defendido el islam y la religión del Profeta. Había cumplido la misión que se había propuesto para ganarse la gracia de Dios y alcanzar el paraíso a través de la *yihad*. Había atacado y humillado, varias veces, el centro de la devoción de los infieles cristianos, en la zona de los gallegos de Compostela. Pero para acabar sus días en paz había aún un objetivo que Almanzor tenía en mente y que, desde hacía algún tiempo, le recordaban los ulemas y alfaquíes más radicales de Córdoba: someter a los cristianos castellanos y alaveses invadiendo y destruyendo su santuario nacional, su símbolo de espiritualidad y estabilidad, San Millán de la Cogolla. Ni las peticiones de una de sus esposas —hermana del conde Sancho García, que gobernaba en Castilla y Álava, donde se encontraba el citado monasterio, y entregada para salvar la paz— evitaron que se llevara a cabo la expedición.

Pero antes de partir a esa nueva misión quería estar seguro de que su salud le permitiría llevarla a cabo con éxito. Ya en una campaña anterior, la de Pamplona, se sintió muy debilitado por las fiebres, sobre todo la que le afectaba el vientre.

Llamó al médico al-Nadr para que le proporcionara los cuidados necesarios. Se trataba de un discípulo de Dioscórides, cuya ciencia había llegado a al-Andalus a través del manuscrito de su *Materia médica* que el emperador bizantino Constantino VII donó a la biblioteca de al-Hakam. Pero también por medio de una traducción incompleta de su obra, realizada por un tal Esteban, que había trasladado el texto del griego al árabe, dejando, todavía, en lengua original los nombres de los medicamentos y plantas que desconocía. A partir del estudio de estas obras, al-Nadr se hizo partidario de las cualidades terapéuticas de una planta local, el *sa'tar* —orégano—, en sus diversas variedades: la silvestre, criada naturalmente en el monte; la de hojas largas y la de hojas redondeadas; la negra, conocida por como *sa'tar farisi*[75], y la blanca, también llamada *sa'tar al-siwa*, entre otras

Al-Nadr probaba las enseñanzas del antiguo físico en sus pacientes. Pepino, en caso de contusión en la masa muscular y en las extremidades y aun en caso de hidropesía; miel, para curar la tos y, utilizada adecuadamente en el baño, para curar el ardor en el paladar, la sarna y la ictericia. El galeno recomendaba también el jugo de *sa'tar* en caso de tumores de los músculos de la lengua. Aconsejaba incluso aspirarla por la

---

75. Satureja de Creta.

nariz con aceite de *irisa*[76], sacando sus residuos, para atacar la pústula labial.

Almanzor, que había oído hablar de estas aplicaciones de al-Nadr, lo llamó a palacio para comprobar la eficacia curativa de la planta en su caso personal. El médico decidió entonces recomendarle una cocción de *sa'tar*, afirmando que era adecuada para laxar el vientre, porque haría bajar los excrementos biliares. Después de administrársela, elaboró una poción de *sa'tar* con miel que era efectiva para las náuseas y el malestar de vientre y estómago. El tratamiento terminó con la elaboración de un zumo de esta planta cocido.

—Esta cocción es para beberla en caso de cólicos y tiene también la virtud de expulsar lombrices y ascárides.

A pesar de todos los esfuerzos de al-Nadr, Almanzor no obtuvo una gran mejoría en su estado de salud. Por eso recibió a Abdus aún doliente.

—Me alegro de que hayas venido tan rápido, Abdus... Estoy preocupado por mis dolencias y mis batallas, pero puesto que eres aficionado a la poesía, quiero oír tu opinión sobre unos versos que estoy componiendo.

—¡Salud para mi señor! No hay duda de que al-Andalus es prodigioso... Las artes, sobre todo la poesía, florecen tanto que incluso el propio detentador del *sultan* y comandante de los ejércitos ya compone bellos poemas en los campos de batalla que la historia no olvidará, pues se dedica al delicado arte de escribirlos de su propio puño. Bien..., estoy humildemente a vuestra disposición.

---

76. Lirio azul.

—Hermosas palabras, Abdus. Verás que este poema es una mezcla de lo que tú dices: el arte de la guerra y mis propias hazañas en verso.

Almanzor tosió un poco para aclararse la voz y, con aire solemne, declamó:

> Me lancé al espanto de todos los peligros
> y me arriesgué, pues el noble y libre ha de ser osado.
> No tengo otros compañeros que un corazón valiente,
> una afilada lanza y una cortante espada.
> Yo guío los ejércitos de guerra,
> incluso contra todos los jinetes y peones.
> Yo mismo me he enseñoreado de los más
>   egregios señores
> y porfié hasta encontrar con quien rivalizar.

El caudillo terminó y miró al horizonte a través de la ventana. Abdus se divertía con el esfuerzo del todopoderoso Almanzor al querer reflejar en versos su gesta personal. Dejó que terminara aquel momento de trascendencia para añadir su comentario.

—Reconozco, mi señor, que en pocas y hermosas palabras habéis conseguido describir toda vuestra vida, vuestra gesta. Para mí, la poesía es perfecta. Pero si vuestra generosidad me lo permite, osaría deciros que dieseis un poco más de elocuencia a la parte del mando del ejército. Luchar contra jinetes y peones es tarea de cualquier comandante humano. Sugiero que deis un toque más divino a vuestras acciones, que mostréis el coraje de luchar contra peligros sobrehumanos.

—Explícate mejor, Abdus.
—¿Qué tal este verso?

Yo guío los ejércitos de guerra,
aunque salgan a su encuentro todos los peligrosos
leones.

—Está bien... Acepto tu sugerencia. Cada vez te admiro más, muchacho. Ah, sí..., tu padre me ha hablado de tus intentos de hacer carrera en la administración fuera de Córdoba.

—Es cierto, *al-sayiid* y *al-malik al-karim*. Me gustaría iniciar una nueva carrera, si creéis que soy competente para el cargo. Os prometo toda mi dedicación y lealtad. Y confieso que me gustaría también tener más tiempo para dedicarme al noble arte de la poesía. Como se dice en el *hadith* del profeta: «La tinta del estudioso es más sagrada que la sangre del mártir».

—Muy bien, comprendo... ¡tienes un mundo por delante! Yo mismo comencé mi carrera con varios cargos en la administración califal de Córdoba y de otras ciudades de al-Andalus ¡y ya ves adónde he llegado! Tú eres hijo de mi hombre de mayor confianza, 'Isá, a quien prometí cuando naciste que harías una gran carrera en nuestro país. ¡Y no andaba errado! Adquiriste conocimientos de alfaquí, tuviste los mejores maestros y un excelente rendimiento, viajaste por el mundo árabe, conociste algunas de las mejores figuras de la ciencia y ahora eres ni más ni menos que mi *'arid al-chaish*... Hijo mío, te auguro un gran futuro.

—Gracias, *al-sayiid* y *al-malik al-karim*.

—Me costará encontrar otro que, como tú, me prepare tan bien las incursiones de verano e inspeccione tan eficazmente la producción de nuestros arsenales oficiales y de las fábricas privadas de armas y equipos militares por cuenta del Estado.

—No sabía que me tuvierais en tan buena consideración...

—Mi querido Abdus, ni siquiera olvido tus habilidades de estratega y líder de guerra. Por eso me acompañarás en la próxima *gazawat sa'ifa*, la expedición de verano que estoy preparando a la tierra de los infieles. Los humillamos en Compostela, en su venerado santuario de Shant Yakub, lo recuerdas, ¿verdad? Ahora tenemos que arrasar otro santuario más oriental de los castellanos, el que llaman San Millán de la Cogolla. Es necesario darles una lección y hacerles saber, una vez más, quién manda y cuál es el poder de nuestra fe, para evitar que se reorganicen en torno de la vieja iglesia visigótica y lleguen a ser más activos y peligrosos.

—Pero..., pero... mi intención era no participar en ninguna razia más, no quería ir a más batallas. Deseaba dedicarme, ahora mismo a tiempo completo, a mi nueva misión. Fue lo que prometí a mi esposa...

—Vaya, vaya... Las mujeres... no deberían meterse en los asuntos de Estado. Dile que cuando regreses viajará contigo a Gharb. Serás nombrado nuevo gobernador de la provincia de Ocsonoba y, a tal efecto, os instalaréis en la alcazaba de Silves, con todos los privilegios. ¿Qué más podría desear tu hermosa mujer? —respondió Almanzor, mientras se doblaba ligeramente sobre el vientre, incapaz de disimular los dolores que lo afligían.

—Sssí, mi señor... Agradezco tanta generosidad. Y ahora que habláis de Silves, y como os veo enfermo..., conocí hace poco a un comerciante que habla maravillas de un médico de Silves que se encuentra en Córdoba. Dice llamarse al-Muzffar.

El físico de Gharb fue llamado de inmediato a presencia del *hajib*. Al-Muzaffar había ganado notoriedad gracias a las propiedades curativas de una planta que crecía en las sierras de la región donde vivía, el *sibar* [77]. En realidad, seguía algunas de las enseñanzas de la *Opera omnia* de Galeno, de cuya obra era conocedor parcial.

—Entonces, ¿por qué crees que este medicamento es bueno para los males que padezco? —preguntó Almanzor, incrédulo.

Al-Muzaffar era un médico de buena disposición que gustaba, sobre todo, de hablar con humor de sus técnicas curativas.

—Bien, el *sibar* tiene desde luego la utilidad de secar sin quemar, y es el medicamento más útil para el estómago debido a las acciones parciales que va ejerciendo sucesivamente, aglutinando ante todo las fístulas, curando las úlceras difíciles y, en especial, las que están entre el ano y el pene —afirmó mientras sonreía con una mal disimulada malicia. Se detuvo entonces, hizo un gesto ceremonial, para dar más credibilidad a su ciencia, y continuó—: Pero ya decía Galeno que si las úlceras aparecen en estos lugares, es decir, en el ano o en el pene, el *sibar* ejerce un poderoso efecto curativo al diluirlo en agua y aplicar el compuesto sobre estas delicadas partes del cuerpo. También es útil en los tumores de la boca,

---

77. Jugo de áloe.

la nariz y los ojos. En resumen, su importancia radica en el hecho de que corta todo lo que fluye y disuelve lo que aparece, además de que no quema las heridas limpias.

El *hajib* no sabía si reír o mantenerse serio, si debía creer o no las teorías del médico. Pero no le quedaban muchas alternativas. Comprobó, como le había dicho Abdus, que su fama era grande. Por eso siguió prestándole atención con interés.

—Ahora, además de lo que nos enseña el maestro Galeno, creo que cuando se bebe el *sibar* de la variedad *socotrino*, sube a la cabeza, a su parte atenuante, en dirección al nervio hueco, que se parece a una pluma. Expulsa entonces a través del sudor los males que tuviera y, una vez limpio ese nervio, incrementa la luz de la visión, porque ésta llega a través de ese nervio. Además, limpia el estómago y la cabeza al mismo tiempo por la simpatía que hay entre estas dos partes del cuerpo, al descender la vena llamada «espiral» por la parte posterior de la cabeza hasta el estómago y extraer con fuerza lo que en ella hubiera antes de subir de nuevo a la cabeza. Su poder es tan intenso que el mismo Aristóteles aconsejó a Alejandro Magno que invadiera la isla de Socotra, en el océano Índico, para obtener cantidades suficientes de este *sibar* para curar las heridas de sus soldados.

Almanzor ya no quería oír más. No comprendía lo que el físico le explicaba con su aire solemne y su indescifrable sonrisa. No obstante, le parecía que aquel médico sabía de qué hablaba. Decidió entonces tomar todo lo que le recetara y determinó que al-Muzaffar lo acompañaría en la siguiente campaña, la quincuagésimo sexta en tierras cristianas.

Con tal determinación, y revigorizado con los cuidados del médico de Silves, hizo un nuevo llamamiento a las armas por todo el Imperio andalusí y mandó venir del norte de África a un numeroso contingente de caballería que allí ya no era preciso, pues su hijo Abd al-Malik había impuesto la paz en el Magreb.

LXIX

Qurtuba, Córdoba, año 1002

Como siempre, Abdus se preparó para aquella nueva incursión con todo cuidado. Pero en esta ocasión experimentaba una sensación distinta. Sería su última acción de guerra, sobre todo contra los cristianos del norte. Le sublevaba tener que cumplir aquella misión. Pero ¿qué podía hacer? En ningún caso podía negar a Almanzor su participación. Una persona que, a pesar de ser odiada por tanta gente, nunca rechazó darle su apoyo personal, como había comprobado con su inmediato nombramiento como *wali* de la *kura* de Ocsonoba.

Con un sentimiento algo difuso, el viernes anterior a la partida del ejército se dirigió a la mezquita Mayor para la ceremonia de la *'adq al-alwiya*, la entrega de estandartes que llevarían todos los jefes del ejército para ser atados en las lanzas. Escuchó en silencio, algo distante, las oraciones que resonaban en la mezquita:

¡Oh, siervos de Dios! Rezad con fervor al Altísimo y elevad hasta Él vuestras preces, imploradle y suplicadle que impida el derramamiento de sangre de vuestros hermanos, los creyentes...

¡Oh, Señor! Haz perecer a los infieles y su herejía. Quita fuerza a sus engaños.

¡Oh, nuestro Dios! Asiste a los musulmanes contra los infieles mediante tu omnipotencia. ¡Dales tu excelso socorro! ¡Concédeles una sonora victoria!

Aquella misma sensación la sintió también el día que entró en la *jizanat al-sılah,* la casa de armas del Estado que tan bien conocía. Abdus estaba solo en aquel amplio espacio, en el que se concentraban muchos de los argumentos en que se fundaba el poderío bélico de los andalusíes: las más modernas armas de guerra que tanto temor causaban en los enemigos. Algunas de carácter ofensivo que allí había procedían incluso de los reinos cristianos, como las espadas francas con hojas de doble filo y canal central y las espadas de empuñadura trilobulada, guardamano recto y hoja también de doble filo con canal central, según los modelos ya utilizados por los vikingos. Por supuesto también había espadas de tipo universal, con pomos esféricos y guardamanos rectos. Allí se exhibían asimismo las lanzas de modelo oriental, dotadas de dos puntas, una en cada extremo, denominadas *surpin,* el arma nacional de los *daylami.*

En lo tocante a arcos, los había simples y compuestos. Estos últimos se construían básicamente a partir de dos piezas con un característico perfil convexo doble y carena en sus extremos para permitir el paso a los encajes destinados a la fijación de cuerdas.

A la vista de este tipo de arcos, Abdus recordaba las órdenes dadas, el mes de junio, a los administradores provinciales para que recogieran las astas de ciervos y carneros machos para utilizarlas en las palas.

Pero el arma que impresionaba a todo el mundo, y que sorprendía cada vez que aparecía en combate, era la ballesta. Había pocas, puesto que aún se estudiaba el potencial de esta arma y la mejor manera de construirla. Era portátil y la formaban un arco, una cuerda y un cabo, con el cual se lanzaban los virotes, una especie de saetas cortas que aumentaban la eficacia y la velocidad de tiro.

Al otro lado de la sala estaban las armas defensivas. Los escudos circulares y ovalados de cuero —las adargas— y de madera, los yelmos semiesféricos —los *bayda*— y el armamento corporal, como las lorigas o las cotas de malla. Como complemento de las lorigas, estaban los almófares, capuchas de malla para la protección proporcionada por el yelmo metálico.

Mientras se dirigía a otra sala, donde encontraría aquello que más apreciaba, los arreos de la caballería, Abdus pensaba una vez más en Ouroana: «¡Qué intensa y fabulosa ha sido la noche pasada! ¡Qué indescriptible placer... imposible de transmitir en palabras! Tal vez sólo un poeta podría...»

Su momento de felicidad aumentaba al pensar que disfrutaría de la convivencia y del amor de su esposa, que gozaría de una vida plena de privilegios. Cómo ansiaba en aquel momento tener un hijo, tener muchos hijos...

Con esos pensamientos en mente fue recogiendo cada una de las piezas con las que él mismo quería enjaezar a su caballo árabe. Localizó las guarniciones, los pectorales, las cinchas y ataharres para acomodar las sillas, los frenos en T y las camas rectas rematadas con ojales circulares para la fijación de las riendas del animal. A continuación se dirigió a la zona de las sillas de montar. Había de dos clases, en función de la altura de los arzones. Predominaban los altos y envolventes, que facilitaban un mejor acoplamiento al cuerpo del caballo, pero también los había bajos, típicos de los jinetes bereberes. Al lado, estaban los estribos triangulares, los circulares y los de extremo superior semicircular con fondo plano.

Precisamente era la combinación de los estribos con unas correas cortas que los sostenían lo que determinaba la manera de montar del jinete, de tradición oriental, que permitía una cabalgada rápida y ágil, el gran triunfo de los ejércitos califales en las batallas donde intervenían sus *fursan*, o jinetes, muchos de ellos comandados por Abdus. Con todo, la inspiración oriental también se observaba en los ornamentos de la caballería, con colgantes en forma de media luna, cinchas atadas que caían sobre el flanco de la grupa y la costumbre de atar las colas de los caballos.

Recordó una vez más los pormenores de la noche anterior. La última cena había sido un verdadero prodigio de arte culinario, un talento más de su esposa que lo fascinaba y que había aprendido cuando era esclava. Aún sentía el gusto de los delicados manjares, mientras recordaba cada paso de su preparación. Vio a Ouroana abrir un pan crecido y retirarle la miga, deshacerla a continuación y pasarla por el cedazo. La vio asar un pollo con el mejor aceite y deshuesarlo, una vez frío y cocido, y cortar la carne en pequeños bocados. La miga de pan la mezcló con finas hierbas y pistachos tostados y pelados, regados después con zumo de limón verde. Se le hacía la boca agua al recordar cómo introducía este relleno en el interior de la carcasa del pan vacío, para poner a continuación una capa de pollo y así sucesivamente. Lo humedeció todo con aceite, con jugo del asado y con agua de rosas para ablandarlo. Por fin, colocó la parte superior de la corteza del pan para tapar el relleno. Por último, degustaron aquella empanada con todo el tiempo del mundo.

Después de aparejar la montura, observó su línea, le acarició la cabeza y le pasó la mano por el pelo negro del dorso. En poco tiempo, Abdus circulaba ya, altivo y brioso, integrado en el fastuoso cortejo de guerra por las calles de Córdoba, con Almanzor al frente de sus jefes y en medio de un gran número de ondulantes y vistosas banderolas y *liwáes*, los estandartes del islam. Una multitud de ciudadanos, la *umma* cordobesa deseosa de distracción, se manifestaba ruidosa con palabras de aliento al caudillo y el ejército. Abdus, vestido con la cota de malla verde que le cubría las piernas hasta las espinilleras castañas, por encima de otra finísima malla que se adhería al cuerpo como una túnica, montaba con aparejos irreprochables y exhibiendo toda la elegancia de una excelente relación entre caballo y caballero. El cortejo se dirigía hacia Fahs al-Suradiq, un vasto terreno al norte de Córdoba, así llamado porque allí se concentraban los ejércitos califales en tiendas, en el interior de un aparatoso campamento. Abdus estaba preparado para la guerra. La guerra contra los hombres, pero también la guerra contra la que se debatía su corazón. No podía sacarse de la cabeza aquella noche de amor. Aquella última mirada, sobre todo, que su amada le lanzó y que él recogió, aspiró con avidez y deseó retener para la eternidad. En su cabeza resonaban aquellas palabras de Ouroana, cuando miraban juntos la puesta de sol: «Abdus, tu nombre quiere decir "esclavo de la paz". No hagas más la guerra. No vayas».

LXX

León, año 1002

Al mismo tiempo, en León, Munio Viegas se preparaba también para la guerra. Aquel día se levantó pronto, se puso su *mofarrex*, una túnica hendida usada por los magnates. Se cubrió con una loriga de cuero, cuya capucha protegió con un yelmo aguado, ocultando la armadura con un sobretodo. Tomó la espada y el escudo, rezó por el alma de Ouroana y, encomendándose a Dios, salió de su habitación. Ya en la calle, se unió a otros condes y oficiales del palacio armados de modo semejante. Todos aguardaban al conde Mendo Gonçalves, el *comes magnus* regente de León y tutor del joven rey Alfonso V, que había sucedido a su padre, Bermudo, fallecido en 999. Algún tiempo después apareció, finalmente, el conde portucalense montado en un hermoso caballo castaño, enjaezado con silla argentada de arzón alto, recubierta de oro y asegurada con una cincha, un rico ataharre y un lujoso pectoral. Se veía también un bonito cabestro, un freno también plateado y las riendas de la cabalgadura. Se formó entonces el cortejo, colocándose por delante de Mendo los lanceros y arqueros del rey y, por detrás, el alférez real y todos los magnates allí reunidos, y así se dirigieron hacia la iglesia mayor, la de Santa María, construida sobre las antiguas termas romanas, junto a la Puerta del Obispo. La población acompañaba en silencio, por las calles de León, la procesión, rezando por la suerte de sus defensores. Frente a la iglesia, aguardaban los demás caballeros y sus peones. En el atrio se encontraban diáconos y clérigos, vestidos con ricas casullas y albas de seda, listadas, amarillas y blancas. Disponían de incensarios y rodeaban a otro eclesiástico, que vestía una capa de seda y sujetaba una cruz de forma visigoda, cubierta de oro, con piedras preciosas incrustadas. Las tropas a las órdenes del gobernador de la ciudad formaban de espaldas a los muros, entre el monasterio de Santiago y la iglesia de Santa María. Las campanas empezaron a repicar y Mendo descendió del caballo, junto al clérigo que sujetaba la cruz. Algunos diáconos derramaron el humo liberado por el incienso alrededor del conde portucalense, que se dirigió al templo, precedido por el mismo clérigo. A la entrada de la iglesia se encontraban el joven rey Alfonso y su madre, que se situaron al lado de Mendo, y juntos se dirigieron hacia el obispo, que los esperaba cerca del coro con todos los religiosos leoneses y los que habían llegado para participar en la guerra. Mendo se postró en el suelo y rezó por el éxito de la campaña, en momentos de silencio absoluto. Cuando se levantó, el monarca se volvió a acercar a él, al tiempo que los clérigos cantaban en voz alta una antífona del *Liber ordinum*, mediante la cual pedían al dios de las batallas auxilio y protección para su ejército. De ese pergamino procedían las demás antífonas y prédicas que se oirían en aquella ceremonia. Acabados los cánticos, tomó la palabra el obispo para implorar la victoria y el retorno triunfal a aquella misma iglesia.

Hubo entonces un momento de gran intensidad emocional para todos los que se encontraban en la iglesia de Santa María. Un diácono tomó la cruz de oro, que contenía reliquias del Santo Madero, y se la entregó al obispo. Éste, por su parte, la cogió y se dirigió al pequeño Alfonso, aún un crío de ocho años. Con la ayuda de la madre y del mismo obispo, la entregó a Mendo Gonçalves, su tutor. En aquel momento se rompió el silencio sepulcral que, una vez más, se había hecho en el templo y las afinadas voces de los clérigos volvieron a entonar una nueva antífona:

—*Accipe de manu Domini, sume scutum inexpugnabili equatatis...*

Mientras, Mendo entregó la cruz al obispo de Dume, que se encontraba allí con la misión de llevarla durante la campaña. Vino a continuación la entrega de los estandartes bendecidos a los comandantes de los distintos escuadrones del ejército.

—Que Dios proteja al regente don Mendo Gonçalves y a todo el ejército leonés que mandará en nombre de su majestad, Alfonso, nuestro rey, en la lucha contra los sarracenos. Que todos vuelvan victoriosos a esta misma iglesia en la que nos encontramos.

—*In nomine Domini nostri Ihesu Cristi, ite in pace!*

El obispo de León abrazó a Mendo antes de que éste saliera del templo. Al mismo tiempo se oían los cánticos de una nueva antífona del *Liber Ordinum*:

—*Dominus Deus, uirtus salutis mee, obumbra caput meum in die belli...*

Ya fuera de la iglesia, el conde se arrodilló delante del joven monarca para despedirse.

—Alfonso, rey de León, prometo serviros con lealtad y determinación en esta guerra contra el infiel y hacer todo lo que esté en mi mano para traeros una victoria, ¡en nombre de Dios!

El representante del rey de León montó entonces su caballo, y lo mismo hizo el resto del cortejo, mientras sonaban trompas y cornetas.

Durante el tiempo que duró la celebración, a la que Munio tuvo la gracia de asistir, hubo varios momentos en los que el anegiense sintió una fuerte emoción. Lo sobrecogió especialmente la encomienda del ejército contra los árabes, momento en que una lágrima rebelde afloró en su ojo derecho. Apareció de nuevo en su pensamiento Ouroana y una razón más que lo llevaba a aquella batalla: castigar a los musulmanes por haberse llevado a su querida hija y por todo el mal que le habían provocado. Por eso siguió a la comitiva liderada por Mendo, que pasó frente al palacio y atravesó las murallas por el Arco del Rey. Ya fuera, se unieron al cortejo los ejércitos procedentes de varios condados de las tierras leonesas, entre los que se encontraban también gallegos y portucalenses, y el ejército de Anégia, capitaneado por Ermigio.

LXXI

Hispania, año 1002

Tras reunir parte de su ejército en Córdoba, Almanzor se puso en marcha hacia Toledo, el lugar designado para encontrarse con otras formaciones que habían acudido a su llamada para la nueva campaña. Era el 21 de mayo de 1002. El caudillo árabe nunca había tenido demasiados problemas para reclutar hombres para la guerra, pues siempre se dio por segura su victoria, lo que significaba un buen sueldo y potenciales y atractivos botines.

El aparato del ejército cordobés era impresionante: cincuenta mil jinetes y treinta mil peones, además de cerca de mil caballeros destinados a la custodia de la impedimenta y de ciento cincuenta timbaleros. Los acompañaban también setecientos caballos sin jinete, cincuenta corceles purasangres para uso personal de Almanzor y cerca de dos mil acémilas de carga para el transporte de su bagaje personal y de sus oficiales. Tres mil novecientos camellos, que en tiempos de paz pacentaban en las llanuras de Murcia, transportaban el material pesado y cien machos cargaban molinos móviles destinados a la molienda del trigo para el pan de las tropas movilizadas.

En el equipaje personal de Almanzor se incluían sus tiendas, cocinas de campaña, utensilios de aseo, herramientas destinadas a reparaciones de emergencia, grilletes y cadenas para prender a los soldados capturados y los palanquines de las mujeres que acompañaban la columna militar. Obviamente, también iba el tesoro de guerra, guardado en sólidas arcas. Pero lo más impresionante era el material de combate. Además de los arcones con millares de flechas y cotas de malla y de aceite, nafta, pez y estopa, se transportaban las máquinas preparadas para asediar fortalezas.

La columna formada por aquel aparatoso ejército se extendía a lo largo de una inmensa línea y levantaba una enorme nube de polvo por donde pasaba. Como de costumbre, se habían formado cinco grupos: la vanguardia o *muqaddama*; el centro o *calb*, compuesto por el grueso de las tropas; las dos *achnah*, es decir, el ala derecha y la izquierda, con escuadrones de caballería ligera, y la *saqa* o retaguardia, donde iba la impedimenta y su respectiva escolta. Un número significativo de los soldados correspondía a mercenarios eslavos, cristianos y bereberes magrebíes. Las tropas regulares andalusíes eran menores en número que en otras ocasiones, sobre todo desde que Almanzor había decidido contratar soldados profesionales, menos dados a la traición, pero también porque así contentaba a la sociedad cordobesa, más interesada en llevar una vida regalada en la próspera ciudad y poco dispuesta a tomar las armas. Finalmente, siempre aparecían en las campañas contra los cristianos los guerreros de la *yihad*, musulmanes que cumplían con la que creían era la obligación más importante para cualquier musulmán, después de los cinco preceptos coránicos fundamentales. Algunos ulemas predicaban incluso que la *yihad* era el sexto pilar, no declarado, del islam.

El primer alto fue en Toledo, donde al contingente procedente de Córdoba lo aguardaban ya numerosos escuadrones, entre ellos la caballería de Gharb y las milicias de Mérida y Badajoz, comandadas por Farhún, *wali* de Santarem.

Almanzor dejó su ejército a las puertas de la ciudad, junto al campamento de quienes habían llegado antes, cruzó las murallas acompañado de algunos miembros de su guardia personal y se detuvo en una plaza donde había dos imponentes toros de piedra. Como siempre hacía cuando pasaba por Toledo en misión de guerra, montó en una de esas figuras. Era su talismán. Decía que imitaba así el mismo acto que practicaba Tariq, el primer conquistador musulmán de Hispania, cuando encontró aquellos toros exactamente en el lugar donde levantó su campamento de guerra, acto que le transmitía gran energía para continuar con la sumisión de las tierras y las ciudades godas.

Después de aquel ritual, Almanzor volvió al campamento del ejército situado a las puertas del burgo y pasó revista a las tropas, mostrando su aprobación. Era uno de los ejércitos más numeroso y temible que había reunido. Sólo faltaba organizarlo y orientarlo durante las batallas, y el éxito de la campaña estaría más que asegurado.

Con aquel numeroso contingente bélico, Almanzor se puso en marcha hacia el norte y alcanzó las márgenes del Duero en los confines de León y Castilla. Detrás de él, a algunos pasos, lo seguía Abdus, concentrado en su misión y con el pensamiento puesto en su amada. Atravesaron el Duero y, subiendo por su margen derecha, devastaron —siempre con gran violencia— todos los poblados que encontraron en su camino, hasta llegar al límite oriental de la frontera castellana.

Destruida y saqueada aquella zona, la máquina de guerra árabe se movió en dirección a las llanuras de Osma y Clunia, donde se levantó el campamento, no sin antes asolar también los alrededores. Siguió a continuación por Huerta del Rey, Salas de los Infantes y Castrovido, avanzando por los majestuosos ríos Arlanza y Pedroso. Atravesó las sierras de la Demanda, Neila y el pico de San Lorenzo, y penetró en el reino de Navarra por la vertiente sudoeste, hasta alcanzar la villa condal de Canales de la Sierra, al sudoeste de Nájera. Saqueaba, devastaba e incendiaba lo que encontraba a su paso, hasta que se orientó hacia Burgos, donde alcanzó su objetivo principal: el monasterio de San Millán de la Cogolla. Fue un festín para sus soldados: lo saquearon y lo incendiaron, no sin antes haber recogido y quemado muchos libros que se estaban componiendo y copiando. Pocos ejemplares lograron salvar los monjes escondiéndolos de los ataques de los moros. Entre los libros rescatados, se encontraban algunas copias de los *Diálogos* de Gregorio Magno, de la *Regla de san Benito* y de los *Comentarios* a la misma regla cuyo autor era Smaragdo. También una reproducción de la *Collectio Hispana del Codex abeldense*, fechada en 976, y copiada en aquel monasterio en 992; del *Codex aemillianensis*, y de otra réplica de una adaptación femenina de la regla de san Benito titulada *Libellus a regula sancti Benedicti substractus*, fechada en 976.

Todas las ofensas de Almanzor a la honra y la dignidad de los príncipes cristianos y a su fe llevaron a éstos a hacer frente, por fin, de forma diferente al huracán que llegaba del sur. Los enfrentamientos solitarios de los ejércitos cristianos, normalmente a la defensiva, la forma desorganizada como encaraban la guerra, desmoralizados por dos décadas de humillaciones, pero sobre todo las alianzas de conveniencia con las que se dejaban engañar por el enemigo común, que eran eficaces en su momento y luego eran olvidadas en Córdoba, o que los cristianos no podían mantener, eran el permanente talón de Aquiles de los reinos y condados del norte. Por eso, con el surgir del nuevo milenio, aquélla fue una de las raras ocasiones en que los príncipes cristianos consiguieron unir fuerzas y hacer frente al enemigo común que tanta sangre y destrucción había traído a sus tierras en los últimos tiempos, destrucción que alcanzaba los centros de su fe. Dejaban atrás, de este modo, viejas enemistades, envidias y codicias.

Nació la coalición de la Cruz contra el Creciente, compuesta por los ejércitos de Sancho García, de Castilla; de Sancho Garcés, el Mayor, rey de Navarra —que no olvidaba la humillación por los daños causados en su condado ni la muerte de su padre, Garci Fernández, a manos de los árabes—, y de Mendo Gonçalves, que actuaba en nombre de Alfonso V, el joven rey de León. Los cristianos consiguieron crear un ejército de gran envergadura, pues a aquella coalición aún se unieron guerreros gallegos, asturianos y portucalenses. Entre estos últimos, se contaba el pequeño ejército anegiense de Munio Viegas, comandado y capitaneado por Ermigio, que acudió a petición de Mendo Gonçalves, bajo cuyas órdenes estaba en León. Éste era hijo del viejo amigo de Munio, Gonçalo Mendes, con quien tantas veces había discutido el futuro de su región y del reino, y que había muerto el año 997, defendiendo su territorio en Braga, durante el paso de Almanzor por Santiago de Compostela. Y si algo en verdad ansiaba, era vengar la muerte del padre.

Todos recordaban aún el reciente desastre de San Esteban de Gormaz. Por eso, en aquella ocasión, los jefes de las milicias cristianas seguían los acontecimientos con más serenidad. Tenían que definir la estrategia correcta para el momento del enfrentamiento y evitar los impulsos precipitados que los guerreros y los jefes cristianos solían tener en las batallas. Normalmente, les importaba más la honra que la organización, lo que de manera invariable resultaba ser trágico, sobre todo contra los ejércitos de mercenarios disciplinados, entrenados y organizados por Almanzor y sus generales.

En las reuniones preparatorias de aquella incursión, se trataron con cuidado todas estas cuestiones. El portucalense Mendo Gonçalves era aún muy joven, pero deseaba ya estudiar e informarse lo mejor posible sobre las técnicas de guerra. Le interesaba lo que habían escrito los antiguos conocedores del arte bélico, como, por ejemplo, Aristóteles en su *Poridat de poridades*, pero sobre todo el tratadista romano Vigencio, que le había enseñado que «*boni duces publico certamine numquam nisi ex occasiones aut nimia necessitate confligunt*». Por eso impresionó a los demás caudillos cristianos cuando afirmó con gravedad:

—Como dice Vigencio, los buenos jefes nunca comienzan una batalla si no son obligados por la ocasión o por la necesidad. De hecho, tenemos que empezar a ser más inteligentes en nuestra actuación. No podemos correr el riesgo de entrar en más conflictos y perderlos, a no ser que sea absolutamente necesario. Caso contrario, seguiremos perdiendo efectivos, las tropas se desmoralizarán y no defenderemos nuestras poblaciones, nuestras banderas y la Cruz de Cristo. La dinámica de una batalla es tan compleja que no siempre resulta vencedor quien tiene la posición más favorable en el terreno, el mayor número de soldados, las mejores armas, una información sobre el adversario y mejor disciplina y organización. Pero una cosa es cierta: la falta de disciplina y de organización es garantía de derrota y de masacre de nuestras fuerzas. Por eso, tendremos que actuar con astucia, precaución y disciplina.

En su viaje de regreso, Almanzor seguía haciendo estragos en Castilla. Alcanzó el puerto de Santa Inés —al oeste de la sierra Cebollera— y siguió en dirección a Vinuesa y Abejar.

El ejército cristiano intentaba acercarse al contingente musulmán de manera que siempre quedara en buenas condiciones para un eventual enfrentamiento. Por eso las huestes se distribuyeron en tres grandes grupos: el flanco derecho estaba a las órdenes del rey de Navarra; el flanco izquierdo, a las del conde de Castilla, y en las márgenes del Duero, era el conde portucalense Mendo Gonçalves, en nombre y lugar de su rey Alfonso de León, quien estaba al frente. Todos se pusieron de acuerdo en que fuera él quien asumiera el mando en la batalla, por sus conocimientos y la buena impresión que había causado durante la preparación de la incursión.

El ejército musulmán marchaba en todo su esplendor, organizado en dos alas, una andalusí y otra africana. Después de pasar Abejar, y ya cerca de un castillo situado a cuatro leguas de Osma, a la que los árabes llamaban Qa'lat al-Nasur, Castillo de los Buitres, los dos contingentes pudieron verse por primera vez. El resultado fue de asombro y escalofrío para la soldadesca de ambos bandos: las partes beligerantes se mostraban con su máxima fuerza.

Era a principio del mes de agosto de 1002 y en aquel lugar inhóspito hacía un calor infernal. Allí levantaron sus campamentos cristianos y árabes, con las tiendas de cada uno de los comandantes de los dos ejércitos a la vista la una de la otra, en un gesto de desafío.

Ambos percibían el efecto que provocaba la visión del enemigo. Los cristianos conocían la eficacia de los árabes, que en aquel momento parecían más numerosos que en otras batallas. Admiraban sus veloces y bellos caballos purasangres, bien aparejados con sillas y estribos. Los que tenían funciones de mando tenían escudos en piel de lamt[78], arcos de resistente madera de *zan*[79], con flechas del bien forjado y cortante acero de la India y, además, lanzas con astas también en madera de *zan* y punta del mismo acero. Su captura como botín de guerra llenaría de felicidad a cualquier guerrero cristiano.

Por su parte, los sarracenos admiraban la mayor organización y el mayor número de las tropas del ejército cristiano, y sus tres *almohallas* [80], que cubrían el campo como no lo habían visto en los últimos tiempos. Pero lo que más les llamaba la atención era el esplendor con que estaban equipados, con vistosas armaduras y relucientes espadas. Por eso, la noche anterior a la inminente batalla se durmió mal en ambos lados, con la inquietud aguijoneando los corazones de los beligerantes.

---

[78]. Antílope sahariano cuya piel, una vez curtida, se hacía impenetrable a las lanzas y a casi cualquier tipo de flecha.
[79]. Una especie de roble de Ifriqyia.
[80]. Campamentos militares.

Almanzor, no obstante, infravaloró la hueste cristiana. Estaba acostumbrado a combatir a sus desorganizados enemigos. Sumaba victoria tras victoria y sabía que bastaba con iniciar la lucha para acabar rápidamente con las pretensiones del enemigo. Antes de dormir llamó a Abdus.

—Querido amigo, cuando aparezca nuestra caballería verás cómo los destrozará. Es la costumbre... Será gozoso verlos huir en desbandada.

—Pero en esta ocasión parecen más...

—Peor para ellos, más morirán... Si quieres saberlo, me preocupa más este maldito dolor.

Cuando despuntó la aurora, el ruido fue ensordecedor en ambos lados, con las trompetas, los tambores y las cornetas de guerra haciendo resonar sus ecos por todos los valles y montes de las cercanías y, sobre todo, en los corazones de los guerreros que allí se encontraban dispuestos a cumplir sus misiones.

Mendo Gonçalves procuró el mejor conocimiento del terreno. El caudillo musulmán no contaría con una estrategia elaborada por parte de los cristianos y, por ello, ciertamente, confiaría tan sólo en su fuerza bélica y en el entrenamiento, la disciplina y la autoestima de su ejército. Así, era necesario no alterar sus convicciones y encontrar la manera de desvanecer la fuerte moral de sus soldados. Los primeros momentos de la batalla serían determinantes: aguantar las cargas iniciales sin desbandadas ni grandes huidas de sus escuadrones.

Observó el tiempo. El sol nacía por oriente y, a pesar de todo, soplaba algún viento también del este. Por esta razón su ejército tenía que atacar de oriente a occidente para que no quedara cegado con la luz o con el polvo. Por otro lado, el terreno no era totalmente llano. Cerca del lugar donde se encontraban había un declive. Mendo había aprendido con Vigencio que en el combate era necesario llevar al enemigo a atacar de abajo arriba, para aminorar la fuerza del choque, sobre todo de la caballería.

Con estas ideas en la cabeza, el líder cristiano decidió comenzar los preparativos para la guerra. Pretendía elevar la moral de las tropas para el enfrentamiento, así que dio órdenes al obispo de Dume para que iniciara la misa que presidiría en su campamento.

Del lado árabe, Almanzor también hizo que su ejército rezara la *salá*, la oración islámica de la mañana.

Una vez terminadas las oraciones, cada parte organizó sus alas en varios escuadrones, distribuidos de la forma más organizada.

Mendo explicó a los demás jefes su estrategia. Dispusieron entonces un escuadrón en el lugar donde pretendían desencadenar el combate y lo hicieron llegar a un punto intermedio de la ladera. Los demás quedaron en la parte superior, desplegados con el mayor frente posible, para que no se dejaran envolver por la inmensa multitud árabe y para que, en caso de que recibieran un ataque en cuña, las alas pudieran abrirse y desviarse, pero sin desorden y sin atropellarse unos a otros.

Los cristianos se presentaban, así, con tres alas, correspondientes a otros tantos príncipes, todos desplegados en la misma línea, en la retaguardia del escuadrón más adelantado. Mendo Gonçalves, con Sancho García y Sancho de Navarra a su lado, montados en bellos corceles cubiertos de hierro, comenzó a animar a las huestes cristianas.

—¡Esta es nuestra oportunidad, bravos guerreros! Estamos aquí con todas nuestras fuerzas para ganar la batalla y expulsar de una vez por todas a los infieles de nuestros dominios. Pero sólo conseguiremos la victoria de una manera: ¡con cohesión, determinación y disciplina! Obedeced ciegamente a vuestros jefes y no abandonéis la lucha sin orden. Aquellos que mueran obtendrán para sí y sus familias la honra de su patria y Dios los premiará con la salvación eterna. ¡Todo está en vuestras manos! ¡Nos batiremos hasta la victoria final!

Los soldados, ansiosos por iniciar la lucha y animados por el clima general de confianza, gritaban al unísono:

—¡Válganos Dios, contra el infiel! ¡Por Jesucristo y por Santiago!

Dos de ellos —Munio y Ermigio— se animaban con otro pensamiento: «¡Válganos Dios! Ayúdanos a vengar a nuestra querida Ouroana».

Del lado de los moros, Almanzor, como siempre montado en su corcel árabe, magnífico como el desierto, recorrió todos los escuadrones, que ostentaban en sus estandartes los símbolos del islam, dirigiéndoles las prédicas de motivación antes de las batallas:

—¡Sois los bravos soldados de Alá! Sois aquellos que tantas victorias alcanzaron contra el infiel que se niega a reconocer la verdadera fe. Cada uno de vosotros, como yo, sois un al-Mansur, sois todos victoriosos, pues no consta en la historia que batalla alguna no fuera ganada por las huestes de Alá bajo mi mando. En aquel bando —y Almanzor señaló con su dedo índice al ejército cristiano— están los tibios de costumbres débiles, permanentemente implicados en guerras entre ellos, sin organización alguna. Ved, si no, la manera recelosa y desorganizada en que se presentan una vez más a la batalla. En cuanto los ataquemos, huirán como mujeres. ¡Y ved que son más esta vez! Es señal que habrá más botín para todos. En este bando —y señaló a cada uno de los jefes de sus escuadrones— están los siempre victoriosos. Aquellos que siempre ganan en la *yihad* entablada aquí, en la tierra, ganan el paraíso celestial si mueren en ella. Recordad el versículo del Corán: «Alá promete a todos una recompensa, pero Alá distinguirá a los combatientes por encima de los no combatientes, dándoles una gran recompensa»[81]. Alá, el Todopoderoso, estará hoy de nuevo en medio de su ejército para una sonada victoria más.

—*Allahu Akbar!* —gritaron al unísono las huestes sarracenas, llenas de motivación y ansiedad por el combate.

Por ambas partes sonaron entonces, con enorme estruendo, las trompetas de guerra. Los tambores y las cornetas conducían a los cristianos, que gritaban: «¡Válganos Dios, Jesucristo y Santiago!» Por su parte, como siempre, los moros iniciaron el enfrentamiento con su grito de guerra —«*Allahu Akbar!*»—, que se mezclaba con los relinchos de sus monturas.

---

81. El Corán, capítulo IV, versículo 95.

LXXII

Qurtuba, Córdoba, año 1002

Ouroana vivía de nuevo con una mezcla de alegría y tristeza intensas. La vida le había dado por fin una señal de felicidad. Enamorada del hombre que amaba, con quien se había casado, todo se conjugaba para vivir con él lejos de las confusiones de Córdoba, en la apacible Silves. Ella y Abdus habían llegado al acuerdo de que, a pesar de que su matrimonio se había celebrado por el rito musulmán y que ella había declarado su conversión al islam, los dos respetarían las creencias del otro. Además, ambos prometieron conocer mejor la religión del otro para encontrar el máximo de puntos en común. De entre los textos preferidos por los dos enamorados, se encontraba el Cantar de los Cantares, el libro de la Biblia que Ouroana nunca olvidaría por haberla despertado definitivamente al amor por Abdus. Solía leer algunos párrafos a su esposo, en especial aquél que la había inspirado.

Buscó de nuevo la Biblia y la abrió en aquel mismo libro:

Cual manzano
entre los árboles de la selva,
así es mi amado entre los muchachos.
A su sombra estoy sentada, como deseé,
y su fruto es dulce a mi paladar.
Me condujo a la sala del vino,
enarbolando sobre mí el pendón
    del amor.
Restablecedme con pasteles de pasas,
reanimadme con manzanas,
porque estoy enferma de amor.
Su izquierda está bajo mi cabeza
y su diestra me abraza amorosa.

¡La voz de mi amado!
Helo aquí que viene
saltando por las montañas,
brincando por las colinas.

    Ouroana sonrió, soñadora. ¡Qué hermosos eran todos aquellos versículos bíblicos! ¿Por qué montes y colinas estaría brincando su amado? ¡Cómo sufría de amor por no tenerlo cerca, por haberlo visto partir hacia los peligros de la guerra! ¿Qué le estaría ocurriendo en aquel preciso momento?

    En los jardines de su casa, al inicio de aquella soleada mañana, Ouroana se movió en su silla mientras pensaba en las últimas palabras de Abdus antes de salir de campaña hacia el que prometió sería su último combate.

—Mi amor, cuando vuelva, nos trasladaremos de ciudad, pero también cambiaremos tu nombre. Serás conocida por el nombre musulmán de Lubna...[82]

—¿Lubna? ¿Por qué este nombre?
—Ya te lo explicaré... —dijo con un misterioso guiño.

---

82. «Luna.»

LXIII

Hispania, año 1002

El enfrentamiento tuvo lugar como Mendo esperaba. Almanzor confió más en su bien engrasada máquina de guerra que en el buen posicionamiento de sus tropas. Los árabes subieron la ladera en dirección al primer escuadrón cristiano, que, como había sido acordado, dejó que se aproximaran, simulando a continuación una fuga en desbandada, con aparentes gritos de miedo. Pero cada uno sabía que debería reorganizarse y recuperar sus posiciones en la retaguardia del ejército cristiano. Por eso, el primer enfrentamiento se dio en el lugar en el que mejor se encontraba el ejército cristiano, que se benefició del cansancio de los árabes en la subida y del hecho de que tuvieron el sol a la espalda, dando a los ojos del adversario a primeras horas de la mañana.

Si a los musulmanes los motivaba sobre todo su honor de vencedores imbatibles y la defensa de su fe, los cristianos nunca se habían presentado tan organizados, unidos, numerosos y con una moral tan alta a una batalla, combatiendo también animados por su fe y por la defensa de su estilo de vida. Si no les fuera posible vencer en esa ocasión a los moros, les resultaría muy difícil volver a reunir una estructura militar como aquélla, capaz de defender las patrias, la fe, las familias y los bienes.

La bravura con que combatieron los dos ejércitos comenzó a hacer estragos en las dos huestes enemigas. Con todo, parecía que Mendo estaba consiguiendo lo más importante en la estrategia que había elegido. El bloque cristiano aguantaba con bravura los primeros momentos del ataque, no huía y mantenía un cuerpo a cuerpo de consecuencias aún imprevisibles. Los árabes atacaron como se esperaba. Lanzaron al frente los peones, los arqueros, los lanzadores de azagayas y de lanzas largas, con la intención de romper la cohesión cristiana con una lluvia de flechas, dardos y lanzas, para después hacer intervenir a la caballería con una carga rápida y ágil.

Aquella organización árabe no permitía perder posiciones en la contienda, pero el efecto psicológico que Mendo Gonçalves buscaba empezaba a dar sus frutos. Los moros estaban acostumbrados a obtener una rápida ventaja y desbaratar, en poco tiempo, las huestes enemigas, sobre todo cuando llegaba el momento de la carga de la caballería. Pero los cristianos estaban sobre aviso y se defendieron, organizadamente, de los primeros ataques. Mendo mantuvo siempre una estrategia defensiva, para evitar ante todo que una carga cristiana tropezara en las filas bien estructuradas y difíciles de romper que formaban los peones árabes.

La estrategia árabe preveía el habitual e impetuoso ataque cristiano, que sería recibido por una ráfaga de flechas capaces de atravesar las cotas de malla de los adversarios, disparadas por entrenados arqueros situados detrás de los peones. Éstos, con la rodilla izquierda en tierra y los escudos levantados, apoyaban las largas lanzas en el suelo, junto a sus costados, pero dirigidas hacia el enemigo, y lanzaban también sus agudos y penetrantes dardos. Si todo iba como estaba previsto, a continuación peones y arqueros abrirían líneas oblicuamente a izquierda y derecha, mientras la caballería caía sobre los adversarios.

Éstas eran las maniobras que Mendo más temía, y de las cuales se precavió. Sorprendió a los enemigos al evitar caer con arrogancia sobre ellos. Era importante prolongar la contienda lo más posible, sin perder posiciones, a fin de desorientarlos y minar su moral. Almanzor percibió que las cosas no iban como de costumbre y que había mordido el anzuelo al atacar aquella posición. Los cristianos no embestían como solían. Veía a sus huestes mejor preparadas para detener los ataques andalusíes y algunas alas de sus tropas empezaban a dar señales de pánico. Por eso mandó algunos escuadrones de jinetes de reserva, los *tanchiyyum* o tangerinos —porque eran reclutados en Tánger— para que las apoyaran. Al correr del día y con los constantes movimientos de tropas por ambas partes, parecía que la batalla se encontraba en un punto muerto, aunque la lucha fuera reñida en el campo de batalla, donde hierro combatía contra hierro y hacía estragos recíprocos. Almanzor, que seguía el desarrollo de los acontecimientos desde un lugar elevado, cubierto por un parasol y protegido por su guardia personal, decidió jugar una baza moral para sus tropas. Pidió protección a su guardia y cabalgó para liderar uno de los escuadrones de su caballería. La estrategia surgió algún efecto y, en esa zona de combate, el ala cristiana sufrió bastante. Pero no podía mantener la incursión mucho tiempo, pues sería desastroso para las tropas árabes que sufriera alguna herida. A pesar de la determinación del caudillo y de los jefes de sus escuadrones, el resto del ejército no siguió el mismo ritmo y empezó a sentir el peso del creciente número de bajas que estaba sufriendo. El plan cristiano estaba surtiendo efecto, las alas de su tropa se plegaban como una tenaza, para que el enemigo quedara en el interior y, así, disponer de una mejor posición de ataque.

Abdus lideraba su batallón con gran dinamismo, ahora luchando en la línea del frente, ahora reculando para dar instrucciones a sus hombres y gritarles palabras de aliento. A lo largo del día vio con satisfacción cómo su escuadrón presentaba pocas bajas y que había provocado bastantes en las filas cristianas, que se habían visto en la necesidad de reforzar, permanentemente, aquel sector para equilibrar la refriega.

En el campo de batalla, el ruido era ensordecedor, provocado por el entrechocar del hierro, por los bramidos de guerra, por los gritos lanzados por los heridos y moribundos que, al ver cerca la hora de la muerte, encomendaban su alma a la respectiva divinidad. A medida que pasaba el día, el suelo se llenaba de charcos de una masa rojiza oscura, mezcla de sangre árabe y cristiana y polvo. Así, la sangre derramada en la batalla se confundía y nadie podía decir en defensa de qué Dios había sido derramada. Un auténtico valle de sangre que en verdad sólo era un homenaje al dios de las guerras.

Hasta que por fin surgió la noche y la contienda se detuvo; cada parte se recogió en sus campamentos sin que ninguna de ellas pudiera reclamar la victoria.

Almanzor se retiró a su tienda para descansar. Su edad ya no le permitía la fogosidad de otros tiempos, aunque se había batido con gallardía a pesar de todo. El jefe de los árabes presentaba pequeñas heridas en el cuerpo, fruto de los combates en los que se había visto envuelto, pero sólo aquel dolor abdominal lo atormentaba verdaderamente.

Mandó llamar a al-Muzaffar a su lujoso campamento, donde se levantaban también las numerosas tiendas de su cadena de mando y los pabellones adornados con colchones y ricos muebles, ropas y alfombras normalmente destinados a los invitados del caudillo y a las embajadas diplomáticas. Después de examinarlo, el médico le aplicó ungüentos a base de áloe que tuvieron un efecto apaciguador en las heridas, iniciando su proceso de curación. Pero en cuanto a los dolores de vientre, su pronóstico fue reservado, por lo que le aconsejó descanso.

Almanzor ordenó que llevaran a su presencia a los comandantes de escuadrón para conocer la situación de la batalla y decidir la estrategia que debían seguir. Constató entonces que había perdido más jefes de los que imaginaba, y un elevado número de jinetes y soldados. A pesar de todo, consideró que no podían considerarse vencidos, puesto que las bajas en las filas cristianas también eran considerables y su moral estaría peor que la árabe, al no haber conseguido la victoria y saber que los árabes no conocían la derrota.

Pero el padecimiento de Almanzor no lo dejaba descansar convenientemente, ni le daba paz de espíritu para poder decidir y orientar de forma adecuada el ejército. Por eso, después de oír de nuevo al-Muzaffar, que decía que los tumores del vientre del caudillo eran muy difíciles de tratar y que merecía mucho descanso, decidió levantar el campamento durante la madrugada y marchar de vuelta a sus fronteras, manteniendo siempre el orden en su ejército, incluso con el elevado número de heridos que seguían al contingente.

Cuando los cristianos se despertaron para prepararse para un nuevo día de lucha, ya no vieron el campamento árabe donde se encontraba al día anterior. Sólo un gran número de cadáveres, unos decapitados, otros atravesados, y mucha sangre coagulada.

Las huestes cristianas se llenaron de alegría, pues la retirada de los sarracenos significaba que reconocían su derrota en la contienda, lo cual era un hecho inédito en los últimos tiempos. Después de analizar la situación, el mando cristiano decidió que el conde Mendo Gonçalves se pondría al frente de la mayor parte del ejército y perseguiría a Almanzor, y que el resto se quedaría en el lugar para recoger los restos de guerra de los árabes muertos y de los vivos que habían dejado en su inesperada retirada.

Puesto que el viaje del viejo general andalusí iba a ser penoso a causa de los dolores que se agudizaban con el trote y el galope sobre su corcel, el ejército no podía avanzar con la adecuada rapidez y desenvoltura. Abdus se aproximó entonces a su jefe y le dijo, con firmeza y respeto:

—Mi señor, permitidme que os señale que la marcha de nuestro ejército puede ser peligrosa, porque nuestros enemigos tal vez nos preparen una emboscada. Además, nuestro comandante tiene que recuperarse para ganar nuevas batallas y acabar, en otra ocasión, el combate que ayer quedó por decidir, para no permitir que nuestros enemigos saboreen la victoria.

—¿Y en qué piensas, mi joven capitán?

—Muy probablemente las huestes enemigas, animadas por nuestra súbita retirada, procurarán seguirnos y atacarnos, aprovechando algún accidente natural y alguna previsible baja de moral de nuestras tropas. Es cierto que llevamos alguna ventaja, pero con este ritmo nos alcanzarán antes de que lleguemos a lugar seguro.

Almanzor escuchaba con atención lo que su delfín decía.

—Lo que propongo es que sigáis camino en dirección a Medinaceli con el grueso del ejército para que os proteja. Seguiréis hacia el sur por La Muela y por el Portillo de Andalus, donde atravesaréis el Duero, continuando por Berlanga de Duero, Caltojar, Bordecorex, Rello y Barahona y entraréis entonces en Medinaceli. Es el itinerario más difícil, pero por eso mismo el comandante de los rumíes no pensará que lo seguís. Yo me quedaré atrás con mi escuadrón y, cuando estén a la vista, me dirigiré hacia occidente, dando a entender que se trata de vuestro ejército. Si me lo permitís, llevaré conmigo, para que sean bien visibles, vuestros estandartes y armas de mando, y también vuestro tambor de guerra. Tendremos dos ventajas: por un lado, crearemos la ilusión en el enemigo de que el ejército árabe sigue por nuestro camino y que somos la posición más retrasada, pero también que, en esa posición, permanece Almanzor, lo que provocará mayor temor a los cristianos para atacar.

Almanzor seguía escuchando con mucho interés lo que le estaban proponiendo.

—Continúa, hijo mío. Ya veo cuál es tu estrategia. Y la verdad es que es muy inteligente.

—Gracias. Viniendo de quien viene, es el mayor elogio que podría recibir. La idea es daros el tiempo necesario para que el ejército llegue con tranquilidad a Medinaceli, donde estaréis más seguro. Como mi escuadrón de jinetes se mueve con bastante ligereza y rapidez, podremos huir con facilidad de los cristianos y encontrarnos en esa ciudad.

—Hablas con gran sabiduría. Yo mismo no pensaría mejor y, a decir verdad, no tendría la osadía de proponerlo. Ya siento la vergüenza de entrar en Medinaceli o en Córdoba sin una victoria clara y, encima, enfermo.

—Todos lo comprenderán, mi señor. Era sabido que vuestra salud no andaba bien últimamente, y todos reconocerán la bravura y el coraje de otras épocas para, de todo modos, venir a atacar a los infieles. Esto no ensombrecerá las brillantes victorias que disteis a la religión del Profeta. Y la historia no podrá decir que se trató de una derrota. Nadie ganó. La contienda se suspendió, porque el comandante no estaba en sus mejores condiciones de salud, y eso no fue a causa de ningún ataque ni incidente de guerra. Además, todos vieron cómo os batisteis con gallardía al frente de un escuadrón de nuestra caballería. ¡Nadie lo haría mejor! Y entre los soldados la moral no está baja porque crean que hubo una derrota, sino porque la salud del general no está bien y, por eso, no consiguieron acabar lo que empezaron, no pudieron cumplir la misión, ni llevarse el botín de guerra como muestra de un triunfo más de nuestras huestes. ¿Qué honra y gloria habría para un ejército en ganar una batalla porque el comandante enemigo sufría una enfermedad no causada por el combate?

Abdus hablaba sin parar, adoptando su pose más solemne y sabiendo que su gran proximidad con Almanzor le permitía el atrevimiento de plantearle tales propuestas y consideraciones. Pocos más tenían ese arrojo. Las palabras del caudillo envanecieron al joven capitán.

—Gracias, hijo mío. Tus palabras son el mejor bálsamo para mi dolor físico y mental. ¡Así se hará!

—Ah..., otra cosa. He ordenado que hicieran una silla de madera y que pusieran en la misma algunas almohadas de plumas de cisne de vuestra propia tienda para que el viaje os sea menos doloroso.

Almanzor siguió entonces en dirección a Medinaceli, plaza fronteriza de al-Andalus, que solía servir de centro de operaciones militares y que por lo general había sido la primera ciudad árabe que el caudillo cordobés había visitado al volver a casa después de cada una de las más de cincuenta campañas victoriosas que había hecho contra los cristianos del norte.

LXXIV

Borg al-Quaraysi, Bordecorex, año 1002

Recorridas catorce leguas de su viaje, se acentuó el sufrimiento del comandante y el ejército tuvo que parar en la fortaleza de Bordecorex.

Mientras reposaba allí, llegó su hijo Abd al-Malik, acompañado de su hermano, Abd al-Rahman Sanchuelo, que supieron en Córdoba, gracias a palomas mensajeras, de los problemas de salud por los que pasaba su padre.

Ya poco podía hacer Abd al-Malik, a no ser confortarlo en la hora de la despedida. Almanzor agonizaba, pero aún se mantenía consciente:

—Hijos míos a los que tanto amo, soy muy feliz por teneros a mi lado. Me parece que Alá, el Clemente y Misericordioso, no me permitirá continuar el camino aquí, en los campos de batalla. En mi dolor, entreveo otra más amarga, la de no poder cabalgar hasta el fin de los tiempos, haciendo retroceder horizontes y conquistando todas las fortalezas que encuentro a mi paso, hasta que el fuego de Alá lo consuma y lo purifique todo. Ante el tribunal de Alá compareceré tranquilo y seguro, pues más no he podido hacer en defensa de sus designios. Con victoria tras victoria ante los enemigos de la fe, termino mis días en plena *yihad*, después de destruir el último de los centros de difusión de su equivocada fe. Os dejo como herencia mis sólidos actos de gobierno en nuestro país y, sobre todo, haber puesto en orden y a salvo de los cristianos nuestras benditas tierras de al-Andalus. Tú, Abd al-Malik, tendrás el encargo de honrar la herencia que te dejo.

El hijo escuchaba en silencio las últimas órdenes de su padre.

—Te recomiendo que, si quieres que el poder siga en manos de los *amiries* y honrar el nombre de tu padre, hagas todo lo posible para mantener al califa Hisham II firme en el trono. Bien sabes que, por su forma de ser, nunca te causará problemas, dada su ignorancia y su incapacidad. Cuídate también del odio de los omeyas y sus partidarios. Conoces la sed de venganza que sienten por los *amiries*, y que al menor descuido no dudarán en clavarte una daga en la espalda. Cuidado también con todos aquellos que buscan ganarse el favor de Hisham para rebelarse contra él a la primera oportunidad. Haz como yo, mantenlo bien protegido, en el exilio dorado de Medina Zahira. Y nunca pierdas de vista a esa gente ni dejes de desconfiar de sus intenciones. A la más pequeña señal de peligro, actúa de inmediato contra los que sospeches.

El silencio y la tensión eran generales. Nadie se atrevía a decir nada. Por el pensamiento del caudillo pasó vertiginosamente toda su vida. Su nacimiento en Torrox —en las márgenes del Guadiaro, cerca de Algeciras—, sus estudios de alfaquí, la entrada en la administración califal de mano de la princesa Subh, su amante —mientras le interesó para mantenerse en el poder—, los cargos que ejerció en la administración andalusí, la muerte de al-Hakam II, el golpe de Estado que perpetró en 978 y que le dio el poder absoluto, la eliminación de sus enemigos políticos, la construcción de la ciudad palatina de Medina Zahira, copia de la Medina Zahara del califa, y la asunción de casi todos los poderes de Hisham II. Pero también las guerras y las razias en el norte peninsular, el control del Magreb, sobre todo a costa de la milicia bereber y de un ejército de mercenarios. E incluso los ataques a las principales ciudades cristianas y a sus centros religiosos, como Santiago de Compostela y San Millán de la Cogolla, de donde regresaba.

Pero en aquel momento, tal vez fruto de su alianza estratégica con el mundo religioso musulmán o porque en la hora de la despedida los pensamientos humanos tienden al encuentro con el ente supremo, ante el cual se preparan para rendir cuentas, Almanzor rompió el silencio que reinaba.

—Os dejo aún otra herencia, un *hadith*, la enseñanza que me dejó mi padre..., ¡que Dios lo tenga en la gloria!: un día el Profeta salió de Medina e hizo un gesto de saludo con la mano apuntando en dirección al Magreb. Entonces le preguntaron: «Enviado de Dios, ¿a quién saludas?» Y respondió: «A unos hombres de mi gente que estarán en ese Magreb, más allá de este mar, en una isla llamada al-Andalus que será el último bastión hasta donde se propagará esta religión y hasta donde llegará el islam y donde desaparecerá. Sus habitantes harán el *ribat* en sus propias casas y serán mártires en sus lechos; un solo día de *ribat* en sus fronteras será mejor que sesenta años de culto; serán mártires y santos. Sólo el Señor de los Mundos les podrá dar la muerte y Dios los congregará en el *yawn al-qiyama* [83] desde el vientre de los peces, el buche de los pájaros y los abismos de los mares». Por eso, hijos míos, parto como mártir y vosotros tenéis delante el camino, la vía para llegar allí.

De repente el rostro de Almanzor mostró señales de dolor. Pero de su boca sólo salió:

—Abduuuuuuusssss... —y calló para la eternidad, con la desesperación impresa en la cara por no poder terminar la frase. Había tenido un extraño presentimiento, pero su esfuerzo fue en vano.

Acababa de morir en brazos de su hijo preferido. Era un lunes del ramadán del año 392 de la hégira —el 10 de agosto de 1002 de la era cristiana— y el Victorioso contaba con sesenta y cinco años y diez meses de edad, y veintisiete de sólido gobierno.

Abd al-Malik asumió entonces el mando del ejército y ordenó que el gran *hajib* fuera colocado en la silla de madera —que Abdus había ordenado construir— y llevado en hombros hasta Medinaceli por los jefes de los escuadrones de guerra, acompañado, con toda la pompa y circunstancia que el acto exigía, por todo el ejército.

---

83. Día de la resurrección.

LXXV

Madina Salim, Medinaceli, año 1002

En Medinaceli aún perduraban los vestigios de la vieja Ocilis del tiempo de los romanos. Era una bella urbe, fortificada y reconstruida hacía poco más de cincuenta años por el califa Abd al-Rahman, padre de al-Hakam, que vendría a ser la última morada de Almanzor, enterrado allí para gran consternación de la ciudad que tantas veces lo había visto llegar y partir imbatible. Pero, al mismo tiempo, también con el orgullo de saber que el gran victorioso sería sepultado en una tierra en la que había conseguido tantas victorias, pues creían los ciudadanos que su cuerpo allí depositado seguiría defendiéndolos de los ataques de los cristianos del norte.

Así, en un clima de gran tristeza, se procedió a las exequias. Su cadáver, cubierto sólo con una pequeña pieza en los órganos genitales y una sábana, fue colocado en una litera revestida de cortinas de seda y llevado por los jefes de sus escuadrones, que se iban relevando. Precedían al cuerpo los imanes de la ciudad, los chantres o cantores y, a continuación, sus dos hijos. Detrás, una inmensa multitud vestida de blanco, el color del luto en al-Andalus. El cortejo fúnebre se dirigió primero a la mezquita. Una vez allí, los chantres pararon sus cánticos junto al portal y entraron. Se depositó el cuerpo delante del *mihrab* y a continuación se recitó una oración ritual para los muertos. Abd al-Malik, a quien cupo esa función, se colocó junto a la cabeza de su difunto padre. Al final de la oración, los presentes clamaron al unísono:

—¡Oh, gran Alá! Él es tu buen servidor, hijo de un servidor tuyo, hombre de tu nación que dejó este mundo, sus alegrías, sus placeres, sus amigos, por las tinieblas de la sepultura y al morir decía: «No hay otro Dios más que Alá y ningún otro profeta más que su siervo Mahoma». Tú eres el más sabio y el más justo, ¡oh, Alá!, él va hacia ti, hacia quien todos deben ir; él tiene necesidad de tu misericordia y tú no tienes necesidad de castigarlo. Intercedemos, ante ti, en su favor. ¡Oh, Alá!, si él era un buen servidor, trátalo como mejor puedas, y si era un mal servidor, perdónalo; evítale las torturas de la sepultura, ensánchala y que él no sufra hasta el día de la resurrección, en el que entrara en tu palmeral.

Dada la categoría del muerto, los imanes siguieron recitando salmos después de terminada la oración. Al finalizar los cánticos, se trasladó el cuerpo a la zona del baño de los muertos, donde aguardaban los limpiadores especiales, que lo colocaron en un banco de piedra y lo lavaron cuidadosamente, conforme lo prescrito por el Profeta: «Haced a vuestros muertos lo mismo que a vuestros vivos». El cadáver fue lavado tres veces con agua y hojas secas de azufaifo. Luego se le roció con alcanfor. Le cortaron las uñas, le arreglaron el bigote y la barba, le rasuraron las axilas y le pusieron un taparrabos de algodón crudo. Finalmente, le colocaron su propia ropa y, como era su deseo, depositaron a sus pies el polvo que, con esta intención, había recogido después de cada una de sus incursiones contra los cristianos. Pues en cada expedición había sacudido todas las tardes sus ropas sobre un tapete de cuero, donde había ido reuniendo el polvo que caía.

Así fue enterrado, con la cabeza orientada hacia La Meca, encima de un ladrillo y con otros ladrillos dispuestos alrededor, formando una especie de bóveda por encima del cadáver.

Entre los habitantes de Medinaceli se comentaba:

—Murió como siempre quiso: en plena *yihad*, como un gran mártir. En este momento estará alcanzando las gracias del paraíso.

En su lápida, los habitantes de la ciudad decidieron colocar las siguientes frases:

Sus hazañas te informarán sobre él
como si tus propios ojos lo estuvieran contemplando,
¡por Álá!, nunca volverá el mundo a dar a otro
como él,
ni defenderá las fronteras otro que se le pueda
comparar.

LXXVI

*Alrededores de Qal'at al-Nusur,
Calatañazor, año 1002*

Con el vértigo de todos estos acontecimientos, nadie volvió a preocuparse por Abdus y su escuadrón. El único que se mostró preocupado por su suerte fue el propio Almanzor en la antesala de su muerte, cuando pronunció su nombre con dificultad. En ese momento intentaba alertar a sus hijos acerca de su paradero, pues hacía varios días que no había dado señales de vida.

Abdus, inteligente como era, había logrado lo que se proponía. Tan pronto como vio en el horizonte señales de marcha del ejército cristiano, puso a sus jinetes a cabalgar arriba y abajo a lo largo de una planicie protegida de la visión del enemigo por un monte, en sentido contrario al que había seguido Almanzor, pero levantando polvo suficiente para dar a entender que se trataba de todo un ejército árabe en movimiento.

Mientras movía sus tropas, Abdus vivía con intensidad una gran tensión, generada por dos preocupaciones que, en realidad, se reducían a una sola. Su misión era proteger a

Almanzor mediante la estratagema que había ideado, y al mismo tiempo le preocupaba mucho la salud del *hajib*. Pensaba que el momento de su encuentro con Alá se acercaba, para no retroceder. Pero su gran preocupación era poder volver lo antes posible a su casa, donde lo esperaba Ouroana, su esposa, a quien amaba más que a nadie, a quien quería dedicar el resto de su vida y que lo había convencido para que dejara, de una vez por todas, las hostilidades contra los cristianos. Ella lo había convencido para trasladarse a Gharb, asentarse allí y criar a sus hijos en un entorno tranquilo.

Todo estaba ya decidido. Después de aquella campaña, Abdus había obtenido de Almanzor la dispensa de la guerra y el nombramiento de gobernador en la ilustre y pacífica ciudad de Silves. Sabía que su amada lo aguardaba con gran ansiedad. Una sonrisa distante se dibujó en su rostro mientras se le agitaba el corazón. Pensaba en su futuro de felicidad. ¡Ya faltaba poco!

Después de las maniobras de diversión llevadas a cabo en la planicie, el escuadrón se acercó al monte situado al lado contrario al que se encontraba el ejército cristiano. La estrategia de Abdus funcionó a la perfección. Todo el ejército enemigo se dirigía hacia ellos y no hacia Almanzor. Todo estaba bajo control. De nuevo a la vista, aunque a mucha distancia del contingente cristiano, Abdus ordenó que se exhibieran los estandartes de Almanzor y que sonaran sus tambores de guerra, creando la ilusión en el enemigo de que era el mismo comandante quien seguía en la retaguardia de sus huestes.

Siguieron así, manteniendo una distancia de seguridad, puesto que el escuadrón de Abdus podía fácilmente adecuar su velocidad a la de sus perseguidores. Así transcurrió aquel día, vagando por aquellos lugares inhóspitos bajo el cálido sol del estío.

Al acercarse el final del día, el pequeño escuadrón árabe se encontraba cerca de Alcozar, junto a un pequeño montículo rocoso llamado Piedra Sillada, donde buscaron protección.

El ejército cristiano no vio el movimiento táctico de Abdus y siguió las pistas que le daban a entender que se trataba de todo el ejército árabe en movimiento, a distancia segura. Al inicio de la tarde, los tres jefes de las milicias del norte se reunieron y decidieron separarse y seguir la persecución en tres frentes. Abdus no se dio cuenta de aquella maniobra, pues no tenía vigías en retaguardia. La hueste comandada por el portucalense Mendo Gonçalves consiguió avanzar con cierta rapidez, aprovechando la orografía, y sus batidores le informaron de que el ejército árabe debía de haberse dividido, puesto que el escuadrón en el que pensaban que seguía Almanzor parecía quedar bastante atrás del grueso del ejército. A Mendo le extrañó la maniobra, pero viniendo de un zorro de la guerra como era Almanzor, eso podría significar que se estaba preparando alguna acción imprevista para atacar a los cristianos. Sólo un loco se separaría así, tan desguarnecido, de su ejército. Por eso, por cautela, decidió seguir a aquel pelotón a una distancia razonable hasta el final del día. Cuando el sol se preparaba para ocultarse tras el horizonte, buscó cobijo junto a un monte que ofrecía alguna seguridad y donde intentaría interpretar la maniobra del enemigo.

Así, con gran asombro los guardias le informaron de que el escuadrón en el que creían que iba Almanzor, después de varios movimientos, se acercaba precisamente al lugar donde se encontraban. Con una mezcla de incredulidad y desasosiego, Mendo mandó aguardar a que las tropas árabes se acercaran.

Abdus había pedido a un *adalid*, uno de los guías, que hiciera un reconocimiento de aquel lugar. Pero éste, en vez de hacer su trabajo con diligencia, aprovechó para aliviar la vejiga y los intestinos. Al verlo moverse con tanta tranquilidad, el grupo árabe siguió en dirección al montículo.

Súbitamente, el soldado se dio cuenta de que se encontraba en un avispero de cristianos. No podía creerlo. Aún semidesnudo y sin haber tenido tiempo de limpiarse, tuvo la mayor sorpresa de su vida:

—¡Por Alá, el Todomisericordioso! Por todos los *iblis* [84], cuántos infieles hay... ¿Cómo no me he dado cuenta de que estaban ahí? ¡Abdus no me lo perdonará...!

A la sorpresa inicial siguió un grito de alerta para sus compañeros. Pero ya era demasiado tarde. Las huestes leonesas salieron de sus escondrijos con grandes alaridos y empezaron a perseguir a los árabes, que, aún no rehechos de la sorpresa, huyeron en desbandada.

Abdus fue cercado por un grupo significativo de jinetes cristianos, capitaneados por Munio y Ermigio. Aquella cálida tarde del centro peninsular, la última cosa que Abdus vio fue el cielo. Un cielo de tonos anaranjados por occidente, por donde el sol decaía, un día más, iluminando a los mortales y todas sus hazañas. Los que trabajaban en la lucha por su supervivencia, los pedigüeños, los que vivían al sabor de sus riquezas, los que hacían la guerra en defensa de sus dioses y

---
84. Demonios.

por la gloria personal, los que rezaban...; a todos los iluminaba el sol aquel día de agosto del año 1002. Aquel que perecía ponía fin a veintiséis años de intensa vida y a su futuro con Ouroana, ya planificado. ¡Cómo menguaba el sol! Aquel sol que había presidido el día de la batalla y el día que terminaba. ¿Qué extraño cuerpo era aquel que se ponía frente a él y que hacía disminuir su luminosidad? Cómo menguaba y se desvanecía también su existencia después de los golpes violentos dados por Munio y Ermigio alternativamente. El último pensamiento lo dedicó a la amada, mientras dirigía los ojos al cielo y veía que el cuerpo extraño que tapaba al sol era la luna. Una luna que parecía exhibir en su rostro una enorme sonrisa de desdén, como de alguien que se vengara del destino, de la suerte que aquel joven árabe estaba a punto de sufrir. ¿O sería un efecto de su visión ya trémula?

Las últimas palabras las oyó en medio de los lacerantes dolores provocados por el hierro de las espadas de Munio y Ermigio.

—¡Toma ésta por Ouroana! ¡Muere por Ouroana!

¿Con qué propósito invocaban aquellos que lo mataban el nombre de su amada? Abdus ya no tuvo tiempo de dar con una respuesta. Se desvaneció con la estocada final de Ermigio.

LXXVII

Qurtuba, Córdoba, año 1002

Aquel atardecer del día 10 de agosto de 1002 no le pareció igual que otros. Ouroana fue al *hammam* al inicio de la tarde y al salir paseó por uno de los jardines de la ciudad, donde sus ojos se sintieron atraídos por un bonito reloj de sol construido sobre una placa de mármol blanco. Llamaban la atención las líneas horarias y las marcas de sombra para cada signo zodiacal, así como algunas leyendas en escritura muy cuidada con caracteres cúficos en relieve. A cada uno de los signos del Zodiaco correspondía una referencia al día en que el sol entraba en cada uno de ellos. Ouroana admiró la belleza de aquel reloj solar y sus pensamientos volvieron a cuestiones relacionadas con los presagios que siempre pensó estaban asociados a su existencia, como Vivilde le había augurado y explicado. Inmersa en estos pensamientos, volvió a casa. Y ya al entrar en su hogar, la sorprendió una punzada en el corazón. La angustia que sintió a continuación se extendió por todo su cuerpo, le latía en las sienes y generaba una pequeña presión en la cabeza que se fue acentuando hasta transformarse en un dolor cada vez más incisivo.

Decidió salir al jardín a airearse. «¡Qué extraño!» ¡El sol parecía muy extraño! El cielo se vestía de tonos anaranjados y el día estaba mucho más oscuro de lo que era normal a aquella hora. Parecía como si un cuerpo desconocido tapara el sol, parecía que la luna lo cubría parcialmente en aquel momento... Vivilde ya le había explicado que de vez en cuando el sol y la luna se cruzaban y, cuando esto ocurría, el mundo se quedaba sin protección divina. Y muchos males podían caer sobre la tierra. ¿Y no era eso, precisamente, lo que estaba ocurriendo? La luna ocultaba al sol, que menguaba, adoptando el color del zafiro y, en la zona superior, el aspecto de la luna en cuarto creciente... Algunos de los criados de la casa que estaban por allí mostraban un aire contrariado y, al mirarse los unos a los otros, descubrieron que tenían una palidez mortal. Todo alrededor parecía envuelto en una nube de color amarillento. En el cielo, los discos del sol y la luna ya se sobreponían y se había formado una aureola flameante en torno a la oscura luna. ¿Qué males acechaban al mundo? «El sol..., de nuevo el sol y la luna... ¿Tendrá esto algo que ver con los presagios de Vivilde?»

Corrió al interior de la casa. La Biblia aún estaba abierta por su libro preferido..., también el preferido de Abdus... Y leyó:

Me he despejado de mi túnica,
¿cómo me la vestiría de nuevo?
Me he lavado los pies,
¿cómo me los habré de ensuciar?
Mi amado alargó su mano por la hendidura
  de la puerta

y se me conmovieron las entrañas.
Me levanté para abrir a mi amado;
mis manos destilaban mirra
y mis dedos mirra abundante
sobre la manilla de la cerradura.
Abrí yo misma a mi amado,
pero mi amado se había ido, había desaparecido.
El alma se me salía al eco de su hablar.
Lo busqué y no lo hallé,
lo llamé y no me contestó.
Me encontraron los guardianes
que rondaban por la ciudad,
me golpearon, me hirieron;
me quitaron el manto
los guardias de la muralla.

—¡Dios mío! Hoy hace cinco años de la destrucción de Santiago de Compostela en nombre de Alá... ¡y de mi reencuentro con Abdus!

No aguantó más. Lloró convulsivamente. Se consumaban los designios de aquel sueño y estaba convencida de que había llegado la hora de cumplir los augurios de su nacimiento. El sol y la luna se enzarzaban en un combate mortal y el día se transformaba en una enfermiza noche. Y quien había perdido en la feroz lucha entre los elementos había sido ella..., ¡Ouroana!

LXXVIII

*Alrededores de Qal'at al-Nusur,
Calatañazor, año 1002*

A pesar de que algunos de los árabes que formaban el escuadrón de Abdus habían logrado huir de aquel valle de muerte, muchos perecieron allí, y sus estandartes, el tambor de guerra y el botín de los soldados quedaron en manos cristianas.

Mendo Gonçalves creía, o quería que los demás creyeran, que entre los muertos figuraba el mismísimo Almanzor. Hizo correr esa noticia entre los soldados de su falange y de las restantes del ejército cristiano. Con miedo aún a las represalias del poderoso ejército andalusí que suponían que se encontraba en las inmediaciones, pero que en aquel momento estaba detenido en Bordecorex y empezaba a llorar la verdadera muerte de Almanzor, Mendo dio instrucciones para que los tres grupos volvieran a encontrarse junto al campo de batalla de Calatañazor para celebrar la victoria.

Y así fue. Cerca del lugar donde hacía poco luchaban cuerpo a cuerpo los dos ejércitos —el nauseabundo olor de los cadáveres de los guerreros cristianos y árabes allí caídos, que empezaban a descomponerse, los obligó a apartarse de la zona de combate—, se llevó a cabo una improvisada celebración por lo que consideraban una gran victoria: habían segado la vida un elevado número de soldados árabes, habían hecho huir del campo de batalla a Almanzor y —según creían ellos— lo habían abatido durante su fuga.

El conde portucalense Mendo Gonçalves, el héroe de la jornada, colocó a su derecha a Sancho García, el conde de Castilla, y a su izquierda, al rey de Navarra, y a continuación tomó la palabra:

—Hoy es un gran día para la cristiandad. Los infieles enemigos han sido derrotados y el representante del diablo que los mandaba ya está en el infierno. Para simbolizar la muerte de este enemigo de décadas que tanto daño y sufrimiento provocó a los creyentes en el Dios verdadero, para vengar tantos monasterios por él destruidos y quemados y que eran nuestros símbolos de la fe, como Santiago de Compostela y, recientemente, San Millán de la Cogolla, quemaremos aquí los restos de Almanzor para recordar el infierno, lugar en el que ahora mismo estará ya expiando sus penas.

Se encendió entonces una hoguera en la que los tres comandantes del ejército cristiano colocaron los estandartes de Almanzor y su tambor de guerra, que el fuego destruyó con gran voracidad, para satisfacción de los guerreros, que festejaban la victoria con grandes gritos y se empujaban entre ellos para poder ver la lumbre en la que simbólicamente ardía su odiado enemigo.

Mientras el fuego consumía aquellos restos del temido comandante de las huestes andalusíes, Munio se dirigió a Ermigio:

—Hace muchos años, poco antes de que Ouroana naciera, me inquietaba la idea de que el año mil trajera alguna desgracia. Hablé con el abad Rosendo Guterres de ello en Celanova y nunca comprendí las palabras que me dijo entonces: «El milenio del nacimiento de Cristo no tiene por qué significar el fin de los tiempos, sino el renacer de los tiempos». Ahora entiendo lo que quiso decir: la muerte de Almanzor es la señal que la cristiandad necesitaba. Más que una venganza, renace la esperanza de mejores días sin los permanentes ataques y razias de los árabes y sin el rapto de nuestros hijos y familiares.

Se hizo un silencio entre los dos que sólo fue roto, poco después, por una voz clara, detrás de ellos, que sentenció:

—¡En Calatañazor, dejó Almanzor su tambor![85]

Sintieron un escalofrío al oír aquellas palabras y miraron atrás, pero no fueron capaces de distinguir quién las había pronunciado.

---

85. Aforismo enigmático atribuido por Lucas de Tuy, en 1236, a un extraño personaje que, a orillas del Guadalquivir, lo recitaba constantemente, mientras aparecía y desaparecía. Se pretendía decir que en la batalla de Calatañazor, Almanzor perdió su alegría y también el símbolo de su autoridad y su poder.

Epílogo

ENIGMA DE LOS ASTROS

Palacioli, Paço de Sousa, Anégia, año 1002

Después de que le comunicaran oficialmente la pérdida de Abdus, Ouroana sintió que su estancia en tierras andalusíes, donde su mundo se había venido abajo, era insoportable. Solicitó a sus suegros ayuda para volver a su Anégia natal. En menos de un ciclo lunar, se vio recorriendo el mismo camino que hizo la primera vez que volvió a casa desde Córdoba. Un barco la llevó al puerto de Lisboa y de allí, escoltada, siguió hasta la frontera anegiense, donde la esperaba ya su padre, que acababa de regresar de León y de la batalla de Calatañazor y que había sido previamente avisado por emisarios, Ermigio y algunos soldados de la *civitas* Anégia.

Llegó del mismo modo que salió y viajó: destrozada y taciturna. Lo primero por lo que se interesó fue por el monasterio de Paço de Sousa. Le explicaron que se había recuperado y que había vuelto a abrir sus puertas a monjes y monjas. Solicitó entonces que la volvieran a admitir en aquella que fue su casa y de donde la raptaron, por segunda vez, para conducirla a Córdoba.

Algunos días después, Ouroana llegaba a la puerta principal de su iglesia. La recibió el abad Randulfo, un mozárabe que, años antes, había huido de la furia de Almanzor y de sus ejércitos. Cuando se preparaba para entrar, su mirada se detuvo en la parte superior de la puerta principal. Quedó inmóvil, helada por dentro. Durante las obras de restauración que siguieron a la destrucción del monasterio por el ejército cordobés en 997, se colocó un nuevo tímpano en el que, a la derecha, aparecía el sol, sujetado por un hombre, y a la izquierda, la luna, sostenida también por un hombre. El sol y la luna de nuevo en su camino. Pero en esta ocasión una reconfortante sensación recorrió su alma. Pensó que lo comprendía: el sol y la luna, que tanto habían enmarañado su vida, al punto de la suprema infelicidad, estaban ahora solidariamente sostenidos por dos humanos y controlados por Dios, en su propia casa. Era la señal que necesitaba para su futuro.

Ese día fuertes náuseas azotaron su cuerpo y se convirtieron en insoportable compañía los días que siguieron, hasta que finalmente descubrió la razón: estaba embarazada. Iba a tener un hijo de Abdus...

Pasaron los meses y su barriga fue tomando forma. Por esa razón salió del monasterio y regresó a casa de los padres, decidida, con todo, a volver a Paço de Sousa cuando hubiera criado al hijo fruto del amor único vivido con Abdus, para dedicarse a la Divinidad y prepararse para la eternidad.

Los primeros tiempos fueron de gran sufrimiento, pero cuando empezó a sentir que la criatura daba las primeras señales dentro de ella, inició una nueva reconciliación con la vida. A pesar de la ausencia de su amado, dejaría un rastro de su existencia. Eso le bastaba, aunque Abdus no hubiera vivido lo suficiente para saberlo. Los tiempos eran así. La vida y la muerte iban siempre de la mano. Daba gracias a Dios por todo lo que había vivido, lo bueno y lo malo. Sobre todo, por las revelaciones que compartió con Abdus en Córdoba. En algún lugar estaría esperándola, con Dios, su Dios, el Dios de los dos...

Un día se encontró con Ermigio. Los recuerdos comunes volvían a vibrar en el aire frío que ahora los alimentaba. Hablaron de sus viajes, de los inimaginables descubrimientos que habían hecho, de los buenos momentos que vivieron, de las ciudades y los paisajes que visitaron, de las personas que conocieron y que los ayudaron a ver el mundo de forma diferente, de aquellos de quienes gustaron...

—Ermigio, lo que más me aflige es que después de todo lo ocurrido encontré la persona que más amaba en el mundo y no pude vivir todo ese amor como había soñado... Todo estaba preparado para disfrutar de paz y tranquilidad el resto de nuestros días...

—Tienes razón, tal vez sea el único que comprenda este sentimiento tuyo. —Ermigio conocía la opinión de los padres de Ouroana. A partir de relatos falsos acerca de su desaparición, creyeron que su hija había muerto en Santiago de Compostela, con motivo del enfrentamiento que había provocado junto al túmulo del apóstol. Por eso no siguieron buscándola. Celebraron numerosas misas en su memoria. Recibieron una fuerte impresión cuando supieron de su inminente e inesperada llegada, que empeoró cuando se enteraron de que se había casado voluntariamente con un árabe. Algo de sosiego les proporcionó saber las razones por las que regresaba y su decisión de volver a ingresar en el monasterio de Paço de Sousa, aunque luego se supo la noticia de su embarazo.

—¿Y sabes qué más? Todo por culpa de esta maldita guerra entre árabes y cristianos, cuyo fin la vista no alcanza y el corazón no presiente. ¡Y se llaman infieles los unos a los otros! Infieles son todos aquellos que no dejan que su corazón se abra a la verdad..., la verdad del Dios universal. La gente no sabe que solamente se lucha para defender unas costumbres y la manera en que se practica un culto, por un pedazo de territorio, tal vez por un lugar sombrío en la historia, por el placer de la humillación y la destrucción, por el poder... Y los dos bandos están profundamente convencidos de que así tendrán asegurado un lugar en el paraíso... Es lo que aprendí con todo lo bueno y lo malo que mi agitada vida me enseñó.

—Estoy de acuerdo contigo, Ouroana —respondió Ermigio después de un reflexivo silencio—. También yo aprendí por mí mismo que Dios es único en cualquier parte del mundo donde nos encontremos. Lo descubrí solo, después de las enseñanzas que recibí de Ibn Darraj al-Qastalli, un poeta sufí andalusí que encontré en mi viaje para buscarte. Aquel viaje sirvió para encontrarte y para encontrarme a mí mismo, mi rosa, como él decía, para renacer de mis convicciones más profundas. Y ésa era una de ellas.

—Ya sabía que eras especial, Ermigio. Pero ¿seguiste empuñando la espada y combatiendo? —preguntó Ouroana, inquisitiva y provocadora.

—En los tiempos que corren no queda otro remedio. Hay un ejército que es más poderoso que otro y que, en nombre de los principios de los que hablabas, aniquila, humilla, destruye y mata sin piedad. Tenemos que defendernos y sólo conocemos esta manera: empuñando la espada. Hoy son ellos los poderosos, mañana seremos nosotros y la historia se repetirá con otros ingredientes.

—Así es, Ermigio —profetizó ella—, serán necesarias muchas generaciones hasta que los hombres entiendan esta realidad tan sencilla como el agua cristalina de nuestro Duero: no tiene sentido matar por la misma divinidad y al paraíso no se llega por ese camino...

—¡Es una niña! —Vivilde, ya una mujer de avanzada edad, asistía al parto con su ciencia habitual.

Ouroana vio que la criatura lloraba, pero el dolor era aún mucho. Poco después, ya algo más recuperada, oyó el comentario de la comadrona:

—En los próximos días, de noche, la llevaré a un lugar secreto. La luna vuelve a estar a punto...

Ouroana llamó a la vieja aya y le murmuró al oído algún secreto. Nadie en la sala lo oyó. Sólo vieron que Vivilde arrugaba el entrecejo, retiraba de su cuello el hilo tricolor que llevaba desde su nacimiento y..., pero...

Etimología de los nombres Ouroana y Abdus

Ouroana es un nombre de mujer utilizado durante la Edad Media en la Península Ibérica cristiana (con distintas variantes: Oroana, Oureana, Auroamna...). Debe de tener la misma raíz etimológica que Oriana, nombre generalizado, aunque no muy común, en las lenguas europeas. Podría tener su origen en el celta irlandés «rubio» o «dorado» o, eventualmente, proceder del latino «aparición» (relacionado con la misma raíz de la palabra *ori*ente). Debería de haber un nexo entre los dos orígenes, por ser *ori*- una raíz indoeuropea que significaría aparición/nacimiento y color del sol. El nombre puede que tenga que ver también con una leyenda portuguesa, fruto del paso de los árabes, que habla de la historia de la princesa mora Fátima, quien, después de ser capturada y de casarse con el conde de Ourem, adoptó el nombre de Oureana.

Abdus es un nombre árabe de varón típico de al-Andalus, donde añadir una sílaba en *s* a los nombres propios era práctica común. Abdus se corresponde así con el nombre árabe *Abd al-Salam*, que quiere decir «esclavo de la paz» (o de la salvación).

Glosario

Al-Andalus: la Hispania musulmana.
Alarife: arquitecto, maestro de obras.
Alcazaba (de al-kasba): recinto fortificado.
Alcoba: habitación de dormir en la casa musulmana.
Alfaquí: especialista de la ley que deriva del Corán, que la interpreta sirviéndose de las reglas teológicas y jurídicas. Tiene la obligación de asegurarse de que la justicia y el gobierno no se desvíen de los preceptos de Mahoma.
Algara: incursión militar en tierra enemiga.
Aljama: mezquita catedral donde, los viernes, toda la comunidad local podía seguir la oración.
Almuecín (muezzin): almuecín (de *um'adhin*), musulmán encargado de llamar a los fieles a la oración desde lo alto del minarete de la mezquita.
Andalusí: adjetivo y sustantivo que designa aquello que es propio de al-Andalus, o a sus habitantes. No confundir con andaluz, que se refiere a Andalucía, una comunidad autónoma de España.
Arkan al-Islam: los cinco pilares del islam; a saber, la profesión de fe *(shahada)*, la oración ritual *(salat)*, la limosna legal *(zakat)*, el ayuno del ramadán *(sawm)* y la peregrinación a La Meca *(hajj)*.

Azoia (zawiya): oratorio o túmulo coronado por una cúpula. En Portugal, varios topónimos recuerdan la abundante presencia de las azoias de los sufís en ese territorio.

Bereberes: nombre dado a los pueblos que habitan el territorio entre el oeste de Egipto y la costa de Marruecos. Fueron en buena medida arabizados e islamizados.

Cadí (o qadi): juez civil que entiende de pleitos, divorcios, legaliza herencias, tutela a los huérfanos, registra los matrimonios e interviene en los consejos de menores.

Califa (de khalifa): representante o sucesor de Mahoma, el mensajero de Dios.

Corán (Qur'an): Corán, «la recitación». Recopilación de la palabra de Alá tal como le fue revelada a Mahoma.

Cuerda seca: técnica de cerámica para delimitar los colores de la pieza mediante líneas de manganeso.

***Dar al-Islam*:** morada del islam, es decir, la globalidad de los territorios donde se sigue la ley musulmana.

***Dhimma*:** pacto islámico de protección que garantizaba la vida, los bienes y la libertad de culto a cristianos, judíos y mazdeístas (los *dhimmis*) que vivían bajo soberanía musulmana.

Dinar: unidad de oro del sistema monetario islámico.

Dirham: moneda de plata, con un peso aproximado de tres gramos.

Emir *(de amir):* comandante, gobernador de una jurisdicción, príncipe.

Gharb al-Andalus: occidente de la Península Ibérica musulmana que abarcaba el centro y el sur de Portugal y el extremo occidental de las actuales Extremadura y Andalucía.

Hadith: tradición basada en dichos del profeta Mahoma fundados en fuentes creíbles.

Hajib: cargo que en al-Andalus y en el Magreb designaba al máximo responsable de la administración civil (en oriente se aplicaba al funcionario encargado del acceso a la persona del califa). Especie de condestable o primer minsitro.

Hammam: baños públicos. Su importancia en las sociedades islámicas, al igual que en la actualidad, va más allá de las evidentes finalidades higiénicas relacionadas con las prescripciones religiosas, para transformarse en una verdadera institución social.

Harén: recinto sagrado de La Meca y de otros santuarios; lugar inviolable destinado a la mujer de la casa.

Ibn o *Ben:* «hijo de». Aparte del nombre árabe que designa la relación de filiación.

Imán o imam: guía religioso, quien dirige la oración.

Islam: sumisión a la voluntad de Alá.

Kharaj: impuesto territorial que debían pagar los *dhimmis* por el usufructo de las tierras que conservaban al amparo de un tratado de capitulación.

Madraza *(madrasa o medersa)*: escuela coránica que más tarde se transformaría en verdadera universidad, con aulas, biblioteca, alojamiento para los alumnos, etc.

Maqsura: espacio cerrado en el interior de la mezquita, sobre el lado de la *qiba*, para uso de los sultanes o los notables.

Meca, La: ciudad santa de los musulmanes (en la actual Arabia Saudí), en cuya mezquita se yergue la *Kaaba*, construcción atribuida a Abraham e Ismael, donde se guarda la piedra negra, objeto de veneración entre los musulmanes.

Mezquita (de *masjid*): «lugar de prosternación». Edificio destinado al culto de los musulmanes. Suele tener un patio para las abluciones y un recinto abierto, sin imágenes, donde los fieles se sientan en dirección a la *qiba*, muro que señala la dirección de La Meca. Allí se encuentra un nicho vacío, el *mihrab*.

Mihrab : nicho que en la mezquita indica la dirección de La Meca, hacia la cual el musulmán debe dirigirse para orar.

Minarete (de *minara*, farol): especie de torre que durante el primer siglo del arte islámico fue tratada como elemento decorativo de un edificio, imitando las torres romanas y bizantinas, o las torres sepulcrales del Oriente Medio, faros, obeliscos. Pronto pasó a ser un lugar elevado utilizado por el *muezzin* para llamar a la oración. En África y España, tuvo, en la mayoría de los casos, planta cuadrada; en Asia, planta redonda, a veces poligonal y polilobulada. En los primeros tiempos, en África y Egipto, el minarete aparece incorporado a la pared exterior de la mezquita, mientras en Asia estaba aislado. Más tarde, en Asia, se emplazaron de dos en dos sobre las fachadas de la mezquita o de los *iwan*, e incluso cuatro, uno en cada esquina de la mezquita.

Minbar: cátedra donde, durante la oración, se procede a la alocución *(khutba)*.

Mozárabe (de *musta'rib*): literalmente, significa «arabizado». Se llamaban así a los cristianos que, bajo el dominio musulmán, se arabizaban en al-Andalus, excepto en la religión.

Muladí (de *muwallad*): los habitantes de la Península Ibérica que, a patir de finales del siglo VIII, se convirtieron al islam.

Omeya: dinastía califal de Damasco (661-750) y de Córdoba (756-1031). Fue la primera dinastía árabe, fundada en el siglo VII por Moavia, que, con capital en Damasco, gobernó el Imperio islámico durante casi un siglo. Derrotada a mediados del siglo VIII, su único superviviente fue Abderramán I, que se refugió en al-Andalus, se proclamó emir y fundó el emirato omeya de Córdoba, más tarde transformado en califato.

Parusía (del término griego que significa: «llegada»): originalmente era la llegada festiva del rey en visita a uno de sus dominios. En el Antiguo Testamento pasó a designar la segunda llegada de Jesucristo en su gloria, al fin de los tiempos, con el juicio de los vivos y los muertos. Los primeros cristianos interpretaban el anuncio apocalíptico de esta llegada como inminente. Los apóstoles, más tarde, recomendaron a los cristianos que la esperasen con paciencia, y que se prepararan para ella. La Iglesia, en sus credos, confiesa esta llegada de Jesús, y la hace coincidir con la resurrección final, el fin del mundo y la aparición de nueva tierra y nuevos cielos, sin precisar cuándo ni cómo. San Pablo, con relación al cómo, insinúa que en la resurrección de los muertos, el cuerpo resurge en estado espiritual, a semejanza del de Cristo resucitado.

Qasr: alcázar, palacio, castillo.

Ramadán: noveno mes del calendario islámico en que se sigue el ayuno obligatorio. Periodo sagrado de conmemoración de diversas efemérides religiosas, que simboliza también el sacrificio personal en solidaridad con los más desfavorecidos.

Ribat : rábida o convento fortificado donde los sufíes defendían las fronteras del islam de los ataques de sus enemigos exteriores.

Saqaliba **(plural de** *siqlabi*)**:** designación de los esclavos de origen europeo (Eurasia) que no eran ni turcos ni africanos. En al-Andalus se convertían, con frecuencia, en artistas o funcionarios del Estado. La palabra árabe viene de eslavones o esclavones.

Shahada: profesión de fe islámica: «No hay otra divinidad, sino Dios (Alá), y Mahoma es su mensajero».

Sultan: ejercicio de autoridad, prerrogativa inherente a la dignidad de califa. Con el tiempo, y por metonimia, el término pasó a designar a la persona que ejercía el poder de forma efectiva.

Ulema (de '*alim*)**:** «sabio» conocedor de la Ley Coránica.

Umma : comunidad de los creyentes (musulmanes).

Visir *(wazir):* ministro, alto funcionario del Estado musulmán. En al-Andalus, las atribuciones de este cargo fueron variando con el tiempo: en el emirato y en el califato (la época en la que discurre la acción de este libro) fue un cargo de gran importancia. Más tarde pasó a ser con frecuencia un puesto meramente honorífico.

Wali: valí, gobernador civil y militar de una circunscripción administrativa.

Yihad: «esfuerzo» en la perfección de la vida de Dios. Es una «guerra santa pequeña» (*saghir*) si se entabla contra los enemigos exteriores, y «mayor» (*kahir*) si se entabla contra uno mismo, en el sentido de búsqueda de la perfección individual.

Fechas históricas relevantes de la época

912. Abd al-Rahman II se convierte en emir de Córdoba y gobernador de todos los musulmanes de la Península Ibérica (912-961).
914. La capital de Asturias se traslada de Oviedo a León.
929. Abd al-Rahman III se proclama califa de Córdoba, sin someterse a Bagdad (929-961).
950. Gonçalo Mendes recibe el título de conde de Portucale (Portugal).
961. Al-Hakam II es nombrado califa de Córdoba (961-976).
965. La vascona Subh, *al-sayyida al-kura* (la gran princesa), da a luz al príncipe heredero del califato de Cordoba, Hisham.
966. Los vikingos atacan Galicia y matan al obispo de Santiago de Compostela.
966. Sancho I muere envenenado, y es entronizado rey de León su hijo Ramiro III.
967 (22 de febrero). Muhammad Ibn Abi Amir (futuro Almanzor) es nombrado intendente del hijo recién nacido del califa, por lo que recibe un sueldo de quince dinares mensuales. Inicia entonces su fulgurante ascensión al poder.
967 (2 de noviembre). El mismo Abi Amir es nombrado director de la *sikka* (casa de la moneda) y cadí de Sevilla.
968 (1 de diciembre). Abi Amir es nombrado procurador de

las sucesiones.

969 (27 de octubre). Abi Amir es nombrado cadí de la *kura* de Sevilla y Niebla.

970 (11 de julio). Abi Amir es nombrado intendente de los bienes del príncipe Hisham.

971. Nuevo ataque de los vikingos a Galicia; aparecen incluso en el litoral andalusí, sin llegar a la costa.

972. Abi Amir es promovido a la jefatura de la *shurta* media (segundo cuerpo de la policía califal).

973. Comisión de servicio de Abi Amir al Magreb.

975. Nacimiento de Abd al-Malik, hijo de Abi Amir y de al-Dhalfa.

975 (26 de diciembre). Sueños y pesadillas de al-Hakam II que dejan al califa en un estado que no le permite aparecer en público.

976 (5 de enero). Primera aparición pública de al-Hakam II después de sufrir las pesadillas.

976 (6 de enero). Al-Hakam II firma un documento público por el que concede la libertad a todos sus esclavos de ambos sexos.

976 (5 de febrero). Ceremonia de juramento de fidelidad al príncipe heredero, Hisham, por los notables del califato.

976 (1 de octubre). Muerte de al-Hakam II en brazos de sus esclavos principales *(saqaliba)*: Fa'iq, jefe de las manufacturas textiles, y Gawdar (el Gran Halconero). Los dos compartían la jefatura de la guardia eslava acuartelada a las puertas del alcázar de Córdoba. Detención y ejecución de al-Mugira, hijo de Abd al-Rahman III y hermano de al-Hakam II.

976 (2 de octubre). Entronización de Hisham II como califa de

Córdoba (976-1009), que adoptó el título de *al-Muayyad bi-llah* («el que recibe la asistencia victoriosa de Alá»).

977. Muere en Córdoba el historiador musulmán Abu Bakr Ibn al-Quttyya (el hijo de la Goda), autor de la *Historia de la conquista de al-Andalus (Taarij iftituh al-Andalus)*, que comprende el periodo entre 711 y 912.

978 (1 de enero). Abi Amir se casa con la hija de Galib, el más poderoso general cordobés.

978. Arresto y destitución de al-Mushafi, con lo que Abi Amir se convierte en el único *hajib*.

978 (9 de agosto). Abi Amir comienza a construir su nueva ciudad fortaleza, Madinat al-Zahira.

980. Abi Amir se casa con Abda, hija del rey de Navarra, Sancho Garcés.

981. Conclusión de las obras de al-Zahira, la nueva ciudad principesca, adonde se traslada Abi Amir. Ese mismo año derrota y asesina a su suegro Galib, el único que hacía sombra a su poder.

981 (7 de julio). Abi Amir adopta el sobrenombre de al-Mansur (Almanzor para los cristianos), que significa «el Victorioso».

982. Bermudo II es coronado rey de León.

984. Nacimiento de Abd al-Rahman *Sanyul* (Sanchuelo), hijo de Almanzor y Abda.

984. La Gran Flota musulmana zarpa de Almería en dirección a Gothalandia (Cataluña). Almanzor sale de Córdoba el 5 de mayo del año siguiente y el 6 de julio derrota al conde Borrell II y toma Barcelona después de cinco días de asedio.

987 (3 de mayo). Tercera ampliación de la Gran Mezquita de

Córdoba por Almanzor, en el reinado de Hisham II.

987 (junio). Almanzor toma Coímbra.

988. Ataque y destrucción de la ciudad de León por Almanzor.

990. Almanzor manda ejecutar a su propio hijo Abd Allah al sospechar que conspira contra él.

991. Almanzor renuncia al título de *hajib* y lo cede a su hijo Abd al-Malik, *Sayf al-Dawla* («la Espada del Estado»).

993. Bermudo II de León envía a su hija Teresa a Almanzor, que primero la acoge como *yariya* (concubina), para después casarse con ella.

993 (4 de septiembre). Llegada de Sancho Garcés II Abarca a al-Zahira para visitar a su hija Abda, a su nieto Sanchuelo y a su consuegro Almanzor.

994. Almanzor toma San Esteban de Gormaz y Clunia (actual La Coruña del Conde, provincia de Burgos).

994 (7 de noviembre). Nace en Córdoba el gran escritor y pensador andalusí Ibn Hazm, autor de numerosas obras, entre ellas *El collar de la paloma*.

995 (verano). Campaña de Almanzor contra los Beni Gómez (descendientes de Gómez Díaz, conde de Saldaña): toma y destruye Santa María (actual Carrión de los Condes).

995. Muerte de Sancho Garcés II Abarca de Navarra y entronización de García Sánchez, el Trémulo.

996. Golpe de Estado, fallido, urdido por Subh, con la intención de devolver al califa Hisham II, su hijo, sus derechos.

996. Almanzor adopta los títulos de *al-Sayid* (Señor) y *al-Malik al-Karim* (Noble Rey).

997 (3 de julio). Salida de Almanzor de Córdoba para iniciar

su cuadragésima octava campaña, pasando por Coria, Viseu, Oporto, San Payo y Padrón a fin de alcanzar su objetivo: Shant Yakub (Santiago de Compostela).

997 (10, 11 y 12 de agosto). Asedio, toma y saqueo de Santiago de Compostela por Almanzor, que, no obstante, respeta el que se supone que es el sepulcro del Apóstol. Las campanas y los candelabros de su basílica, sus puertas y también las de la ciudad son trasladados a Córdoba y, una vez allí, fundidos y colocados como armadura del techo en la Gran Mezquita de la ciudad (actualmente deben de estar en la mezquita Qarawiyin, en Fez).

999. Población y guarnición militar musulmanas se instalan en Zamora.

999. Muerte de Bermudo II y coronación de su hijo menor, Alfonso V.

999. Mendo Gonçalves recibe el título de conde de Portucale (o Portugal).

1000. Campaña de Almanzor contra Navarra.

1000 (verano). Inicio de la campaña de Almanzor llamada *gazwat Yirbira* (campaña de Cervera). El 30 de julio, Almanzor, con sus dos hijos, derrota a Sancho García, a leoneses y vascones en el macizo de Peña Cervera.

1000 (4 de septiembre). Almanzor entra en Burgos (capital de Sancho García) y sigue hacia Pamplona.

1002. Última campaña de Almanzor: penetró en la Rioja, avanzó hasta Canales y saqueó el monasterio de San Millán de la Cogolla.

1002. Batalla (mítica o real) de Calatañazor, en el transcurso de la cual, y cuando regresaba a Córdoba, muere Almanzor, el 10 de agosto, cerca de Medinaceli, durante la *la-*

ylat al-qadr (noche del destino), cuando se dice tradicionalmente que comenzó la revelación del *Kuran Karim* (Sagrado Corán). La existencia de esta batalla es controvertida, puesto que no existen registros de la misma en las fuentes árabes, y en las cristianas aparece por primera vez en 1236, a través de Lucas de Tuy (o Tudense), en su *Chronicon mundi*. Se le supone autor del aforismo que aún hoy es de dominio popular según el cual «En Calatañazor dejó Almanzor su tambor» (su alegría y los símbolos del poder). Su muerte, en 1002, es más pacífica. Durante las más de cincuenta campañas al norte cristiano de la Península venció a leoneses, navarros, castellanos, catalanes y gallegos. Los poderes de Almanzor son transmitidos a su hijo Abd al-Malik.

1003-1006. Expediciones de Abd al-Malik a Catalunya, León, Castilla, Ribagorza y Roda (Huesca).

1008. Mendo Gonçalves muere en un ataque vikingo a Galicia.

1008. Alvito Nunes recibe el título de conde de Portucale (Portugal).

1008 (20 de octubre). Muere Abd al-Malik, a causa de una angina de pecho, y le sucede su medio hermano (también hijo de Almanzor) Abd al-Rahman *Sanyul* (Sanchuelo), que se autonominó *Abdalhayab al-Mamum Nasir dawla* («el canciller fiel que presta su ayuda a la dinastía»).

1008. Se inicia un periodo de guerra civil desencadenada por diversos jefes árabes y apoyada por los cristianos (1008-1031).

1009 (15 de febrero). Hisham II es depuesto en una revuelta

mandada por Muhammad II al-Mahdi, que se proclama nuevo califa (1008-1009).

1009 (19 de febrero). La ciudad fortaleza de Madinat al-Zahira es incendiada y destruida.

1009 (junio). El califa es depuesto por Suleiman al-Mustain (1009-1010).

1009 (3 de marzo). Sanchuelo es asesinado en las inmediaciones de Córdoba. Termina así la denominada dinastía *amirie* (iniciada por Abi Amir Almanzor) y paralela a la dinastía de los omeyas.

1009. Badajoz se declara independiente de Córdoba y gobierna un área comprendida entre Coímbra y el Alto Alentejo.

1010. Hisham II es repuesto como califa de Córdoba por el ejército bereber liderado por al-Wahdid (1010-1012).

1012. Sulayman al-Mustain es nuevamente repuesto como califa de Córdoba por el ejército bereber (1012-1017).

1013. El ejército bereber invade y destruye Córdoba, lo que da origen a la aparición de nuevos centros de poder en varias ciudades de al-Andalus.

1016. Normandos suben a lo largo del río Miño y destruyen Tuy, en Galicia.

1017. Abd al-Rahman IV es nombrado califa de Córdoba (1017-1022).

1018. El Algarbe se independiza de Córdoba.

1022. Lisboa se independiza de Córdoba, pero es posteriormente anexionada a Badajoz.

1028. Alfonso V de Asturias y León pone cerco a Viseu y muere a causa de una flecha árabe.

1028. Bermudo III es coronado rey de León.

1031. La división de poder en Córdoba origina la aparición de pequeños reinos, lo que da inicio al periodo de Taifas y a la desaparición del califato de Córdoba.